KB043574

비하인드

/

behind

behind

송민선 장편소설

비하인드

가하

비하인드

지은이 송민선
펴낸이 이형기
펴낸곳 도서출판 가하

초판인쇄 2017년 3월 15일
1판 2쇄 2017년 4월 14일
출판등록 2008년 10월 15일 제 318-2008-00100호

주소 서울 영등포구 양평로 67, 1209 (당산동5가, 한강포스빌)
전화 02-2631-2846 **팩스** 02-2631-1846

www.ixbook.co.kr

ISBN 979-11-300-1568-2 03810

값 10,000원

프롤로그

망했다.

그것도 완전히. 말수가 적은 남자는 가쁜 숨소리만 낸다. 살아오면서 가장 극적인 사건이 오늘 일어났다. 다진은 자신을 업고 뛰는 남자의 까만 뒤통수를 절망적으로 바라봤다. 하필이면 이 남자의 등일까. 신의 장난이 아니고서야, 이 남자 앞에서 위경련을 일으킨 제 몸뚱이를 때려주고 싶었다.

누군가 와서 남자의 등에 업힌 기분을 물어본다면, 이렇게 답할 것이다. 불편한 공기를 견디며 마치 눈앞에서 폭풍우를 기다리는 기분이라고. 앞만 보며 무조건 뛰는 남자의 등 근육이 힘차게 꿈틀거린다.

좀 무거울 텐데, 잘도 뛴다. 시간의 법칙을 거스르며 달리는 것만 같아 지구인 중 남자만 움직이는 듯한 착각이 들 정도다. 운동장 아무 곳에나 내려주면 얼마나 좋을까. 태평양처럼 넓은 남자의 등은 전혀 편하지 않았다. 헉헉, 거친 숨소리가 들릴 때마다 긴장감으로 아랫배가 조여들었다. 뭐라고 한마디 해야 하는데 온몸이 잔뜩 경직된 상태라 쉽지 않았다.

"선배님……."

기껏 용기를 낸 한마디는 철저히 무시당했다.

"이제, 괜찮습니다."

"……."

"저, 걸을 수, 있어요."

격렬하게 요동치는 등에 업힌 채 말을 하느라 목소리가 돌부리에 걸린 것처럼 덜컥거렸다. 남자는 아무 말이 없다. 일부러 더 힘껏 뛰는 것 같다. 계단을 두 계단씩 건너뛰는 탓에 몸이 흔들린 다진은 저도 모르게 그의 목에 매달리다시피 껴안았다.

내려달라는 말은 포기했다. 3층까지 단번에 뛰어 올라간 남자가 그녀를 내려놓은 곳은 동아리실. 스트레스성 위경련이 갑자기 찾아왔다. 온몸이 떨리고 식은땀이 비 오듯 쏟아졌다. 하얗게 질린 얼굴로 학교 후문에 주저앉은 그녀를 그가 발견했다. 세상에서 제일 불편하게 생각하는 남자, 한승도가.

"저기……."

"기다려."

승도는 한마디 남기고는 쌩하니 사라졌다.

"고맙다고요."

다진은 승도가 사라진 문을 허망하게 바라봤다.

"명약이 따로 없네."

금방이라도 죽을 것처럼 아프던 몸은 점차 안정을 찾았다. 이유야 뻔했다. 위경련보다 한승도가 더 부담을 주었기 때문이다. 그녀가 쓰러졌다는 소식을 듣고 절친인 은정이 한걸음에 찾아왔다.

"다진아!"

야단법석이 따로 없었다. 은정은 다진을 중환자 취급했다. 이마의 열을 재며 괜찮으냐고 열 번도 넘게 물어봤다.

"그런데 어떻게 알고 왔어?"

"승도 선배가 알려줬어."

은정은 그나마 미지근한 물을 갖다주며 걱정스럽게 물었다.

"어쩌다가 쓰러진 거야?"

"좀 신경을 썼더니."

다진은 한숨을 길게 내쉬었다. 미지근한 물을 마셨더니 흐리멍덩했던 정신이 조금씩 돌아왔다. 현기증이 일어나 핑 돌아 멍했던 시야는 마치 안개가 걷힌 것처럼 사물이 하나씩 또렷이 보이기 시작했다.

"너도 참. 그거 고질병이잖아."

은정은 미간을 구기며 혀끝을 끌끌 찼다. 중학교 때부터 친구였던 은정은 그녀의 왼쪽 가슴 밑에 삼각형 모양의 작은 점이 있는 것까지 알았다. 서로의 시시콜콜한 것까지 아는 단짝친구였다. 그녀가 스트레스성 위경련으로 쓰러지는 것을 두 번이나 봤다. 첫 번째는 할머니가 돌아가시고 한 달이 지났을 때, 그리고 오늘이 두 번째였다.

"설마 진호 선배 때문에?"

당황한 다진이 눈을 동그랗게 떴다.

"내가 너 때문에 못 살겠다."

짐작이 맞아들자 은정은 고개를 절레절레 저었다. 진호는 그녀가 1년째 짝사랑 중인 선배였다. 첫눈에 반하는 것 따윈 믿지 않았다. 그건 어디 나사 하나 빠진 사람들이나 하는 것이라고 비웃었으니까. 다진은 누구를 좋아하는 감정에 대해 다소 회의적이었다. 좋아한다는 것은 언젠가 이별을 해야 한다는 전제로 시작되는 감정이라고 확신했었다. 좋아했던 두 사람이 이별함으로써 세상에 나온 것이 자신이었으니까.

그런 그녀가 첫눈에 반해버렸다. 작년 학교 축제 때였다. 승도의 기타 반주에 에릭 클랩턴의 'Wonderful tonight'를 부르는 진호를 보자마자 머리가 띵했다. 도파민이 과다 분비 된 것이 분명했다. 심장이 당기고 아무것도 생각할 수가 없었다. 두 눈에는 노래를 부르는 진호만 보였다. 사랑에 빠지는 데 10초도 걸리지 않았다.

"고백한다면서?"

은정은 동아리실 저만치에 있는 의자를 끌고 와 앉았다. 아예 오늘 끝장을 보자는 결의가 얼굴에 가득했다. 대충 넘어갈 분위기가 아니자 다진은 어쩔 수 없다는 듯이 입을 열었다.

"하려고 했지."

"언제?"

"오늘 하려고 했어."

"그런데 왜 안 했어?"

은정은 따지듯이 물었다. 다진은 할 말을 찾으며 눈을 굴렸다. 변명거리를 찾는 자신이 바보 같아서 고개를 슬쩍 창밖으로 돌렸다. 가을 축제가 끝난 학교의 운동장에는 낙엽만 휑하니 굴러다녔다. 마치 처량한 자신의 신세 같아서 동병상련의 동지애가 느껴질 정도였다.

직선적인 성격이라는 소리를 종종 듣는데, 좋아하는 남자 앞에서는 맹추가 되었다. 첫눈에 반하는 건 말이 안 돼. 시간이 흐르다 보면 없어질 감정이겠지, 했는데 진호만 보면 심장이 제멋대로 뛰었다. 그렇다고 상사병에 걸릴 정도는 아니었지만, 진호만 보면 두근대는 기분은 줄어들지 않았다.

이런 거구나. 누군가를 좋아하는 기분은. 설레고 아무것도 하지 않고 그 남자만 생각해도 전혀 지루하지 않았다. 언젠가는 무슨 일이 있어도 고백을 할 거야. 그렇게 시간이 흘러 1년이 훌쩍 지났다. 더는 안 되겠어. 관상용도 아니고 바라만 보고 싶지 않아.

막상 고백해야 하는데 어떻게 해야 할지 막막했다. 지나가는 누구라도 붙들며 고백은 어떻게 하는 거냐고 물어보고 싶을 만큼. 며칠을 고민하다가 내린 결론. 기필코 오늘은 고백하리라, 했는데…….

"왜 안 했냐니까?"

이 모든 사실을 알고 있는 은정은 고구마 백 개를 먹은 것처럼 답답한 표정이었다.

"내일모레면 졸업이야. 사회 나가서도 다시 만나라는 보장도 없잖아. 밑져야 본전. 어떻게 되든 고백은 한다면서?"

"그러려고 했어."

"그런데 왜 안 했냐니까!"

"진호 선배 이미 사귀고 있더라."

"뭐?"

되묻는 은정의 목소리가 갈라졌다. 다진은 뺨으로 흘러내린 머리를 넘기며 씁쓸하게 웃었다.

"수인이랑 사귀고 있었어."

"정말? 진호 선배가 수인이랑 사귀고 있다고?"

은정은 기가 막힌 듯 헛웃음을 흘렸다. 침묵이 한참 흘렀다. 다시 머리가 무거워진 다진은 긴 소파에 눕다시피 했다. 어떤 말부터 시작할까, 표정을 어떻게 지을까, 며칠 밤을 뜬눈으로 지새우며 고심했던 모든 것이 물거품이 되었다.

"그 불여우한테 진호 선배가 홀랑 넘어갔구먼. 그런데 넌 어떻게 알았어?"

은정은 수인을 얄밉게 생각했다.

"진호 선배한테 고백하려고 강의실에 갔는데……."

다진은 한숨을 푹 내쉬며 말끝을 흐렸다. 진호와 수인이

한몸처럼 엉켜 키스하고 있었다는 말이 차마 떨어지지 않았다. 그 결과 수백 번 망설이다가 결심한 고백도 하지 못하고, 둘의 진한 키스 장면까지 보자 위경련이 찾아왔다.

"둘이 뭐 부둥켜안으며 키스라도 하고 있었어?"

화들짝 놀란 표정을 짓자 은정은 미간을 확 구겼다.

"등신."

더한 욕을 먹어도 할 말이 없다.

"꼴좋다. 고백도 하지 못하고."

"……."

"그러게 더 일찍 했으면 얼마나 좋아? 하필 사귀는 여자가 수인이야."

"넌 왜 그렇게 수인이를 싫어해?"

"하는 게 밉상이잖아. 걔는 지가 공주인 줄 알아."

은정의 말이 아주 조금 수긍이 갔다. 인형처럼 예쁜 수인은 선후배를 떠나 인기가 많았다. 고백한 남자의 숫자는 어림잡아 한 다스는 넘었다. 하지만 여자 입장에서 본 수인은 그다지 호감이 가는 편이 아니었다. 실속 챙기는 것이 빨랐고 선입견인지 모르겠으나 선배들한테 하는 행동이 여우 짓처럼 보였다.

"이제 어쩔 셈이야?"

"좋은 후배로 남는 거지."

"참 쉽게도 말한다."

은정은 마치 자신이 차인 것처럼 어깨를 축 늘어뜨렸다.

"어쩌겠어. 이미 둘이 사귀고 있는데, 내가 할 수 있는 건 없잖아."

"사람 마음이 그렇게 쉽게 정리되는 줄 알아? 장장 1년이야. 네가 진호 선배 좋아한 시간이."

"이미 게임 끝이야."

다진이 속앓이 하는 것을 옆에서 지켜봐온 은정은 계속 안타까운 얼굴이었다. 막말로 고백했다가 차인 것도 아니다. 이래서 짝사랑이 좋은 건가 보다. 혼자 좋아했다가 상대방은 아무것도 모르게 끝나는, 조금은 허무한 것.

"나도 모르겠다. 이건 뭐 고백을 하고 차였으면 억울하지나 않지."

은정은 한숨을 팍 내쉬었다. 다진도 덩달아 울상이 되었다. 짝사랑이라고 아프지 않은 건 아니었으니까. 나눌 수 없는 마음을 1년 넘게 간직했으니 속이 말이 아니었다.

"그래. 네 말대로 뭘 할 수 있는 것도 아니고 더 속 끓이지 말고 빨리 정리해. 그리고 진호 선배는 네 짝이 아니야. 세상은 넓고, 잘난 남자도 많다. 진호 선배보다 더 좋은 남자 만나면 돼."

되지도 않는 위로를 하던 은정은 아직 안색이 허연 다진을 보며 걱정스럽게 물었다.

"참, 위경련은 괜찮아?"

"신기하게 동아리실 오니까 싹 난 거 있지."

다진은 히죽 웃었다. 아직 위액이 나오는 것처럼 속이 쓰렸지만 참을 만했다.

"이 와중에 웃음이 나와?"

"그럼 울어?"

"그래, 속없이 웃어라."

은정은 푸념처럼 한숨을 쉬더니, 눈에 힘을 주고 물었다.

"승도 선배한테 고맙다고는 했어?"

"하려고 했는데 나가버렸어."

그것도 소파에 짐짝처럼 던지고서.

"그러지 말고 승도 선배는 어때?"

다진은 듣지 말아야 할 말을 들은 것처럼 얼굴을 구겼다. 은정은 아랑곳하지 않고 들뜬 목소리로 말을 이었다.

"솔직히 난 진호 선배보다 승도 선배가 훨씬 괜찮더라."

"어디가?"

다진은 도전적으로 물었다. 뜬금없이 승도 선배 이야기를 꺼낸 저의가 무엇이냐고 따져 묻는 것처럼.

"얼굴도 그만하면 A+이지. 몸매 좋고 목소리도 좋고. 뭐 하나 빠질 게 없잖아."

"없긴 왜 없어. 대신 성격이 더럽잖아."

"승도 선배가?"

이번엔 은정이 어이없단 표정을 지었다. 왜 얘기가 옆길로 새는지. 위경련이 와서 진호 이야기가 나온 것은 당연한데 그녀와 아무 상관도 없는 승도가 끼어들었다. 다시

복통이 찾아온 것처럼 배가 슬슬 아파 왔다.

"승도 선배 얼마나 인기 많은데. 말이 없어서 좀 다가가기가 쉽지 않아서 그렇지. 사람 괜찮아."

"난 그게 싫어. 딱 선 그어두고 가까이 오지 말라고 엄포 놓는 것 같잖아."

"넌 유독 승도 선배한테 신경 곤두세우더라. 다른 이유라도 있어?"

은정이 눈을 가늘게 뜨며 그녀를 바라봤다. 뜨끔! 제 발이 저렸는지 몸에서 이상신호를 보냈다. 다진은 사레가 들린 것처럼 캑캑거렸다.

"그런 거 없어."

다진은 은정의 질긴 시선을 피하며 대답했다.

"오늘만 봐도 그래. 너 업고 뛰어온 사람은 진호 선배가 아니라 승도 선배야."

"그거야 앞에서 쓰러졌으니까. 후배가 쓰러졌는데 못 본 척하고 가면 그게 어디 선배냐? 금수지."

"내 말은 승도 선배가 겉만 딱딱해 보일 뿐이지 속은 알찬 사람이라는 거야. 허우대만 멀쩡하고 속 빈 강정 같은 놈들이 얼마나 많은데."

"그렇게 마음에 들면 네가 사귀면 되겠네. 난 세상에 남자가 한승도 한 명만 남아도 사귈 마음 전혀 없으니까."

확신에 찬 목소리로 말하던 다진은 마치 귀신을 본 것처럼 얼이 빠졌다. 바보처럼 입을 벌리고 있자 은정이 왜 그러느냐며 뒤를 돌아봤다. 어쩐지 등골이 오싹하더라니. 절망적이게도 동아리실 문 앞에 승도가 우두커니 서 있었다. 불쾌한 말을 들었는데 승도는 무표정이었다. 그게 더 살벌하게 느껴진 다진은 입술을 지그시 깨물었다.

"다 나았나 보네. 떠드는 거 보면."

"그게요, 선배님……."

은정이 의자에서 벌떡 일어났다. 어찌할 바를 몰라 얼굴은 사색이 되어 있었다. 몹시 당황스러운 상황이다. 그것도 하늘같은 선배를 뒤에서 호박씨 까고 있었다. 더욱이 위경련으로 쓰러진 그녀를 업고 온 선배님이시다. 은혜를 갚지 못할망정 욕이나 하고 있었다. 뭐라고 변명이라도 해야 했다. 그냥 농담이었어요, 기분 나쁘셨다면 죄송합니다 등등……. 쓸데없는 말이라도 해야 하는데, 이런 상황에서 발휘할 융통성 같은 건 불행히도 없었다.

우두커니 서 있던 승도가 움직였다. 한 걸음씩 거리가 가까워지자 심장이 불편하게 뛰었다. 감히 은혜도 모르고 욕을 했다고 뭐라고 하려나? 그러나 승도는 전혀 예상치 못한 말을 건넸다.

"이거."

승도는 다진의 무릎 위에 약봉지 하나를 툭, 던졌다. 욕을 분명히 들었을 텐데, 아무렇지도 않은 건가? 이 남자, 사람 불쑥불쑥 놀라게 하는 재주가 여러 가지다. 제 갈 길 간 줄 알았는데 약국에 다녀왔던 모양이다. 양심의 가책을 느낀 다진은 더더욱 할 말이 없었다. 솔직히 말하자면 승도의 이런 면이 부담스러웠다.

"골라서 먹어."

"와, 선배님 진짜 최고예요."

은정은 승도가 사온 여러 가지 약을 보며 환호성을 질렀다. 위경련에 좋은 약이 이렇게 여러 종류가 있는지 처음 알았다. 승도가 잠시 말없이 그녀의 얼굴을 물끄러미 바라보자 다진은 마른침을 꼴깍 삼켰다. 다음에 위경련으로 쓰러질 땐 주위에 한승도가 있는지 없는지 꼭 확인하고 쓰러지자, 다짐하는 순간이기도 했다.

"고맙……."

"간다."

말 잘라먹는 데 선수다. 이번에도 승도는 휙 돌아서더니 말이 채 끝나기도 전에 동아리실을 나갔다.

"선배님이 쑥스러운가 봐."

은정의 말에 다진은 실소를 금치 못했다. 무뚝뚝하기 이를 데 없는 한승도에게 쑥스러움이 가당키나 한 말인가 싶어서.

"너 나중에 꼭 승도 선배한테 고맙다고 밥이라도 한 끼 사."

다진은 대답하지 않았다. 그녀가 진호를 짝사랑하고 있다는 것을 은정이 말고 승도도 알고 있었다. 그렇기에 단둘이 있는 것만으로도 여간 불편한 것이 아니었다. 거기에 진호가 수인이와 사귄다는 것을 알게 되었고 그녀가 그를 무척이나 불편하게 생각한다는 것도 알게 되었으니 불편 지수가 몇 배로 뛰었다.

진호의 얼굴을 한 번이라도 더 보기 위해 가입했던 영화 동아리도 이젠 안녕인가. 다진은 부루퉁해진 얼굴로 약봉지를 노려봤다. 다른 이가 했으면 무척이나 상냥한 친절인데 승도가 했다는 이유로 불편하기 짝이 없었다. 다진은 은정이 건넨 약을 억지로 삼켰다.

그날 이후, 다진은 승도와 되도록 마주치지 않기 위해 졸업할 때까지 죽기 살기로 피해 다녔다. 결국 제가 밥 한번 살게요, 하고 보냈던 문자의 약속도 지키지 못했다.

불편한 남자

음, 그땐 그랬지.

벌써 까마득한 옛일처럼 느껴졌다. 다진은 나무 테이블을 마른걸레로 닦으며 피식 웃었다. 졸업과 동시에 인연이 모두 끝날 줄 알았다. 그런데 지금 그녀는 진호 선배가 하는 카페에서 아르바이트생으로 일하고 있었다.

밤 11시 30분.

큰 대로변이 끝나는 사거리 앞에 있는, 카페 '그늘'의 간판불이 꺼졌다. 온종일 손님들로 복작거리던 카페는 조용해졌다. 언제 내려왔는지 2층 담당인 상규가 대걸레로 마룻바닥을 열심히 닦고 있었다. 마지막 손님이 마신 찻잔을 설거지한 다진은 물기 젖은 손을 닦으며 주위를 빙 둘러봤다.

거의 정리가 되어가나? 브로콜리의 '유자차'를 들으며 분무기 하나를 챙겼다. '그늘'의 1층은 마치 작은 정글과 같았다. 대나무야자와 천장까지 닿을 듯한 인도고무나무. 멕시코 사막을 연상케 하는 선인장과 크고 작은 화분들이 카페 곳곳에 있었다. 다진은 손에 들고 있는 분무기로 "쑥쑥 잘 자라라." 주문을 걸며 나무와 식물들에 물을 골고루 뿌렸다.

"다진아, 그만하고 와서 앉아."

진호가 이리 오라고 손짓을 했다. 다진은 분무기를 제자리에 놓고 진호가 앉아 있는 창가 테이블로 갔다.

"커피 마실래?"

진호는 입가에 특유의 부드러운 미소를 띠었다. 다진은 고개를 저었다.

"그냥 우유 마실게요."

"커피 끝내주는 카페에서 우유를 마신다고? 너 그거 변태적 취향이다."

"사장님은……."

"변태 우유는 따뜻하려나."

"선배!"

다진은 미간을 팍 구기며 외쳤다. 사람 놀려놓고 진호는 우유를 따뜻하게 데워왔다. 그리고 그녀가 좋아하는 무화과 쿠키도 잊지 않고 가져왔다. 세심하기 이를 데 없는 남자다.

"우유, 대령이오."

진호가 씩 웃으며 머그잔을 건넸다.

"잘 마실게요."

다진은 두 손으로 컵을 받아들었다. 진호가 커피를 마시며 물끄러미 보자 다진의 담갈색 눈동자가 순간 일렁거렸다. 단순히 눈이 마주쳤을 뿐이야. 그런데 주책맞게 또 왜 이러니! 다진은 부드러운 진호의 시선을 슬쩍 피하며 우유를 마셨다.

시간은 약이 되었다. 진호를 보면 무성하게 자라던 마음의 길이가 점차 줄어들고 있었다. 그만큼 많은 시간이 흘렀다는 증거다. 졸업을 하고도 2년 정도 잘 사귀던 수인과 진호는 몇 달 전에 헤어졌다. 둘이 헤어졌다는 소식을 듣는 순간 악마가 귓가에 대고 달콤하게 속삭였다.

'이제 네 차례야. 지금이라도 고백해.'

옛날처럼 막 설레고 두근거리는 건 아니지만, 진호에 대한 마음이 깨끗이 없어진 건 아니었다. 어떤 형체도 없고 눈에 보이지도 않지만 3년을 넘게 짝사랑한 남자. 그 미련한 마음이 무 자르듯 싹둑 없어지는 건 불가능했다.

그래서일까. 수인과 헤어진 진호를 볼 때면 아직 꺼지지 못한 작은 불씨가 조금씩 일어나기 시작했다. 이대로 영영 마음을 접는 것에 대한 억울함. 해보지 못한 것에 대한 미련. 그 모든 것들이 뒤섞인 마음이 그녀의 발목을 잡는 족쇄가 되었다. 눈 한번 꾹 감고 악마의 꼬드김에 넘어가볼까.

"오늘도 매상이 꽤 좋은데."

진호는 커피를 마시며 하루 매출을 정리하고 있었다. 다진은 그 모습을 흐뭇하게 바라봤다.

"금방 재벌 되겠어요."

"그러려고."

다진이 의아스럽게 바라보자 진호는 윙크하듯 눈가를

찡그렸다.

"내가 물욕이 좀 많아."

"뭐 돈 좋아하면 좋죠."

"내년에 옥상에 맥주 카페를 만들 생각 중이거든. 그래서 더 열심히 벌어야 해."

"와!"

지금도 옥상은 충분히 멋있었다. 강화 유리로 지붕을 만들어놓아 비가 올 때는 그야말로 환상적이었다. 빗소리를 들으며 진한 커피를 마실 때면 아무것도 필요 없다는 생각이 들 만큼 편안했다.

"커피는 안 팔고 맥주만 파는 거예요?"

"그건 아니지. 커피도 팔아야지."

"지금 1, 2층에서 해도 되잖아요?"

"거긴 거기만의 분위기가 있잖아. 다른 게 섞이는 게 싫어. 승도도 반대하고."

승도의 이름이 나오자 다진은 저도 모르게 움찔했다.

"그 전부터 노래도 하고 춤도 추면서 막 노는 공간이 있었으면 좋겠다 싶었어."

"재밌겠다."

젊음의 열정을 마음껏 발산하는 공간. 생각만 해도 흥분이 되었다.

"형, 창고 갔다 올게요."

그때였다. 바닥 걸레질을 끝낸 상규가 허리에 두른 진회색 앞치마를 풀며 말했다.

"또?"

"내 새끼들 잘 있나 보려고요. 내일 아침 볶을 놈들도 가져오고."

"다녀와. 널 누가 말리겠어."

일명 커피 박사라 불리는 상규는 다른 것엔 일절 관심이 없었다. 거의 이십사 시간 카페에 붙어사는 것처럼 보였다. 커피를 내리고 마카롱을 만들고, 창고에 가서 자루에 든 커피 알맹이들을 보는 것이 유일한 낙이었다.

"내일 승도 올라온대."

"아, 그래요?"

다진은 어색하게 웃었다. 잠깐 잊고 있었다. 이 그늘 카페는 진호와 승도가 함께 차렸다는 것을.

"승도 선배 이렇게 잠수 잘 타요?"

"아니. 처음이야."

진호는 일어나면서 말을 이었다.

"누구한테 기회를 주려고 떠난다나."

"그게 무슨 말이에요?"

"오면 한번 물어봐. 나도 궁금해서 물어봤는데 입 안 열어. 너도 알잖아. 녀석, 말하기 싫으면 절대 입 안 여는 거."

"아주 괴팍한 성격이죠."

다진의 새침한 말투에 진호는 빈 컵에 커피를 따르며 피식 웃었다. 진호는 한 손에 머그잔을 든 채 테이블을 등지고 바깥을 지그시 응시했다. 약간은, 그러나 뭔가 모르게 어색한 침묵이 길어졌다. 누군가를 생각하고 있는 것 같아 다진도 말없이 앉아 있었다.

겨울이 끝나가고 있다. 서늘한 공기도 아이처럼 유순해졌다. 이런저런 잡생각을 하던 다진의 눈이 문득 빛났다. 그윽한 분위기가 감도는 진호를 보며 그런 생각이 들었다. 어쩜 극과 극인 두 남자가 동업하게 되었지? 아무리 생각해도 미스터리였다.

진호가 잘나가는 직장을 그만두고 카페를 차렸다는 소식을 들었을 땐 다소 놀랐다. 더군다나 그녀가 불편한 사람 1순위로 꼽는 한승도와 동업을 한다는 사실에.

흑과 백을 나눈 듯 성격이 판이한 둘이 친구라는 것도 신기한데, 진호와 승도는 1년 전 합심하여 카페 '그늘'을 열었다. 부모님께서 제주도로 이사 가고 혼자 남은 승도는 3층 단독주택을 고쳐 카페로 만들었다. 워낙 눈썰미와 감각을 타고난 두 남자였다. 그늘은 개업하고 얼마 지나지 않아서 블로그에 오르내리며 입소문을 탔다.

단순한 카페가 아니었다. 다양한 놀이를 즐길 수 있는 곳이었다. 대학생, 예술가 그리고 연예인들까지 다양한 분야의 사람들이 '그늘'을 찾아왔다. 구하기 힘든 절판 원서와 다양한 해외잡지, 향수가 묻어나는 만화책, 해변의 모래만큼은 아니지만 수많은 레코드판 등등. 커피 한 잔 시켜놓고 하루를 보낼 수 있는 최상의 공간이었다.

두 남자의 성격처럼 1층과 2층의 분위기는 전혀 달랐다. 진호가 꾸민 1층은 마당을 끼고 있어서인지 친환경적이었다. 유럽의 가정집 거실에 온 느낌이 들게끔 꾸며져 있다. 나른한 햇살이 비쳐든 오후에는 눈을 감고 아무것도 하지 않아도 좋았다.

바깥을 바라보도록 높인 테이블은 노트북을 놓고 작업하는 이들을 위한 진호의 세심한 배려가 돋보였다. 한때 언더그라운드에서 밴드를 했던 진호가 기타를 잡고 노래할 때면 여자손님들 눈이 모두 반짝반짝 별이 되었다. 물론 거기엔 자신도 포함된다.

승도가 꾸민 2층은 한마디로 정의할 수가 없다. 승도의 허스키한 저음과 비슷했다. 음침한 조명 때문일까? 관능을 넘어 퇴폐적인 묘한 기운이 느껴졌다. 무심히 꽂혀 있는 잡지들. 주인의 성격처럼 종잡을 수 없는 의자 역시 제각각이었다. 마구잡이로 놓은 듯한 나무상자에는 리큐어(liqueur)가 들어 있다.

실험기구처럼 일렬로 진열된 더치커피기구에선 커피의 검은 원액이 한두 방울씩 떨어졌다. 값비싼 그것을 닦을 때면 항상 조심스럽다. 아기 다루듯 조심조심하느라 어깨에 담이 올 정도였다.

"무슨 생각을 그렇게 해?"

진호가 노크하듯 테이블을 두드리며 맞은편에 앉았다.

"아무 생각도 안 했어요."

"고급인력이 카페에서 아르바이트하려니 그렇지?"

"전혀요."

다진은 단호하게 고개를 저었다. 사람 심장 떨리게 진호는 턱을 괴고 그녀를 물끄러미 바라봤다. 그렇게 바라보면 흔들리는 감정을 숨길 수가 없잖아요.

"정말?"

"네, 정말! 저 즐겁게 일하고 있어요."

"그런 의미에서 시급 올려줄까?"

"괜찮아요. 지금도 충분히 만족해요."

다진은 부러 더 화사하게 웃었다. 원래는 자산관리사가 직업이었다. 꿈보다는 실리를 좇아 택한 직업. 밤낮없이 2년을 일했다. 그 결과 남부럽지 않은 연봉을 받았다. 서 있을 기운도 없어 집에 들어오면 잠만 잤다.

그런 시간이 반복되자 허탈감이 덮쳤다. 어느 날 아침에 일어났는데 문득 그런 생각이 들었다. 제가 돈 버는 기계 같다고. 꿈도 없고 미래를 위해 아무것도 하지 않는 자신이 무기력한 동물 같았다. 회사에서 인정도 받고 통장에 돈이 쌓여갈수록 가슴은 텅텅 비어갔다.

제일 억울한 건 제대로 연애도 못 했다는 것. 그건 아마도 진호를 마음에서 깨끗이 지우지 못한 탓이겠지. 진호에 대한 미련이 조금이라도 남은 상태에서 다른 사람은 만나고 싶지 않았다.

오랜 시간 갈팡질팡하다가 사표를 냈다. 전부터 관심 있던 바리스타가 돼보려고 학원을 알아보는데, 진호한테서 연락이 왔다. 이론보다는 실전경험이 좋다면서 카페에 나와 아르바이트하라고. 승도가 걸리지만 혹하는 제의였다. 커피도 배우면서 진호 선배 얼굴을 매일 볼 수 있으니까.

"회사 들어가고 싶으면 언제든지 말해."

"그럴 생각 없어요. 이런 꿀 알바를 어디 가서 구하겠어요?"

"그래도 적성 썩히기 아깝잖아."

"선배. 나 여기서 일하는 거 불편해요?"

"그런 말이 어디 있어. 어디까지나 너 위해서……."

진호가 어떤 말을 하고 싶은지 다진은 다 알고 있었다. 좋은 직장 때려치우고 아르바이트를 하는 것이 안타까워 하는 말이라는 것을. 그렇지만 그녀는 지금이 무척이나 편안하고 행복했다.

"아니면 나 바리스타로 영 아니에요?"

"그렇긴 하지. 실력이 안 늘잖아."

다진은 시무룩한 표정을 지었다. 참으로 안타깝게도, 열심히 하는데 진호 말대로 실력이 거북이처럼 느리게 늘었다.

"다진아, 소개팅 하자."

진호가 뜬금없는 말을 던졌다. 다진은 눈을 동그랗게 떴다.

"소개팅요?"

"봤을 거야. 어제 양복 쫙 빼입고 온 녀석."

"아, 세무사라고 했던 분요?"

"응. 맞아."

진호와 이야기를 나누면서 그녀를 흘끔거리던 남자. 내 뒤태가 괜찮긴 하지 하면서 신경 쓰지 않았었다.

"우리 다진이가 마음에 들었나 보더라. 소개해달래."

'우리 다진이' 그 말이 심장을 꾹 눌렀다.

"선배……."

"응?"

다진은 흠, 하고 작게 한숨을 돌리고 나서야 힘겹게 말문을 뗐다.

"선배 보기에는 저 어때요?"

이 말이 뭐라고 이렇게 심장이 떨리지? 다진이 쿵쾅대는 심장 소리를 감추려고 고심 끝에 물어본 질문에 진호는 산뜻하게 대답해주었다.

"어떻긴 매력 있지. 소심한 것 같은데 당돌하고, 불의를 보면 적당히 안 참을 줄도 알고, 얼굴 몸매 평균 이상이고."

"그것뿐이에요?"

"또 여동생처럼 귀엽지."

다진은 맥이 탁 풀렸다. 마음 있는 남자에게 제일 듣기 싫은 말. 여동생처럼 귀엽다. 그 말을 진호가 했다. 그렇구나. 진호에게 난 여동생 같은 존재였구나. 고백은 무슨…….

다진은 미세하게 떨리는 손을 주머니에 구기듯 넣었다. 생각해보면, 대학 때부터 진호는 그녀를 여동생 이상으로 대하지 않았다. 만인의 남자라고 불릴 만큼 진호는 누구에게나 친절했다. 그녀에게도 마찬가지였다.

"약속 잡을까?"

"아니요."

"그 녀석 괜찮아."

"제가 돈 다루는 일을 해봐서 그런가, 돈 다루는 직업 가진 남자 별로예요."

진호는 새삼스럽게 다진을 바라보았다. 짙은 담갈색 눈동자가 그를 똑바로 바라보고 있었다. 오늘따라 발그레한 뺨이 왠지 모르게 신경을 자극했다. 첫인상 때문에 언제나 소녀 같다고 생각해오던 다진이 어느새 여자가 되어 앉아 있는 것 같았다.

"그럴 수도 있겠구나."

"그렇다니까요."

다진은 애써 씩씩하게 목소리를 냈다. 더는 그 얘기를 하고 싶지 않아 자리에서 일어났다.

"선배, 이제 가야죠."

"가자. 데려다줄게."

"선배 먼저 가요."

"왜?"

음 그러니까, 뭐라고 답해야 하나. 다른 때 같으면 고맙다고 하며 진호의 차를 탔겠지만, 오늘은 달랐다. 자신의 존재가치가 '여동생'이라 생채기 난 가슴을 달래주어야 했다.

"오래간만에 혼자서 분위기 잡으려고요."

"우리 다진이 오늘따라 이상하네. 고민 털어놓을 사람 필요해?"

"왠지 혼자 있고 싶은 날 있잖아요. 오늘이 그날이라서."

다진은 어깨를 으쓱였다.

"그렇다면 할 수 없지. 너무 오래 있지는 말고."

진호는 다진의 단정한 머리칼을 장난치듯 흐트러뜨리고는 자리를 떠났다. 방심한 상태에서 당한 진호의 손짓에 다진은 기분이 얼떨떨했다. 왜 갈증이 나지? 냉수를 한 컵 벌컥 마셨다.

"먼저 간다."

"내일 봐요."

발걸음이 떨어지지 않는지 진호는 몇 번이나 뒤를 돌아봤다. 다진은 빨리 가라고 손을 흔들어주었다. 그런데 점점 멀어지는 진호의 자동차를 보면서 좀 화가 났다.

고백 한번 못 하는 자신이 멍청하고 한심해서. 은정이라도 만나서 하소연하면 속이 후련할까. 그러기엔 시간이 너무 늦었다. 어차피 집에 가도 혼자. 조금 외롭다는 생각이 들어 멍하니 서서 허공을 바라봤다.

뭘 해야 쓸쓸한 속을 달랠 수 있을까.

카페의 작은 마당에 심어진 보리수 위로 보름달이 떴다. 참 밝다, 혼잣말처럼 중얼거리던 다진은 슬며시 2층을 바라봤다. 주인이 없는 그곳은 어두컴컴했다. 저기나 가볼까. 천만 원이 넘는 더치커피기구가 뽑아낸 커피라도 마시자. 그러면 기분이 좋아질 거라고 말도 안 되는 논리를 내세우며 계단으로 향했다.

안 그래도 칙칙한 마음이 2층에 올라오자 더 심해졌다. 블랙 크롬으로 마감된 벽. 불을 모조리 켜도 천장에 매달린 알전구가 몇 개 되지 않아 분위기는 음침했다. 천만 원이 넘는 더치커피기구에서 뽑은 커피보다 맥주가 더 당기는 밤이었다.

혹시나 하는 마음에 냉장고를 열어봤다. 역시나 맥주가 있다. 성질 괴팍한 주인 허락도 없이 괜찮을까. 그러나 이미 손은 맥주를 꺼내고 있었다. 내일 아침에 사다 놓으면 되겠지.

다진은 딸기 맛이 나는 후치 맥주 한 병을 들고 밖으로 나왔다. 밤공기가 내려와 차가워진 돌계단에 쪼그리고 앉았다. 맥주 한 모금을 마시며 하늘을 올려다봤다. 삭막한 서울 하늘답다. 별 하나 보이지 않는다. 그나마 뜬 보름달이 위안이 되었다.

"청승 제대로 떠네."

그래서인지 맥주가 술술 잘도 넘어갔다. 한 병을 금방 비웠다. 2층으로 들어가 맥주 한 병을 더 꺼내 밖으로 나왔다. 티셔츠를 쭈욱 잡아당겨서 맥주 뚜껑을 꽉 잡고 돌려서 땄다. 술은 잘 마시지 못하지만, 맥주는 두 병까지 무리 없이 마셨다.

까만 밤하늘 보며 한 모금, 한숨 쉬며 한 모금. 그렇게 마시던 다진은 순간, 흠칫했다.

카페 앞에 택시 한 대가 섰다. 택시 뒷좌석 문이 열리고 검은색으로 무장한 남자가 검은 모자를 눌러쓰며 내렸다. 거기다가 커다란 가방도 검은색. 마치 어둠이 움직이는 것 같은 남자가 커다란 가방을 한쪽 어깨에 메고 계단을 터벅터벅 올라왔다.

왜, 하필. 이런 때에.

다진은 절망적인 한숨을 내쉬었다. 아직 남자의 얼굴도 제대로 보지 못했지만, 온몸은 그가 누군지 단박에 알았다. 어둠의 저편에서 느껴지는 외설적인 분위기 때문에.

안개처럼 부옇던 남자의 얼굴이 점점 잘 보이게 되었다. 다진은 움직이지도 못하고 우두커니 그 남자를 바라만 보았다. 생생하게 느껴지는 낯선 떨림을 온몸으로 겪으면서.

내일 온다면서 왜 오늘 온 건지? 자정이 넘었으니 오늘이 내일인가? 아, 모르겠다.

그가, 왔다.

"오……, 오셨어요?"

지은 죄도 없는데 말을 더듬었다. 두 계단을 남겨두고 다진은 먼저 알은체했다. 반응이 없다. 모자로 얼굴을 가려 어떤 표정인지 어떤 눈으로 그녀를 보고 있는지 알 수가 없었다.

"내일 온다고 들었는데……."

"누구지?"

"저 다진이에요."

아무리 밤이라지만 3년을 본 후배의 얼굴을 못 알아보다니. 그 정도로 존재감이 없는 얼굴은 아닌데. 자존심에 금이 쩍 갔다.

"누구라고?"

낮은 저음이 밤공기를 갈랐다.

"정다진입니다."

다진은 더 크게 말했다. 벌어졌던 두 계단의 간격을 지우며 그가 코앞까지 다가왔다. 한 달 넘는 시간 동안 얼마나 떠돌아다닌 걸까. 머리도 더 기른 것 같았고 턱에 수염도 나 있었다. 그 때문에 야생적인 분위기는 훨씬 진하게 풍겼다.

"아? 정다진."

승도가 얼굴을 살짝 들었다. 그 때문에 남자의 깊은 시선이 얼굴 전체를 감쌌다. 어딘가 은밀하게 느껴지는 시선을 견디느라 귓바퀴에 솜털까지 바짝 섰다. 숨만 쉬어도 입 양가가 팽팽하게 긴장되었다.

"더 못생겨져서 못 알아봤어."

"에이, 설마 농담이시죠?"

라고 묻는데 승도의 집게손가락이 그녀의 이마에 닿았다. 얼음이 닿는 것처럼 차가운 느낌. 무얼 하는 것이냐고 묻지도 못했다. 얼어붙은 듯 가만히 있자 승도는 손가락으로 그녀의 이마를 살짝 밀었다. 마치 얼굴을 더 자세히 보겠다는 의지가 담긴 행동처럼.

고개가 절로 뒤로 젖혀졌다. 한참 차이 나는 키 때문에 제대로 볼 수 없던 승도의 얼굴이 달빛을 받으며 훤히 드러났다. 턱에 거친 수염이 돋아난 것처럼 보였다. 이마를 누른 승도의 손가락이 불쾌했다. 치워달라고 말하려는데 내리꽂는 승도의 짙은 시선에 말이 쏙 들어갔다. 민망함에 눈동자를 굴리자 승도가 낮게 외쳤다.

"집중."

강아지를 길들이는 것도 아니고 집중이라니. 다진은 어쩔 수 없이 승도를 쳐다볼 수밖에 없었다. 불쾌감에 눈을 찡그리자 승도의 눈빛이 미묘하게 달라졌다. 뭔가 하고 싶은 말이 있다는 듯이. 새끼손가락 한 마디만큼 간격을 남겨놓고 승도를 마주했다. 맥주 두 병을 마신 탓일까. 이유 없이 얼굴이 화끈거렸다.

"맥주 마셨어?"

검은 모자 아래 삐딱한 그의 입꼬리가 보였다. 다진은 얼른 양손으로 입을 가렸다.

"네."

"혼자?"

"네."

"왜?"

"그냥……."

"진호는?"

"먼저 갔어요."

승도가 가만히 바라만 봤다. 그녀가 감추고 싶은 속내를 모두 들켜버릴 것 같은 시선이다. 행동 하나하나가 부자연스러워졌다. 이마에 붙은 손가락을 떼며 승도가 심한 말을 아무렇지 않게 던졌다.

"술 마시지 마. 그러니까 못생겨지지."

뭐 저런 인간이 다 있어.

썰렁한 농담을 남긴 승도는 그녀를 스쳐 위로 올라갔다. 아주 술이 홀딱 깨게 해주는구나. 얼굴이 터지기 직전 빨간 풍선처럼 빵빵하게 달아올랐다. 오늘 일진 한번 사납다. 선배고 뭐고 계급장 떼고 한 대 칠까. 소리는 지르지 못하고 속으로만 욕설을 중얼거렸다.

"욕하는 거 다 들려."

승도는 이미 그의 집인 3층으로 들어간 후였다. 저러니

가까워지고 싶어도 가까워지지 못하지.

“못생긴 저는 이만 가보겠습니다. 선배님, 안녕히 주무세요.”

다진은 일부러 더 크게 소리쳤다.

한승도가 돌아왔다. 아무것도 하지 않고 옆에만 있어도 불편한 남자가. 갑자기 다시 회사로 돌아가고 싶다. 내일, 아니 오늘부터 즐거운 아르바이트는 막을 내렸구나. 머리 위로 먹구름이 있는 것처럼 우울해졌다.

어느 목요일, 오후 3시 15분이 넘어가고 있을 때였다. 종강이 끝나 텅 빈 강의실에서 멍을 때리고 있었다. 그 험난한 취업난을 뚫고 회사도 취직했다. 할머니가 살아 계셨으면 우리 강아지 대견하다고 머리를 백번도 더 넘게 쓰다듬어주셨을 텐데.

“다진아, 다진아!”

은정이 허겁지겁 강의실로 뛰어 들어왔다. 매점에 갔던 은정의 손에는 샌드위치와 생수가 담긴 봉지가 들려 있었다.

“다진아, 있지!”

“왜?”

은정이 숨넘어갈 듯 다급히 불러 큰일이 벌어진 줄 알았다.

“그게 있지…….”

“일단 물이나 마셔.”

얼마나 뛰어왔는지 은정의 얼굴을 시뻘게졌다. 다진은 생수를 따서 주었다. 은정은 마른입을 생수로 달래고 나서야 입을 열었다.

“내가 오다가 무슨 말을 들었는지 알아?”

“나야 모르지.”

시큰둥한 대꾸에 은정은 미간을 잔뜩 구겼다. 대충 상황을 파악해보니 큰일은 아닌 듯하다. 원래 은정은 작은 일에도 호들갑을 떠는 성격이었다. 다진은 봉지에서 샌드위치를 꺼내 먹기 시작했다.

“지금 팔자 좋게 샌드위치 먹을 때가 아니야.”

은정은 샌드위치를 더 먹지 못하게 다진의 팔을 붙들었다. 다진은 할 수 없이 샌드위치를 책상에 내려놓고 은정을 바라봤다.

“도대체 무슨 일인데?”

“너 수인이한테도 말했어?”

“뭘?”

“진호 선배 좋아하는 거?”

황당하기 이를 데 없는 질문이었다. 다진은 진심으로 어이없단 표정을 지었다. 수인은 영화동아리에서 처음 만났다. 같은 또래라 친하게 지내고 싶어 말도 걸고 했지만, 그때마다 수인은 묘하게 거리를 두었다. 이유는 모르겠다. 그녀를 썩 좋아하지 않는 것만 알았다.

"내가 왜?"

미치지 않고서야.

"그렇지? 네가 말할 리 없지?"

곱씹어 되묻는 은정을 보며 다진은 긴 한숨을 쉬었다. 좀 산만하다랄까. 오지랖이 넓다랄까. 은정은 잘 나가다가 대화의 본질에서 벗어나 삼천포로 빠지기 일쑤였다. 이런 때 정신을 바짝 차려야 한다. 다진은 어깨가 들썩이도록 크게 숨을 쉬며 입을 열었다.

"은정아. 내가 공복이라 이해력이 좀 모자라. 빙빙 돌리지 말고 그냥 말해."

"수인이 그 구미호 같은 년이, 글쎄!"

욕은 좀.

"진호 선배를 좋아하지도 않는데 고백한 거래."

"응?"

"수인이가 친구한테 하는 얘기를 내가 화장실에서 다 들었어."

다진은 당최 무슨 말인지 몰라 머리가 띵했다. 완전히 흥분한 은정은 침까지 튀기며 속사포처럼 쏟아냈다.

"누가 진호 선배 짝사랑하고 있는데 빼앗기기 싫어 선수쳤대."

"뭐?"

"그 불여우가 네가 진호 선배 짝사랑하는 거 눈치채고 있었어. 그런데 사귀다 보니 진호 선배가 좋아졌다나. 말도 안 되는 소리를 지껄이고 있더라."

다진은 입술을 잘근잘근 씹었다. 당황스러워 온몸이 오그라들 것 같았다. 수인이가 알고 있었다니. 어떻게 알고? 설마 승도가 말한 건가. 그렇게 입이 가벼운 남자는 아닌데. 아니겠지. 아닐 거야.

"수인이가 알고 있었다고?"

"그래!"

은정은 인상을 쓰며 고개를 끄덕였다. 눈에 띄게 안색이 굳어진 다진은 무언가를 골똘히 생각했다. 그래, 그 생각을 왜 못했을까. 얼마 전 수인이 지나가는 말로 진호를 어떻게 생각하느냐고 물은 적 있었다.

수인의 느닷없는 질문이 당황스러워 허허, 하고는 어색하게 웃으며 좋은 선배라고 말했다. 그때 수인이 짓는 미소가 의미심장했었다.

다진은 바보가 된 기분이었다. 수인은 이미 그녀가 진호를 좋아하고 있음을 알고 있었다. 그걸 확인하려고 자신에게 대놓고 물은 거다. 생각하니 기분이 나쁘네. 왜 사람 마음을 떠보는데?

"완전, 웃기지 않아? 아니 좋아하지 않는데 고백을 왜 해?"

"……."

"착한 진호 선배는 무슨 죄야. 그 여우한테 걸려들고."

"……."

"말해줘야 하는 거 아니야?"

"그러지 마."

다진은 씁쓸하게 웃으며 고개를 저었다. 은정은 가만히 있는 것이 억울한지 숨소리를 거칠게 내뿜었다.

"왜!"

"그래 봤자 나만 우스워져."

"진짜. 그런 게 다 있니."

은정은 주먹을 꽉 움켜쥐었다. 다진도 마음 같아선 당장이라도 수인에게 달려가 따져 묻고 싶었다. 하지만 무슨 자격으로? 진호 선배와 사귀는 사람은 수인이었다. 며칠 전 두 사람은 무슨 연예인이라도 된 듯이 당당히 사귄다고 발표했다. 선남선녀로 캠퍼스에서 유명한 둘이 연인이 되었다. 짚신이 아니라 꽃신 둘이 짝이 된 것이다. 둘이 지나가는 길마다 달달한 냄새를 풍겼다.

그런데 수인이 내가 진호 선배를 짝사랑하고 있다는 걸 알고 있었다고? 이제와서 그걸 어떻게 알았는지는 문제가 되지 않았다. 그래서 같은 과도 아닌데 굳이 그녀가 수업이 있는 강의실까지 찾아와 꼭 들으라는 듯이 부산으로 여행을 간다고 떠들어댔구나.

깊은 상처 위에 소금을 뿌리는 것처럼 얼굴이 화끈거렸다. 고백도 하지 못한 바보 같은 짝사랑을 정리하는 중인데, 뒤늦게 뒤통수를 정통으로 맞은 것만 같다. 입이 바짝 타들어간 다진은 생수병에 남은 물을 단숨에 벌컥벌컥 들이마셨다.

"선배님! 여긴 어쩐 일로."

타이밍 한번 기막히다. 승도가 강의실 문을 열고 들어섰다. 은정은 반갑게 웃으며 일어섰다.

"한참 찾았잖아."

"저를요?"

은정은 눈을 크게 뜨며 물었다. 승도는 대꾸하지 않았다.

"가자."

"어디를요?"

다진은 둘의 대화를 듣고만 있었다. 승도는 말없이 앉아만 있는 다진을 보며 말했다.

"잊었어? 오늘 영화동아리 마지막 모임 있잖아."

"전 빠질게요."

"진호가 술 사는데도?"

"네."

다진은 화가 났다. 모욕당하는 기분이 들어서. 어쩌다가 승도한테 진호를 좋아하는 걸 들켰나 모르겠다.

승도가 잠시 침묵했다. 저렇게 말없이, 모든 것에 초연한 표정으로 사람을 보면 가슴이 묘하게 울렁거렸다. 미미한 전류가 혈관을 타고 흐르는 기분이었다. 네가 왜 가지 않는지 속속들이 알고 있다는 눈빛이랄까.

"너 빠지면 진호가 서운할 거야. 웬만하면 참석하지."

"그래. 다진아 참석해."

은정은 눈치 없이 등까지 떠밀었다. 아무리 생각해도 승도가 놀리는 것만 같다. 이래서 한승도가 불편하다. 굳이 그녀를 찾아서 모임에 데려가려는 저의가 뭘까. 진호와 수인의 사이에 낀 자신이 어떻게 하나 구경거리 삼으려고?

다진은 울화가 치밀었다. 아무에게도 피해 주지 않고 혼자 좋아하는데, 그렇게 나쁜 짓인가. 자기가 뭐라고. 골탕을 먹이려는 게 아니라면, 왜 싫다는 사람을 억지로 끌고 가려는지 모를 일이다.

"전 빠질게요. 선배님 혼자 가세요."

"그렇다면 할 수 없지."

잘못 본 걸까. 순간 승도의 눈에서 허전함이 읽혔다. 그렇지만 다진은 깊이 생각하지 않았다. 이제 내일이면 방학. 그리고 졸업식. 오늘로 한승도를 다신 보고 싶지 않은 마음뿐이었다.

"취업, 축하한다."

사람 황당하게.

승도는 축하의 말을 남기고 강의실을 나갔다. 돌이켜보면 승도와 10분 이상 함께한 적이 없었다. 그만큼 그와는 어색한 사이였다.

졸업 후, 승도를 다시 볼 일은 없을 줄 알았다.

실과 바늘도 아니고, 다정한 원앙처럼 진호 옆엔 늘 승도가 있었기에 어쩔 수 없이 함께 보는 일이 많아졌다. 그렇다 보니 커피를 마시러 가고 싶어도 그늘에 마음 놓고 갈 수가 없었다.

그렇다고 승도 눈치를 보고 싶진 않았다. 그날도 역시 마찬가지였다. 퇴근길, 참새가 방앗간을 지나칠 수는 없었다. 어차피 집으로 가는 길이었기에 그늘에 들렀다. 졸업하고 평생 다신 안 만날 줄 알았던 한승도를 한 달에 서너 번은 본다.

"회사 그만둔다면서?"

어떻게 알았지? 놀란 눈을 느리게 끔뻑거리자 승도는 말을 이었다.

"진호랑 하는 얘기 어쩌다 보니 들었어."

"네, 적성에 맞지도 않는 것 같고."

"잘 다니는 것 같던데."

"열심히 다녔죠. 저 우수사원이었어요."

이상한 일이었다. 불편하게 생각하는 승도였지만 어떨 땐 신기할 정도로 깊은 속내를 털어놓을 때가 있었다. 아마도 뭐든 들어주겠다는 검은 눈빛으로 물끄러미 그녀를 바라봐서일까. 가끔 날 왜 그렇게 보느냐고 묻고 싶은 경우가 많았다. 그렇지만 물을 수가 없었다. '내가 언제?'라고 사람 무안하게 잡아뗄까 봐. 하긴 한승도가 날 왜 보겠어.

"진호는 뭐래?"

"연봉 아깝다며 계속 다니라던데요."

"넌 여전히 그만두고 싶고?"

배부른 투정이라고 할 수도 있었다. 요즘 취업하기가 얼마나 힘든데, 적성에 맞지 않는다고 회사를 그만둔다는 소리를 한다고.

"막상 사표를 쓰려니 조금 겁나기도 해요. 바리스타 일 배우고 싶은데, 제가 워낙 손재주가 없다 보니."

"하고 싶으면 해야지."

승도는 시선을 딴 곳으로 한 번도 움직이지 않고 오직 그녀만 보고 있었다. 뻘쭘할 정도로 자신만 보고 있어 괜히 입술이 바짝 탄 다진은 커피를 물처럼 마셨다.

"나도 그랬으니까. 전공하고는 전혀 무관한 일을 하잖아. 사진. 카페."

"그렇긴 하죠."

다진은 힘없이 대꾸했다. 여전히 엄두가 나지 않는 표정을 읽은 걸까. 승도는 비어 있는 머그잔에 커피를 채워주며 말했다.

"원래 시작은 미약한 거야. 겁만 내고 우물쭈물하는 사이 아까운 시간만 흘러. 양손에 떡을 다 쥔 인생은 없어. 어떤 걸 안 하면 후회할 것 같은지 저울질을 해봐. 그러면 답이 나올 거야."

어라? 이렇게 말을 잘하는 남자였다니.

마음먹고 다단계를 했다면 제일 꼭대기인 다이아몬드에도 오를 정도다. 승도의 말이 조금씩 조금씩 마음을 흔들었다. 지금 아니면 사표를 쓰지 못할 것이 뻔했다. 평소처럼 밤낮없이 일만 하겠지. 불투명한 먼 미래는 어떨지 몰라도 오늘은 즐겁게 살고 싶었다. 그것이 할머니의 유언이었으니까.

결국, 사표를 냈다. 얼마 지나지 않아서 퇴직을 극구 말리던 진호에게 연락이 왔다. 그늘에서 일을 해보면 어떨 것 같으냐고. 설마 승도의 입김이 들어간 것일까? 에이, 착각하는 거겠지. 한승도는 시간이 남아돌아도 남의 인생을 참견할 위인은 아니었으니까.

"늦었다!"

이게 무슨 조화인지 모르겠다. 승도와 함께 일해서? 요즘 부쩍 옛날 생각을 많이 하게 되었다. 이젠 한승도가 나오는 꿈까지 꾸다니. 그 때문에 어젯밤 잠을 설친 다진은 늦게 눈을 떴다.

회사 다닐 때도 지각 한번 없었는데. 꿈속에 한승도가 나와 가위에 눌린 것처럼 온몸이 뻐근했다. 이불을 박차고 일어난 다진은 부랴부랴 세수하고 대충 옷을 걸치고 집을 나섰다. 어쩜 좋아. 발을 동동 굴러도 택시도 잘 잡히지 않는다.

승도가 다시 출근하는 날 지각할 게 뭐람. 더욱이 어젯밤 못생겼다는 소리까지 들었다. 립스틱도 바르지 못하고 출근하는 것이 왠지 걸렸다. 아니 왜 내가 한승도를 신경 쓰고 있지?

"택시! 택시!"

목 놓아 부른 덕에 가까스로 택시를 잡아탄 다진은 진호에게 문자를 보냈다.

[선배. 지금 택시 탔어요. 10분 정도 늦을 것 같아요. 죄송해요. ㅜㅜ]

[괜찮으니까, 천천히 와. 뛰다가 넘어지지 말고.]

역시나 진호는 친절한 답장을 보내주었다. 조금은 마음 편하게 출근할 수 있었다. 이러니 진호에 대한 마음을 쉽사리 접지 못하는 것일지도 모른다. 그래도 접어야 한다.

내 사람 되라고

[샌드위치 20% 할인 Day]

택시 아저씨에게 감사의 절을 하고 싶었다. 지름길로 간 덕분에 지각은 면할 수가 있었다. 다진은 숨을 고를 여유도 없이 서둘러 허리에 검은 앞치마를 둘러매고 손님을 받았다. 샌드위치를 할인하는 날이면 다른 날보다 두 배로 바쁘다. 블로그를 통해 유명한 샌드위치를 쉰 개 넘게 주문했는데 아무래도 모자랄 것 같다.

"샌드위치 둘, 녹차 하나, 아메리카노 하나 주세요."

카페 문을 열자마자 손님들이 물밀듯이 들어왔다. 명당자리인 창가에는 노트북을 놓고 작업하는 이들도 있었다. 주문을 받은 다진은 발 빠르게 계산을 마치고 다음 손님을 받았다. 기계적으로 일했다. 주문을 받고 샌드위치를 전기오븐에 데운다. 진호를 포함해서 세 명이 일하고 있지만 고양이 손이라도 빌리고 싶을 만큼 바쁜 날이었다.

한바탕 폭풍이 지나간 듯 정신이 없었다. 1시가 넘어서야 조금 한가해졌다. 바쁜 날이라 점심은 교대로 먹었다.

"점심 먹고 하자."

진호의 말이 반갑게 들렸다. 다진은 진호와 함께 직원용

휴게실로 들어갔다. 점심이라며 진호가 준 것은 설탕에 절인 블루베리를 얹은 달콤한 샌드위치였다. 한입 크게 베어 물었는데 블루베리의 향이 입안 가득 진하게 퍼졌다. 젠장, 너무나 맛있어서 열 개도 먹을 수 있겠다.

"맛있어요."

엄지 척. 좋아요, 열 개.

"우리 직원들 먹을 거라고 특별히 만들어달라고 했지."

진호는 맛있게 먹는 다진을 흐뭇하게 바라봤다. 달콤한 샌드위치 때문일까. 진호가 달콤하게 웃으면서 물었다.

"어젠 몇 시에 들어갔어?"

"1시쯤."

"혼자 그렇게 오래 있다 간 거야?"

"중간에 승도 선배를 만났어요."

승도의 이름에는 고유한 분위기가 있는 것 같다. 이름을 부르는 것만으로도 어깨에 잔뜩 힘이 들어갔다. 진호와는 둘도 없는 친구. 그래서 승도가 언젠가는 그녀가 진호를 좋아하고 있음을 말할지 몰라 불안했다.

"그랬구나."

"선배 가고 삼십 분 있다가 왔어요."

진호가 데려다준다고 했을 때 따라 나갈걸. 다진은 뒤늦게 후회가 되었다.

"승도 선배는 출근했어요?"

"응. 좀 전에."

승도가 2층에 있다고 생각하자 다진의 말간 눈동자가 세차게 일렁였다. 샌드위치 대신 입술을 꽉 깨물었다. 밤공기 속으로 흩어지던 허스키한 목소리로 '더 못생겨져서 못 알아봤어.' 그 말이 잊을 만하면 떠올라서. 에잇!

"저녁에 문 닫고 밥 먹기로 했어."

"카페에서요?"

"아니, 승도 집에서."

"그게 그거잖아요."

승도의 집은 3층이었다. 한 번도 가본 적은 없었다.

"아직도 승도가 어려워?"

다진은 의자에 등을 기대며 애매한 미소를 지었다.

"어렵다기보단 약간 불편할 뿐이에요."

"다른 사람들과는 스스럼없이 잘 지내면서."

"그러게요."

"알고 지낸 세월이 3년이 지났는데 어쩜 너희 둘은 가까워지질 않아."

진호는 미간에 실금을 그었다. 원래부터 사람들과 어울리는 것을 별로 좋아하지 않는 승도 성격도 있었지만, 다진도 유난히 승도와는 거리를 뒀다.

"그런 거 없는데."

"없긴, 뭐가 없어. 두 사람 서로 소 닭 보듯 하잖아. 정다진! 친화력 하나는 끝내주잖아. 여기서 일하게 되었으니 기회라고 생각하고, 이번엔 잘 지내봐."

다진은 찜찜한 표정을 지었다.

"노력은 할게요."

"승도 선배님……, 하고 애교라도 부려봐."

"어휴, 그러다가 한 대 맞을걸요."

다진은 얼굴을 찡그리며 손사래를 쳤다. 그것도 어느 정도 서로 통해야 가능했다. 일부러 의식하는 건 아닌데 승도와는 뭘 해도 어색했다. 뭐랄까. 같은 공간에 있어도 다른 공간에 있는 느낌?

진호는 졌다는 표정을 지으며 웃었다. 배려심이 아주 좋아도 문제였다. 그녀가 먼저 치우기 전에 진호는 샌드위치 포장지를 모아 쓰레기통에 버렸다.

"그래도 승도 축하는 해줘."

다진은 무슨 말인지 몰라 큰 눈을 끔뻑거렸다.

"독일 국제사진페스티벌에서 젊은 작가상 받았대."

"와! 대단하다."

실력이 그 정도였다니. 학교 때부터 승도의 사진을 탐내는 곳은 많았다. 졸업하고 상업작가로 전향한 승도는 얼마 되지 않아 광고계에서 이름을 날리기 시작했다. 과장을 약간 보태자면 상품 가치를 백배는 높여줄 만큼 사진으로 잘 표현했다. 지금은 진호와 그늘을 운영하고 있지만 대부분 승도는 사진을 찍느라 그늘에는 거의 없었다.

"어떤 작품으로 상 탔어요?"

"그 녀석이 어디 자기 작품 보여주나. 인터넷으로 검색해서 알아냈잖아. 아이들 물장구치는 사진이더라. 사진 잘 모르는 내가 봐도 괜찮던데."

"나도 찾아봐야겠다."

다진은 샌드위치를 먹느라 기름기가 묻은 손을 휴지로 닦았다. 그리고는 휴대전화를 열어 재빨리 검색을 했다. 제일 먼저 보이는 사이트를 아무 생각 없이 클릭했다.

"……."

다진의 눈이 커질 대로 커졌다. 휴대전화 액정 가득 투명한 빛과도 같은 사진이 나타났다. 바로 눈앞에서 떨어지는 듯한 물방울들. 사진 속 아이들의 맑은 웃음소리가 귓가에 들리는 듯하다. 천사들이 잠시 내려와 노는 것처럼 아이들의 웃음은 해맑음 그 자체였다.

이 사진을 한승도가 찍었다고?

믿어지지가 않았다. 잠시 바라만 봐도 행복해지는 사진이었다. 당연히 승도가 찍은 사진은 우울하고 흑백일 거라고 지레짐작했다. 그러다가 불현듯 떠오른 생각. 이제까지 승도를 잘 알지도 못하면서 선입견을 품고 대한 건 아닐까 싶었다. 그녀가 진호를 좋아하고 있음을 승도가 알아버려 혼자 경계한 것만 같았다.

"이따가 수인이도 올 거야."

다진은 할 말을 잊었다. 다시 만나게 된 건가? 오랫동안 쌓아두었던 무언가가 산산이 부서진다. 마음 한구석에서 아슬아슬 꺼질 듯이 타고 있던 작은 불씨가 팍, 하고 꺼졌다.

“수인이가 너 오랜만에 본다고 좋아하더라.”

“그래요?”

다진은 애써 싱긋 웃었다. 진호는 보았다. 다진의 얼굴빛이 순간 달라지며 돌처럼 딱딱해지는 것을.

“둘, 친하지 않았어?”

“뭐 그냥저냥.”

다진은 대충 얼버무렸다. 진호는 더 묻고 싶은 마음을 접었다. 휴게실 밖에서 손님들이 몰려와 웅성거리는 소리가 들렸다. 휴게실을 나온 둘은 각자 자리로 돌아갔다.

“뭘 그렇게 보고 있어?”

“보긴.”

승도는 짧게 내뱉었다. 말과 달리 눈빛은 물속을 들여다보는 것처럼 깊었다. 진호는 팔짱을 끼고 승도가 응시하는 1층을 따라 내려다보았다. 별다른 건 없었다. 늘 보는 광경이었다. 계산하는 다진이가 보였다. 그리고 커피를 마시거나 음식을 먹고 있는 손님들. 도대체 뭘 보고 있었던 거지?

“그만 보고 앉아.”

승도가 진호의 어깨를 툭툭 두드렸다. 승도는 개인공간처럼 외따로 마련된 곳으로 가 앉았다.

"여행은 어땠어?"

진호는 의자 등받이에 허리를 딱 붙였다. 승도는 분신처럼 여기는 카메라를 만지고 있었다.

"좋았지."

성의 있게 대답하면 한승도가 아니지. 오랜 친구지만 아직도 속내를 알 수 없는 녀석이었다. 제 생각의 단면만 보여주었다. 아무리 고민이 있어도 꺼내 보여준 적이 없었다. 정이 떨어질 정도로 확 차갑다가도, 그에게 어려운 일이 닥치면 제일 먼저 달려오는 녀석이라 미워할 수가 없었다.

낮도깨비처럼 한 달 만에 나타난 승도는 거칠고 메말라 있었다. 안 봐도 뻔하다. 잠깐 눈만 붙이는 정도로 거의 자지 않고, 대충 먹으며 미친 듯 사진만 찍어댔겠지.

"그래서 한 달 동안이나 연락도 없었던 거냐?"

"나중에 결혼하면 남해에서 살까 봐."

"어쭈, 그래도 결혼을 하긴 할 건가 보네."

"독신주의자는 아니니까."

승도가 결혼한 모습이 상상이 되질 않는지 진호는 피식 웃으며 고개를 저었다.

"한승도가 결혼이라……."

"꽤 잘 살 것 같지 않아?"

"연애도 안 하는 놈이 결혼은. 연애나 먼저 하고 말해."

"혹시 모르지. 내가 너보다 더 빨리 결혼할지."

승도는 카메라 렌즈를 닦으며 무덤덤하게 대꾸했다. 진호는 코웃음을 쳤다.

"행여나. 만약 나보다 더 빨리 하면 형님이라고 불러주마."

"이거 기대되는데."

승도는 진호를 바라보며 키득거렸다. 절대 그럴 리 없다고 확신한 진호는 시큰둥한 표정을 지었다. 상규가 음악을 바꾼 모양이다. 나른한 클래식에서 말초신경을 자극하는 색소폰 선율이 스피커를 통해 흘러나왔다.

"어제 다진이 봤다며?"

"응."

"다진이한테 아르바이트하라고 연락하라더니, 왜 1층에서 일하라고 한 거야?"

"널 더 편하게 생각하니까."

렌즈를 닦던 승도의 손길이 잠시 멈추었다. 이내 부드러운 천을 천천히 돌리며 다시 하던 일로 되돌아갔다. 진호는 눈썹을 씰룩거렸다.

"그렇다 치고, 다진이가 회사 그만둔 건 어떻게 알았어?"

"어떻게 하다가 알게 됐어."

"그 '어떻게'가 궁금해서 묻잖아."

아무리 기다려도 승도의 입이 열리지 않았다. 이미 승도의 침묵은 익숙해질 대로 익숙해졌다. 그렇지만 요즘 들어와 미묘하게 바뀐 승도의 분위기는 좀처럼 적응이 되지 않았다. 자꾸만 무언가를 감추는 것만 같았다. 어떤 것에 대해 열심히, 뭔가를 견디는 얼굴. 그게 뭐냐고 묻고 싶었지만, 그게 뭔지 몰라 정작 진호도 답답했다.

"승도야."

"……."

"한승도."

뭐라도 알아내려고 이름을 재차 불러봤다. 하지만 승도의 얼굴은 동요 한 점 없이 고요했다. 더는 할 게 없어 포기한 진호도 말없이 앉아만 있었다.

"1층 바쁜데 안 내려가?"

"내려가야지."

승도는 그가 있는 것이 성가신 듯했다. 짐짝 취급을 당하자 진호는 자존심이 상했다. 어쩌다가 이런 녀석과 절친이 되었는지. 녀석을 처음 봤을 때 굉장히 낯을 가리는 줄 알았는데 아니었다. 그저 타인에게 무관심한 성격이었다.

"저녁에 보자."

"어디 가려고?"

"수인이 데리러."

승도는 마치 그림 속 초상화처럼 모든 움직임을 멈췄다. 왜 그렇게 보는데? 색소폰 소리만 이어지길 몇 분. 이렇다 할 말이 없던 승도는 여태껏 묻지 않았던 질문을 던졌다.

"다시 만날 거야?"

의외였다. 조금 놀랍기까지 했다. 승도는 그동안 타인이 누굴 사귀든 헤어지든 전혀 관심 없었다. 그의 연애사도 타인들 때처럼 무관심으로 일관하던 녀석이 갑자기 왜 호기심을 보이는지 신기할 정도였다.

"수인이 다시 만날 생각이냐고?"

짜증스럽게 한숨을 삼키며 재차 묻기까지 한다. 무심한 눈빛엔 온갖 감정이 뒤엉켜 있었다. 거친 공격을 받는 듯한 느낌이 든 진호는 다소 당황스러웠다.

"어쩐 일이야. 그런 게 다 궁금해지고?"

"대답하기 싫으면 됐어."

아니나 다를까, 승도는 곧바로 지겨운 표정을 지었다.

"모르겠다."

"대답 한번 끝내주네."

승도는 피식 웃었다. 진호는 어쩔 수 없다는 듯이 속내를 털어놨다.

"일단 적정한 거리를 두고 만나보려고. 헤어졌다가 다시 만났는데 또 헤어질 수는 없잖아."

"깃털 하나에도 무게가 느껴지는 게 관계야. 네가 알아서 하겠지만, 잘 생각해서 해."

"충고, 고맙다."

"충고는 무슨."

승도는 다시 무표정해졌다. 막 내려가려는데 계단에서 콩콩 뛰어오르는 소리가 들렸다. 다진이 올라오고 있었다.

진호와 승도는 동시에 다진을 바라봤다. 두 남자의 시선이 자신에게 집중되자 다진은 우뚝 걸음을 멈추었다.

"손님이 와인을 주문해서요."

입가를 억지로 당겨 짓는 다진의 미소는 표가 날 정도로 어설펐다. 진호는 다진에게로 걸어갔다. 수십 개의 와인 중에서 손님이 원하는 걸 바로 고르기엔 다진은 아직 실력이 부족했다.

"어떤 건데?"

"이거요."

다진은 손님이 주문한 와인이 적힌 계산서를 보여주었다.

"저쪽으로 가자. 찾아줄게."

"네."

다진은 벽 통째가 와인셀러인 곳으로 진호를 따라 걸어갔다. 저도 모르게 흘끔거리다가 승도와 눈이 마주친 다진은 얼른 시선을 피했다.

"여기 있네."

"고맙습니다."

다진은 진호가 찾아준 와인 한 병을 꺼내 후다닥 1층으로 내려갔다. 계단을 내려가는 발소리는 자칫 넘어질 것처럼 불안했다.

"뭐가 저렇게 급해?"

진호는 이따가 보자고 말하며 내려갔다. 승도는 가만히

앉아 까끌까끌한 턱을 문질렀다. 뭔가 고심하는 흔적이 엿보였다. 어쩐다, 하고 혼잣말하던 승도는 1층으로 내려갔다.

"비켜."

승도가 새치기하듯 카운터 안으로 들어왔다. 황당한 다진은 붕어처럼 입만 벙긋거렸다. 1층에 거의 내려오지 않던 승도가 카운터 안까지 들어오자 숨이 턱 막혔다. 안 그래도 정신이 없었다. 바쁜 걸 뻔히 알면서 진호는 일이 있다며 나갔다. 셋이 하던 일을 둘이 하느라 얼이 반쯤 빠져 있는 상태였다.

"손님들 기다리잖아."

"아. 네."

바글바글 서 있는 손님들을 보며 다진은 옆으로 비켜섰다. 파란 머플러를 한 여자가 승도를 보며 눈웃음을 쳤다. 손님한테도 무뚝뚝하게 대할 줄 알았던 승도는 영업용 미소를 마음껏 날렸다.

"오늘 샌드위치 할인하는 날인데."

승도가 말끝을 흐리며 여자를 지그시 응시했다. 카페모카만 주문했던 여자는 뺨을 붉혔다.

"맛있어요?"

"당연히 맛있죠."

"그러면 하나 주세요."

이 남자 보소. 사업수완이 보통 아닌데? 승도는 미소 한 번으로 마지막 하나 남은 샌드위치를 팔았다.

"다음 손님 주문하시겠습니까?"

승도는 능숙하게 주문을 받았다. 진호가 나간 것을 알고 일부러 도와주러 내려온 걸까. 승도한테 이런 배려심이 있을 줄은 몰랐다. 두 달 넘게 알바를 하며 배워 어지간한 커피는 만들 수 있었다. 파란 머플러 여자가 주문한 카페모카를 만들면서 다진은 승도를 흘끔거렸다. 오늘 승도가 한없이 낯설었다. 그동안 보지 못했던 부드러움이 보였다.

부드러움이라니. 무뚝뚝한 한승도와는 썩 어울리지 않는 단어였다. 그렇지만 손님들을 대하는 승도는 잘생기고 매너 좋고 미소도 멋진 카페 사장님처럼 보였다. 뭐지 이 당혹스러움은?

"왜?"

"네?"

"왜 그렇게 사람을 빤히 봐?"

"제가요?"

"그래. 너."

흘끔거린 걸 들켜버린 다진은 얼굴이 따끔거렸다. 일단 아니라고 잡아뗐는데 승도는 계속 물어볼 기세였다. 때마침 자몽을 넣은 믹서기가 다 갈았다는 신호를 보냈다. 나이스 타이밍! 다진은 냉큼 뒤돌아서 믹서기를 들었다. 유리컵에 생생하게 갈린 자몽주스를 가득 따랐다. 승도가 말을 걸기 전에 손님에게 주었다. 그러나 등 뒤로 들리는 목소리에 저도 모르게 움찔했다.

"집중해."

다시금 승도의 짙은 시선이 얼굴에 닿았다. 다진은 알겠다는 의미로 고개를 끄덕였다. 일인지 그에게 집중하란 것인지 헷갈렸지만. 어쨌든 승도가 도와주어 정신없던 카운터 앞이 정리되었다. 조금은 좁은 카운터 안에서 승도와 함께 있는 것도 조금씩 무뎌졌다.

그러고 보면 승도는 알게 모르게 그녀에게 도움을 주었다. 위경련으로 쓰러졌을 때도. 사표를 쓸까 말까 갈팡질팡할 때도. 승도가 무심히 던진 한마디에 결정할 수 있었다.

"고마워요."

잠시 한가한 틈을 타 다진은 승도의 옆으로 슬쩍 다가갔다. 승도는 왜 지금 이 시점에서 그 말을 하는지 이해할 수 없다는 얼굴이었다.

"뭐가?"

"그냥 다요."

승도의 짙은 눈썹이 꿈틀거렸다. 그리고는 입가에 번지는 옅은 미소. 너무 조명이 밝은가. 감당할 수조차 없이 승도가 짓는 미소가 환했다. 괜히 뻘쭘해진 다진은 빈 컵을 닦기 시작했다. 위경련이 났을 때 그녀를 업고 땀이 나게 뛴 것에 대해 고마움을 이제야 말했다.

[선배 어디예요?]

[미안. 차가 많이 막히네. 지금 가는 중이야. 조금만 기다려. 수인이랑 가고 있어.]

진호의 문자에 다진은 미간을 구겼다. 기다리는 건 얼마든지 할 수 있었다. 하지만 장소가 문제였다. 다른 곳도 아닌 승도의 집에서 단둘이 있었다. 진호를 기다리길 벌써 한 시간째. 인내심의 한계가 슬슬 바닥을 드러냈다. 그냥 집에 갈까.

승도는 그녀가 있다는 사실도 잊은 듯했다. 소파에 앉아 줄곧 노트북만 들여다봤다. 간혹 뭐가 마음에 안 드는지 한숨도 짧게 내쉬었다.

아. 숨막혀.

오후에 잠깐 그가 편해졌다고 생각했는데 착각이었다. 승도는 맞은편에 앉아 있는 그녀를 투명인간 취급했다. 너의 존재는 0g이라는 걸 알려주기라도 하듯 승도는 그저 일에만 몰두했다.

기분이 나빠야 할 상황인데 이상하게도 별로 기분이 나쁘진 않았다. 사진도 찍어야 하고 카페도 하는 바쁜 남자였으니까. 다진 역시 그에게 아무런 말도 건네지 않았다. 진호였다면 일이 많아 피곤하겠다고 쉽게 말을 건넸을 텐데, 승도에게는 쉽지 않았다. 왜 그런 걸까.

돌처럼 앉아 있던 다진은 소리 나지 않게 심호흡을 하며 일어섰다. 계속 아무것도 하지 않고 앉아 있는 것이 지루했다. 집 구경이나 할까. 처음 와본 승도의 집이었다. 포토그래퍼답게 그의 거실에 사진들이 그림처럼 걸려 있었다.

거의 풍경사진이었다. 안개가 잔뜩 낀 호수. 별이 쏟아지고 있는 산등성이. 개울물이 흐르고 있는 어느 산길. 그리고 하얗게 눈이 내린 듯한 메밀밭. 가만히 보고만 있어도 마음이 편해졌다. 문득 든 생각. 승도가 찍은 사진 만큼 그가 편해졌으면 하는 마음이었다. 승도는 모르겠지. 영화동아리 때 그가 찍어준 사진을 아직도 간직하고 있다는 것을.

이제 올 때가 되었는데.

사계절이 담긴 사진을 모두 감상한 다진은 시계를 바라봤다. 벌써 12시가 넘어가고 있었다. 오후에 나갔는데 이제까지 뭘 하고 오는지. 수인과 데이트라도 하고 오는 걸까. 다진은 쓴입을 다시며 베란다로 나갔다. 진호의 차가 오는지 확인하려고 창문을 열었다.

기다렸다는 듯이 밤바람이 머리를 헝클었다. 느슨하게 풀린 머리끈을 꽉 묶은 다진은 캄캄한 밤하늘을 올려다봤다. 별다른 생각을 하지 않고 있었다.

"뭐 해?"

"아. 깜짝이야."

소리 없이 다가온 승도 때문에 다진은 화들짝 놀랐다.

"아니……. 그러니까……. 답답해서 나왔어요."

말까지 더듬을 건 뭐람.

"진호 기다려?"

승도는 양팔을 베란다 난간에 기대며 물었다. 다진은 딱히 그런 것이 아니라 대답을 하지 않았다.

"진호 얼굴 매일 보니까 좋겠네."

다진의 눈에 붉은 실핏줄이 섰다. 3년 동안 아무 말 없더니만 왜 오늘 떠보듯 물어보는 걸까. 역시나 한승도는 불편한 남자였어.

"비밀, 지켜주기로 했잖아요."

다진은 다소 날카롭게 내뱉었다. 승도는 까마득하게 높은 하늘만 볼 뿐 말이 없다. 정적을 파고드는 밤바람이 차가웠다. 다진은 추운 줄도 모르고 승도를 노려봤다.

승도를 세상에서 제일 불편하게 생각하는 이유. 진호를 짝사랑하고 있는 것을 승도한테 들켰다. 언제였더라. 진호의 얼굴을 한 번이라도 더 보려고 동아리를 시간만 나면 들락거렸다. 누구를 이렇게 열성적으로 좋아해본 적이 처음이라, 굉장히 붕 뜬 상태였다.

선배, 밥 먹었어요? 그 영화 재미있던데 봤어요? 진호가 좋아하는 독립영화 표까지 구해다 주기도 했다. 그때마다

진호는 그녀를 친동생처럼 챙겨주었다. 주말에 영화를 같이 보러 가기도 했다. 시간이 지나며 이유 없는 자신감이 생겼다. 고백하면 진호가 받아줄 것 같았다.

그러나 막상 고백하려고 하면 입이 딱 붙어 떨어지지 않았다. 게다가 결정적으로 하지 못한 이유가 있었다. 수인이 고백하기 전 일이었다. 진호가 먼저 주말에 함께 영화를 보자고 했다. 하늘을 날 듯 기분이 들떴다. 이번에 기필코 고백해야지! 단단히 먹은 마음을 승도가 와장창 깨뜨렸다.

「너 진호 좋아하는구나.」

그때만 생각하면 아직도 허한 웃음이 나왔다. 진호와 제일 친한 승도한테 들키다니. 크어억, 하고 이상한 소리까지 내며 소스라치게 놀랐다.

「어떻게 알았어요?」
「네 얼굴에 다 쓰여 있어.」

기가 막힌 답변이 돌아왔다. 아무리 재채기와 사랑은 숨길 수 없다지만, 이건 아니잖아. 동아리를 수없이 들락거려도 정물처럼 앉아만 있던 승도가 알아챘다는 게 신기했다. 승도가 모든 것을 안다는 눈빛을 보낼 땐 땅굴을 파고

숨고 싶었다. 아마 승도한테 들키지 않았다면, 진호에게 수인이보다 먼저 고백했을지도 모른다.

"갑자기 왜 그 얘길 꺼내세요?"

"혼자 하는 짝사랑 지칠 법도 한데, 무려 3년을 갈 줄 몰랐거든."

"남이야, 3년을 하든 300년을 하든 선배님하곤 상관없잖아요."

다진의 목소리가 삐딱해졌다. 승도는 힘이 쭉 빠지게 순순히 인정했다.

"상관없지."

"지금 상관하고 있잖아요!"

순간 울컥해진 다진은 눈물이 핑 돌았다. 눈가가 빨개지는 것이 승도의 눈에도 보였나 보다. 승도가 그녀를 지그시 들여다보며 미간을 구겼다.

승도에게 제 마음을 들킨 날, 제발 진호한테 말하지 말아 달라고 간절하게 부탁했다. 승도의 침묵을 약속으로 받아들였다. 무언의 약속은 잘 지켜준 셈이었다. 이제까지 승도는 그녀 앞에서 그 일을 꺼내지 않았다. 새삼스럽게 지금 그 얘길 꺼내는 걸까. 그것도 하필 진호가 다시 수인과 사귀는 것을 알게 된 날에. 이 남자 사람 괴롭히는 악취미가 있나 보다.

"한 달 시간을 주었는데, 아직도 안 했다는 것이 미련해서."

"무슨 말이에요?"

"언제까지 바라만 볼 참이지?"

지독히도 까만 눈동자가 그녀를 가만히 응시하자, 숨이 멎을 것 같다. 도대체 무슨 말인지. 진호에게 고백할 수 있게 일부러 한 달 떠났다는 말인가? 그 정도로 그녀를 남다르게 생각해줬다고? 승도는 그럴 남자가 절대 아니었다.

다진은 승도의 이해할 수 없는 말에 머리가 지끈거렸다. 솔직히 며칠 전까지 다시 용기를 내어 진호에게 제 마음을 말할까 고민은 했다. 옛날처럼 고백도 하기 전에 진호의 마음은 다시 수인을 향했다.

이번에 망설인 이유는 용기가 없어서가 아니었다. 수인과 사귄 것이 걸린 것도 아니었다. 꽤 긴 시간 마음을 들여다보고 나서야 깨달았다. 아직도 진호를 보면 간혹 가슴이 두근거리지만, 예전만큼은 아니라는 것을. 그리고 어차피 고백해도 차였을 테지만……. 진호는 수인을 다시 만날 생각이었으니까. 이제야말로 긴 세월 미련을 떨었던 마음을 깨끗이 정리할 때였다.

"제 마음입니다."

다진은 짐짓 새침하게 대꾸했다. 승도한테 시시콜콜 제 마음을 설명할 필요를 느끼지 못했다. 여전히 진호를 짝사랑하고 있다고 오해를 하든 말든 알 바 아니다.

"맞아, 네 마음이야."

그 말이 왠지 정곡을 찌른 것 같아서 다진은 아프게 웃었다.

"그러는 선배님은 왜 연애 안 해요?"

"내 마음이야."

뭐 이런 남자가 다 있어? 다진은 주먹을 불끈 쥐었다. 정말 선배고 뭐고 한판 붙어?

"둘, 거기서 뭐 해?"

승도를 노려보고 있는데 진호의 목소리가 들렸다.

"승도 선배, 저도 왔어요. 다진아, 오랜만이야."

그 옆에 수인이 진호의 팔짱을 끼고 서 있었다. 누가 반갑다고 손까지 흔든다.

"그러게. 진짜 오랜만이다."

다진은 어색하게 웃었다. 그사이 마음에 생채기를 준 승도는 거실로 들어갔다. 수인이 진호와 팔짱을 낀 채 다가왔다.

"연락 좀 하지 그랬어? 어떻게 졸업하고 연락 한 번을 안 해. 진짜 섭섭하다."

"그렇게 서운했으면 네가 먼저 하지 그랬어?"

다진의 말에 수인은 고운 얼굴을 잔뜩 구겼다. 그녀에게 있어 수인은 더는 친구가 아니었다. 그저 아는 사람이다. 수인이 진호 선배와 사귀어서 일부러 거리를 둔 것은 아니었다. 사람들 앞에서만 착한 척하는 수인의 행동을 받아줄 만큼 자신은 아량이 넓지 않았다.

학교 다닐 때부터였다. 수인은 이유 없이 그녀를 시샘하고 질투했다. 워낙에 그런 쪽에는 둔감한 편이었다. 은정이 수인을 불여우라며 설명해주는 말들을 듣다보니, 수인의 진짜 모습을 알게 되었다. 뭐랄까. 제가 아닌 다른 여자가 남자 선배들한테 주목을 받으면 견디지 못하는 것 같았다. 시샘이 무척 많았던 수인은 그녀를 친구라기보단 경쟁자로 여겼다.

"회포는 들어와서 풀어."

진호가 둘을 보며 말했다. 수인은 까르르 웃으며 진호의 어깨를 때렸다. 뭐가 저렇게 좋은 걸까. 거실로 터벅터벅 걸어 들어갔다. 승도 혼자서 널따란 테이블에 맥주를 놓고 있었다.

어휴, 벌써 지치네.

피곤한 자리가 될 것 같은 불길한 예감에 다진은 한숨을 푹 내쉬었다.

"승도 선배 집 좋다."

수인은 당연하다는 듯 진호의 옆자리에 앉아 있었다. 다진은 어쩔 수 없이 승도의 옆에 앉았다. 조금만 더 소파가 넓었으면. 2인용 소파라 조금만 움직여도 승도와 닿았다. 안 움직이려고 할수록 승도의 팔이나 다리에 몸이 닿았다. 그때마다 저혈압이 온 것처럼 머리가 멍했다. 음, 부채처럼 몸을 접어야 하나.

"우리, 다시 사귀기로 했어요."

수인은 진호의 어깨에 기대며 앙큼한 미소를 지었다. 진호는 멋쩍은지 머리를 긁적거렸다. 축하한다는 말이라도 듣고 싶은 건가. 저를 똑바로 보는 수인을 보며 다진은 맥주를 한 번에 쭉 들이켰다.

"또 헤어지지 말고."

승도가 냉랭하게 말하며 다진의 앞에 안주 접시를 슬쩍 밀었다. 그것을 유심히 본 수인은 설핏 인상을 찌푸렸다.

"선배! 지금 헤어지라고 악담한 거죠?"

"그렇게 들렸으면 그런 거겠지."

승도는 무심하게 받아쳤다. 몇 마디로 상대방의 기를 은근히 죽이는 승도의 태도에 일찍이 면역이 생긴 진호는 고개를 저었다. 일일이 발끈하는 것도 이젠 지쳤다는 표정이었다.

"우리 다신 안 헤어질 거거든요. 그렇죠, 오빠?"

수인은 진호를 보며 말했다. 호칭도 선배에서 오빠라고 바뀌자 다진은 비위가 상했다. 니글거리는 속을 달래려고 입에 샐러드를 마구 욱여넣었다. 너무나 근거 없고 터무니없는 짐작일지 모르지만, 수인이 일부러 그녀를 자극하고 있는 것 같다. 남의 남자 넘보지 말라는 일종의 경고처럼. 아예 진호의 팔 하나를 꽉 껴안는 수인을 보며 다진은 쓴웃음을 삼켰다.

안 넘봐. 안 넘본다고. 마음 접었어!

다진은 이를 악물며 속으로만 크게 소리쳤다. 거울이 있다면 지금 자신의 표정이 어떤지 확인하고 싶었다. 안간힘을 다해 냉정을 유지하고 있었다. 하지만 얼굴이 화끈거리고 있음을 피부로 모조리 느꼈다.

"오빠, 나 물."

"응. 알았어."

진호는 수인의 말에 벌떡 일어나 냉장고에서 생수병을 가져왔다.

"과일도."

참 친절한 남자친구네. 진호는 수인의 말을 모두 들어주었다. 워낙 친절과 배려가 몸에 밴 진호라 그다지 이상하게 보이지도 않았다.

술자리 분위기는 점점 무르익었다. 대화는 거의 수인과 진호가 주도했다. 승도는 TV 시청하듯 둘을 바라봤다. 간혹 말을 건네도 고개를 끄덕이거나 짧게 답할 뿐이었다. 그사이 수인을 향해 곤두섰던 신경의 날카로움도 점점 줄었다. 막상 다정한 둘의 모습을 눈앞에서 보자 별생각이 들지 않았다.

패션잡지 기자인 수인은 오늘 촬영장에서 만난 여배우 이야기를 30분째 하고 있었다. 그다지 연예인에게 관심이 없었다. 수인이 말하면 "아, 그랬구나." 하고 영혼 없는 추임새를 넣어주었다.

"맥주?"

승도가 그녀의 빈 컵을 보며 말했다. 술 먹어서 못생겨졌다고 해놓고 왜 맥주를 권할까? 에라 모르겠다는 심정으로 다진은 승도가 따라주는 맥주를 받아마셨다.

"과일은?"

"……주세요."

다진은 승도가 포크로 찍어준 멜론을 넙죽 받았다. 이 남자 뭘 잘 못 먹었나? 왜 진호처럼 챙겨주지? 승도의 행동만 보자면 영락없이 남자친구였다. 말도 안 되는 상상을 하자 얼굴 전체에 열기가 퍼졌다. 승도가 챙겨줘도 왜 불안한지 모르겠다. 설마 불쌍해 보여서 잘해주는 건가.

"왜?"

"네?"

"날 또 보고 있잖아."

눈이 달렸으니 사람을 볼 수도 있는 거지. 조금만 오래 쳐다보면 승도는 의아하다는 듯이 되물었다. 마치 진호를 보지 않고 자신을 보느냐는 눈빛으로.

"전 선배님 보면 안 돼요?"

"아니."

"그런데 자꾸 물어봐요? 사람 민망하게."

"더 오래 보라고."

응? 방금 무슨 뜻이지? 승도는 여전히 미동도 없이 그녀를 빤히 바라봤다. 열기로 가득한 시선은 심연처럼 깊었다. 너무나 깊게 부딪히는 까만 눈동자에 할 말을 잃을 정도였다. 능숙하게 대처가 안 된다. 허공에서 얽히는 시선이 부담스러워 눈을 내리깔자 승도가 입꼬리를 살짝 비틀었다.

둘만이 느끼는 은밀한 긴장감에 다진은 입술이 바싹 메말라 차가운 맥주를 꿀꺽 삼켰다. 한 달 여행을 떠났던 승도는 어딘가 모르게 바뀌었다. '그늘'에서 두 달 넘게 알바를 하는 동안 승도는 그녀를 무관심으로 일관했다.

무슨 심경의 변화라도 있었나? 여행에서 돌아온 승도는 그녀의 일상을 조금씩 침범하기 시작했다. 이러다가 조금만 방심하면 일상 전체를 승도가 흔들 것만 같다. 단둘이 있을 때, 필시 안전거리를 확보해야겠다. 승도가 침범하지 못하도록.

"선배 부탁이에요."

잠시 딴생각에 잠겼던 다진은 수인을 바라봤다. 수인은 승도를 보며 애원하고 있었다.

"우리 잡지사랑 일해요."

"싫어."

승도는 단칼에 거절했다.

"내가 선배 안다니까 팀장이 꼭 데려오래요."

"못한다고 해."

"돈은 얼마든지 맞춰드리겠대요."

"날 돈독이 오른 사람으로 만들었군."

승도는 불쾌하다는 듯 얼굴을 일그러뜨렸다. 눈치가 없는 것인지. 이쯤에서 그만두어야 하는데 수인은 멈추지 않았다. 눈가에 남자를 녹이는 애교를 듬뿍 담아 말했다.

"선배, 해줄 수 있잖아요. 다른 사람도 아니고 내가 부탁하는 건데."

"네가 나한테 뭔데?"

"그야, 후배니까."

수인은 울상을 지었다. 승도는 후배가 뭐 대수냐는 표정이었다. 가만히 듣고만 있던 다진은 오금이 저렸다. 거절한번 참 살벌하게 한다. 승도한테는 부탁 같은 건 절대 하지 말아야겠다.

승도의 냉정한 거절에 수인은 어찌할 줄 몰랐다. 애교도 통하지 않자 자존심이 상한 얼굴이었다. 진호의 팔을 잡고 흔들며 어떻게 해보라는 눈빛을 보냈다. 아무리 매달려봤자 헛된 노력이라는 걸 수인만 모르는 듯했다. 한승도는 한번 내뱉은 말을 거둬들이는 법이 없었다.

"다진이 회사 사보는 찍어줬으면서……."

수인의 투덜거림은 그칠 기미가 없다. 중간에 낀 진호는 난감한 표정을 지었다. 이미 그 이야기는 끝낸 승도는 맥주만 마셨다. 네가 아무리 떠들어도 귀에 들리지 않는다는 무표정으로.

"그만해, 수인아. 승도 싫다는 일 절대로 안 하는 거 잘 알잖아."

"그래도 너무해. 다진이 회사 사보는 찍어줬으면서."

수인은 계속 그녀를 물고 늘어지며 앵무새처럼 똑같은 말을 반복했다. 진호가 수인의 어깨를 팔로 부드럽게 감쌌다. 수인은 실망했다는 듯 입술을 삐죽거렸다. 어이가 없다. 가만있는 자신은 왜 끌고 들어가는지. 따지고 보면 그녀가 부탁한 일도 아니었다.

사보를 찍는 당일 갑자기 사진작가가 교통사고를 당했다. 인터뷰 사진 촬영이 잡혔던 부장은 내일 출장을 떠나기에 어떻게든 그날 안에 해결하라고 닦달했다. 이럴 땐 직원들만 죽을 맛이었다. 같은 회사에서 일하는 은정에게 아는 사진작가 없느냐고 물어봤다.

은정이 승도에게 연락을 한 모양이었다. 회사에 승도가 나타났다. 광고촬영만 하던 그가 사보촬영까지 하는 것이 의아했지만, 어찌 되었건 무사히 사보촬영을 할 수 있었다는 것만 기뻤다.

"자! 분위기 바꿔서 다른 얘기 할까?"

진호가 착 가라앉은 분위기를 바꾸려고 노력했다. 고집을 세워봤자 안 통한다는 걸 깨달은 수인은 언제 그랬냐는 듯 환하게 웃고 있었다. 표정 바꾸기가 거의 변검 수준이다.

"다진아."

수인이 불러 다진은 고개를 들었다.

"너 여기서 계속 알바할 거야?"

"어."

다진은 짤막하게 대답했다. 수인은 황당하다는 듯이 물었다.

"왜?"

"왜긴. 재미있으니까 하지. 진호 선배도 잘 가르쳐주고. 그래서 제대로 배워보려고."

수인의 낯빛이 단박에 어두워졌다. 이내 진호의 어깨에 얼굴 기댔다.

"요새 섣불리 장사한다고 하다가 망한 사람 많아."

"걱정해주는 거야?"

"당연히. 친구니까."

"그래, 걱정 고맙다."

다진은 담담하게 받아쳤다. 열심히 배우겠다는 사람 앞에서 망한다는 소리부터 하는 게 과연 친구일까? 수인은 한술 더 떠 다진의 마음을 무겁게 했다.

진호와 잔을 부딪친 수인은 코맹맹이 소리를 냈다.

"진호 오빠, 다진이 가르쳐주느라 바빠서 나랑 만나는 거 소홀하면 안 돼."

"근무시간에만 가르치고 있어."

"약속."

수인이 새끼손가락을 내밀자 진호가 멋쩍게 웃으며 손가락을 걸었다. 다진은 신경질적으로 머리를 쓸어올렸다. 진호 옆에 그녀가 있는 것이 수인은 영 싫은 모양이었다.

일부러 더 진호 품에 안기고 자신이 진호의 애인이라는 것을 짧은 시간 동안 몇 번이나 확인시켜주고 있었다.

진짜 밉상이 따로 없네. 차라리 따로 불러 네가 옆에 있는 게 신경 쓰인다고 말을 하지. 이건 사람 바보 만드는 것도 아니고. 아니꼽고 치사해서 다른 카페로 옮기든가 해야겠다. 얄미운 수인의 면상에 뭐라 한마디 쏘아붙이고 싶은 걸 꾹 참았다. 불쾌한 감정을 티 내지 않으려고 다진은 눈을 내리깔고 어휴, 한숨을 쉬었다.

"정다진."

승도가 무뚝뚝하게 그녀를 불렀다. 고개를 옆으로 돌린 다진의 목덜미가 순간 차가워졌다. 승도가 그녀를 빤히 보고 있었다. 제 기분을 모두 꿰뚫어 보고 있는 듯한 승도의 눈빛에 다진의 시선이 저절로 아래로 향했다.

"내일부터 2층 와서 근무해."

"무슨 말인지……."

"정식으로 내 사람 되라고. 아르바이트하지 말고 직원해. 제대로 가르쳐줄 테니까."

이건 또 무슨 변덕이래?

듣는 이가 모두 놀랄 말을 던진 승도는 정작 별거 아니라는 표정으로 맥주를 마셨다. 밉상인 수인은 잘됐다며 손뼉까지 쳤다. 진호는 이참에 둘이 친해지라며 한마디 거들었다.

종일 한승도와 2층에서 있으라고? 벌써 숨이 턱턱 막힌

다. 다른 카페로 옮겨야 하나 심각하게 고민해봐야겠다. 모두가 2층에서 그녀가 일하는 걸 환영했다. 사방이 막힌 구석으로 몰린 기분. 안타깝게도 마땅히 거절할 말이 떠오르지 않아 입술만 달싹였다. 말하기 곤란할 땐 피하는 게 상책이다.

자리를 뜨려고 막 일어서던 다진은 움직일 수가 없었다.

"대답은 하고 가야지."

승도가 짙은 눈썹을 꿈틀거리며 다진의 손목을 꽉 잡고 있었다. 당황해서 미처 손을 뺄 생각도 하지 못했다. 온 힘을 다해 버티며 서 있어야 했다. 승도에게 잡힌 손목의 맥박이 아릿하게 뛰어서.

안전거리를 확보하지 못한 부작용일까. 다진은 어떻게 말해야 할지 망설였다. 더군다나 흔들림 없이 자신을 향해 집요하게 파고드는 승도의 시선은 감당하기 벅찼다. 일생에 단 한 번도 받아본 적 없는 시선이었다. 어떤 것으로도 구분할 수 없다. 아득해지는 검은 동공은 얼음만큼 차가웠다. 그래서일까. 단칼에 싫다는 말이 나오질 않았다.

"생각해볼게요."

"나한테 배우기 싫어?"

"그건 아니지만……."

마음과 다른 대답이 나왔다.

"내일부터 2층으로 10시까지 출근해."

할까 말까 망설이느라 무질서했던 머릿속을 승도가 깔

끔히 정리했다. 다짐을 받듯 승도가 재차 말했다.

"알았으면 대답해."

"네, 출근할게요. 우선은 알바생으로요."

다진은 말 잘 듣는 아이처럼 고개를 끄덕이고 말았다. 뭐지, 미끼를 물어버린 이 찜찜한 기분은. 아무리 봐도 승도에게 낚인 것 같았다. 손목까지. 다진은 목소리를 쥐어짜며 말했다.

"손은 놔주세요."

"싫어."

목소리마저 마음에 흔적을 남기는 남자의 손아귀 힘은 강했다. 얼마나 꽉 잡고 있는지 감각이 없어질 정도였다. 한 대 맞은 듯 멍해진 다진은 손끝이 떨리지 않도록 힘껏 주먹을 움켜쥐었다. 숨을 차분히 고르고 나서야 따지듯 물었다.

"왜요?"

"술버릇이야. 사람 손잡고 술 마셔야 주사를 안 부려."

"그게 왜 전데요?"

"네 손이 마음에 들어서."

내 손이 아무리 예쁘게 생겼어도 이건 아니지.

다진은 절로 구겨진 미간을 애써 폈다. 승도와 말을 섞을수록 머리만 아파졌다. 어제는 못생겼다고 놀리고 아까는 없는 사람처럼 무시하더니, 지금은 내 손이 좋다고? 승도가 변덕을 넘어 가학적 변태 성향이 있는지 의심스러웠다.

설마 카페 벽에 걸린 가죽채찍이 장식용이 아닐 수도…….

"선배 진짜 술 취했어요?"

"어."

주사 한번 참 독특하다. 다진은 승도와 기 싸움을 포기하고 소파에 앉았다. 그사이 10년은 늙은 것 같다. 승도는 그녀의 왼손을 잡고 말없이 맥주를 마셨다. 수인과 진호는 재밌다며 웃었다. 다른 사람이 했으면 괴이한 행동이 한승도가 하니까 너무나 자연스러웠다. 서로 소 닭 보듯 하던 두 사람이 마치 다정한 연인처럼 손을 잡고 있어도 전혀 이상하게 보지 않았다.

"진호 오빠, 우리도 손잡고 마시자."

수인이 예쁜 얼굴로 아양을 떨었다. 어떤 남자가 떨쳐낼 수 있겠는가. 진호는 더 수인의 곁에 가깝게 앉으며 손을 잡았다. 둘은 다음 주에 놀러 갈 계획을 짜며 즐겁게 웃었다.

더는 안 되겠어. 손목을 힘껏 비틀자 승도가 그제야 손을 순순히 풀어주었다. 그나마 숨통이 트는 것 같았다.

"그렇게 보기 괴로우면 고백하든가."

귀에 바짝 대고 속삭이는 것 같았다. 점성이 가득한 목소리가 귓가에서 떨어지지 않아 다진은 미간을 확 구겼다.

술도 깰 겸 베란다로 나왔는데 어느새 승도가 따라 나왔다. 그는 진호와 수인을 보고 있는 것이 괴로워 나온 거로 오해하고 있었다.

"그런 거 아니에요."

"아니면 왜 나왔는데?"

"혼자 있고 싶어서요. 그러니까 선배님, 들어가주시면 안 될까요?"

다진은 최대한 정중하게 부탁했다. 그러나 승도는 간절한 부탁을 들어주지 않았다.

"여긴 내 집이라서. 그리고 내가 베란다를 좋아해."

이건 아주 황당하다 못해 어이가 없다. 그녀를 못살게 굴고 싶은 걸까.

"난 선배가 싫어요."

다진은 참다못해 외쳤다.

"이유가 뭘까?"

승도는 그럴 줄 알았다는 듯이 표정엔 변화가 없다.

"말하자면 이런 거죠. 몰래 울고 싶을 때마다 선배가 알아채서요."

"누구라도 네가 울고 싶다는 걸 알아주는 것도 괜찮지 않아? 아무도 네가 아파서 우는 걸 모르는 게 더 슬플 것 같은데."

원망을 쏟아낸 것이 무색하게 승도는 진지하게 대답했다. 아무도 모르는 네 마음을 자신만은 알고 있다는 눈빛이었다. 맥주 때문에 몽롱했던 정신이 확 깼다. 괜스레 얼굴이 화끈거린 다진은 시선을 돌려 창밖을 향했다. 달리 할 말도 없어 저 멀리 보이는 사거리만 물끄러미 바라봤다.

"무슨 생각해?"

승도가 물었다. 다진은 지나가는 차들을 보며 무성의하게 대답했다.

"눈 뜨고 졸고 있어요."

"정다진."

이름을 불러 무의식적으로 고개를 돌렸다. 서늘한 손이 두 뺨을 감싼다. 낯선 감각에 조금 남았던 알코올도 모두 증발해버렸다. 안전거리 미확보! 머릿속에 빨간 경고등이 삐삐 울렸다. 성큼 다가온 승도가 그녀의 뺨을 양손으로 감싸고 있었다.

"뭐 하는 거예요?"

얼마나 놀랐는지 혀까지 깨물 뻔했다.

"잠 깨라고."

"……잠 다 깼어요."

그러니 제발 불처럼 뜨거운 손을 치워주세요. 설마 이것도 술버릇이라고 하면 가만두지 않을 테야. 그렇지만 온몸이 굳어버렸다. 오늘 밤, 승도가 너무 낯설고 위험해 보인 다진은 겨우 숨만 내쉬고 있었다.

"집중."

아무것도 할 수가 없었다. 그저 그를 바라만 봐야 했다. 둘은 한동안, 아니 3초 정도 서로의 눈을 뚫어지게 바라봤다. 잉크 번지듯 동공이 커지는 걸 보자 이상한 기분까지 들었다. 하얗게 질린 얼굴이 뻥, 하고 터질 것 같을 때 승도가 뺨을 감싼 손을 내려놓았다. 그리고는 왠지 쓸쓸한 얼굴로 거실로 들어갔다. 풀리지 않는 암호 같은 말만 던지고서.

"너 때문에 나는……."

손 좀 치워주시면

내가 뭘 어쨌기에?

30분 일찍 출근한 다진은 어젯밤 승도가 한 말을 곱씹었다. 낮게 깔린 승도의 목소리에는 그녀를 향한 원망이 담겨 있었다. 아무리 생각해도 승도에게 원망받을 일을 한 적은 없었다. 저도 모르게 실수를 했나?

빙빙 맴도는 승도의 말을 곱씹으며 잔들을 닦았다. 깨끗이 닦은 잔들을 제자리에 놓고 주위를 둘러보았다. 1층이었으면 바쁠 시간인데 2층은 한가로웠다. 이럴 거면 왜 뽑았는지. 그렇다고 마냥 놀 수만은 없어 상규가 있는 창고로 갔다.

"저 뭐 할까요?"

"형 없어요?"

"네."

상규는 창고에서 커피콩이 든 자루들을 정리하고 있었다. 2층에서 일하고 있는 상규와는 별로 대화를 한 적이 없었다. 그만큼 어색하다는 뜻이다.

"그러면 3층 가보세요."

제 할 말만 한 상규는 눈길 한번 주지 않고 자루만 정리했다. 다진은 어색하게 웃으며 문가에 있는 자루를 옮겨주며 말했다.

"상규 씨."

"네?"

"우리 잘해봐요."

"그래요."

이 남자도 은근 냉소적이다. 좀 친해지려고 말을 걸었는데 상규는 도무지 곁을 내주지 않았다. 끼리끼리라 했던가. 사장을 닮아 직원도 까칠했다. 그렇다고 여기서 포기할 자신이 아니었다. 직원인 상규까지 불편하게 지내고 싶지 않았다.

"이따가 원두 로스팅하는 것 좀 가르쳐줄 수 있어요?"

"알았어요."

그나마 다행이다. 까칠해도 상규는 실력 하나만큼은 최고였다. 못하는 게 없었다. 불티나게 팔리는 마카롱도 잘 구웠고 로스팅은 정말이지 끝내주었다. 그녀의 눈에 상규는 더없이 훌륭한 사수였다.

"저 그러면 3층 갔다 올게요."

"말 놓으세요."

창고 문손잡이를 잡고 나가려는데 상규가 말했다. 엄연히 그가 고참인데 말을 놓으라니. 무슨 뜻이냐는 얼굴로 바라봤다.

"제가 동생이에요."

동생이라고?

"두 살 어려요."

다진은 이제까지 상규가 그녀보다 나이가 많은 줄 알고 있었다. 믿을 수 없다는 표정을 짓자 상규는 고개를 삐딱하게 기울이며 그녀를 바라봤다.

"제가 좀 노안이죠."

"내가 동안이겠지……요."

상규의 무반응에 다진은 어색하게 웃었다.

"농담한 건데."

"알아요."

상규의 무심한 대꾸에 다진은 무안해졌다. 갈 길이 먼 느낌이 들어 한숨이 절로 나왔다. 두 살이나 어린 고참. 과연 말을 놓을 수 있을까.

"갔다 올게요."

다진은 일하는 상규의 등에 대고 말했다. 왠지 오늘 하루가 길 것 같았다.

다진은 털레털레 계단을 올라가 승도의 현관문 앞에 섰다. 노크하려고 올린 손이 허공에서 멈칫했다. 어젯밤 일이 불현듯 떠올라 얼굴이 이유도 없이 화끈거렸다. 승도가 뺨을 감싼 것 때문이 아니었다. 너 때문이라는 말이 계속 신경에 거슬렸다. 의미를 두지 않으려고 부단히 노력해도 자꾸만 그 말이 떠올랐다. 물어보면 대답을 해주려나.

똑똑.

일단 현관문을 두드렸다. 안에서 아무 소리도 들리지 않았다. 어디 갔나? 다진은 다시 한 번 문을 두드려보았다. 역시나 현관문은 열리지 않았다. 그냥 내려가야 하나.

"선배님."

…….

"사장님."

…….

"한승도!"

겁도 없이 이름까지 불러봤지만, 문은 끝내 열리지 않았다. 혹시나 하는 마음에 손잡이를 돌려봤다. 손잡이가 부드럽게 돌아가며 문이 스르르 열렸다.

"저, 들어갑니다."

약간 경계하는 눈빛을 띠던 다진은 망설이지 않고 집 안으로 들어섰다. 그런데 왜 호랑이 굴에 제 발로 들어가는 토끼가 된 기분이지. 그 섬뜩한 기분은 틀리지 않았다. 다진은 신발도 벗지 못한 채 엉덩방아까지 찧으며 주저앉았다.

쿵.

기절할 듯 놀란 다진은 비명도 지르지 못했다. 호흡은 거칠어졌고 당황한 눈동자는 방향을 잃고 흔들렸다. 눈앞에 서 있는 승도를 본 다진의 얼굴이 가을 단풍처럼 붉어졌다. 그를 가리키는 손은 덜덜 떨고 있었다.

"왜, 왜……!"

막 욕실에서 나온 승도는 수건으로 젖은 머리칼을 털고 있었다. 겨우 1초 승도를 봤을까. 다진은 타조처럼 머리를 바닥에 닿도록 고개를 푹 숙였다.

"왜, 벗고 있어요? 얼른 가려요."

"내 집인데, 내가 가려야 해?"

승도는 완벽한 나신이었다. 내리깐 시선 아래로 승도의 맨발이 보였다. 남자의 맨발이 이렇게 야하게 보일 수 있다니. 다른 신체 부위는 보고 싶지 않았다. 그가 한 발 더 다가서자 다진은 이 세상 같지 않은 소리를 내질렀다.

"그렇다고 발가벗고 있어요? 다 보이잖아요!"

"눈을 감으면 안 보일 텐데. 보고 싶으면 계속 뜨고 있든가."

"감아요. 감는다고요!"

밀랍인형처럼 하얗게 얼어붙은 다진은 재빨리 눈을 질끈 감았다. 닫힌 눈꺼풀 속에서 눈동자가 바퀴처럼 굴러다녔다. 짧은 순간이지만 보고 말았다. 머리부터 발끝까지 승도의 몸을.

어쩜 좋아. 배꼽을 봤어. 할머니가 남자 배꼽을 보면 결혼해야 한다고 했는데. 미쳤어. 정다진! 무슨 생각을 하는 거야!

다진은 고개를 절레절레 저었다. 그런데 눈을 감아도 방금 본 승도의 나신이 눈앞에서 아른거렸다. 유려한 선으로 이루어진 몸은 탄탄했다. 적당한 근육. 긴 팔과 다리. 순간 야한 느낌을 풍기던 맨발. 말 근육 같은 허벅지를 지나 물기에 젖은 무릎은 조약돌처럼 반들반들했다. 천만다행이라면 거뭇한 그것이 보이기 전에 눈을 감았다는 것.

"언제까지 눈 감고 있을 거야?"

남자의 더운 숨결이 훅 끼쳤다. 아지랑이처럼 사람을 나른하게 했다.

"옷 입었어요?"

"어."

"정말 입은 거 맞죠?"

"못 믿겠다면 눈을 떠서 확인해."

다진은 뜬금없이 화가 났다. 어제부터 승도의 손바닥 위에서 놀아난 기분이었다. 또 당하고 싶은 마음은 추호도 없다. 눈을 떴는데 그가 알몸이라면? 확인이 필요했다. 눈을 뜨지 않고 팔을 뻗었다. 뭔가 만져질 때까지 허공에서 손을 더듬거렸다.

반듯한 얼굴이 만져져서 다진은 흠칫했다. 사람이 궁지에 몰리면 없던 배짱도 생기는 모양이다. 승도의 얼굴에서 손을 떼지 않았다. 오히려 천천히 아래로 내렸다. 턱을 지나 단단한 어깨가 만져졌다.

심장이 터질 듯 가파르게 뛰어 머리가 어지러웠다. 다행히 옷이 어깨를 감싸고 있었다. 다진은 크게 심호흡을 했다. 어느 정도 마음의 안정이 되고 나서야 아주 천천히 눈을 떴다.

"정다진, 재밌는 구석도 있네."

눈꺼풀이 열리며 보이는 남자. 꽤 근사했던 남자의 나신이 또다시 떠올랐다. 그가 지그시 바라보자 못된 상상을 하다 들킨 것처럼 안절부절못했다. 하얗게 질릴 정도로 손마디마디에 힘이 들어가면서 목소리는 나오지 않았다. 한참이 지나서야 조개처럼 꼭 다물렸던 입술을 겨우 열었다. 침착함을 잃지 않으려고 애썼더니 목소리가 갈라져서 나왔다.

"한승도 선배님……."

진호를 봐왔던 3년을 매번 들켰다. 뒤에서 그녀를 무심히 보고 있던 한승도에게. 그런 그가 지금 눈앞에서 아무렇지 않게 자존심을 건드렸다. 그래 놓고 금세 그런 적 없다는 듯 천하태평한 얼굴을 하고 있으면 부아가 울컥 치밀었다.

지금까지 해왔던 것처럼 그녀에게 무관심으로 일관해달라고 애원하고 싶었다. 평온한 일상을 자꾸만 헤집어놓는 걸까. 함께 일하게 되었으니 잘 지내보려고 마음먹었는데. 아무래도 승도와 친해지는 건 쉽지 않을 것 같았다.

그리고 지금 그와 너무나 가까웠다. 안전거리 확보가 필요해.

"저한테서 떨어져주세요."

똑바로 보지도 못하고 말했다. 일부러 시선은 마주치지 않았다.

"왜?"

"말했잖아요. 선배님이 불편하다고."

게다가 마주한 눈빛이 지나치게 가까워 숨이 짤막짤막 끊겨 나왔다. 가타부타 말없이 승도가 손을 내밀었다. 다진은 그 크고 묵직한 손을 물끄러미 쳐다보았다.

"그러면 이제부터 친해지면 되겠네."

이 상황에서 악수하자는 건가. 승도의 큰 손을 말없이 응시했다.

"일하러 안 가?"

"……."

"잡아."

앞으로 내민 승도의 손을 보며 다진은 감정이 미묘하고 복잡해졌다. 승도가 처음으로 먼저 손을 내밀었다. 손을 잡으면 불편한 그와 조금은 친해질 수 있을까. 확신이 잘 서지 않는다. 그런데도 다진은 승도의 손을 아무렇지 않게 잡았다. 조금이라도 좋으니 승도와 그녀 사이에 생긴 어색함을 지우고 싶어서.

"이제부터 선배님이라는 호칭은 빼."

승도는 늘 그렇듯이 무뚝뚝하게 말했다. 그녀의 손을 노골적으로 꽉 잡으면서. 손끝부터 묘한 열기가 퍼져 나갔다.

“계속 학교 다니는 기분이 별로라서.”

“알겠습니다, 사장님.”

낮게 가라앉은 눈동자를 보며 다진은 씩씩하게 대답했다.

“이제 내려가도 되죠?”

“그런데 왜 올라왔어?”

승도의 알몸 때문에 3층에 올라온 목적을 깜빡했다.

“뭐부터 해야 하나 해서요.”

“하고 싶은 거 해.”

“네?”

“바리스타 되고 싶다며? 1층에서 일하느라 제대로 못 배웠잖아. 2층은 그나마 덜 바쁜 편이니까, 농땡이치지 말고, 열심히 배워.”

“네.”

“상규가 잘 가르쳐줄 거야.”

“네!”

“알바는 사장이 보든 안 보든 열심히 하는 거다?”

“네!”

꼬박꼬박 대답하자 승도의 입가가 슬며시 벌어졌다. 다진은 꾸벅 인사하고 그의 집을 나왔다. 어쨌든 앞으로 거의 종일 붙어 지낼 사이. 잘 지내면 좋은 거다. 그래야 하는데. 계단을 내려오던 다진은 푸른 하늘을 바라봤다. 한꺼번에 쏟아지는 듯한 아침 햇살에 눈을 질끈 감았다가 떴다.

“좀 사라져라.”

다진은 중얼거리며 한숨을 삼켰다. 자꾸만 떠오르는 승도의 알몸 때문에 음흉한 여자가 된 기분이었다. 승도의 알몸을 본 건 돌발변수였어. 1초라도 빨리 잊어버리는 게 정신건강에 이로워. 다진은 벌레를 쫓듯 눈앞에서 아른거리는 어깨와 가슴팍 그리고 배꼽이 사라지라고 손을 휘휘 저었다.

한가했던 2층이 시끄러워졌다. 승도는 팔짱을 낀 채 말했다.

“테이블 네 개씩 붙여. 마이크 상태 확인하고.”

“여기다 놓으면 되겠죠?”

상규가 스탠드 마이크를 가져왔다. 승도는 위치를 보며 고개를 끄덕였다. 저녁에 시인들의 낭독회가 잡혀 있었다. 오전 시간이 끝날 무렵부터 손님을 받지 않았다. 매달 한 번 있는 시인들의 낭독회. 그들이 편안한 분위기에서 즐길 수 있게 승도는 테이블 위치까지 바꿨다.

“사장님.”

다진이 힘겹게 승도를 불렀다. 승도는 테이블을 끙끙거리며 옮기고 있는 다진을 바라봤다. 다진은 가쁜 숨을 몰아쉬며 턱으로 테이블을 가리켰다.

"사장님도 함께 도와주시면 금방 끝날 것 같은데요."

"난 사장인데?"

"함께하는 사회, 좋은 사회."

"안 통해. 그런 거 시키려고 둘한테 월급 주는 거거든, 내가."

승도는 사악하게 입꼬리를 씩 올렸다. 그의 대답이 어이가 없는지 다진은 헛헛한 웃음소리를 냈다. 테이블을 힘들게 옮긴 다진은 상규를 보며 이마를 찌푸렸다.

"못됐다. 그렇죠?"

"형 원래 저래요. 저번에도 저 혼자 다 했어요."

상규는 테이블을 창가에 일렬로 맞췄다. 다진은 더 놀란 표정을 지으며 양손을 과하게 들어올렸다.

"완전 악질 사장이다."

"다 들린다."

승도는 다진의 작은 등에 대고 말했다.

"들리라고 한 겁니다."

시큰둥한 대답에 승도는 피식 웃었다. 의자에 앉아 테이블과 의자를 정리하는 다진을 흐뭇한 표정으로 바라봤다. 손님 하나 없이 텅 빈 카페는 세 사람뿐이어도 활기찼다. 테이블을 옮기며 내는 소음도 경쾌하게 들렸다.

이 정도면 뒤돌아볼 법도 한데 꿋꿋하게 일만 한다. 다진은 그가 움직이지 않고 그녀만 바라보고 있는 걸 전혀 모르는 듯하다. 일렬로 맞춘 테이블을 닦느라 여념이 없었다.

"1층으로 내려가고 싶죠?"

상규가 슬쩍 승도의 눈치를 보며 속삭이듯 물었다. 다진은 빙그레 웃어 보였다.

"사람은 다 적응하기 마련이라잖아요. 여기도 괜찮아요. 어디서든 열심히 배우면 되니까. 상규 씨가 많이 가르쳐줘요."

"말 놓으세요."

"뭐 급하다고. 천천히 놓을게요."

다진은 자립심이 지나치게 강했다. 누구에게도 의지할 줄을 몰랐다. 보면 방법을 모르는 것 같다. 아무리 힘들어도 도와달라고 먼저 손을 내밀지 않는다. 지난 3년간 다진을 지켜보면서 알아낸 것이 이것뿐이라니. 아? 진호를 좋아하고 있지. 그 생각마저 하자 입가에 불쾌감이 불뚝 솟으며 미소가 순식간에 사라졌다.

"1층, 가고 싶으면 가도 좋아."

등으로 무심한 꽂히는 목소리에 다진은 걸레질을 멈추었다. 의자에서 내려 그녀에게 천천히 걸어오는 승도를 빤히 쳐다보았다.

"왜 사람이 앞뒤가 달라요?"

"내가?"

"언제는 사장님 사람 되라면서요."

"그랬지."

"아까는 열심히 하라면서요."

"그랬지."

승도가 순순히 인정하자 다진의 눈썹이 미세하게 치켜 올라갔다. 약간 열이 받은 표정이 되며 얼굴이 붉어졌다.

"그랬는데 왜 말을 바꿔요?"

"딱히 원하지 않는 것 같아서."

"혹시 사장님이 후회하세요? 반나절 써보니 직원으로 저 별로예요? 열심히 한다고 했는데."

암팡지게 따져 묻는 다진을 보며 승도는 웃음이 나오는 걸 꾹 참았다.

"손 하나 까딱하지 않는 사장님 밑에서, 그것도 아주 열심히."

다진은 반나절 동안 열심히 옮긴 테이블을 가리켰다. 상규의 팔꿈치를 쿡쿡 치며 한마디 거들라는 눈빛을 보냈다. 끼어들어봤자 본전도 찾지 못할 거라는 걸 이미 안 상규는 묵묵히 제 일만 했다. 아군이 아무도 없자 전의를 상실한 다진은 소심하게 목소리를 냈다.

"더 열심히 할게요. 자르지 마세요."

승도는 급기야 애원하듯이 말하는 다진을 물끄러미 바라봤다. 1층에서 2층으로 다진을 올라오게 하는 데 걸린 시간만 두 달. 자를 거면 데려오지도 않았다. 혼자 저 멀리 가고 있는 다진을 묶어놓을 필요가 있었다. 확실히.

"네가 네 입으로 부탁한 거다."

눈알만 굴리고 있는 다진의 앞에 승도는 주머니에 손을 찔러넣으며 다가섰다. 가만히 서서 보는 자체만으로 위협적인지 다진은 그를 경계하며 한 발 뒤로 물러섰다. 어떻게든 좁히려는 거리를 다진은 악착같이 벌려버린다. 그것이 못마땅한 승도는 성큼 더 다가섰다.

"내 사람 되겠다고. 써달라고……. 뱉은 말은 책임질 줄 아는 훌륭한 성인이겠지?"

기가 막힌 다진은 입술만 달싹였다.

"살신성인하는 자세로 열심히 해."

"이야기 방향이 왜 그렇게 흘러요? 사장님이 먼저 2층에서 일하라고 제안했으면서."

"방금, 정다진이 나한테 매달렸으니까."

"그런 억지가 어디 있어요!"

"여기 있어."

무성의한 대답에 다진은 입술을 깨물었다. 완벽하게 까만 눈동자가 직시하자 다진은 탄산수처럼 톡, 쏘는 미소를 지었다. 불편함을 가장한 가식적인 웃음이라는 걸 그가 모를 리 없었다.

"저기, 덜 정리됐네."

"네, 치우겠습니다."

씩씩하게 대답을 해놓고 다진은 양손을 불끈 쥐었다. 승도는 낭독회에 쓰일 음악 목록을 체크했다. 벽에 걸린 거울에 다진의 모습이 비치자 승도는 어쩔 수 없다는 듯 옅은 미소를 지었다. 조금 전 일이 억울한 모양이다. 그의 등에 대고 주먹을 날리는 시늉을 했다.

장족의 발전인데? 그래도 등 뒤에서 장난을 치는 걸 보면.

물색없다. 어떻게 저 모습이 귀여워 보여?

예전처럼, 그래왔던 것처럼, 널 하찮은 존재로 대할 자신이 점점 흐려져. 어제도 그만, 터트릴 뻔했으니까.

해가 저물고 쌀쌀한 어둠이 내렸다.

그늘의 2층은 잔잔한 음악이 흐르고 있어 더 아득한 분위기를 연출했다. 알이 두꺼운 안경을 쓴 시인이 마이크 앞에 서서 시를 낭독하고 있었다. 시의 제목은 최영미 시인의 '사랑의 힘'이었다.

사랑은 그런 건가. 바보도 시를 쓰게 한단다. 멀쩡한 사람도 미치게 하고. 아직은 그런 경험은 없지만 뭔지 알 것 같았다. 다진은 처음 보는 시 낭독회가 무척이나 신기하고 즐거웠다. 목소리를 통해 듣는 시 구절이 몸에 알알이 맺히는 기분이었다. 낭독이 끝나면 열정적으로 박수를 보냈다.

"승도 밑에서 할 만해?"

다음 시 낭독을 위해 조명을 한 단계 밝히는 다진의 곁으로 진호가 다가왔다.

"생각보다 재미있어요."

다진은 카페 중앙을 응시했다. 어느새 승도는 까만 슈트로 갈아입고 사회를 보고 있었다. 전에 보지 못한 낯선 승도의 모습이었다. 무표정하던 한승도는 없다. 타고난 달변가가 되어 있다. 적절한 유머를 섞으며 진행을 매끄럽게 이끌어나갔다.

"다행이다. 걱정했어. 너희 둘 조금 삐걱거렸잖아."

"맞춰가야죠."

"좋은 현상이네."

좋은 현상인가. 다진은 고개를 갸우뚱했다. 승도와 어떻게든 잘 지내보려고 종일 부단히 노력했더니, 저녁이 되었을 땐 온몸이 다 뻐근했다. 겉으로 보기엔 아무 일이 없는 듯하지만, 본질적인 문제는 그대로였다. 어젯밤부터 이상한 말을 내뱉는 승도는 그녀에게 그저 괴팍한 성정을 지닌 사장일 뿐이었다. 그래도 그나마 다행이다. 농담도 하고 장난을 치니까. 어찌 보면 아주 조금씩 변화하고 있는 것일지도.

"괜찮은 녀석이야. 잘 지내봐."

진호는 어깨까지 두드려주며 격려했다. 다진은 굳이 대답하지 않았다. 잠시 쉬는 시간이었다. 그사이 음악이 바뀌었다. 승도가 고른 클래식 음악 중 다진이 유일하게 제목을 아는 쇼팽 소나타였다. 이 남자 알고 보면 어울리지 않게 문학이나 음악에 조예가 깊다. 은근히 반전매력이 있네.

"승도, 사회는 괜찮지?"

"잘하시는데요? 놀랐어요. 선배, 아니 사장님 저런 모습 처음 봐서."

"앞에 나서서 뭘 하는 거 극히 드물지. 그 성격만 고치면 아마 저 녀석 돈방석에 앉을걸."

"골방 체질도 아닌 것 같은데. 혼자 있는 걸 무척 좋아하나 봐요."

"타고난 성격이니까. 그래도 자기 사람이라고 생각하면 전부를 걸 녀석이야."

"전혀 그렇게 안 보이는데……."

다진은 눈을 가늘게 떴다. 대체 어디 저 남자가 사람한테 전부를 걸까 싶어서. 이제까지 봐온 사람 중 완벽하게 냉정을 유지하는 이는 승도가 유일했다. 잡아 흔들어서라도 당황하는 모습을 보고 싶을 정도였다.

"그럼 수고해."

"벌써 퇴근해요?"

아직 문 닫을 시간도 아닌데 진호는 나갈 준비를 했다.

"응. 데이트."

"수인이랑요?"

"그럼 누구겠어."

진호는 머쓱하게 웃었다.

"오랜만에 심야영화나 보려고."

"심야영화 좋죠."

이 유치한 감정을 도대체 어떻게 설명해야 할지. 마음속에서 진호를 깨끗이 정리 중이지만, 수인의 이름만 나오면 기분이 찝찝했다.

"선배 좋아 보여요. 수인이랑 다시 만나서 좋은가 봐요."

"뭐, 그렇지."

속절없이 웃는 진호가 순간 얄미웠다. 진호는 수고하라는 말을 남기고 1층으로 내려갔다. 다진은 찝찝한 기분을 한숨으로 털어냈다.

다진은 도란도란 얘기를 나누는 시인들 테이블로 케이크와 음료를 부지런히 날랐다. 상규는 열심히 구운 마카롱을 맛있게 먹는 시인들을 뿌듯하게 바라봤다. 역시 사람은 첫인상만으로 판단하면 안 된다. 덩치만 좀 컸지 상규는 순한 양이었다.

찰칵.

오랜만에 보는 모습이다. 승도는 카페 안을 조용히 다니며 사진을 찍기 시작했다. 서로 머리를 맞대며 담소를 나누는 부부. 유쾌하게 웃는 남자의 얼굴. 차를 마시며 시집을 읽어나가는 동호인들. 2층에 온 모든 사람을 카메라에 담고 있었다.

카메라 방향이 자신 쪽으로 향했다. 다진은 저도 모르게 웃으며 손으로 V를 그렸다. 그만 찍을 줄 알았는데 카메라

렌즈는 계속 그녀만 향했다. 근사한 포즈라도 취해야 하나. 셀카도 잘 안 찍는 터라 승도가 셔터를 누를수록 몸은 뻣뻣하게 굳어갔다.

차렷 자세로 있자 승도의 얼굴을 가렸던 카메라가 내려갔다. 짧은 시간 동안 무언가 격정적인 공간에 갇힌 기분이었다. 승도와 눈이 마주쳤다. 멀리 떨어져 있어야 그나마 편한 남자가 웃는다. 심장이 쿵, 바닥을 쳤다.

잘못 본 거겠지.

순간 마주친 남자의 눈은 한없이 쓸쓸했다. 가슴이 시큰거릴 정도로.

시간은 잘도 흘러갔다. 2층에서 일한 지 벌써 보름이 넘어가고 있었다. 순둥이 상규와는 말도 놓을 만큼 제법 친해졌다. 시간만 나면 로스팅 방법이나 비율에 따라 맛이 달라지는 커피도 가르쳐주었다. 1층에서는 손님을 받느라 종일 정신이 없었는데 2층에선 이것저것 다양한 경험을 할 수 있었다. 토마스 기차 모양인 기계 앞에서 커피 볶는 것만 봐도 재미있었다.

"손목에 힘이 너무 들어갔어요."

"잘 안 되네."

다진은 요즘 라테아트를 중점적으로 배우고 있었다. 라

테아트의 기본인 나뭇잎을 그려보는데 마음처럼 쉽지 않았다. 나뭇잎이 아니라 뭉개진 털 뭉치 같았다.

"그린다고 생각하지 말고 넣는다고 생각해요. 우유량에 따라서 번지는 것도 예상하면서."

상규가 다시 시범을 보여 주었다. 몇 번 움직이자 눈 깜짝할 사이에 나뭇잎이 커피 위에 둥둥 떠 있었다. 다진은 심기일전해서 다시 도전했다. 손목에 힘을 빼고, 넣듯이. 최대한 힘을 주지 않고 미끄러지지 않게.

이걸 뭐라고 부르면 좋을까. 나뭇잎 똥?

결과물에 눈물이 앞을 가렸다. 나뭇잎이 아니라 이번엔 우유 덩어리였다. 옆에서 지켜보던 상규가 짙은 한숨을 낮게 내쉬었다. 부끄러움이 데려온 열기로 더워진 다진은 몸 둘 바를 몰랐다.

"1층에서 하나도 안 배웠나 봐요?"

"바빠서."

"진호 형이 일만 시켰네."

"그건 아니고, 내가 손으로 하는 걸 잘 못해."

"못하는 게 어딨어요? 그리고 처음부터 잘하는 사람도 없어요. 매일 연습하면 돼요."

상규는 좌절하지 말라며 힘을 북돋아 주었다. 다진은 욕심부리지 않기로 했다. 일단 양을 조절하는 것부터 연습해야 할 것 같았다.

"사부님 많이 가르쳐줘요."

"그렇다면 오늘 백 번만 연습하고 가요."

"에이, 농담이지?"

"나 가르칠 땐, 농담 안 하는데."

상규는 웃지도 않고 정색을 했다. 당황한 다진은 헛헛한 웃음을 지었다. 사부님이 좀 무섭네. 백 번이면 얼마나 걸릴까? 일하면서 연습도 하려면 퇴근하고 새벽까지 해야 할 듯했다.

"그만큼 많이 해야 한다는 소리예요."

"어우, 괜히 겁먹었잖아."

상규는 곰처럼 순박하게 웃었다. 다진은 갑자기 궁금해졌다. 자신보다 나이도 두 살이나 어리면서 상규는 못 하는 게 없었다. 거의 일당백의 몫을 거뜬히 해냈다.

"언제부터 커피를 배웠어?"

"여기 그늘 열기 1년 전부터 배웠어요."

"그러면 그전부터 두 사람 알고 지낸 거야?"

"승도 형만 알고 지냈어요."

상규는 승도와의 인연을 천천히 설명해주었다. 승도는 어릴 적 동네에서부터 알고 지낸 형이었단다. 상규는 질풍노도의 시기인 사춘기를 뒤늦게 심하게 앓았다고 한다. 못된 친구들과 어울리며 사고도 쳐서 정학도 몇 번이나 먹었다고. 그때 그를 악의 구렁텅이에서 구해준 사람이 승도였다고.

"따스한 말로 너는 할 수 있다고 격려해준 거야?"

"어디 승도 형이 그럴 사람이에요."

"하긴……."

지금은 제주도에 내려가서 귤 농사를 짓고 계시지만 승도의 아버지는 유도 유단자셨다. 상규는 휴대전화로 검색까지 해서 승도의 아버지 사진을 보여줬다.

"올림픽 나가서 금메달도 따셨어요. 한대일 선수라고 모르세요?"

"대박!"

다진은 너무 놀라 턱이 빠지게 입을 벌렸다. 올림픽을 할 때면 TV에서 몇 번 본 것 같았다.

"어릴 때부터 형도 유도를 배웠거든요. 웬만한 선수만큼 잘해요. 그 핏줄이 어디 가겠어요. 제가 사고 칠 때마다 형이 절 땅에 메다꽂았어요. 남자는 허리가 생명인데……. 장가가려면 별수 없잖아요. 형 말을 듣는 수밖에."

상규는 비가 오면 허리가 쑤신다며 농담처럼 말했다. 놀 만큼 놀아 성적은 아주 밑바닥. 대학교도 들어가지 못한 상규는 음식배달 아르바이트를 전전했단다. 치킨 배달을 하고 돌아오는 그를 승도가 무작정 끌고 간 곳은 바리스타 학원.

승도는 그가 손재주가 좋은 걸 잊지 않고 있었다. 바리스타 학원이며 제빵제과 학원까지 보내주었다. 뒤늦게 철이 든 상규는 누구보다 성실하게 학원에 다녔다. 그가 마음잡고 새사람 되길 승도는 뒤에서 묵묵히 후원해주었다.

"승도 형 아니었으면 전 아직도 오토바이나 타면서 사고 치고 다녔을 거예요."

"지금은 누구보다 잘하잖아. 그럼 됐지."

다진은 어색하게 상규의 어깨를 두드려주었다. 상규는 머리를 긁적이며 멋쩍게 웃었다. 소도 때려잡을 투박한 손이 만들어내는 케이크와 커피의 맛은 탁월했다. 오늘도 상규가 만든 마카롱은 반나절도 되질 않아서 다 팔릴 것이다. 작년에 상규는 승도가 준 돈으로 석 달간 프랑스에 머물면서 마카롱 만드는 법을 제대로 배워 왔다.

"형 괜찮은 남자예요."

상규는 이 말은 꼭 명심하라는 듯이 다진을 똑바로 보며 말했다. 그러게. 꽤 괜찮은 남자네. 상규의 말을 가만히 듣고 있자니 제가 승도에 대해 알고 있는 건 아주 일부분에 불과했다. 그동안 알고 싶지 않아 했으니까. 그러면 이제부터 알면 되는 거 아닌가? 승도는 아직 알아야 할 미지의 세계가 많은 남자였다.

"그런데 사장님은 어디 갔어?"

3시가 넘도록 승도는 감감무소식이다. 어차피 내려와도 손 하나 까딱 않는 사장님이지만 눈에서 안 보이자 궁금했다. 상규가 대답했다.

"형, 광고사진 촬영하러 갔어요."

"아……."

다진은 고개를 끄덕이며 컵을 씻었다. 한승도는 잘나가

는 포토그래퍼였지. 그건 그렇고 얼마 전 시 낭독회 때 찍은 사진은 왜 안 주지?

수다는 이쯤에서 멈추었다. 상규는 막 2층으로 올라오는 손님들을 맞이했다. 다진 역시 카운터 앞에 섰다. 쌍쌍으로 온 남녀커플은 티라미수 케이크와 커피를 주문했다. 그 사이 진호가 올라와 와인 한 병을 들고 내려갔다. 어제 수인이랑 심야영화는 재미있게 봤겠지. 남자든 여자든 누군가를 좋아하면 얼굴에 화색이 도나 보다. 그렇잖아도 인물이 좋은 진호는 온몸에서 광채가 나는 듯했다.

"난감하네."

상규가 한숨처럼 말을 내뱉었다. 다진은 무슨 일인가 싶어 상규를 바라봤다. 저녁이 되면서 그늘은 더 바빠졌다. 오늘따라 손님들은 손이 많이 가는 커피만 주문했다. 상규는 커피머신 앞에 붙어 있다시피 했다. 다진도 마찬가지였다. 나뭇잎은커녕 세모를 만들 시간도 없었다. 그때 상규가 휴대전화를 들여다보며 미간을 찌푸렸다.

"왜?"

"형 카메라가 고장났나 봐요."

"어머! 어떻게 해?"

"그래서 3층에 있는 카메라 퀵으로 보내달라는데."

다진은 보내주면 되는 거 아닌가 쉽게 생각했다.

"그 카메라가 엄청나게 비싼 거라."

상규가 말끝을 흐리며 다진을 바라봤다. 왜 자신을 보는지 알 수 없어 다진은 어리둥절하기만 했다.

"누나가 갖다주면 안 돼요?"

"내가?"

"네."

상규는 다진의 대답도 듣지 않고 3층에서 가져온 카메라 가방을 건넸다. 이번엔 다진이 난감한 표정을 지었다.

"어차피 조금 있으면 퇴근시간이잖아요. 이 카메라, 형이 제일 아끼는 거라서요."

"지금 바쁘잖아."

"혼자 충분해요. 정 바쁘면 진호 형한테 도와달라고 할게요."

다진은 계속 마다할 수가 없었다. 시간을 지체할수록 상규도 승도도 곤란해질 뿐이다. 다진은 앞치마를 벗고 카메라 가방을 챙겼다. 꽈배기 모양이 새겨진 카디건을 입고 1층을 내려가는데 진호가 말을 걸었다.

"다진아, 어디 가?"

한시가 바쁜 다진은 두 배로 말이 빨라졌다. 어떻게 된 상황인지 숨도 쉬지 않고 말했다.

"이 시간까지 촬영한다고?"

밤 10시가 넘어가는 시간까지 촬영하는 것이 의아한지

진호는 눈썹을 치켜떴다. 콜택시가 근방에 왔다는 문자에 다진은 마음이 더 급해졌다.

"그런가 봐요."

"어딘데?"

"청담동 스튜디오요."

"데려다줄게."

"아뇨. 혼자 갈게요. 상규 혼자 바쁠 텐데, 좀 도와주세요."

다진은 일부러 환하게 웃으며 카페를 나섰다. 예전 같으면 고마웠을 진호의 친절이 이젠 조금씩 부담스러워졌다. 별 뜻이 없는 행동과 말인데 진호가 그녀를 위해 뭔가를 해주려 할 때면 어쩔 수 없이 명치끝이 아릿했다.

하루아침에 깔끔히 정리되면 좋으련만. 하기야 3년을 담은 마음이 쉽사리 정리되는 것도 이상한 거겠지. 다진은 그늘 앞에 도착한 택시 뒷좌석에 올라탔다. 그리고 승도에게 문자를 보냈다.

[사장님, 지금 출발합니다. 되도록 빨리 갈게요!]

그러고 보니 승도한테 처음으로 보내는 문자다. 승도는 바쁜지 답이 없다. 어차피 답장을 기대하고 보낸 건 아니었다. 이제야 알게 된 사실 하나. 이 남자는 SNS도 하지 않고 그 흔한 카톡도 하지 않는다. 휴대전화가 승도와 소통할 수 있는 유일한 수단이었다. 다진은 아침저녁으로 추워 챙겨온 녹색 스카프를 목에 단단히 둘러맸다. 그늘을 떠나는 택시 위로 그믐달이 비스듬히 걸려 있었다.

이렇게 뺄쭘할 데가.

30분 걸려 도착한 청담동 스튜디오. 다진은 재활용 휴지통 옆에 서서 촬영을 구경하고 있었다. 카메라가 고장났다던 승도는 정작 촬영만 잘하고 있었다. 승도에게 왔다고 말도 하지 못했다. 그냥 가야 하나? 혹시 카메라가 필요할지 몰라 조용히 기다리기로 했다.

다진은 저도 모르게 못박힌 듯 가만히 서서 사진을 찍는 승도의 뒷모습을 바라봤다. 승도는 화장품 광고촬영을 하고 있었다. 은박지처럼 눈이 부신 조명판이 여자 모델을 더욱 환하게 비췄다. 모델은 요즘 잘나가는 영화배우였다.

다진의 눈은 어여쁜 모델이 아닌 사진을 찍는 승도의 뒷모습만 열심히 좇았다. 저 남자, 사진을 찍는 걸 무척 좋아하는구나. 특수효과처럼 구름 같은 거위 털이 날리며 여배우가 매력적인 미소를 지었다. 승도는 카메라 각도를 요리조리 바꿔가며 셔터를 눌렀다.

다진은 순간 말로 표현하기 힘든 표정을 지었다. 진지한 모습 때문일까. 진한 청바지에 연한 카키색 셔츠를 입은 승도가 멋있어 보였다. 그가 역동적으로 움직이면 검은 머리칼도 따라 흩날렸다. 그가 찍은 사진은 모니터에 바로 나타났다. 멀리서 흘끔 봐도 멋진 사진이었다.

"수고하셨습니다."

드디어 촬영이 끝이 났다. 승도가 끝났음을 알리자 여기저기서 박수가 쏟아졌다. 뇌쇄적인 눈빛을 짓던 여배우도 스태프들을 향해 인사를 보냈다. 은은하게 켜져 있던 조명이 꺼졌다. 스태프들은 일사불란하게 움직였다. 승도는 여전히 그녀가 온 줄 모르고 있었다. 사진이 잘 찍혔는지 최종적으로 감독과 논의하고 있었다. 그때까지도 다진은 뒤에서 조금이라도 빨리 주려고 카메라 가방을 들고 오도카니 서 있었다.

한승도 사장님, 나 여기 있어요!

소리 없는 아우성이 전해진 모양이다. 승도가 딱딱하게 굳은 얼굴로 걸어와 그녀 앞에 마주 섰다. 그에게서 느껴지는 서늘한 시선에 다진은 어색하게 웃었다.

"언제 왔어?"

"아까요."

"그래?"

"카메라 가져왔는데."

"갖고 있어."

무정하고 멋대가리 없는 남자다. 고맙다는 말은커녕 더 기다리라는 말을 하곤 승도는 다시 모니터 앞으로 갔다. 광고감독 그리고 모델과 함께 사진을 보고 있었다. 그녀를 무신경하게 대하는 승도의 태도는 하루 이틀이 아니라 새삼스럽지도 않았다. 일에만 열중하는 승도의 뒷모습을 보며 다진은 묵묵히 자리를 지켰다.

"승도 씨, 맥주 한잔하고 가야지."

"다음에요."

감독의 말을 정중하게 거절한 그는 다진이 있는 곳으로 다가갔다. 그녀의 손에 들린 카메라 가방을 낚아채듯 가져갔다. 고가의 카메라는 제법 무거웠다. 승도가 가져가자 식은땀이 식으며 손이 시원해졌다.

대뜸 한마디 던진 승도는 먼저 앞으로 걸어갔다.

"가자."

"어디를……."

"집에."

데려다준다는 말인가. 혼자 가도 되는데. 그게 더 편한데! 그러지 않아도 된다고 말할 겨를도 없었다. 승도는 이미 주차장을 향해 걷고 있었다. 걸음도 빠르다. 그녀가 거절도 할 수 없게 조수석 문까지 열고서 기다려주고 있었다. 왜 안 하던 행동을 하지? 죽을 만큼 어색하다. 다진은 어쩔 수 없이 승도처럼 무뚝뚝하게 생긴 지프에 올라탔다.

삭막한 차 안은 바늘 하나 떨어지는 소리도 들릴 만큼 고요했다. 다진은 꼿꼿한 자세로 앉아 정면만 바라봤다. 3년을 알고 지냈어도 승도와 단둘이 밖에서 만난 적은 오늘이 처음이었다. 오늘 승도와 처음으로 하는 것이 많았다.

어우, 답답해. 어우, 숨막혀.

승도와 한 공간에 있다는 자체만으로도 몸이 경직되었다. 얇은 천인데 녹색 스카프가 숨통을 누르는 듯했다. 다진은 스카프를 풀어 손에 움켜쥐었다.

"카메라 고장났다고 해서 가져온 거였어요."

"고쳤어."

"……네."

어색한 침묵을 깨려고 시도한 대화도 그나마 뚝 끊겼다. 승도는 신호등이 바뀌자 핸들을 오른쪽으로 부드럽게 꺾었다. 담담한 척 앉아 있지만, 신경이 모두 예민하게 곤두선 상태였다. 승도의 숨소리까지 신경 쓰고 있었다.

"저녁은?"

"먹었어요."

이대로 침묵은 안 되겠는지 승도가 먼저 말을 했다. 지프는 삼성동 무역센터를 지나가고 있었다. 회사 근처가 이쪽이었다. 눈에 익은 풍경을 보며 다진은 짤막하게 대답했다.

"나도 먹었어."

"아, ……네."

다진은 눈을 굴리며 입술을 잘끈 씹었다. 먼저 저녁 먹었냐고 물어봤어야 했는데.

"뭐 먹었어요?"

"짜장면."

"전 볶음밥 먹었어요."

이 의미 없는 대화를 계속해야 하나, 싶다. 그래도 숨막히는 침묵보다는 훨씬 낫다. 이젠 또 뭘 물어봐야 하나. 짜장면은 맛있었느냐고 물어봐야 하나 할 때였다. 지프가 끼익, 소리를 내며 갑자기 멈췄다. 순간 저도 모르게 놀란 다진은 안전벨트를 생명줄처럼 부여잡았다. 앞차가 건널목 앞에서 갑자기 멈춘 바람에 생긴 일이었다.

"안 다쳤어?"

승도가 그녀를 보며 다급히 물었다. 그가 이토록 허둥지둥 놀란 모습은 처음이었다. 머리를 찧을 뻔했지만 다친 곳은 없었다. 다진은 걱정스럽게 그녀를 보고 있는 승도를 보며 고개를 끄덕였다.

"저기, 사장님."

승도를 부르는 다진의 목소리가 무척이나 강하게 떨리고 있었다. 그보다 더 격렬해진 승도의 시선이 다진의 얼굴에 닿았다. 그녀를 오롯이 담은 까만 눈동자에는 걱정이 가득했다.

"왜, 어디 아파?"

"그게 아니라."

다진은 계속 아래를 보고 있었다. 목소리는 끊어질 듯이 더듬더듬 나왔다.

"그러면?"

"손 좀 치워주시면……."

떨리는 목소리를 감출 방법은 없었다. 그녀가 다칠까 봐

본능적으로 뻗은 승도의 손이 가슴 중앙에 머물고 있었다. 심장까지 전해지는 남자의 묵직한 손. 갑자기 터진 돌발상황이 당황스러웠다. 터질 듯이 뛰는 심장의 울림이 승도의 손에도 전해지는 것 같아 얼굴이 화끈거렸다.

"다치진 않은 거지?"

"네. 하나도 안 다쳤어요!"

그러니 손을 그만 내려주시면.

"다행이다."

승도는 그제야 손을 거둬갔다. 다진도 그제야 숨을 제대로 쉴 수 있었다. 하등 신경 쓸 필요도 없는 일이야. 갑자기 일어난 상황이었잖아. 그런데 자꾸만 승도의 손이 닿은 가슴이 부풀어 올랐다. 더 미치겠는 건 심장의 두근거림이 멈출 기미를 보이지 않는다는 것이다. 억지로 떨림을 잠재울수록 더운 콧김까지 쌕쌕 나왔다.

차 안은 침묵이 더 깊어졌다. 다진은 녹색 스카프를 부여잡고 창밖만 바라봤다. 요즘 들어 그녀에게 보이는 승도의 이상행동. 애써 머릿속에 담아두지 않았는데 한순간 파도처럼 한꺼번에 밀려들었다.

여행 가서 딴사람이 되어 돌아온 것도 아닐 텐데. 뜻 모를 말을 하고 걱정스럽게 바라보고, 은근히 챙겨주기도 한다. 지은 죄도 없는데 미안한 마음이 들 만큼, 한없이 쓸쓸한 눈으로 볼 때도 있었다. 시간이 아무리 많이 남아도 그럴 행동을 할 남자가 아닌데. 도대체 뭘까? 승도의 말과 행동을 해석하려다 보니 안 그래도 복잡한 머리에 과부하가 걸릴 것만 같다.

"확인할 게 있어."

잠시 딴생각을 하는 동안 승도의 지프가 그녀의 집 앞에 도착했다. 그나저나 우리 집은 어떻게 알고 온 거지? 궁금증을 해결할 틈도 없었다. 승도는 숨결까지 닿게 몸을 그녀 쪽으로 틀었다. 위험하게 일렁이며 눈동자가 직시하자 다진의 호흡이 거칠어졌다.

"마지막으로 묻는다. 심사숙고해서 대답해."

"뭘요?"

다진은 눈을 동그랗게 떴다. 승도는 심장에 콕콕 박히게 한 음절씩 끊으며 말했다.

"진호에 대한 마음."

어쩔 줄을 모르고 다진의 눈이 불안하게 흔들렸다. 파르르 떨리는 입술을 꽉 깨물었다. 승도를 한참이나 노려보던 다진은 핏줄이 솟도록 목에 힘을 주고 소리쳤다.

"이 남자가 진짜!"

"뭐? 이 남자?"

의외의 반응에 승도의 눈썹이 꿈틀거렸다.

"이 여자는 아니잖아요."

다진은 일부러 말꼬리를 잡고 늘어졌다.

"점심때 짜장면 먹고 체했어요?"

승도는 어이가 없다는 듯 헛웃음을 쳤다. 괜히 머리 복잡하게 생각했다. 그럴 리 없는 건데. 사람이 바뀌는 게 얼마나 어려운 건데. 오늘 잠시나마 멋져 보인 승도와 잘 지낼 수 있다고 잠시 헷갈린 자신이 등신이지.

승도를 그토록 불편하게 생각하게 된 이유. 요즘 잠시 잊고 있었는데 승도가 직접 끄집어냈다. 이 남자는 자신과 잘 지내볼 마음이 없는 거다. 그렇지 않고서야 툭하면 진호 얘기를 꺼내진 않을 테니.

"이봐, 이봐. 어쩐지 이상하다 했어. 집에 데려다줄 때부터 알아봤어야 했는데……."

"정다진."

승도가 목소리를 낮추어 불러도 다진은 겁먹지 않았다. 오히려 부아만 더 치밀어 올랐다.

"사람이 안 하던 짓을 하면 죽는다고 해서, 혹시 몰라 걱정까지 했는데. 미쳤지. 내가."

"내 걱정을?"

"이번엔 도저히 그냥 넘어갈 수가 없어요."

승도의 목소리는 귀에 들려오지 않았다. 다진은 하고 싶은 말만 했다. 점점 침잠해가는 승도의 검은 눈동자가 오싹했지만 멈추지 않았다.

"사장님은 나한테 그것밖에 안 궁금해요? 왜 매번 그 질문만 하는데요?"

필터링 되지 않고 나오는 말은 거칠었다. 하지만 지금은 그걸 생각할 여유는 없었다. 그녀를 흔드는 승도의 불편한 질문. 더는 받고 싶지 않았다.

"내가 왜 사장님을 불편해하는지 알면서. 도대체 왜! 자꾸!"

혼자서 천천히 잘 정리 중인데…….

"네. 진호 선배 좋아해요. 그건 사장님도 알고 있잖아요."

잠깐 승도의 눈이 슬퍼 보였다. 나랑 뭔 상관이야.

"대체 왜 그래요? 내가 고백하든 말든 왜 자꾸 상관해요?"

"욕망이 자제심을 이겼거든."

또다시 두통을 일으키는 뜻 모를 말만 한다. 이젠 그게 뭔지 알고 싶지 않아.

"아까 질문, 대답하지 않았어."

다진은 이를 악물며 승도를 노려보았다. 승도는 눈이 아릴 만큼 그녀를 똑바로 보며 말했다.

"대답해."

"싫어요."

"자존심 다 버리고 묻는 거 안 보여?"

"그러면 내가 지금 죽을힘을 다해 화를 참고 있는 건 안 보여요?"

"보여. 아주 잘."

아. 진짜!

승도가 너무 순순히 인정해 다진은 맥이 탁 풀렸다. 한 치의 양보도 없는 팽팽한 긴장감. 잠시 차 안에 두꺼운 먹구름처럼 정적이 무겁게 감돌았다. 대지를 적시는 어둠이 한층 짙어졌다.

승도의 얼굴조차 똑바로 볼 수 없었다. 다진은 숨막히는 침묵을 견디려고 고개를 숙였다. 차 안에는 차가운 달빛만 드리웠다. 그때 살짝 더운 기운을 띤 바람이 얼굴에 닿았다. 그건 승도의 숨결이었다.

어쩔 수 없이 얼굴을 들었다. 승도와 눈이 마주쳤다. 그녀를 조용히 들여다보는 짙은 눈빛. 다른 모든 것은 사라져버린 듯하다. 피부에 와 닿는 생경한 감각이 그 어느 때보다 그녀를 뒤흔들었다. 그가 음울한 그림처럼 보였다. 그 정도로 대답이 듣고 싶은 건가.

다진은 고개를 살짝 흔들며 자포자기하듯 입을 천천히 열어 말했다. 안타깝지만 사실을.

"수인이랑 다시 만나는데, 내가 뭘 더 어떻게 할 수 있겠어요? 마음 접고 있어요."

"요즘 내 생각 한 적 있어?"

참으로 불편한 재주를 가진 남자다. 이번에도 역시나 승도는 대답하기 곤란한 질문을 했다.

"오 분이라도."

다진은 아니라고 대답하지 못했다. 집에 오는 내내 승도가 옆에 있어도 그를 생각했으니까. 다진은 빨리 집에 가고 싶었다. 솔직하게 대답을 하지 못하고 차에서 내렸다.

"조심히 가세요."

가둬놓고

토요일은 특히나 바빴다. 사장이니 손 하나 까딱하지 않겠다던 승도도 종일 그늘에 붙어 있었다. 승도가 카운터 앞을 지켰고 다진과 상규는 쉬지 않고 커피와 음료를 만들었다. 한창 바쁜 시간에 반갑지 않은 손님이 2층에 올라왔다.

"다진아, 나 왔어."

수인이 생긋 웃으며 손을 흔들었다. 다진은 주문한 커피와 샌드위치를 손님에게 건네주고 있었다. 눈코 뜰 새 없이 바빠서 다진이 눈인사만 보내자 수인은 승도를 보며 말했다.

"선배도 잘 있었죠?"

"어쩐 일이야?"

"내가 뭐 못 올 데 왔나요? 상규 씨도 반가워요."

상규는 고개를 까딱이는 것으로 인사를 대신했다. 수인은 메뉴판을 유심히 보더니 말했다.

"아메리카노랑 마들렌 주세요."

"만오백 원."

승도가 금액을 말했다. 수인은 다소 놀란 표정을 지었다.

"왜?"

"선배, 농담한 거죠?"

"뭐가?"

"나한테 돈 받는다는 말요."

순간 승도의 표정이 서늘하게 굳었다. 상황파악을 하지 못한 수인은 눈을 곱게 휘며 웃고만 있었다. 승도는 수인을 가만히 바라보며 말했다.

"이제까지 공짜로 먹었어?"

"당연하죠."

헛웃음이 툭 떨어지고, 승도는 수인에게 뒤에 있으라고 말하며 다음 손님을 받았다. 그리고 한창 바쁜 상규에게 낮게 속삭였다.

"진호한테 가서 안 바쁘면 올라오라고 해."

상규는 일말의 망설임도 없이 1층으로 내려갔다. 수인은 커피와 마들렌을 기다리며 다진에게 말을 걸었다.

"다진아, 속초 가봤어?"

"옛날에."

"가봤구나? 좋지?"

"응."

"난 처음 가봤잖아. 저번 주말에 진호 오빠랑 갔다 왔는데 좋더라."

이 말을 하려고 온 건가. 진호가 1층에 있는데 굳이 2층에 와서 커피를 마시는 이유. 가뜩이나 바쁜데 말을 걸어 다진은 수인이 귀찮았다. 한마디 하려고 하는데 승도가 한

발 빨랐다.

"여기 네 놀이터 아냐. 일하는 사람 방해하지 말고 저쪽으로 가 있어."

"선배는 꼭 말을 해도."

수인은 새침하게 입을 삐죽 내밀었다. 승도는 더는 수인을 상대하지 않았다. 뒤에 있는 손님들을 맞이하느라 바빴으니까. 수인은 왜 자신이 주문한 것이 안 나오느냐며 투덜거렸다. 그사이 1층에 내려갔던 상규가 올라왔다.

"형 바쁜 거 처리하고 올라온대요."

"알았어."

승도의 눈에 수인은 아무도 아니었다. 사탕 사달라고 조르는 아이처럼 카운터 앞에 서 있던 수인은 체념하고 뒤로 물러났다. 다진은 단체손님이 주문한 케이크와 차를 내주며 승도를 재빨리 흘끔거렸다.

그 밤 이후 며칠이 흘렀다. 둘 사이에 아직은 알 수 없는 미묘한 변화가 일어났다. 그건 승도와 자신도 알고 있었다. 그 정체가 무언지 확실치 않아 그저 답답할 뿐이었다. 승도는 그녀에게 뭔가 감추고 있었다. 그때 확 터트렸어야 했는데 하지 못했다. 마치 불완전 연소한 불꽃처럼.

게다가 요즘은 5분이 아니라 한 시간 넘게 승도를 생각하게 되었다. 생각하지 않으려 노력할수록 머릿속에서 저 멀리 던진 승도가 부메랑이 되어 돌아왔다. 그녀를 지그시 보고 있던 짙은 눈동자가. 얼굴에 닿았던 더운 숨결이. 낮게 울리듯 묻던 목소리가. 심지어 차 안에 떠돌던 공기의 질감까지도.

도대체 뭘 확인하겠다는 것인지. 자제심이 졌다는 소리는 뭘까. 또 욕망이라고 했나? 그 밤, 차 안에서 승도가 한 말은 절대 풀 수 없는 수수께끼였다. 너무나 잔인하게 느껴진 승도의 질문 때문에 그땐 머릿속이 뒤죽박죽이었다. 그것이 무엇인지 물어보지 못한 것이 두고두고 후회되었다.

"누나."

"어……. 어?"

상규가 하얀 접시에 색색의 마카롱을 담고 있었다. 이것 봐. 지금도 한승도를 생각하고 있었어. 상념에서 얼른 빠져나온 다진은 상규를 올려다봤다.

"왜?"

"뭘 그렇게 쳐다봐요?"

"무슨 소리야?"

"승도 형 얼굴을 열렬히 보고 있어서요."

"내가?"

다진은 뜨끔한 표정을 지었다. 상규는 손님에게 영수증을 건네주는 승도를 보며 고개를 끄덕였다.

"그런 적 없어."

다진은 일단 시치미를 뚝 뗐다. 둔한 곰인 줄 알았는데 의외로 상규는 예민한 구석이 있었다.

"강한 부정은 긍정이라던데."

상규는 의미심장한 미소를 지었다. 할 말이 없을 땐 삼십육계 줄행랑이 최고다. 다진은 재빠르게 뒤로 돌아 커피를 내렸다. 그런데 왜 뒤통수가 따끔거리지. 저도 모르게 뒤를 보다가 승도와 눈이 딱 마주쳤다. 다진의 동공이 잉크처럼 번졌다가 모였다. 그 밤의 일은 새까맣게 잊은 듯 그는 무표정했다.

전에 없이 그늘의 분위기가 살벌했다. 손님이 썰물처럼 빠져나가 조금 한가해진 시간이었다. 1층에서 올라온 진호와 승도는 저만치 떨어진 테이블에 앉아 얘기를 나누고 있었다. 얘기하는 쪽은 승도였고 진호는 어두운 낯빛으로 가만히 듣고만 있었다. 대화는 짧게 끝났다.

"주의할게."

진호는 깊은 한숨을 쉬며 자리에서 일어났다. 대충 무슨 상황인지 짐작한 상규와 다진은 숨을 죽이고 가만히 있었다. 진호가 커피를 마시고 있는 수인을 불렀다.

"수인아, 내려가자."

"난 여기가 좋은데."

"내려가자고."

진호가 목소리를 무겁게 깔았다. 놀란 토끼처럼 눈을 크게 뜬 수인은 금방이라도 울 것 같은 얼굴이었다.
"왜 그래요?"
"사람이 말을 하면 좀 들어."
진호가 화내는 걸 본 적이 없었다. 그건 수인도 마찬가지였나 보다. 진호는 이별도 부드럽게 미소를 지으며 할 남자였다. 그런데 진호가 미간까지 잔뜩 구기자 수인은 핸드백을 챙기며 일어섰다.
"오빠."
수인은 애교로 중무장했다. 진호의 팔을 잡고 살살 흔들며 코맹맹이 소리를 냈다.
"왜 무섭게 그래? 내가 뭐 실수했어?"
"일단 내려가자."
"진짜 뭐 있구나?"
수인은 눈썹을 새초롬하게 올렸다. 진호는 탁한 숨을 삼키며 억지로 웃었다.
"뭔데? 말해줘. 우리 약속했잖아. 서로한테 솔직하기로."
"……."
"오빠, 말해달라니까."
수인은 미소를 잃지 않았다. 일부러 더 생글생글 웃었다. 진호는 졌다는 표정을 지으며 입을 뗐다.
"앞으로 조심해줘."
"뭘?"

"1층은 몰라도 2층에서는 안 돼. 앞으론 돈 내고 마셔."

진호의 입에서 나온 말이 바로 접수가 안 된 모양이다. 수인은 눈만 동그랗게 뜨고 서 있었다. 이내 팔짱을 끼고 서 있는 승도를 잠깐 노려봤다.

"난 또 뭐라고. 그것 때문에 이렇게 무서운 얼굴을 하고 있던 거야?"

"흘려듣지 말고 귀담아들어."

한숨처럼 내뱉은 진호의 목소리가 다소 신경질적이었다. 수인의 표정이 삽시간에 굳어졌다. 둘의 언쟁이 오래 갈 것 같자 다진은 은근히 조바심이 났다. 이제껏 진호는 수인에게 모두 맞춰주었다. 무슨 이유로 헤어진 것인지 잘 모르겠지만 그건 아마도 수인의 잘못 때문이리라.

3년을 등 뒤에서 진호를 지켜봤다. 아무리 첫눈에 반했다지만 사람이 별로면 좋아하지 않았을 것이다. 진호가 어떤 사람인지 인품이 어떤지는 누구보다 잘 알고 있었다. 상대를 먼저 배려하는 따스한 마음. 상처가 될 만한 말도 여간해선 하지 않았다.

그런 진호가 지금 화를 내고 있다. 같은 여자라지만 수인의 감정기복은 심하다 싶을 정도였다. 무조건 자신 위주로 돌아가야 직성이 풀리는 성격이었다. 그러니 당당하게 공짜로 요구할 수 있겠지. 자신은 죽었다 깨어나도 그러지 못할 거다.

"내가 엄청나게 비싼 걸 시킨 것도 아니잖아. 커피가 얼마나 된다고 사람을 이렇게 무안을 줘? 후배한테 공짜로 줄 수도 있지."

"그래서는 안 되는 거니까."

"다진이도 공짜로 먹었잖아."

자다가 날벼락도 아니고, 툭하면 날 걸고넘어지는 걸까.

"다진이는 한 번도 공짜로 먹은 적 없어. 그냥 먹으라고 해도 꼭 돈 놓고 갔어."

말이 통하지 않자 진호의 관자놀이에 힘줄이 불끈 솟았다. 권태롭게 둘을 가만히 지켜보던 승도가 나섰다.

"말귀 정말 못 알아듣네."

수인의 눈이 느리게 깜빡거렸다. 승도는 당혹스러움이 가득 깔린 수인의 얼굴은 개의치 않고 서늘한 말투로 또박또박 일러주었다.

"이쯤 되면 알아들어야 하는 거 아니야?"

당황한 수인의 눈동자가 힘없이 흔들렸다.

"이수인. 여긴 엄연히 영업장이야. 네 놀이터가 아니라고. 네 말대로 후배한테 얼마든지 공짜로 줄 수 있어. 하지만 그건 베푸는 쪽이 하고 싶을 때 하는 거야. 일방적으로 그걸 요구하면 안 돼. 배려를 의무처럼 생각하는 사고방식 고쳐."

수인의 얼굴이 완전히 굳어졌다. 어설프게나마 짓고 있던 미소도 흔적을 감췄다. 상황을 살벌하게 정리한 승도는 6구짜리 더치커피기구가 있는 벽으로 걸어갔다. 얼마 전

주문이 들어온 30인용 커피를 한꺼번에 내리고 있었다.

"알았어요. 조심할게요."

수인은 승도의 등에 대고 외쳤다. 그리곤 진호의 옆으로 바싹 붙으며 팔짱을 꼈다. 계속 뻗댈 줄 알았는데 수인은 잘못을 인정하고 있었다.

"오빠, 미안. 내가 생각이 짧았어. 앞으론 정말 조심할게."

"알았으면 됐어."

진호는 수인의 머리로 손을 뻗어 부드럽게 쓰다듬어주었다. 눈에는 애정이 듬뿍 흘렀다. 모든 남자의 이상형이라 할 만큼 수인은 예뻤다. 오목조목한 이목구비. 까만 생머리에 하얀 얼굴에 청초함까지 흘렀다. 거기다 남자들이 좋아할 만한 애교까지 장착했으니 진호의 화는 길게 가지 못했다. 저렇게 수인을 대하는구나. 봄볕처럼 따스하게. 조금 부럽다는 생각이 드는데 승도가 그녀를 불렀다.

"정다진."

"네!"

"커피 담을 병 가져와."

한승도는 여자라고 봐주지 않는다. 서른 개가 되는 병은 제법 무거웠다. 그사이 진호와 수인은 다정하게 팔짱을 끼며 1층으로 내려가고 있었다. 다진은 상자에 담긴 서른 개의 유리병이 깨질세라 조심조심 운반했다.

"이 무거운 걸, 꼭 나를 시킨다."

"너무 애정 해서 그런가 보죠."

상규는 전적으로 승도의 편이었다. 대들었다간 유도 유단자인 승도한테 뼈도 못 추릴 것 같아서겠지. 그래. 남자의 생명인 허리는 지켜야지.

"두 번만 애정 하면, 골병들겠네."

다진은 상자를 들고 어기적어기적 걸었다. 기다림의 미학이라 했던가. 오랜 시간 한 방울 한 방울씩, 열두 시간 넘게 떨어진 커피는 완벽한 블랙이었다. 승도는 커다란 유리병에 담긴 커피를 들여다보고 있었다.

"여기 병 가져왔어요."

"마셔볼래?"

승도가 유리잔에 커피를 따라주었다. 물도 희석하지 않은 원액을 그대로 마시라고? 이 남자는 두 번을 애정 하면 커피 원액을 마시게 하는구나. 상자를 조심스럽게 바닥에 내려놓은 다진은 승도가 내민 유리잔을 받아들었다.

"저 이거 돈 내야 해요?"

"맘대로."

농담인데.

"좀 쓸 거야."

그러니까요. 알면서 굳이 원액을 주는지. 일단 잔은 받았는데 선뜻 마실 수가 없었다. 승도가 먼저 시범을 보이며 원액을 마셨다. 미간을 살짝 구긴 다진도 따라 마셨다. 어라? 눈이 번쩍 뜨이는 맛이었다.

"맛있어요."

조금 쓰긴 했지만 달콤하면서도 신맛이 강한 커피는 딱 제 취향이었다. 커피를 음미하며 마시는 그녀를 승도가 흡족하게 바라봤다.

"한 병 줄 테니까 가져가. 돈은 됐어."

"고맙습니다."

승도는 다진이 가져온 병을 하나 꺼내 커피 원액을 가득 담았다. 라벨에 날짜까지 적어주는 세심함. 냉장고에 넣어두었다가 가져가라고 말했다. 승도가 준 병을 냉장고에 넣어둔 다진은 그의 옆에 나란히 섰다. 승도는 유리병에 깔때기를 꽂고 원액을 천천히 따라 붓고 있었다.

"제가 할게요."

다진은 승도가 한 것처럼 병에 원액을 담기 시작했다. 혼자서도 충분한데 승도는 가지 않고 옆에 서 있었다. 힘들게 내린 원액을 흘리나 감시하는 건가? 그건 아닌 듯하다. 그녀의 얼굴에 끊임없이 닿는 시선의 무게는 묵직했다. 그것이 참으로 막막하게 느껴져 고개를 더 숙이고 말았다. 그나저나 심장은 왜 두근거리지.

"잠깐만."

옆에서 승도의 목소리가 들려왔다. 저도 모르게 고개를 들어 승도와 마주했다. 어리둥절하여 바라보는데 승도의 손이 얼굴 가까이 다가오고 있었다.

"가만있어봐."

다진은 어깨를 움찔거렸다. 앞머리에 꽂은 실핀이 풀어진 모양이다. 머리칼이 흘러내려 귀찮긴 했다. 어떻게 그걸 알고? 승도의 손끝에 머리칼이 붙잡혔다. 승도는 아무렇지 않게 머리칼을 넘겨주며 핀을 꽂아주었다.

"불편하잖아."

이게 더 불편한데요.

"이제 됐어."

다진은 할 말을 잃고 승도를 멍하니 바라봤다. 아주 짧게 머물다간 손길이 마치 가벼운 입맞춤처럼 느껴졌다. 미치지 않고서야 비유를 해도 하필. 얼굴이 확 붉어진 다진은 고맙다는 말도 하지 못했다. 유리병을 힘껏 그러쥐자 조금씩 떨림이 잦아들었다.

"이것만 하고 퇴근해."

"퇴근요?"

5시도 안 됐는데 퇴근이라니.

"오늘 할머니 기일이잖아."

승도는 평소처럼 무감각하게 말했다. 놀라움의 연속이었다. 다진은 무슨 희귀한 생명체를 보듯 승도를 빤히 바라봤다. 그가 어떻게 할머니 기일까지 알지? 얼떨떨해서 정신이 다 멍했다.

낯섦은 두려움을 만든다. 승도의 친절과 배려는 마음을 불편하게 했다. 요즘 들어 승도의 달라진 태도는 뭐랄까, 잃어버린 무언가를 찾으려고 떠난 멀고 먼 장정의 여행길 같았다. 내가 그에게서 찾아야 하는 게 있긴 한 걸까.

"사장님."

다진은 무엇이든 말해야 한다는 강박감에 시달리며 입을 열었다.

"왜 저한테……."

이러느냐고 물어야 하는데, 말이 목구멍에 걸렸다. 승도한테 할 질문이 아닌 것 같았다. 그에게 자신이 뭐라고. 후배며 아르바이트생일 뿐인데. 아무런 말도 못하는 자신이 한심스러워 눈을 내리깔고 한숨을 쉬었다. 그때 정수리 위로 승도의 목소리가 떨어졌다.

"난 네가 싫지 않아. 오히려……."

무슨 말을 매번 도마뱀 꼬리처럼 싹둑 자르는지.

다진은 숨이 멈춰버린 것처럼 꼼짝도 않고 승도를 바라봤다. 원치 않는데 어쩔 수 없이 해야 하는 것처럼 승도의 얼굴은 무척이나 어두웠다. 언제나 봐오던 무감한 얼굴인데 그 속에 미처 감추지 못한 어떤 욕망이 언뜻 비쳤다. 하루 이틀에 만들어진 것이 아닌 것 같았다. 다진은 좀처럼 떨림을 자제할 수가 없었다. 오히려 뭐냐고 묻는 대신 병에 원액을 담는 일에만 열중했다.

"고집부리지 말고 퇴근해."

승도가 옆에서 떠나자 불규칙하게 나오던 숨소리가 점차 안정을 찾았다. 다진은 기계처럼 병에 원액을 담으며 승도의 불분명한 말을 곱씹었다. 사람 여러모로 신경 쓰이게 하네. 이럴 수가 있나 싶다. 진호가 빠지고 있는 머릿속에 승도가 들어차기 시작했다. 길어야 5분 정도 머릿속을 머물던 남자가 일상을 점점 세게 흔든다. 무언가 간질간질한 느낌까지 든다.

"나 미친 거니!"

그녀의 인생은 남들과 조금은 달랐다.

태어날 때부터 엄마 아빠가 없었다. 부모에게 버림받은 핏덩이를 키워준 사람은 할머니였다. 그 사랑의 무게가 얼마나 깊은지, 이 험한 세상을 살아갈 수 있는 버팀목이 되었다. 아직도 할머니를 떠난 보낸 슬픔은 그녀를 힘들게 했다.

유난히 할머니가 그리운 날이면 어떻게 할 수가 없었다. 할머니가 베고 잤던 베개에 얼굴을 파묻고 울었다. 아무리 간절하게 원해도 다시는 볼 수 없는 할머니의 얼굴을 이렇게 냄새로나마 느끼고 싶었다.

외동딸로 태어나 험한 일 한번 해보지 않았던 할머니는 어린 손녀 때문에 궂은일을 마다치 않으셨다. 통장에 있는 돈을 탈탈 털어 조그마한 슈퍼를 운영하셨다. 자신이 세상을 떠나면 혼자 남겨질 손녀를 위해 할머니는 밤낮없이 일하셨고 악착같이 돈을 모으셨다.

엄마도 아빠도 없는 어린 손녀를 할머니는 늘 애처롭게 바라보셨다. 할머니가 말해주지 않아도 동네에 퍼진 소문은 가만히 있어도 알게 되었다. 고등학생이 아기를 낳았다고. 세상이 말세라고. 엄마는 열아홉 살에 낳은 그녀를 할머니한테 버리다시피 하곤, 스무 살이나 나이가 많은 남자와 결혼해 독일로 떠났다.

할머니는 하늘같은 사랑을 주시면서도 엄하게 자신을 키웠다. 다른 아이보다 일찍 철이 들었다. 야무져야 했고 혼자서도 척척 알아서 해야 했다. 눈이 침침한 할머니를 대신해서 밤마다 슈퍼의 매상을 정리해야 했기에, 엄마를 그리워할 틈도 없었다.

「다진아, 인간만큼 나약한 것도 없단다. 저 송아지 봐라. 태어나자마자 혼자서 걷는 것을 보렴. 너도 저래야 한다. 만약에 이 할미가 없어도 울지 말고, 당차게 살아라. 다른 사람들이 불쌍하게 여기지 않게 알았지?」

그것이 할머니 마지막 말씀이 되었다. 할머니는 잠을 자듯 편안한 얼굴로 세상을 떠나셨다. 엄마가 그녀를 낳은 열아홉 살, 같은 나이에 다진은 혼자가 되었다. 입버릇처럼 내가 죽으면 찾아보라 말씀하셨던 항아리 속에는, 할머니가 그간 모아둔 통장이 들어 있었다. 그날 밤 다진은 온몸을 부수듯이 가슴을 주먹으로 치며, 장례식장에서 터트리지 못한 울음까지 목 놓아 울었다.

"할머니. 저 씩씩하게 잘 살고 있어요."

이젠 익숙해질 법도 한데 여전히 혼자라는 사실이 낯설었다. 벽에 걸린 사진 속 할머니는 웃고 계셨다. 다진은 울 듯이 웃으며 할머니 사진을 바라봤다. 할머니가 천주교 신자라 제사는 지내지 않았다. 그저 할머니와 찍은 사진들을 보며 추억에 잠겼다.

"다행이야. 할머니 목소리는 들을 수 있어서."

다진은 틈만 나면 할머니와 있을 때 동영상을 찍었다. 이북이 고향이었던 할머니는 노래도 잘하셨다. 기분이 좋으면 즐겨 부르던 민요를 구성지게 흥얼거리셨다.

언제였더라. 5년 만기 된 적금을 탔던 날이었던가. 휴대전화에 저장된 영상 속 할머니는 막걸리 한 잔을 앞에 놓고 노래를 부르고 계셨다. 다진은 괜히 눈시울이 붉어졌다. 얼마 만인지 모르겠다. 회사에 다닐 땐 늘 잦은 야근으로 할머니의 기일도 제대로 챙기지 못했다. 오늘은 승도의 배려로 일찍 퇴근해 그 어떤 날보다 할머니의 그리움에 흠뻑 취할 수 있었다.

"어? 맞다!"

불현듯 뭔가 떠오른 다진은 장롱 문을 열고 서랍을 허겁지겁 뒤졌다. 겨울 스웨터 밑에서 꺼낸 건 다름 아닌 손수건이었다. 다진은 만감이 교차하는 눈으로 청록색 손수건을 바라봤다. 3년이나 주인을 기다리고 있던 손수건을 보자 눈앞에 그날의 풍경이 펼쳐지는 듯했다.

"이걸 잊고 있었네. 이제라도 돌려줘야 하나."

진호와 수인이 공식적으로 커플임을 알린 날이었다. 축하한다고 해야 하는데 표정관리가 되지 않았다. 독초처럼 쓰디쓴 씁쓸함을 달래야만 했다. 혼자만의 아지트처럼 여기는 도서관 뒤 그늘진 벤치를 찾았다.

숱한 고민을 하면 뭐하나. 고백도 하지 못하고 차였는걸. 우울한 우물에 빠진 기분이었다. 왠지 억울하다는 마음에 남몰래 찔끔 흘린 눈물을 훔칠 때, 승도가 나타났다.

「울 일도 많다.」

모든 걸 꿰뚫은 말을 한 승도는 손수건을 건네고 사라졌다. 얼마나 당황했던지, 눈물이 쏙 들어갔다. 그와 전혀 어울리지 않는 청록색 손수건을 쥐고 망연히 앉아 있었다. 언젠가는 돌려줘야지 하면서 3년이나 갖고 있었다. 아마도 혼자 궁상떨며 살짝 눈물 흘린 모습을 들킨 것이 민망해 돌려주진 못한 것 같다.

이제까지 깨닫지 못했을 뿐, 승도와 알게 모르게 추억이 많았다. 갑자기 내린 소나기에 오도 가도 못하고 서 있을 때 우산을 준 사람도, 돌아가신 할머니가 너무나 보고 싶어 기분이 우울할 때, 공짜로 생겼다며 그녀가 제일 좋아하는 가수의 티켓을 노트에 툭 던지고 간 사람도 승도였다.

다진은 아주 심각한 혼란에 빠졌다. 가만히 돌이켜보면 이상한 게 한둘이 아녔다. 어떻게 알고 그녀가 있는 벤치에, 우산을, 티켓을……. 승도는 흑기사처럼 나타나준 걸까. 진호를 짝사랑하고 있음을 승도가 알고 있는 자체만으로 불편함이 최고점을 찍을 때였다. 그의 행동에서 의미를 찾는 건, 그땐 불가능했다.

승도가 준 더치커피를 얼음 가득 넣고 타 마셨다. 그런데도 갈증이 쉽사리 가시지 않았다. 식탁에 등을 기대고 거의 물처럼 희석된 커피를 마시며 그저 멍한 눈길로 생각에 잠겼다. 그러나 어느 것 하나 명확한 것이 없었다.

나 머리가 어떻게 됐나 봐.

잠깐 떠오른 망상은 황당하기 이를 데 없다. 혹시나 승도가 자신에게 마음이 있는 건 아닐까, 하고 아주 잠깐 생각했다. 착각은 망상으로 가는 지름길이었다. 다진은 재빨리 고개를 저으며 억지로 다른 결론을 내렸다.

"할머니, 우리 사장님 이상해."

셋째 주 금요일 밤, 그늘은 다른 날보다 늦게까지 불이 켜져 있었다. 토요일과 일요일이 휴무였기에 자정까지 시간을 연장했다. 가로등 불빛이 쏟아지는 창가 쪽 자리에 몇몇 손님들만 남았다. 두 테이블만 나가면 오늘 영업은 끝. 손님이 나가길 기다리며 라테아트 연습을 했다. 실력이 일취월장 늘면 좋으련만 거의 거북이 수준이었다. 하지만 틈나는 대로 연습한 결과.

"이 어려운 걸 내가 결국 해냈어."

다진의 어깨에 힘이 팍 들어갔다. 커피잔 위에 제법 근사한 나뭇잎이 그려져 있었다.

"대견합니다."

"사부, 덕분이야."

다진은 상규를 보며 씩 웃었다. 상규는 다른 사람보다 열 배는 느린 다진의 실력이 슬슬 걱정되었다.

"근데 정말 손이 더디네요."

"몸은 빠른데 손은 느려. 이건 무슨 조화일까?"

"부조화죠."

상규의 농담에 다진은 어이없어하며 웃음을 터트렸다. 1층은 영업이 끝난 모양이었다. 진호가 올라오며 말했다.

"뭐가 그렇게 즐거워?"

"상규가 저 놀려서요."

"제가 언제요."

상규는 머쓱한 표정을 지으며 컵을 닦는 척했다. 진호는 상규를 보며 말했다.

"저 녀석 너한테는 잘해주나 보다."

"네. 많이 배우고 있어요."

"1층 애들은 상규 무서워하잖아. 무뚝뚝하고 말도 없다고."

처음엔 자신도 그렇게 생각했으니까. 상규는 알면 알수록 진국이었다. 덩치 큰 남동생이 생긴 기분이랄까. 그녀에게는 친절하게 대해주는 상규가 고마웠다.

"연습하고 있었네."

진호가 나뭇잎을 내려다봤다. 다진은 잘 보이게 진호의 앞으로 찻잔을 더 밀었다. 그 모습이 귀여운지 진호의 입꼬리가 저절로 올라갔다.

"늦게까지 힘들지 않아?"

"재미있어서 시간 가는 줄도 모르겠어요."

자정이 넘어가는 시간인데도 여전히 생기를 잃지 않고 반짝이는 눈동자는 별을 닮았다. 진호는 다진의 얼굴이 새삼 다르게 보여 기분이 묘했다.

"이거."

"뭐예요?"

진호가 테이블에 작은 상자를 놓았다. 호기심이 깃든 얼굴로 다진은 리본이 앙증맞게 묶인 상자를 만지작거렸다. 진호는 커피를 마시며 말했다.

"수인이 거 사면서 네 것도 샀어."

"……."

다진은 상자를 보며 눈을 느리게 깜빡거렸다. 그 모습을 보며 진호가 작게 웃음을 흘렸다.

"안 풀어볼 거야?"

진호의 부드러운 재촉에 다진은 얼떨떨한 얼굴로 상자를 풀었다. 큐빅이 알알이 박힌 머리띠였다. 상자 속 머리띠를 다진이 무표정에 가까운 얼굴로 보기만 하자 진호는 살짝 미간을 찌푸렸다.

"왜 마음에 안 들어?"

"그게 아니라……."

다진은 머리띠를 꺼내며 다소 힘없이 말을 이었다.

"수인이가 알면 싫어할 거예요."

"왜?"

"선배도 가만 보면 무심한 구석이 있어요. 애인이 다른 여자 선물 사줬는데, 기분 좋을 여자는 이 세상에 없어요."

진호의 입술 끝이 슬쩍 비틀렸다.

"그런가?"

"네."

다진은 단호하게 고개를 끄덕였다. 다진이 머리띠를 받고 기뻐할 모습을 기대하며 샀던 진호는 마음 한구석이 왠지 휑했다. 언제나 그의 곁에 있을 줄 알았던 다진이 점점 멀어지는 기분은 별로였다.

"그래도 이왕 산 건데 받아."

진호는 다진이 거절하지 못하게 상자 뚜껑을 닫아 앞에 놓았다. 다진은 곤란한 표정을 지으며 우두커니 서 있었다. 다진이 만든 커피를 천천히 마시며 진호는 화제를 돌렸다.

"그건 그렇고 2층 올라가더니 1층을 한번 안 내려와. 섭섭하게."

"바쁘다 보니까."

"질투 나."

"네?"

"승도와 너무 친해진 거 같아서."

"제가요?"

다진은 부인하듯이 손사래를 쳤다. 친해지다니. 오히려 완전히 반대다. 아무래도 뭔가 석연치 않은 승도의 행동은 거대한 의문의 꼬리를 남겼다. 불편한 것을 떠나서 요즘 한승도는 과연 누굴까 진지하게 고민 중이었다. 거기다가 승도와 일하게 됐다고 하자 은정은 '난 승도 선배를 응원해'라고 뜬금없는 문자를 보냈다. 도대체 뭔 소리래?

"뭘 또 그렇게 정색하고 그래?"

진호는 당황한 다진의 눈을 들여다보며 말했다. 이젠 남의 남자라고 수없이 최면을 건 덕분일까. 예전이라면 두근거렸을 진호의 시선을 대수롭지 않게 받아낼 수 있었다.

언제 온 거야? 커다란 기둥 뒤에 있다가 나타난 것처럼 승도가 진호의 뒤에 서 있었다. 둘의 대화를 모두 들은 얼굴이었다. 진호가 사온 선물상자를 가만히 보는 승도의 눈빛이 마음에 걸렸다. 냉소가 담긴 것 같아서.

"그렇게 신경 쓰여?"

승도는 이내 진호의 어깨에 팔을 둘렀다. 왠지 모르게 못마땅한 듯 심드렁한 목소리로.

"농담이지. 둘이 친하게 지내길 내가 얼마나 바랐는데."

"그러면 내 사람한테 관심 끄고, 수인이나 챙겨."

진호는 황당한 얼굴로 입을 벌렸다. 세 사람 사이에 공기가 어색하게 흘렀다. 직원이 아니라, 내 사람이라는 말 때문에. 또 별것도 아닌 승도의 말에 의문을 갖다니. 다진은 방금 나간 손님 테이블을 치우러 도망치듯 갔다.

"형은 도대체 어디로 사라진 거야?"

상규가 머리를 박박 긁었다. 영업이 끝나고 뒷정리를 하느라 카페는 새벽 1시가 넘어서야 문을 닫았다. 오늘 새벽에 고향인 대구에 내려가야 했던 상규는 안절부절못했다. 먼저 가라고 해도 원칙주의자인 상규는 승도의 얼굴을 보고 퇴근하려 했다. 대체 이 남자 어딜 간 거야? 3층에도 없고 휴대전화도 놓고 가 연락이 되질 않았다.

"상규 씨, 먼저 가. 내가 사장님 오면 말할게."

"그래도 괜찮겠어요?"

"여동생 기다린다며."

"혼자 있으면 무섭지 않겠어요?"

"무섭긴. 문 잠그고 있으면 괜찮아. 그러니까 내 걱정은 그만하고 얼른 가."

다진은 상규의 등을 떠밀다시피 했다. 상규는 마지못해 가방을 챙겨 들었다. 일요일이 아버지 환갑이었다. 장남인 그는 내려가서 할 일도 많았다. 지금 출발해도 서울에서 대구까지 보통 세 시간은 족히 걸린다.

"삼십 분 더 기다려보고 사장님 안 오면 나도 갈게."

"누나, 미안해요. 오늘만 먼저 갈게요."

"미안할 사람은 사장님이지. 직원들 퇴근도 못하게 어디로 사라지고."

"누나 말대로 악질 사장 맞아요."

먼저 가는 것이 미안했던지 상규는 안 하던 승도의 흉까지 봤다. 여동생이 도착한 모양이었다. 클랙슨 울리는 소리가 들리자 상규는 떨어지지 않는 발걸음으로 2층을 내려갔다.

덩그러니 혼자 남은 다진은 승도가 놓고 간 휴대전화를 잘 챙겨놓았다. 딱 30분만 기다리겠어. 할머니가 돌아가시고 혼자 있는 건 익숙한데 추적추적 비가 내리는 탓일까. 왠지 으스스했다. 20분이 넘도록 승도는 여전히 깜깜무소식이었다. 휴대전화를 놓고 밖으로 나간 게 분명해. 계속 기다리는 건 무의미하다고 판단한 다진은 옷을 챙겨 입었다.

[사장님, 안 계셔서 기다리다 갑니다. 월요일 날 뵐게

요.^^]

귀여운 이모티콘까지 그린 메모지를 승도의 휴대전화 위에 놓아두었다. 다진은 마지막으로 카페 안을 둘러봤다. 별달리 이상한 것은 없었다. 그나마 하나 켜놓은 조명을 끄려는데 상자 하나가 보였다. 그것도 너무 눈에 잘 띄게.

이럴 사람이 아닌데. 급하긴 급한 모양이었다. 상규가 미처 창고에 가져다 놓지 못한 상자다. 나무 상자 안에는 월요일에 쓸 음식재료가 한가득했다. 슈가파우더, 아몬드 가루, 달걀에 우유와 양파까지. 여기다 두면 상할 것 같았다.

다진은 가방을 도로 벗어 테이블에 내려놓았다. 일단 달걀과 우유는 냉장고에 넣어두었다. 나머지 다른 재료들은 창고에 가져다 놔야겠지. 제법 무거운 나무상자를 들고 카페 뒷문으로 나갔다. 3층으로 올라가는 철제계단 밑에 좁은 통로가 보였다.

창고관리는 거의 상규가 해 직접 갈 일은 별로 없었다. 그사이 빗줄기는 굵어졌다. 차가워진 밤공기에 다진은 어깨를 떨며 좁은 통로로 들어갔다. 상자를 든 채 문을 열기가 쉽지 않았다. 상자를 턱까지 바짝 들고서야 문손잡이를 돌릴 수 있었다. 창고의 갈색 문이 살짝 열리자 잽싸게 안으로 들어갔다. 등 뒤로 철컥, 하고 문이 닫히는 소리가 들렸다.

"닫지……, 마."

창고를 들어서며 맨 먼저 보인 건 성난 목울대였다. 다진은 어안이 벙벙했다. 창고 안에 왜 승도가 있지? 그리고 왜 절망적으로 문을 바라보는지 알 길이 없었다. 이런저런 의문으로 동공이 조금 더 커질 때, 승도가 일어나며 그녀의 손에 들린 상자를 가져갔다. 철제 선반에 상자를 올려놓는 승도를 보며 말했다.

"사장님 여기서 뭐 하세요? 얼마나 찾았는지 몰라요."

승도는 가만히 다진을 쳐다보기만 했다. 빤히 들여다보는 눈길에 다진은 숨 쉬는 것도 부자연스러워졌다.

"창고 정리하고 있던 거였어요?"

"……."

"이상하다. 상규 씨가 사장님 찾으러 다녔는데, 여기는 안 왔었나?"

승도가 대답이 없어 무안해진 다진은 뺨을 문질렀다.

"일요일이 아버지 환갑이라서 상규 씨는 먼저 갔어요."

혼자만 계속 말을 하는 상황이었다. 승도는 반듯한 미간을 구기며 우두커니 서 있었다. 뭐라고 시원하게 말 좀 해봐요. 그렇잖아도 둘이나 있기에 창고는 비좁았다.

창고 구조는 가느다란 기차 칸 같았다. 대형 김치냉장고 두 대. 철제 선반이 벽을 따라 기다랗게 설치되어 있었다.

그 위에는 온갖 식자재가 들쑥날쑥 쌓여 있었다. 기다란 통로는 겨우 한 사람 왔다 갔다 할 수 있을 정도였다.

"휴대전화는?"

딱히 할 말이 없다는 듯이 서 있던 승도가 대뜸 물었다.

"가방에 있는데요."

"절망적인 소식이군."

"뭐가 잘못됐어요?"

다진은 일부러 천연덕스럽게 물었다. 휴대전화 없다고 절망적일 일이 뭐 있겠는가 싶어서.

"이틀, 여기서 나랑 지내야겠다."

농담도 참 살벌하게 한다.

"문 고장났어. 난 갇혀 있었고."

"에이……, 거짓말이죠?"

승도가 눈을 맞춘 채로 피식 웃었다. 눈이 마주치는 순간 등줄기로 식은땀이 흘렀다.

"거짓말 같아?"

승도가 하는 말이 귓가에서 흩어졌다. 흐릿하게 들리는 빗소리. 숨결이 닿을 정도로 가까이 서 있는 한승도. 그와 단둘이 있는 건 피하고 싶었다. 1초라도 빨리 나갈 타이밍만 찾고 있었다. 그런데 갇혔다니? 그런 것들을 생각할수록 몸은 더 굳어갔다.

선뜻 받아들일 수가 없어 다진이 멍하게 서 있었다. 갇혔다, 그 말이 몸에 딱지처럼 붙었다. 승도의 검은빛 머리카락 위에 비친 형광등이 비현실적으로 눈 부셨다. 오래오래 꼼짝도 하지 않고 서 있자 승도는 보란 듯이 주먹으로 굳게 닫힌 문을 쾅쾅, 두드렸다. 그때까지 가지고 있던 한 가닥 희망이 무너져버렸다.

"아니……. 이게. 도대체가……. 말도 안 돼."

탄식이 저절로 나왔다. 몇 번을 돌려도 문은 꿈쩍도 하지 않았다.

"힘 빼지 마. 상규 출근할 때까지 이틀이나 남았어."

"이건 꿈일 거야."

절망과 암담함이 밀려왔다. 다진은 머리가 해체될 위기에 처했다. 현실을 부정하며 또 손잡이를 돌렸다. 얼마나 세차게 돌렸는지 쇠 손잡이와 마찰을 일으킨 손바닥이 후끈거렸다.

"이봐요. 밖에 아무도 없어요! 여기 사람이 갇혔어요!"

좁은 창고 안에 단둘. 좋은 상황이 아니었다. 망연자실하며 외치는 다진의 어깨를 승도가 잡았다.

"그래 봤자, 아무도 안 와."

목이 터져라 외쳐도 빗소리만 메아리로 돌아왔다. 승도는 얕은 한숨을 삼키며 흥분하여 들썩이는 다진의 어깨를 양손으로 꽉 잡았다. 등 뒤에서 껴안는 듯한 자세였다. 창고 문을 그때까지도 두드리고 있던 다진은 일순 움직임을 멈추었다.

"이미 내가 다 해봤어. 그러니까 손 아프게 두드리지

마."

창고에 갇힌 승도가 문을 두드리고 외쳤는데도 상규와 그녀는 듣지 못했다. 이대로 월요일까지 갇혀 있어야 한다니. 다진은 눈을 내리깔고 어깨를 붙잡고 있는 승도의 손을 내려다봤다.

"어떻게 좀 해봐요."

"열려라, 참깨라도 할까?"

"사장님은 이 상황에 농담이 나와요?"

다진은 한숨을 길게 내쉬었다. 승도가 안정하라는 듯한 손길로 어깨를 쓸어주었다. 이토록 사람을 다정하게 쓸어주는 남자였어? 아니면 목덜미로 쏟아지는 남자의 숨결 때문일까. 왜 이 상황에서 아무렇지 않아야 할 가슴이 두근거리지? 뒤돌아 그를 마주할 용기가 생기지 않았다.

"즐겁거든."

"……."

"독방처럼 혼자 갇혀서 외로웠는데, 정다진과 둘이 되어서 즐거워."

"……."

"이렇게라도 너랑 둘이 있어서."

말을 할수록 승도의 목소리는 깊어졌다. 이젠 기를 쓰고 외면하고 싶은 현실을 받아들여야 했다. 한승도와 좁은 이곳에 이틀이나 갇혀 있어야 한다는 현실을.

"여기 앉아."

다리에 힘이 쭉 빠진 다진은 승도가 이끄는 대로 움직였다. 승도는 나무상자를 엎어 의자처럼 만들어 주었다. 다진은 한동안 아무 움직임 없이 상자에 앉아 있었다. 그래도 혼자보단 둘이 갇혀 있는 게 낫겠지. 되지도 않는 위로를 하고 있을 때였다. 승도는 다진이 앉아 있는 상자 모서리를 한 손으로 짚더니 그녀의 이름을 불렀다.

"다진아."

다정한 목소리였다.

"정다진."

다시 한 번 들려오는 다정한 목소리. 한 번도 그녀를 그렇게 불러 준 적이 없었다. 그냥 무시할 수 없는 목소리에 가슴 한구석이 찌릿했다.

"애쓸 필요 없어."

다진은 고개를 들었다. 그가 그녀의 얼굴을 찬찬히 들여다보고 있었다.

"나 불편하게 생각하는 거 다 알아."

"……."

"이틀이야. 계속 경직된 상태로 있을래?"

"알았어요."

왜 미안한 마음이 드는지. 승도에게 싫다고 불편하다고 했던 장면이 떠올랐다. 그땐 왜 그렇게 못되게 말을 했을까. 뒤늦은 후회를 하며 겨우 숨 좀 돌리는데 승도가 옆에 나란히 앉았다. 그 순간 승도와 그녀 사이를 바리케이드로

봉쇄하고 싶다는 마음이 들었다.

다진은 지나치게 격양된 심장박동을 느끼며 승도를 바라봤다. 그는 이틀이나 갇혀 있어야 할 비운의 남자처럼 보이지 않았다. 오히려 즐기는 것처럼 보였다.

"이젠 우리 뭘 하죠?"

"상규 올 때까지 기다려야지."

태평스러운 대답, 감사하네요.

이건 그저 사고야. 어쩔 수 없이 일어난……. 그러니 얌전히 이 상황을 받아들이자 생각해도, 고질적인 버릇이 나오기 시작했다. 초조하거나 견디기 힘든 상황이 닥치면 입술을 뜯어먹거나 아무 말이나 내뱉는다는 것. 헛소리하면 안 되는데. 이 모든 게 좁은 공간의 공기를 누르는 남자의 존재 때문이다. 다진은 들리지 않을 만큼 작게 숨을 내쉬며 아무 문제도 없는 양 얄밉도록 침착한 승도를 바라봤다. 어떻게든 이 불시의 상황이 평화롭게 끝나길 염원하면서.

"사장님이 불편하거나 싫은 것만은 아니에요."

너무 뜬금없었나. 승도가 그녀를 물끄러미 바라봤다.

"고마운 것도 많아요."

"이를테면?"

"이것저것."

"다양하네."

승도는 굳이 어떤 것인지 캐묻지 않았다. 그나마 대화가 이어지니 숨통이 트였다.

"그래도 다행이에요. 먹을 건 있어서."

어려운 상황일수록 생존본능이 저절로 작동되나 보다. 그중에 으뜸은 식욕인가? 이 와중에 굶진 않겠다는 사실에 안도하는 자신이 동물 같았다.

"화장실이 문제지."

"참을 수 있어요."

다진은 물만은 먹지 않겠다고 다짐했다. 승도 앞에서 생리현상을 처리하는 모습까지 보이고 싶지 않았다.

"추울 거다. 입어."

승도가 암갈색 재킷을 벗어 다진의 어깨에 걸쳐주었다. 창고는 서늘한지라 으슬으슬 춥긴 했다. 긴긴밤 감기 걸리긴 딱 좋은 온도랄까.

"고맙습니다."

그나마 있던 대화가 뚝 끊겼다. 언제쯤 이 어색함이 끝날 수 있을까. 승도의 의문스런 행동에 해답을 찾으면 끝날까? 덧없는 상념에 빠져드는데 승도는 다리를 꼬며 그녀를 응시했다. 그녀가 어디로 도망가지 못하게 감시하는 것만 같은 눈길이었다. 검은 눈동자에서 나온 검은 실이 자신을 꽁꽁 묶는 듯한 착각이 일 정도였다. 승도가 지금처럼 깊고 끈끈하게 볼 때면 뺨에 열기가 서서히 몰려든다. 당돌하게 마주 볼 자신이 없어 다진은 괜스레 허벅지를 붙였다 떼었다 했다.

“할 게 없으니까 심심하네요. 갇힌 김에 창고나 정리할까요?”

“내가 다 했어.”

“그렇네요.”

다진은 창고를 두리번거렸다. 정리의 달인인가. 승도는 상자들을 깔끔하게 정리해놨다.

“심심한데 키스나 할래?”

그 말이 무슨 뜻인지 깨달은 것은 한참 뒤였다. 너무 놀라 살짝 벌어진 입술을 승도가 손끝으로 살짝 눌렀다가 놓았다. 토마토즙을 뒤집어쓴 것처럼 얼굴이 새빨개졌다.

“……진심이세요?”

“응.”

“사장님 미친 것 같아요.”

다진은 평소보다 더 무표정한 승도를 보며 쏘아붙였다. 밑바닥부터 끓어오른 열기가 목젖까지 치고 올라왔다. 키, 키스? 점심때 무얼 먹었기에 말도 안 되는 헛소리를 하는 걸까.

기가 막혀 노려봐도 역시나 승도는 무감각한 얼굴로 특유의 미소를 입가에 만들었다. 여유롭다 못해 즐기기까지 하는 승도가 그녀의 자존심을 건드렸다. 울분과 분노와 절망이 위태위태했던 인내심을 터트렸다. 다진은 나무상자가 삐걱 소리가 나도록 벌떡 일어섰다.

뭐라고 말해야 하는데 모래가 한 움큼 들어찬 것처럼 입안은 서걱거렸다. 키스, 그 한마디가 이성을 통째로 집어 삼켰다. 차마 똑바로 바라볼 수조차 없는 말 때문에 다진은 손을 부르르 떨며 바닥만 내려다봤다.

"농담이라고 해요."

"진심이라니까."

"아! 진짜!"

재고의 여지도 없다는 듯 승도의 간결한 대답에 다진은 지구까지 흔들린 기분이었다. 이대로는 승도와 이틀은커녕 단 2초도 함께 있을 수 없었다. 게다가 그는 정말로 진심인 얼굴이었다. 단둘이 갇혀서 세상에 여자는 그녀뿐이라고 착각한 게 틀림없다. 그러지 않고서야 키스라니.

언제나 승도만 보면 도망치듯 뒷걸음치기 바빴다. 오늘은 아니었다. 처음으로 승도에게 먼저 다가섰다. 요 며칠 두통의 유일한 원인 제공자인 승도의 코앞까지 얼굴을 들이밀었다. 떨지 않기 위해 온몸에 힘을 주어 근육이 마비될 정도였다.

"맹세하세요."

누구의 숨소리인지 분간이 안 되는 가까운 거리. 무슨 용기가 나서 이런 행동을 하는지 그녀도 모른다. 다진은 밤바다처럼 새까만 눈동자를 보며 말했다.

"뭘?"

"저 털끝 하나도 안 건드린다고."

표정 없던 승도의 얼굴이 처음으로 반응했다. 순간 싸늘해지는 눈빛은 공기가 얼어붙을 정도로 차가웠다. 다진은 온 힘을 다해 정신을 바짝 차렸다. 그를 마주할수록 귀는 더 빨갛게 익어갔다. 가깝게 들리는 승도의 숨소리에 가슴 언저리가 유난히 욱신거렸다. 시시각각 짙어지는 남자의 야릇한 눈빛 때문에, 심장이 멈추는 것만 같다.

"진호라도 이랬을까?"

"네."

다진은 단호하게 말했다. 위험하게 일렁이는 남자의 시선을 견디는 것이 한계에 다다랐다. 뒤로 물러나려고 하는데 승도의 손이 더 빨랐다.

남자의 강한 손에 붙잡힌 다진은 오도 가도 못했다. 살갗 위로 모래알만 한 소름이 주르륵 돋았다. 피를 말리는 찰나의 침묵. 모든 것이 엉망진창 뒤죽박죽. 그가 불손한 장난을 치는 것 같다. 본능적으로 위험을 감지한 다진은 어떻게든 그의 손아귀에서 벗어나려고 안간힘을 쏟았다. 그럴수록 그가 움켜잡은 손이 덫이라도 되는 양 옥죄였다. 그때 승도가 너무나도 평온하게 말했다.

"못한다면?"

공전주기가 다른 공간에, 둘만 갇혀버렸다.

좋아해, 좋아한다고

"이 틈에 절 어떻게 할 작정이라면……."

덤덤한 척 말했지만, 목소리 끝은 떨리고 있었다. 마주한 승도는 위험한 야생동물 같았다.

"남자한테 고백을 받아본 적이 없군."

남자의 손아귀에서 벗어날 수만 있다면 영혼도 팔겠다는 생각을 할 때였다. 작은 결점이라도 찾아낼 것 같은 가까운 거리. 남자의 더운 숨결에 취해버릴 것 같아 어지러운데, 승도가 공간을 뒤흔드는 말을 던졌다.

"내가 널 좋아하고 있어."

"……."

숨을 쉬기가 힘들다. 동시에 뻐근해지는 심장.

필사적으로 버티던 다진의 얼굴이 하얗게 질렸다.

"기절했어?"

"아, ……아니요."

다진은 기어들어가는 목소리로 대답했다. 허공에서 마주한 시선이 얽히길 몇 차례. 곧 쓰러질 것 같은 그녀의 얼굴이 걱정된 승도가 꽉 움켜쥔 손아귀의 힘을 슬쩍 풀었다.

"내 고백이 그렇게 충격이었어?"

"꿈에도 생각지 못한 말이라서요."

놀란 가슴을 진정시키지 못한 다진은 승도를 물끄러미 바라봤다. 좀처럼 동요가 없는 얼굴이 지금은 무척이나 복잡해 보였다.

"우선 제가 진정을 해야 해서요. 손부터 놔주세요."

남자에게 붙들린 손목이 뻐근했다. 승도는 아쉽다는 듯이 손을 천천히 풀어주었다. 일단 그에게서 벗어났는데 무얼 해야 할지 알 수 없었다. 맹렬히 따라붙는 남자의 시야에서 벗어나자. 다진은 두 손으로 얼굴을 감싼 채 잠시 그대로 서 있었다. 아무 소리도 들지는 않는다. 승도의 숨소리밖에는.

눈을 감고 아무리 머리를 쥐어짜도, 승도의 기습적인 고백은 물과 기름처럼 뇌가 흡수하지 못하고 둥둥 떠다녔다. 다정한 말 한번 건넨 법이 없는 그였다. 3년씩이나 어떻게 혼자 진호를 좋아하는지 이해할 수 없다며 오히려 한심하다는 듯 바라봤다. 그런 그가 여행을 다녀와서 변했다. 일련의 미묘한 행동 변화가 쉽사리 설명되지 않았는데, 그 모든 것이 내가 좋아서? 설마…….

"계속 서 있을 거야? 다리 아플 텐데."

지금 다리 아픈 게 문제가 아니었다. 눈을 떠서 고백한 승도의 표정이 어떤지 보고 싶었다. 하지만 둘만이 존재하는 창고가 모두 그의 눈 같아 엄두가 나질 않았다. 그건 그렇고 왜 이토록 심장이 거칠게 떨리는지 알 수가 없다. 어금니를 악물어도 떨림은 좀처럼 진정되지 않았다. 눈을 감아도 뜨겁게 닿는 승도의 시선이 생생하게 느껴져 다진은 어쩔 수 없이 얼굴을 감싼 양손을 내렸다.

그와 두 눈이 마주쳤다.

"믿기 힘든 말이에요."

"뭐가?"

"절 좋아한다는 말."

기분이 상했나? 승도는 침묵을 지켰다. 그가 아무런 말도 움직임도 없자 다진도 가만히 서 있었다. 어설프게 웃을 수도 없었다. 그 순간 승도가 흐릿한 미소를 지었다. 가슴 어딘가를 조용히 찢어놓는 듯한 미소에 가슴이 묵직해진다.

"정다진."

왜, 왜 그렇게 무섭게 불러요.

맥박이 뜨겁게 뛴다. 사진처럼 미동 없이 앉아 있던 승도가 일어섰다. 안절부절못하는 심장이 균형을 잃었다. 괴롭히듯 얼굴에 머무는 남자의 시선. 몸을 뚫고 나올 듯이 뛰는 심장의 고동 소리.

"거기 서서 말하세요."

"싫은데."

두 걸음이면 끝날 거리였다. 사방이 막힌 창고. 도망칠 곳도 없다. 다가오는 승도를 막을 방법이 필요했다. 고조된 긴장감을 이기지 못하고 다진은 아무 말이나 했다.

"한승도 사장님이 남자로 안 보여요. 그렇게 본 적도, 생각한 적도 없어요."

"그래?"

승도가 눈앞까지 다가왔다. 시야가 온통 한승도로 가득 찼다. 다만 숨이 인공호흡이 필요할 정도로 끊어질 듯이 나와 가슴이 뻐근했다.

"그렇잖아요. 전, 진호 선배를 좋아하고 있고……, 사장님도 그걸 알고 있는데……."

어떻게 고백을 할 수 있느냐는 말이었다.

"그건 사적인 마음이니까 관여할 생각 없어. 마찬가지로 내 마음도 터치할 필요 없다는 소리야."

"……."

"고백 순순히 받아. 안 그러면 너만 피곤할 테니까."

심장이 쿵, 내려앉는다.

가슴에서 에어백이 터지는 듯한 강한 충격이 좀처럼 가시지 않았다. 전혀 달콤하게 들리지 않는 남자의 저음. 문득 갈증이 심하게 일었고 입술은 메말라갔다.

"이게 무슨 고백이에요? 협박이지."

무의미한 항의였다. 그녀의 항의가 무색하게 승도는 무표정했다. 진이 다 빠진 다진은 여전히 승도의 고백을 받아들이기가 힘겨웠다.

"제가 왜 좋으세요?"

"넌 진호가 왜 좋은데?"

꼭 질문을 해도.

하기야 사람 좋아하는 데 수천 가지 이유 따윈 필요 없다. 상대의 허락을 받고 감정이 움직이는 건 아니니까. 다진은 낮은 신음을 삼키며 입술을 꾹 다물었다. 곤란한 질문을 한 그가 원망스럽다.

"사장님은 교활해요."

"뱀띠라서 그런가."

"정말, 대화가 안 통해."

이대로 승도와 이틀을 지내야 한다고. 신경이 가시처럼 뾰족뾰족 섰다. 다진은 입술에서 진한 한숨이 흘러나왔다. 숨만 쉬어도 신경 쓰이는 승도는 갑자기 나무상자를 옮기기 시작했다.

"뭐 하세요?"

"너한테 남자로 보이고 싶어서."

뭘 예상해도 그 이상을 보여주는 엉뚱한 대답. 은근히 뒤끝이 있다. 남자는 '힘'이라는 단순한 논리라도 펼치고 싶은가 보다. 승도는 묵직한 상자들을 번쩍번쩍 들어 일렬로 놓고 있었다. 그리고는 몇 개의 종이 상자를 북북 뜯어 그 위에 겹겹이 올려놓았다. 레몬이 들어 있는 상자를 뜯었는지 상큼한 레몬 향이 코끝을 기분 좋게 찔렀다. 조금 지나서야 승도가 왜 상자들을 옮겼는지 알 수 있었다.

"피곤하면 누워."

"괜찮아요."

다진은 일렬로 놓인 상자에 앉자 등을 선반에 편히 기댈 수 있었다. 보기와 다르게 세심하구나. 딱딱한 상자 위에 뜯은 종이를 겹쳐놓아 적당히 푹신했다. 긴장으로 꼿꼿해진 허리가 한결 편해졌다.

"좋아해."

잠깐 방심함을 틈도 없이 승도는 꿈에서도 잊지 말라는 듯 말했다. 정신이 멍하다. 다진은 고개를 돌려 승도를 바라봤다. 그가 남자 구미호처럼 보였다. 무심하게 이를 데 없는 목소리로 사람을 잘도 홀린다. 황당해서 눈을 깜빡이는 것도 잊고 바라봤다. 그러나 승도는 그녀를 아예 대놓고 감상했다.

"나 역시 널 좋아하고 있다는 사실에 당황하는 중이니까, 억울한 얼굴 할 필요 없어."

위로라고 건넨 말에 괜히 자존심이 상했다. 좋아하고 싶지 않은 여자를 좋아해서 억울하다는 말로 들렸다. 머릿속은 여전히 혼란스러웠고 그나마 남았던 집중력은 온데간데없이 사라졌다. 그저 승도가 아무 말 없이 앉아 있길 바랄 뿐이다.

빗소리를 들으며 지루하도록 닫힌 문만 바라보았다. 고개만 슬쩍 돌려도 승도의 얼굴이었다. 어떻게든 그를 보

지 않으려고 눈동자는 정면만 향했다. 그런데 언제까지 이러고 있어야 하지. 얼마나 허리를 꼿꼿하게 폈는지 척추에 무리가 오기 시작했다.

눈을 찌르는 형광등 불빛. 들릴 듯 말 듯한 냉장고 돌아가는 소리. 도대체 시간은 얼마쯤 흐른 걸까. 새벽 1시? 아니면 2시? 몸을 예민하게 찌르는 고요한 침묵을 견디는 것에 한계가 왔다. 다진은 목소리를 가다듬고 아까부터 묻고 싶었던 질문을 던졌다.

"언제부터 제가 좋으셨어요?"

"음……."

승도는 팔짱을 낀 채 심각한 고민에 들어갔다. 그 자신조차 언제인지 모르는 듯 보였다. 기대를 가득 안고 한 질문도 아닌데 왠지 서운했다.

"즉흥적인 고백이었나 봐요."

"그렇게 궁금하면 직접 맞혀봐."

"여행 돌아와서?"

"아마도……."

승도는 픽 웃으며 등을 기대더니 느긋하게 말했다. 아닌 것 같은데. 다진이 눈을 동그랗게 떴다.

"못생겼다면서요?"

"예쁘다는 소리였어."

뜨거운 감자처럼 승도의 말을 삼키지 못했다. 두 번만 못생겼다간 결혼하자는 말도 듣겠다. 다진은 으흠, 하고 헛기침을 했다.

"좋아해."

"……."

"좋아한다고."

"……."

"좋……."

"알았어요. 알겠다고요."

다진은 얼굴이 뜨겁게 달아올랐다. 아예 최면을 걸 작정인가 보다. 아무리 두 주먹을 감아쥐며 버텨봐라. 결국엔 넌 내 고백을 받아들일 수밖에 없을 테니까, 라고 외치는 것 같았다. 지척에서 들리는 짙은 숨소리마저 그녀에게 막대한 영향을 끼쳤다.

"그럼, 우리 연애하는 거다."

조금의 흔들림도 없는 눈으로 승도가 말했다. 그가 더는 도망갈 수 없게 구석으로 정신없이 몰아붙인다. 창고 안에 살아 있는 피사체는 그녀뿐이라, 승도의 검은 두 눈이 계속 그녀만 찍어댔다. 모든 감각을 압도하는 남자의 눈빛은 치명적이다. 아직 승도의 고백을 어떻게 할까, 꼼짝없이 받아들여야 하나, 망설이는 중이었다.

"그렇게, 고민이 돼?"

승도가 입꼬리를 올리며 웃었다. 놀랍게도 그는 그녀의 의중을 꿰뚫고 있었다. 마음을 감추는 건 소용없는 짓이었다. 다진은 솔직하게 털어놓을 수밖에 없었다.

"남자가 고백했다고 다 사귈 수는 없잖아요."

"내가 싫진 않다면서."

"그거야 그렇죠."

다진은 힘없이 고개를 끄덕이며 말을 이었다.

"내가 알던 한승도가 아닌 것 같아요."

"어디가?"

"친구를 좋아하고 있는 여자한테, 고백할 남자로는 안 보였거든요."

"날 너무 과대평가했어."

승도는 다진의 눈을 물끄러미 바라보았다. 그녀가 망설이고 있는 상념을 파괴할 듯이.

"적당히 고민하고, 나한테 넘어올 생각 없어?"

"없어요."

"더 고민하겠다?"

"네."

"그 고민 내가 끝내줄게."

"어떻게요?"

멍청한 질문이었다. 두 눈이 마주치자 승도의 손이 그녀의 얼굴을 부드럽게 감쌌다. 코끝까지 닿도록 승도가 고개를 비틀며 숙였다. 남자의 체취가 위험할 정도로 가깝다. 깊게 파고드는 남자의 노골적인 눈빛이 무얼 의미하는지 깨닫기 전이었다. 흠칫 놀라 허리를 젖히는 동시에 둘의 입술이 맞물렸다.

고개를 젓자 승도는 당당할 정도로 집요하게 파고들었다. 놀라 살짝 벌린 입술을 가르고 들어오는 혀를 감당할 수가 없었다. 그녀를 통째로 삼켜버릴 혀의 은밀한 행위. 물 밖으로 나온 물고기처럼 발작하듯 숨을 헐떡거렸다. 남자의 혀는 일관되게 움직였다. 두드리고 건드리고 파고들고 핥고 빨아들이고.

승도가 턱의 각도를 바꾸며 파고들었다. 그가 무섭게 내뿜는 집요한 열기가 그녀를 놓아주지 않는다. 숨이 막힌다. 심장이 미친 듯이 뛰었다. 온몸의 혈관을 타고 흐르는 짜릿한 전율. 생전 느껴보지 못한 감각 속에 허우적거렸다. 승도는 그녀의 혀를 더 강하게 끌어당겼다.

달콤한 과즙처럼 그녀의 입에 고인 타액을 음미하면서 모조리 삼켰다. 두꺼운 엄지손가락이 연한 귓바퀴를 지분거렸다. 뜨거운 손길은 살갗을 태울 것 같다. 더는 버틸 수 없어서, 다진은 승도의 단단한 팔뚝을 움켜잡았다.

이질적인 감정은 도대체 뭘까.

일방적인 키스인데 기분이 나쁘지 않다. 거부해야 하는데 거부하고 싶지 않은 이중적인 심리. 그의 키스는 내 진심을 알아달라는 구애 같았다. 거친데 뜨겁다. 입술을 핥는 감각이 쓰라린데 가슴은 아릿하다. 그렇지만 이래도 되는 건가? 지금까지 모르던 감각을 일깨운 승도의 키스에 정신이 혼미했다.

"저기……."

잠깐 입술이 떨어져 비로소 숨을 쉬는가 싶어 말하려는데, 승도가 또 막았다. 움직이지 못하도록 승도의 큰 손이 그녀의 턱과 목덜미를 잡고 있어 밀치기도 쉽지 않았다. 무엇보다 품에 안긴 것처럼 단단한 가슴팍이 느껴져 기절할 것 같았다.

"그만!"

가까스로 그의 입술에서 도망쳤다. 비명처럼 소리를 지르자 승도는 거친 숨을 몰아쉬며 그녀를 바라봤다.

"괜찮아?"

다정하게도 물어본다. 그럴 거면 정신이 나가도록 키스를 왜 한 거야. 반쯤 나간 넋이 천천히 돌아오기 시작했다. 한몸처럼 엉켰던 혀가 이제야 자유스러워졌다.

다진은 가쁜 숨을 몰아쉬며 애써 정신을 차렸다. 그렇지만 승도와 키스한 감각이 몸에서 떠나질 않았다. 어쩌다가 키스까지 했지? 고백하고 바로 키스라니. 혼자서 저만치 앞서가는 승도의 속도를 따라갈 수가 없었다. 게다가 승도의 얼굴을 어떻게 봐야 할지 난감했다.

"없었던 일로 하고 싶은 얼굴이군."

그렇게 된다면 얼마나 좋을까.

"그게……. 그러니까. 내가, 내가 아니었어요."

"우리 둘 다 실수는 아니었어."

"그렇지만 적어도 내 동의는 구해야 하는 거 아닌가요? 너무 일방적이잖아요."

"이제라도 동의를 구하고 할까?"

"뭐요?"

"한 번보다 두 번 하면 익숙해질 거야."

말도 안 되는 소리를 하고 있다. 승도와 키스를 두 번이나 하면 아마도 가까스로 붙잡고 있는 이성이 날아갈 것이다.

"다신, 안 해요."

인상을 팍 쓰며 외치자 승도는 알 수 없는 웃음을 지었다. 마치 그런 일은 일어나지 않는다는 듯이.

근심이 태산처럼 쌓인 다진은 고개를 푹 숙였다. 옆에 앉아 있는 승도는 한결같이 그녀만 뚫어지게 보고 있다.

"그만 봐요."

"너 아니면 볼 게 없어서."

승도는 짓궂은 미소를 지어 보였다. 아, 얄미워라.

"이제 시작이야. 그만 고민하고 한숨 자."

뭐가 시작이라는 것인지.

"잠 안 와요. 잘 수도 없고."

어두침침한 창고 안을 밝히는 유일한 형광등 불빛마저 수상하게 보였다. 조금만 더 가까이 다가오면 아까처럼 짙은 입술이 닿을 것 같아서 행동 하나가 조심스럽다. 승도는 장난으로도 넘길 수 없는 말을 천연덕스럽게 말했다.

"또 키스할까 봐서? 아니면 나한테 넘어올까 봐서 두려워?"

심장이 불안정하게 뛴다. 이러다가 그가 또 키스할까 싶어서.

"잔다."

돌연 승도는 팔짱을 낀 채 느슨히 허리를 젖혔다. 그리고 눈을 감더니 그녀의 작은 어깨에 머리를 기댔다.

"사장님."

"잔다고."

더는 말을 걸지 말라는 목소리였다. 다진은 한숨을 내쉬며 다리를 오므렸다. 쥐 죽은 듯 고요한 창고 안. 그가 기댄 어깨에서 후덥지근한 열기가 배어났다. 불안하게 흔들리는 눈동자만 살짝 굴려 눈을 감고 있는 승도의 얼굴을 내려다보았다. 눈 아래 그늘이 질만큼 속눈썹이 굉장히 길구나.

이번은 속아줄 참이다. 그녀가 편안하게 잠들 수 있게 승도는 일부러 잠든 척하고 있다. 알다가도 모를 남자다. 무심하고 무뚝뚝하고 키스는 격렬하게 하면서, 눈을 감은 얼굴은 순진한 소년 같다.

"잘 자요."

다진은 들릴 듯 말 듯 낮게 속삭였다. 잠은 전염성이 아주 강했다. 1초 전만 해도 아주 생생했는데 눈꺼풀에 졸음이 가득 묻어났다. 앞으로 어떻게 해야 할지에 대한 고민은 일단 멈춤. 지금은 무척 졸릴 뿐이었다. 다진은 어느새 제 머리를 승도 쪽으로 꾸벅꾸벅 떨어뜨리고 있었다.

얼마 후 승도가 눈을 천천히 떴다.

눈을 아래로 깔고 깊게 잠든 다진을 빤히 내려다봤다. 미약하게 나오는 숨소리마저 그를 자극한다. 정다진……. 키스하는 순간에도 긴장을 늦추지 않던 여자는 완전 무장해제 되었다. 그의 무릎을 베고 아기처럼 잠들었다. 악착같이 감정의 동요를 감추고 있던 까만 눈동자가 위험한 본색을 드러냈다.

"도망갈 궁리만 하는 정다진 잡기 힘드네."

동그란 이마를 가린 머리칼을 손가락으로 쓸어넘겨주었다. 지금 당장은 네가 보고 싶은 모습만 보여줄게. 그게 언제까지가 될지 장담할 수는 없지만. 네가 보고 싶은 사람이 나이길 바랄 뿐. 아직은 커다란 욕심이겠지만.

아무도 들을 수 없는 혼잣말을 한 승도는 부드럽게 다진을 안고 일어섰다.

키스해줘?

아니요, 라고 외치며 다진은 눈을 번쩍 떴다. 꿈도 이런 꿈을 꾸다니. 망할. 꿈속에서 승도가 입술 가까이 대고 속삭였다. 꿈일 뿐인데 방금 일어난 현실처럼 느껴졌다. 벌써 아침인가? 창문으로 비껴든 아침 햇살에 눈이 시렸다.

다행이다. 아무 일도 더는 생기지 않고 아침을 맞이할 수 있어서. 다진은 약간 남은 잠을 떨치려고 눈을 감았다가 떴다. 어라? 나무상자가 이렇게 부드러울 리 없는데…….

불길한 기운이 엄습한 다진의 눈이 휘둥그레졌다. 무엇보다 창고에는 창문이 없었다. 푹신하게 느껴지는 상자 위에서 벌떡 일어난 다진은 주위를 둘러보았다.

맙소사.

집에서 눈을 뜨면 제일 먼저 보였던 벽에 걸린 할머니와 찍은 사진도 보이지 않는다. 상아색 장롱도. 대신 다른 것이 보였다. 거친 원목의 느낌이 물씬 나는 침대. 그녀의 무릎까지 덮고 있는 회색빛 이불. 그리고 누가 찍었는지 단번에 알 수 있는 사진 액자까지.

다진은 소리 없는 비명을 지르며 침대에서 허겁지겁 내려왔다. 아직도 꿈속인가? 어젯밤부터 이상하게 돌아가는 상황에 정신을 차릴 수가 없었다. 고백에 키스에 이젠 침대라니. 머릿속이 해감하지 못한 꼬막처럼 뿌옜다. 분명히 창고에서 잠이 들었는데……. 왜 승도의 방에서 눈을 뜬 것인지.

다리에 힘이 풀려 넘어질 뻔했다. 승도의 체취가 가득 묻어나는 방에서 한시라도 빨리 나가야 했다. 아침부터 뭔가 꼬이는 기분이 스산했다. 막 문을 열고 거실로 나가는데, 지금은 마주하고 싶지 않은 승도가 소파에 앉아 있었다.

"일어났어?"

승도는 아주 여유롭게 커피를 마시며 다진에게 말을 건

넸다.

"커피는 주방에."

너무 어처구니가 없으면, 말하는 법을 잊을 수도 있구나.

"아침은 먹지 않는 편이라서, 배고프면 냉장고 열어봐. 사과 있을 거야."

"……."

"아니면 우선 씻든가. 욕실은 저쪽."

승도가 손을 뻗어 왼쪽을 가리켰다. 다진은 예전과 똑같이 대하는 건 불가능해진 남자를 고집스럽게 쳐다보았다. 아무 일도 일어나지 않았다는 듯 승도의 표정은 편안해 보였다. 고백도 키스도 없던 일로 하자는 뜻인가? 그나마 자신이 알고 있는 승도는 즉흥적으로 어젯밤 같은 일을 벌일 남자는 아니었다. 저 무표정한 얼굴 뒤로 숨긴 승도의 진짜 표정을 보고 싶었다. 다진은 천천히 승도가 앉아 있는 소파로 걸어갔다. 한.걸음씩 발을 내디딜 때마다 새벽의 키스가 떠오르며 입술이 뜨거워졌다.

"제가 이틀을 잘 리는 없는데, 어떻게 된 거예요?"

"새벽에 속은 셈 치고 문을 열어봤는데, 열리더라고."

"그래서요?"

"그래서? 깨워도 안 일어나는 널 안고 집으로 데려와 아무 짓도 안 하고 침대에 고이 눕혔지."

"그 말을 내가 믿을 것 같아요?"

놀림을 당하는 기분이었다. 다진은 주먹을 움켜쥐며 그를 원망하듯 바라봤다. 왜 분한지 이유는 모르겠다. 그의 눈이 '안 믿으면 어떻게 할 건데?'라고 말하고 있는 것 같아서일까. 승도는 기분이 나쁠 만큼 거리낌 없이 웃는 얼굴로 말했다.

"좋아하는 여자한테 거짓말하지는 않아."

다진은 그대로 굳어버렸다. 어떻게 받아들여야 해? 승도는 아무렇지 않게 신문을 펼치며 읽어내려갔다. 이 남자를 도대체 어떻게 해야 할까. 감당이 안 되는 남자다. 더는 참을 수 없어 다진은 아랫배까지 힘을 주고 험악한 표정으로 외쳤다.

"사장님 미워요."

"난 너 좋아해."

다진은 가슴을 들썩일 정도로 씩씩거렸다. 사람 입을 막는 데 선수다. 장난이 아니라는 걸 알지만, 너무 성의 없는 거 아니야? 아주 좋아한다는 말을 입에 달고 사네. 그런데 왠지 모를 찝찝함이 어젯밤부터 따라다녔다. 치밀하게 계산된, 뭐랄까 엄청난 계략에 걸린 기분이다. 창고에 갇힌 것도, 그의 침대에 잠든 것도, 결코 우연이 아닌 것 같아서 목이 빳빳해졌다. 다진은 승도가 벌인 돌연한 일들에 동화되지 않으려고 필사적으로 버텼다.

"난……, 진호 선배를 좋아해요."

"알아."

홧김에 한 말이었다. 특유의 차분한 목소리로 답했지만, 여간해서 감정을 드러내지 않는 승도의 검은 눈이 일렁거렸다. 어쩐지 상처를 준 것 같아 미안해졌다.

"저한테 정말 왜 이러세요?"

"좋아한다니까."

참으로 일관성 있게 고백을 한다. 일말의 망설임도 없이. 아무런 감정이 솟지 않는 목소리로.

"무심코 부딪힌 행인 1한테 고백을 받아도 이보다는 낫겠어요."

"……."

"다정한 눈빛이라도 보내면서 고백을 하면 믿어볼게요."

승도는 난데없이 웃음을 터트렸다. 다른 것도 아닌 감정에서 양쪽의 소통이 얼마나 중요한지 누구보다 잘 알고 있다. 등을 보며 혼자서 갈구하는 감정이 얼마나 쓰라린지도. 하기야 승도는 달랐다. 그녀가 그 어떤 답도 주지 않아도 승도는 앞에 대고 계속 고백하고 있으니까.

"외면하고 싶은 마음은 알겠는데, 그렇다고 달라지는 건 없어."

승도가 가슴에 대못을 쾅, 박았다. 다진은 아래만 내려다보며 입을 다물었다. 무슨 말을 해도 백전백패 승도한테 진다. 이럴 땐 피하는 게 최선이다. 불편한 공기가 가득한 그의 공간에서 빨리 나가야 한다. 더 있다간 키스가 아니라 더한 것도 할 것 같은 두려움이 생겼다.

"갈래요."

"데려다줄게."

"혼자 가고 싶어요."

"그러든가."

너의 의견은 존중하겠다는 것인가. 다진은 허리에 힘을 주고 현관으로 걸어갔다. 그런데 보여야 할 것이 보이지 않는다. 바닷가에서 바늘 찾기도 아닌데 반 평도 안 되는 현관에는 제 신발이 보이지 않았다.

"내 신발 어디에 있어요?"

"몰라."

심드렁한 대꾸에 다진은 순간 울컥했다. 승도 앞에서 감정조절이 되지 않는다. 하마터면 또 아무 말이나 내뱉을 뻔했다. 안 보이는 신발을 찾으려고 그와 실랑이를 하고 싶지는 않았다. 신발장도 열어봤지만, 승도의 커다란 구두와 운동화뿐이었다.

"운동화 하루만 빌리겠습니다."

운동화를 신었는데 역시나 제 발엔 무척 컸다. 한 발짝 내딛기 전에 헐렁거리는 운동화가 벗겨졌다. 다진은 승도의 운동화를 질질 끌고 현관문을 열고 나왔다. 등 뒤로 잘 가라는 승도의 목소리가 들렸다.

"고향은 잘 다녀왔어?"

"네."

이틀 만에 보는 거라 상규가 다른 날보다 더 반가웠다. 이틀을 쉰 그늘의 월요일 아침은 평상시처럼 바빴다. 막 출근을 하고 검은 앞치마를 허리에 두르는 다진 앞에 상규가 쇼핑백 하나를 건넸다.

"막창은 대구죠. 막창 좋아해요?"

"없어서 못 먹지. 나 주려고 챙겨온 거야?"

"부모님이 막창집을 하고 계시거든요."

"부럽다."

다진은 양손까지 모으며 말했다. 상규는 쇼핑백에서 진공 포장된 팩을 주섬주섬 꺼냈다. 제법 많은 양이었다.

"진공포장 했으니까, 냉장고에 넣어뒀다가 하나씩 꺼내 먹으면 될 거예요."

"고마워."

"뭘요. 누나라도 먹을 줄 알아서 다행이에요."

"응?"

다진은 미간에 주름을 모았다. 상규는 승도 것까지 주는 거라며 말을 이었다.

"승도 형은 막창 못 먹어요."

"에이 설마."

"누나도 안 믿어지죠?"

"소도 때려잡아서 먹게 생긴 사람이 왜?"

"형이 은근히 비위가 약하거든요."

상규는 여섯 팩이나 되는 막창을 쇼핑백에 도로 넣었다. 다진은 부모님께 정말 감사히 잘 먹겠다는 말을 전해달라고 했다.

"형은 잠깐 일이 있어서 오후에나 나온대요."

"그렇구나."

차라리 다행이었다. 다진은 상규가 준 쇼핑백을 냉동실 구석에 넣으며 자신도 모르게 한참을 서 있었다. 아무것도 아닌 남자에서 키스한 남자가 된 승도 때문에. 앞으로 승도의 얼굴을 어떻게 봐야 할지 막막했다. 좋게든 나쁘게든 그 어떤 쪽으로도 아직 결정을 내리지 못했다. 불타는 금요일 밤, 둘이 나눈 건 일방적인 고백과 키스가 전부였다. 그것이 황금 같은 주말을 고스란히 삼켰다.

"무슨 엄청난 고민이라도 있어?"

상념에서 빨리 빠져나오지 못한 다진은 멍한 얼굴로 진호를 바라봤다.

"얼굴빛이 안 좋다."

"월요병인 거죠."

다진은 웃으며 말을 돌렸다. 진호는 2층을 재빨리 둘러봤다. 아침에 문을 열자마자 명당자리를 차지하려고 일찍 온 손님들이 몇몇 보였다.

"승도 이 녀석 일 너무 시키는 거 아니야?"

"시급도 더 올려줬어요."

"내가 올려준다고 할 땐 싫다더니."

"알고 보니 제가 속물이었던 거죠."

첫 월급부터 승도는 시급을 올려줬다. 어이없게도 더 많은 돈을 받자 기분이 좋았다. 그만큼 최선을 다해 열심히 일하라는 뜻이겠지. 사장이 안 보일 때도. 다진은 카운터 앞을 정리하며 물었다.

"선배는 주말 잘 쉬었어요?"

"응."

"수인이랑 데이트?"

"뭐……."

말끝을 흐리는 진호의 표정이 순간 어두웠다. 설마 사랑싸움이라도 한 건가. 잠깐 일어난 호기심을 다진은 싹둑, 잘랐다. 둘의 문제는 그녀가 상관할 바가 아니다. 뭔가 이상하다. 뭐지? 뭔가 변하고 있는 것 같은데. 그게 뭘까, 진지하게 고민하는데 진호가 그녀를 불렀다.

"다진아."

그녀를 불러놓고 진호는 아무 말 없이 맑은 다진의 눈을 가만히 들여다봤다. 의아한 눈빛이라 다진은 눈을 동그랗게 떴다.

"왜요?"

"아니다."

할 말이 가득한 목소리로 불러놓고서 진호는 정작 입을 닫았다. 어느새 입가에는 평소와 같은 부드러운 미소가 걸려 있었다.

"뭔데요?"

다진이 콧잔등을 살짝 찡그리며 묻자 진호는 팔을 카운터에 기대며 말했다.

"예뻐졌다고."

성형수술 한 것도 아닌데 두 남자에게 예쁘다는 소리를 연속으로 들었다. 고민이 많아지며 호르몬 과다분비로 얼굴이 예뻐지는 증상이 있나? 문제는 고민이 모두 두 남자 때문이라는 거다. 예뻐졌다는 소리가 별로 반갑지가 않다. 다진은 약간 굳었던 얼굴을 더 활짝 폈다.

"난 원래 예뻤는데."

"그랬나?"

"몰랐어요?"

"그러게. 왜 지금 보일까?"

"뭐, 그동안 선배 눈에 제가 보였겠어요. 수인이만 보였겠지."

대수롭지 않게 말했는데 진호는 약간 어두운 표정을 지었다. 지금은 승도의 돌발 고백만으로도 머리가 터질 지경이었다. 진호의 표정변화까지 생각할 여유가 없었다. 그러다 문득 서늘한 무언가를 깨달아버렸다. 다진은 잡고 있던 컵을 놓칠 뻔했다.

뭔가 변하고 있는 그 정체가 무엇인지 알아버렸다. 어쩌면 이럴 수 있지? 허망한 한숨이 터졌다. 이제까지 그녀의 시야는 어떻게 보면 조그만 어항의 물고기 같았다. 어항 밖 진호만 따라 다녔으니까.

그런데 상황이 역전되었다. 얼마 전까지 진호 생각뿐이던 머릿속을 다른 이가 차지했다. 조그만 어항인 머릿속으로 거대한 고래 같은 승도가 첨벙, 하고 들어왔다. 그 속에서 그는 아주 자유롭게 헤엄친다. 그리고 그녀의 가슴을 헤적이고, 다른 이는 생각할 수 없게 하였다. 괴이한 일이 아닐 수 없었다.

"눈 뜨고 졸아?"

"아, 아뇨."

다진은 난감하기 이를 데가 없었다. 결국엔 눈앞에 진호를 두고 승도를 생각해버렸다.

"오늘도 수고해."

진호는 평소처럼 그녀의 어깨를 가볍게 쓸어주고 1층으로 내려갔다. 상규는 단골손님이 주문한 커피를 드르륵 갈고 있었다. 다진은 심호흡을 길게 가다듬고 일에 열중했다. 그러나 끊임없이 떠오른 남자 생각으로 골치가 지끈거렸다.

머릿속 고래! 그만 꼬리 쳐.

다진은 손님의 주문을 받으며 속으로 소리쳤다. 아무리 꼬리 쳐도 안 넘어갈 거니까! 일에 집중할 수가 없잖아. 나 숨 좀 쉬자. 부탁이야. 오늘 저녁 반찬으로 고래고기를 확 먹을까 보다.

밤 9시가 조금 넘은 시각. 상규는 갓 만든 오믈렛을 접시에 담아 3층으로 향했다. 오후에나 온다던 승도가 밤늦게 그늘에 도착했다. 이번엔 무슨 촬영이더라. 영화 포스터라고 했는데. 촬영이 힘들었는지 3층으로 올라가는 승도의 뒷모습이 피곤해 보였다. 그를 챙겨줄 수 있는 사람은 아직 자신뿐. 다진에게 오믈렛을 갖다주라고 했는데 못 들은 척했다.

"형!"

깔끔한 사람 아니랄까 봐. 일 끝나고 오자 쉬지도 않고 욕실로 직행한 모양이었다. 상규는 식탁에 오믈렛 접시를 올려놓고 승도를 기다렸다.

"잘됐나 모르겠네."

어색한 연기 하느라 진땀까지 났었다. 다진이 창고를 가지 않으면 어떡하나, 대구까지 운전하면서도 오직 그 생각뿐이었다. 설마 멋대가리 없이 평소처럼 무뚝뚝하게 한 건 아니겠지. 그에게 있어 승도는 그저 동네 아는 형 이상이었다.

방황하는 그를 잡아서 사람 만들어주었고 자신도 깨닫지 못한 재능까지 찾아줬다. 평생 고맙다는 말을 해도 모자를 정도였다.

"뭐 해?"

그사이 승도가 욕실에서 나왔다. 상규는 주방 쪽을 보며 말했다.

"저녁 먹으라고요."

"바쁜데 뭣하러 만들어 왔어?"

"형한테 오믈렛 만들어줄 시간은 있어요."

승도는 상규의 어깨를 지그시 누르며 식탁 의자에 앉았다. 상규는 이젠 그 행동이 고마움의 표시라는 걸 잘 알고 있다. 승도는 낯간지러운 말을 잘하지 못하는 편이었다. 그거야 남자들끼리는 상관없었다. 요즘 여자들은 달달한 남자를 좋아한다던데, 다진 누나도 그럴 텐데, 걱정이 한가득이다.

"오믈렛 먹을 만해요?"

"맛있다."

승도는 그가 만들어준 오믈렛을 먹으며 물었다.

"아저씨랑 아주머니는 잘 계시지?"

"네. 형이 준 보너스 전부 드렸더니, 엄마 입이 귀에 걸렸어요. 간만에 아들 노릇 제대로 했습니다."

상규는 대답하며 냉장고를 열었다. 눈과 이에 좋은 토마토가 보여 물에 깨끗이 씻어 승도 앞에 놔주었다.

"바쁠 텐데 내려가봐."

"다진이 누나가 잘하고 있어요."

반응을 보려 일부러 다진의 이름을 꺼냈다. 그러나 승도의 눈빛은 가늠할 수 없이 깊어져 무슨 생각을 하는지 알

수가 없었다. 상규는 산만 한 덩치에 맞지 않게 망설였다. 주말 내내 궁금했고 오늘도 이제나저제나 승도가 돌아오길 춘향이처럼 기다렸다. 이대로 내려갈 수는 없었다.

"형……."

"그만 흘끔거리고 말해."

순간 서늘하게 굳는 승도의 표정을 보며 움찔했지만 상규는 도저히 참을 수 없었다.

"저기……, 누나한테 고백은 했어요?"

"응."

깔끔한 대답이 돌아왔다. 오호? 드디어 고백하다니. 지칠 줄 모르고 그동안 뒤에서 보기만 하는 승도의 태도에 속이 터졌다. 할 수만 있다면 제가 대신 다진에게 고백해주고 싶었다.

"누나가 뭐래요?"

"내가 밉대."

승도의 무덤덤한 대꾸에 상규는 허탈한 표정으로 서 있었다. 고백하자마자 차였다니. 그동안의 노력이 모두 수포가 되었다. 다진이 2층에 올라온 날부터 어떻게든 승도와 단둘이 있게 해주고 싶었다. 자신이 나서지 않으면 승도는 계속 보고만 있을 남자였다. 이 무슨 해바라기 코스프레인지. 냉정하기 이를 데 없는 칼 같은 성격과는 전혀 어울리지 않는 행동이었다.

그래서 자신이 나섰다. 카메라가 고장났다고 거짓말도

했다. 두 자리 아이큐를 열심히 굴려 승도에게 제안했다. 아무 데도 도망가지 못하게 가둬놓고 고백하라고. 미쳤느냐고 핀잔할 줄 알았던 승도는 웬일로 흔쾌히 승낙했다. 되지도 않는 연기를 하였고 다진이 창고에 가지 않으면 어쩌나 마음마저 졸였다.

"형은 돗자리까지 깔아줬으면 제대로 해야죠. 어떻게 했길래 밉다는 소리가 나와요? 아까 진호 형은 설탕처럼 달콤한 목소리로 예뻐졌다고 하던데, 형은 그게 안 돼요?"

"그러게, 안 되네."

"왜요?"

상규가 따지듯 물었다.

"내가 진호는 아니니까."

목소리는 낮지만 단호했다. 비교하지 말라는 일종의 경고. 흠칫했지만 상규는 뒤로 물러서지 않았다.

"이제 어쩔 셈이에요?"

"끝을 냈으니까, 시작해야지."

"차인 거 아니었어요?"

"누가?"

차여서 주말 동안 눈치까지 없어졌나.

"형이죠. 다진이 누나가 형 밉다고 했다면서요."

"거절의 뜻은 아니었어."

"……."

"소중한 건 늘 그렇듯 얻기 힘든 법이지."

상규는 머리가 잘 돌아가지 않아 미간을 구겼다. 그러면 둘이 사귄다는 뜻인가? 더는 묻지 않고 식사를 마친 승도가 커피를 내리는 모습을 물끄러미 바라봤다. 성숙한 남자의 분위기가 물씬 풍기는 뒷모습은 남자인 그가 봐도 멋있었다. 그런 형이 왜 연애를 하지 않을까 늘 궁금했었다. 그 궁금증은 우연히도 밝혀졌다.

카페를 열었던 첫날, 정산이 맞질 않아 물어보려고 3층에 올라갔다. 잠시 자리를 비워 승도가 없는 방에는 여자 사진만 테이블과 침대에 빼곡히 쌓여 있었다. 어딘가 다른 분위기가 흐르는 사진이었다.

사진엔 온통 한 여자만 담겨 있었다. 바람에 흘러내린 머리칼을 넘기는 사진. 잔디밭에 앉아 친구들과 웃는 여자의 얼굴은 초여름처럼 싱그러웠다. 어떤 미화도 없이 찍힌 앳된 여자의 사진은 상업사진이 아니었다. 승도의 사적인 마음이 생생히 담긴 사진이라는 걸 알았다.

사진 속 여자가 며칠 후 직접 그늘에 왔다. 개업 축하한다고 갖가지 꽃을 한 다발 사온 그녀는 승도를 본체만체했다. 거의 말도 섞이고 싶지 않은 표정이랄까. 그에 반면 진호 옆에서는 얘기도 잘하고 잘 웃었다. 그때 승도는 계단 아래에 멈춰 서 웃고 있는 그녀를 말없이 보고만 있었다.

그녀가 일을 배우겠다고 '그늘'에 왔을 땐 놀라지 않을 수 없었다. 그녀가 카페에서 일하기 시작한 날부터 짙은 의문을 달고 관찰했다. 아무리 봐도 승도한테는 관심이 전혀 없어 보였다. 되도록 2층엔 올라오지 않았고, 오히려 눈만 마주쳐도 피하기 일쑤였다.

도무지 궁금해서 잠도 오지 않았다. 허리가 땅에 메다꽂힐 각오를 하고 물었다.

「형, 저 여자 좋아하죠?」
「어떻게 알았어?」
「저번에 형 방에서 사진 봤어요.」
「너만 알고 있어. 발설 시, 그늘에서 잘릴 줄 알아.」
「진호 형 좋아하는 것 같던데…….」
「불행한 일이지.」

빙그레 웃으며 침착하게 인정하는 승도가 처음으로 처량해 보였다.

「누나가 형 진심을 알아줄까요?」
「언젠가 알아줄 날이 오겠지.」

어쩌다가 짝사랑을…….

「형이 오늘은 좀 안돼 보이네요.」
「인정.」

귤빛으로 반짝이는 도시 야경을 보며 퇴근을 했다. 옷을 얇게 입고 나왔는지 밤바람이 서늘했다. 터틀넥을 턱밑까지 올리고 재킷 주머니에 두 손을 찔러넣었다. 2층에 올라오면서부터 퇴근할 때 뒷문을 이용했다. 문을 열자 고래가 아닌 승도가 딱 버티고 서 있었다.

"어디 가?"

"퇴근요."

눈앞에 승도가 서 있는 것만으로도 신경이 가닥가닥 곤두섰다.

"내일 봬요."

"집에 가면 혼자 아니야?"

"그렇죠."

"나도 카페 문 닫으면 혼자거든."

승도와 대화를 하다 보면 자신의 청력에 문제가 있는 건 아닐까 걱정되었다. 모국어를 하는데 왜 외국어처럼 들리는지.

"그래서요?"

"혼자인 사람끼리 잘해보자."

승도가 뜬금없이 악수를 청했다. 그의 행동을 거부하는

것은 정신건강에 해롭다는 것을 몸소 깨달았다. 다진은 그의 큰 손을 가볍게 맞잡았다. 그저 단순한 악수를 했을 뿐인데 손끝이 살짝 저렸다.

밤하늘을 등지고 서 있는 승도가 그녀의 눈을 마치 수면을 가만히 들여다보듯이 바라봤다. 전생에 거대한 고래였을 것 같은 남자의 눈빛은 바다처럼 깊었다. 요즘 철학자가 된 기분이다. '나는 존재한다.'를 증명하듯 너무 많은 생각을 하고 있다. 그 생각의 대부분을 차지하는 건 다름 아닌 눈앞의 한승도였다.

승도의 고백은 한낮에 뜬 낮달처럼 이질적이다. 질긴 잡초와도 닮았다. 얼마나 번식력이 좋은지 모른다. 5분만 생각해도 벅찬 남자를 5분을 제외한 나머지 시간 내내 그에 대해서 생각하고 있다. 이렇게 바라보는 것만으로도 압박감을 주는데 왜 단번에 거절하지 못하는 것일까.

"신고 간 운동화는 가져왔어?"

"깜빡했어요."

"무척 아끼는 운동화라서."

"내일 꼭 갖다드릴게요."

이제까지 손을 잡고 있는지 몰랐다. 승도가 그녀의 손목을 더 세게 그러쥐며 말했다.

"오늘 밤에 신어야 해서. 어쩔 수 없지. 집에 같이 가."

"네?"

다진은 식겁한 표정을 지었다. 그 격한 반응을 승도는 사뻔히 무시했다. 이미 그녀의 손을 잡고 철제계단을 내려가고 있었다. 허겁지겁 뒤따라 걸으며 그의 등에 대고 물었다.

"꼭 오늘 신어야 해요?"

"어."

"다른 거 신으면 안 돼요?"

"안 돼."

승도는 묻는 족족 단칼에 싹둑싹둑 잘랐다. 거침없이 몰아붙이는 승도에 휘둘리다 보면 안개 속처럼 뿌옜던 머릿속이 깔끔해진다. 살짝 부는 바람에도 흔들리는 대로 흔들리는 지조 없는 갈대처럼. 원칙도 기준도 무용지물이 되어버린다.

정신을 차릴 새도 없이 이미 차에 타고 있었다. 안전벨트를 매는 그녀를 보며 승도는 액셀러레이터를 밟았다. 두 번째지만 승도의 지프를 탈 때면 장르가 하드코어로 바뀐다. 강력한 구동력을 자랑하는 자동차는 서울의 도심을 거침없이 내달린다. 신호에 걸리면 멈추었다가 초록 불이 켜지면 다시 달렸다.

"이 밤에 무슨 약속이 있으세요?"

차가 10분 넘게 달린 후에야 다진이 먼저 입을 열었다. 차 안이 단둘이 갇혔던 창고 같아서 아무것도 하지 않아도 입술이 바짝 말랐다.

"너랑."

"……."

"운동화는 핑계였어."

다진은 곤혹스러운 얼굴로 승도를 보았다. 승도는 핸들을 부드럽게 오른쪽으로 꺾으며 말을 이었다.

"둘이만 같이 있고 싶은데, 데이트 신청을 어떻게 하는지 몰라서."

데이트란 단어에 다진의 얼굴이 금세 달아올랐다. 음악도 없이 조용한 엔진 소리만이 진동을 전하는 차 안이라, 마른침을 마음 놓고 삼킬 수도 없었다. 차는 서울의 야경을 뒤로하고 언덕을 오르기 시작했다. 한숨을 푸르르 내쉰 다진은 차창 밖을 초점 없는 눈으로 응시했다. 각을 세웠던 상념들이 도미노처럼 무너진다. 아무리 밀어내도 솔직함을 내세워 지속해서 밀어붙이는 남자를 매번 밀어내기란 쉽지 않았다.

"전 아무것도 정하지 않았어요."

"내가 정해서 상관없어."

"아직 정리도 깨끗이 되지 않았고요."

진호의 이름을 빼고 말해도 그는 척척 알아들었다.

"내가 기다리는 걸 잘해."

"사장님은 뭐든 쉽군요."

"정다진은 어려워."

난 당신이 백배는 더 어려워요.

승도가 고개를 돌려 다진을 물끄러미 응시했다. 이제 내성이 생겼는지 승도의 집요한 눈길도 30초는 견디게 되었다.

"네가 무슨 말을 하고 싶은지 다 알아."

"무슨 말을 어떻게 해야 할지 내가 모르는데, 그걸 사장님이 어떻게 알아요?"

이럴 땐 솔직해지는 것이 정답이다. 그와 어떤 걸 하고 싶은지 아직은 결정을 내진 않았다. 그렇지만 이대로 계속 술래잡기라도 하듯이 승도의 감춰둔 진심을 찾으려고 헤매고 싶지는 않았다.

"많이 혼란스럽겠지."

"네. 맞아요. 얼마나 혼란스러운지 무슨 말을 하려고 하면 이상한 말밖에 떠오르지 않아요. 내 맘과 완전히 반대거나, 도대체 내가 무슨 말을 하려 했는지도 헷갈릴 정도예요."

"시간이 다 해결해줄 거야."

"그럴까요?"

"아무리 복잡한 혼란과 혼돈이라도 시간이 지나면, 정돈이 오는 법이거든."

그러면 얼마나 좋을까. 그러기엔 승도가 만들어낸 혼란과 혼돈은 강력했다. 고질병이 도지려나 보다. 아랫배가 슬슬 아파왔다. 다진은 양팔로 서늘하게 차가워지는 아랫배를 감쌌다.

"괜찮아?"

괜찮을 리 없다.
“잠깐만 쉬다 가면 안 될까요?”
승도는 말이 끝나기 무섭게 지프를 갓길에 세웠다. 잔뜩 미간을 찡그리며 아랫배를 감싼 그녀를 보며 똑같이 미간을 구겼다.
“또 위경련?”
“왜 이럴까요? 왜 매번 사장님 앞에서만.”
“이번에는 나 때문이면 좋겠는데.”
약간 고개를 숙인 다진은 안전벨트를 잡고 승도를 바라봤다. 어이가 없네. 사람이 아파 죽겠는데 자기 때문에 아프면 좋겠다니. 명색이 고백한 여자한테 할 소리냐고.
“그거 너무 생각이 많으면 그렇다면서.”
“어떻게 알았어요?”
“은정이가 말해줬어.”
이것이 별말을 다 했어. 피의 복수를 하리라.
“나 때문이야?”
승도가 물었다. 그리고는 그녀의 턱을 들어올리며 자신에게 시선을 고정하게 했다. 지그시 응시하는 눈빛이 내뿜는 강한 흡인력에 이실직고하지 않고는 배길 수가 없었다.
“그렇다고 할 수 있죠.”
다진의 얼굴이 딱딱하게 굳었다. 말이 끝난 입술에 그의 입술이 닿았다. 남자의 입술이 살짝 벌어지며 제 입술을 깨물듯이 빨아당겼다. 너무 급작스러운 전개라 눈도 감지 못했다.

적막한 차 안에 안전벨트 풀리는 소리가 울렸다. 덜컥 겁이 난 다진은 몸을 차창 쪽으로 바짝 붙였다. 그러면 뭐하나. 안전벨트로부터 자유로워진 승도는 그녀를 향해 더 가까이 다가왔다. 안전거리 미확보. 숨을 쉬는 것도 잊고 떨리는 목소리로 물었다.

"동의를 구해야……."

"이제 한다."

이게 어디 동의냐고 따져 물을 수가 없었다. 창고에서 한 키스와는 달랐다. 키스는 달콤했다. 온몸이 마구 흔들릴 정도로. 아랫배가 저릿저릿했다. 몸이 막 녹는 기분이었다. 머릿속이 이상해지는 기분은 두렵기까지 했다.

"손은 여기에."

가슴에 꼭 품고 있는 주먹을 풀어 자신의 목에 두르게 했다. 순간 마주치며 짓는 미소가 더더욱 짙어졌다. 하드코어한 면만 있을 줄 알았던 남자는 의외로 달콤하다고 생각했다.

다진은 어쩔 줄 몰랐다. 굵은 손마디로 목덜미를 감싼 그는 더 깊이 들어와 입안을 휘저었다. 고개의 각도를 달리하며 혀를 굴리면 가슴이 벅차게 뛰었다. 이러다가 영혼까지 탈탈 털리는 건 아닐까.

입술이 빨리는 소리가 선명하게 들려왔다. 또르르 말려간 종이처럼. 몸의 부피가 반으로 줄어드는 키스는 지나치게 길어졌다. 어지러워 눈을 감았다. 복잡한 상념 따위가 비집고 들어올 틈도 없을 만큼, 키스는 시원했다. 시원한 키스라니. 전혀 조합이 되지 않는 두 단어다.

이 남자는 일단 어디로 도망가지 못하게 가둬놓고 키스를 하는구나. 창고에서는 뒤통수만 잡고 있던 손이 범위를 모르고 돌아다녔다. 예민한 귓바퀴를 지분거리고……, 거기까지는 어떻게든 감당할 수 있었다. 재킷을 헤치며 불쑥 돌아온 손에 저도 모르게 겁을 먹었다. 아, 이건……. 손은 허락도 없이 가슴을 만졌다. 직접 만진 건 아니었다. 스웨터 위에서 그녀의 가슴을 어루만졌다.

키스만으로도 넋이 나갔는데 승도가 가슴을 만지자 정말로 눈앞이 하얗게 비워졌다. 이건 감당할 수 없는 전율이었다. 가슴을 마치 공처럼 굴리고 만져댄다. 이대로 가다가는 상상할 수 없는 일이 벌어질 것 같았다. 온몸을 타고 짜릿하게 흐르는 생경한 감각. 허리를 비틀며 벗어나려 하자 승도는 그녀를 으스러뜨릴 정도로 꽉 껴안았다. 어디로도 도망가지 못하게.

유두 끝이 단단히 섰다. 혼자만 느낄 수 있는 것임에도 다진은 얼굴이 화끈거렸다. 진득한 타액이 묻은 혀로 입술을 빨고 목덜미를 핥을 땐, 눈앞이 핑 돌며 쓰러질 것만 같았다. 어떻게 해야 할까. 난 아직 이 남자를 좋아하지도 않는데. 이래도 되는 건가. 그런데 승도와 하는 키스가 싫지 않다는 것이 문제였다.

"더는……."

안 되겠어요. 몸이 주르륵 녹을 것만 같아서.

"널 갖고 싶다고 애걸하게, 만들지 마."

낮게 으르렁거리듯 속삭이는 승도의 목소리에 다진은 겁을 먹었다. 생경한 감각에 다진은 저도 모르게 그만 승도의 혀를 살짝 깨물었다. 남자의 입술을 비집고 탁한 신음이 불현듯 튀어나왔다.

순간 숨을 멈추고 간신히 두 손으로 그의 얼굴을 감쌌다. 왜 그랬는지는 모른다. 그래야 할 것만 같았다. 잠시 키스를 멈춘 승도가 그녀의 얼굴을 무연히 들여다본다. 마치 조심히 쓰다듬어 보는 눈길에 열기가 온몸에 번졌다.

이상하다.

승도가 물고 빨아 입술이 쓰라린데 설핏 짓는 미소에 그가 뭘 해도 다 용서해줄 수 있을 것 같았다. 아니! 지금 당장은 아닌데! 이봐요! 그녀를 보는 것만으로 만족할 남자가 아니었다.

어떤 엄청난 것을 참는 것처럼 관자놀이에 힘줄이 툭툭 불거졌다. 쓰읍, 하고 다가오는 승도의 얼굴에서 손을 뗐다. 거친 호흡과 함께 천천히 다가오는 입술. 퍼런 불꽃처럼 일렁이는 눈동자를 마주할 땐 피가 다 마를 지경이다.

"또, 하게요?"

떨림을 숨길 수는 없었다. 바람 앞에 촛불처럼 파르르 떨리는 속눈썹의 안타까움이 자신에게도 생생히 전해졌다.

"잘 아네."

씩, 웃는 미소가 소름 끼쳤다. 엄지손가락으로 그녀의 턱을 눌러 입을 더 벌리게 했다. 불쑥 입안을 침범한 혀는 일말의 동정심도 없다. 두 손과 두 발이 묶인 기분이다. 옭아맨 혀를 죄는가 싶으면 풀어준다. 그래놓고 혀끝을 살짝 깨물어 아프게 한다.

예감이 맞았어……. 그는 강력한 큰바람이다. 그녀를 온통 흔들고 나중에 뼛속의 살까지 다 발라먹을 정도로 식욕이 좋은 야생 동물 같은 남자. 숨소리 하나까지 무게로 찍히는 남자의 키스는 적나라했다. 욕망이 불붙은 혓바닥이 입천장을 꾹 눌러버리면, 뇌세포가 하나씩 타들어갔다. 등허리를 쓸며 내려가는 손길도 뜨거웠다.

너무나 선정적인 행위에 눈을 뜰 수도 없었다. 아래가 젖는 느낌까지 들어 몸부림쳤다. 그때마다 승도는 공기도 들어갈 틈 없이 그녀를 껴안았다. "진짜 좋아."라고 그가 귓가에 속삭였을 때 머릿속이 하얘졌다.

"미, 미쳤어요!"

다진은 다급히 외쳤다. 옷 위에서 가슴을 만지던 손이 단추를 풀고 있었다. 화들짝 놀란 다진은 승도의 가슴팍을 힘껏 밀쳤다.

"거기까진 무리야?"

그걸 지금 질문이라고.

"무리죠. 당연히!"

"난 되는 줄 알았지."

"어이없어."

단추를 풀고……, 뭘 하려 했을까. 음란한 상상은 잠깐이지만 아주 생동감 있게 떠올랐다. 얼른 머릿속에 떠오른 야한 상상을 싹 밀어냈다.

"어때? 아직도 아파?"

승도가 짙은 눈으로 그녀를 보며 물었다. 도무지 마음이 안정되지 않아 다진은 거친 숨을 고르고 있었다. 답이 없자 승도는 거침없이 손을 뻗어 아랫배를 만졌다. 이제 대놓고 만지네? 다진은 잠시 말을 잃었다. 쓰담, 쓰담. 부드럽게 쓸어주는 승도의 손을 물끄러미 내려다보았다. 뭔지 모르게 간지럽다는 느낌이 들었다.

"이제 괜찮아졌어요."

"내 키스가 약손이었군."

"이상한 논리예요."

"다음에 또 아프면 말해. 얼마든지 해줄 테니까."

"고맙지만 사양할게요."

그렇게 말하며 다진은 아랫배에서 승도의 손을 떼어냈다.

"사양은, 사양할게."

승도는 피식 웃으며 차에 시동을 걸었다. 그런데 갑자기 고개를 돌리는가 싶더니 그녀의 콧날에 입을 살짝 맞추었다.

"출발한다."

다진은 사탕을 입에 물고 말하는 것처럼 중얼거렸다. 순전히 자기 마음대로 한다고. 동의를 구하는 게 뭐 그리 어려운 거냐고. 그 투덜거림조차 즐거운지 승도는 막힌 도로도 전혀 짜증내지 않았다.

지금의 빌라는 할머니와 고등학교 때부터 살아왔다. 연세가 들면서 오래 앉아 있는 것이 허리에 무리가 왔다. 디스크 수술을 하시고 생업이던 슈퍼를 처분하고 마련한 집이었다. 보일러도 오래되고 겨울이 되면 웃풍이 있어 추웠지만 이사 가지 못하고 있었다. 할머니의 추억과 체취가 묻어나는 집을 팔고 떠나는 건 쉽지 않은 일이었다. 1층은 사람들이 다녀 별로라고 해서 할머니를 생각해서 2층으로 얻었다.

2층이라 금방 운동화를 갖고 내려왔다. 차에서 기다릴 줄 알았던 승도는 밖에 나와 있었다. 가로등 밑에 서 있는 그가 이상하게도 멋져 보여 힐끗 쳐다보게 되었다. 추울 텐데, 재킷도 걸치지 않은 그는 진회색 터틀넥 스웨터 차림이었다. 왼손만 바지 주머니에 살짝 넣고 있었다. 순간 저 남자의 주머니에는 뭐가 있을까 궁금했다.

멀리서 봐야 그나마 덜 불편했던 남자. 이젠 스스럼없이 먼저 다가가고 있다. 시력이 안 좋은 눈에 안경을 낀 것처럼 잘생김이 보이기 시작했다. 멀리 혼자서 뚝 떨어져 있어도, 아무리 깜깜한 밤이라도 존재감이 폭발하는 색깔로 비유하자면 녹색이다. 그래서 손수건도 청록색이었나?

다진은 운동화가 들어 있는 쇼핑백을 건넸다.

"여기."

쇼핑백을 건네받은 승도는 같이 들어 있는 손수건을 꺼냈다.

"이거 아직도 갖고 있었어?"

"너무 늦게 돌려줘서 미안해요."

"준 거였어. 안 돌려줘도 돼."

"저 손수건 많아요."

3년이나 갖고 있던 것도 미안했다. 승도가 내민 손수건을 받지 않았다.

"혼자 있는 거 무섭지 않아?"

승도는 손수건을 지그시 쥐며 물었다. 눈은 그녀의 집인 2층을 향했다.

"이젠 익숙해졌어요."

"할머니 생각날 땐?"

"잘 견디려고 노력하죠."

다진은 승도가 굳이 할머니 얘기를 왜 꺼내는지 몰랐다. 운동화도 돌려줬고, 승도는 이제 갈 일만 남았다.

"그래도 보고 싶으면 어떻게 하는데?"

"자꾸 왜 물어요?"

"넌 혼자니까. 어떻게 견디나 궁금해서."

이제까지 그녀가 혼자 감당했을 외로움이나 그리움을 궁금해했던 사람은 없었다. 부모한테 버림받은 아이라는 꼬리표를 달고 살았다. 세상의 방패막이던 할머니가 떠나고 이젠 더는 그 무성한 소문에 시달리진 않게 되었다. 하지만 지독한 고독이나 쓸쓸함은 끈질기게 찾아왔다. 그때마다 그걸 견딜 방법 같은 건 없었다. 속절없이, 무작정, 감당해야만 했다. 오롯이 혼자서.

"뭐예요……."

순간 가슴에서 울컥함이 터졌다. 그렇잖아도 며칠 전이 할머니 기일이라 감수성이 예민해져 있었다. 아무렇지 않은 척 잘 지내고 있는데 승도가 가득 차오른 감정을 톡 건드렸다. 금세 두 눈에 눈물이 글썽글썽 솟아났다.

"자, 손수건."

"괜히 할머니 얘기를 꺼내서."

다진은 또다시 승도의 손수건을 받아 눈가를 훔쳤다. 하루가 참으로 스펙터클하다. 키스한 것도 모자라 눈물을 보이다니.

"너 울리고 싶었거든."

승도의 황당한 말에 눈물이 쏙 들어갔다.

"사장님 변태예요? 사람을 왜 일부러 울려요?"

"손수건 다시 가져가라고."

이 남자를 어쩌면 좋을까. 저 깊이를 잴 수 없는 눈동자 속을 아무리 들여다봐도 아무것도 찾아낼 수가 없었다. 승도가 한 걸음 더 다가왔다. 그의 손을 그녀의 뺨에 갖다 대며 말했다.

"앞으론 울 땐 이 손수건 써."

"고맙네요."

이 돌연한 부드러움을 다진은 차마 거절할 수가 없었다.

"내가 배려심이 좀 많아."

"배려심이 아니라 심술궂은 거죠."

일부러 울려서까지 준 손수건을 다진은 재킷 주머니에 넣었다. 한층 더 짙어진 남자의 눈빛을 고스란히 견디던 다진은 불쑥 물었다.

"원래 그렇게 표정이 없어요?"

"어떤 표정을 원해?"

"좋다고 말하는 얼굴도 무뚝뚝. 환하게 웃는 모습도 별로 본 적이 없는 것 같아요."

"이렇게 웃으면 되나?"

승도가 과할 정도로 입꼬리를 당겨 웃었다. 자신의 한마디에 웃는 모습을 보여주는 승도의 얼굴을 보고 있자니, 키스할 때보다 가슴이 더 두근거렸다. 이상한 행동으로 감동하게 한단 말이야.

"그냥 무뚝뚝한 얼굴이 더 나은 것 같아요."

"이랬다가 저랬다가."

"원래 여자는 갈대라잖아요."
어째서 그녀에 대해서만 그다지도 관대할까.
"이제 가보세요. 너무 늦었어요."
"그건 그렇고, 나한테 또 줄 거 없어?"
질문을 알아듣지 못하고 다진은 미간을 찌푸렸다. 승도는 손에 쥐고 있는 휴대전화를 그녀의 눈앞에 가져다 댔다. 액정에 떠 있는 문자. 3년 전 날짜가 찍힌 문자였다.
[선배님 제가 밥 한번 살게요.]
"아……."
"목요일 시간 비워둬. 그때 밥 사."
여태까지 문자를 지우지 않고 간직하고 있다는 것이 놀라웠다. 독특하기 이를 데 없는 승도의 행동. 눈만 움직여 그를 빤히 올려다봤다. 승도는 휴대전화를 내리며 낮게 속삭였다.
"알았어?"
"네."
승도의 일방적인 약속이지만 다진은 고개를 끄덕였다. 지프를 타고 승도가 떠났어도 다진은 한참을 서 있다가 빌라로 올라갔다.

수인이 그늘에 오는 횟수가 점점 늘어났다. 여자손님 중

간혹 진호의 얼굴을 보러 오는 경우가 있기 때문이다. 어떤 여자는 노골적으로 관심을 보이기도 했다. 거기다 아르바이트생도 제법 얼굴이 예쁜 편이라, 질투가 많은 수인이 가만히 있을 리 만무했다.

"오빠, 어제 간 레스토랑 괜찮더라. 우리 이번 주말에도 가자."

일부러 다 들으라고 큰 목소리로 떠들곤 했다. 진호는 난감한 표정을 지어 보였다. 오늘 월차인 수인은 오전부터 그늘의 제일 좋은 자리에 죽치고 앉아 있었다.

"오빠가 사준 이 머리띠, 우리 회사 여직원들이 다 예쁘대. 누가 사줬느냐고 물어서 애인이 사줬다고 했어."

듣는 이가 낯이 뜨거울 정도다. 수인은 혼자만 즐거워 보였다. 입을 가리며 까르르 웃는다. 저 독보적인 자신감, 조금만 떼어달라고 할까. 어떻게 보면 눈꼴사나운데 저렇게 남들 앞에서 당당히 표현할 수 있는 자신감이 조금 부럽긴 했다. 자신이라면 손발이 오그라들어서 절대 할 수 없을 테니까.

"그 머리띠, 진호 형이 다진이 누나도 사줬어요."

1층에 볶은 커피를 가져다주려고 내려온 상규가 한마디 던졌다. 순간 정적이 싸늘히 흘렀다. 기함할 듯이 놀란 수인의 눈매가 날카롭게 올라갔다.

"뭐요? 방금 뭐라고 했어요?"

"다진이 누나도 사줬다고요."

상규는 또박또박 귀에 박히게 말해주었다. 볶은 커피콩을 아르바이트생에게 건네주곤 다시 2층으로 올라가버렸다. 수인은 미간에 움푹 주름을 만들고 다진을 노려봤다. 사나운 눈빛이 따귀를 맞은 것처럼 살벌하다. 비가 주룩주룩 내려 조금 한가해진 틈을 타 1층에 내려왔다. 괜히 내려왔나? 이제라도 올라갈까?

"다진아, 진짜야?"

"그게……."

진호가 끼어들었다. 수인은 고개 방향을 바꾸어 진호를 원망하듯이 바라봤다.

"네 거 사다가 다진이도 생각나서 샀어."

"오빠가 왜 다진이가 생각나는데?"

"그거야 같이 일하니까."

"여기 다진이만 함께 일해? 그거 아니잖아."

수인의 목소리에는 설움이 가득했다. 진호는 어찌할 바 모르고 한숨을 쉬었다. 둘의 삐걱거림이 심상치 않다. 고래 싸움에 새우 등 터지는 꼴이다. 둘 사이에 낀 다진은 난감한 표정만 짓고 서 있었다.

"그렇잖아도 다진이한테 혼났어. 네가 알면 싫어할 거라면서."

"오빠를 혼냈다고요?"

"말이 그렇다는 거지."

"정다진, 넌 뭐 할 말 없어?"

수인은 앙칼지게 쏘아붙였다. 다진은 이 상황에서 절실히 벗어나고 싶었다. 더는 둘 사이에 끼고 싶지 않았다. 도대체 내가 뭘 어쨌기에. 수인의 적의가 뚜렷이 담긴 눈동자에는 실핏줄이 곤두섰다. 침묵하는 것조차 무책임한 사람처럼 되어버렸다.

"할 말 없냐고 묻잖아"

"이수인. 말투가 좀 그렇다. 내가 너한테 무슨 변명이라도 해야 해?"

참아야 하는 걸 알면서도 톡 쏘아붙였다. 수인은 기막혀 하며 입을 반쯤 벌렸다. 처음으로 다진이 화내는 모습을 본 진호도 다소 놀란 표정이었다. 일하는 직장에서 이게 뭐람. 프로답지 못하다. 빠르게 반성한 다진은 뒤도 돌아보지 않고 2층으로 향했다. 올라가는 내내 수인이 얼마나 째려보는지 등이 따가웠다.

"왜 말했어? 사람 곤란하게."

2층에 올라오자마자 상규에게 물었다. 상규는 순진한 소처럼 눈을 끔뻑거렸다. 자신이 무슨 짓을 했는지 전혀 모르는 듯하다.

"뭘요?"

"머리띠."

"말하면 안 되는 거였어요?"

아, 속 터져.

"그래!"

"왜요?"

"왜긴, 수인이가 싫어하니까."

이래서 남자들은 안 돼. 단체로 눈치를 팔아먹은 게 분명하다.

"수인 씨가 싫어하는데 진호 형은 왜 누나한테 머리띠를 사줬대요?"

이번엔 다진이 눈동자만 굴렸다. 순진무구하게 묻는 상규의 질문이 그 어떤 것보다 어렵게 들렸다. 괜스레 목이 타서 물을 한 모금 마시고 나서야 답했다.

"그거야 후배니까."

"승도 형은 후배라고 해서 막 머리띠 같은 거 안 사줘요."

"진호 선배랑 사장님은 다르잖아."

"뭐가 다른데요?"

상규는 또다시 곤란한 질문만 했다. 일찍이 본 적 없는 진지한 얼굴이다. 그동안 둘은 막연하게 다르다고만 생각했다. 부드러운 건 진호, 차가운 건 승도. 딱 그 정도. 고개를 몇 번이나 갸웃거려봐도 그 이상을 말하려니 쉽지 않았다.

"남자는 다 똑같아요."

"그게 무슨 뜻이야?"

"다 동물이라고요."

"뭐야……."

농담으로 마무리되어 웃어넘겼지만, 뒤끝이 씁쓸했다. 얼마 전까지만 해도 진호의 부드러움이 승도의 차가움보다 몇 배는 좋았다. 사람은 본능적으로 차가움보다는 부드러움에 이끌리니까, 당연히 그녀도 칼처럼 딱딱 선을 긋는 승도의 냉소적인 태도에 거부감이 있었다.

요 며칠 일어난 일들이 고리처럼 이어진 탓일까. 아니면 승도에 대한 감정의 미묘한 변화 때문인지도 모른다. 오늘 같은 일엔 차라리 승도의 성격이 낫다는 생각이 들었다. 상규 말대로 한승도는 아무리 아끼는 후배라도 머리띠 같은 건 사주지 않을 남자였다. 그런데 희한하다. 그때는 왜 나한테 손수건을 주었지? 아끼지도 않으면서?

낮 동안 계속 추적추적 내리던 비는 저녁이 돼서야 그쳤다. 일주일 넘게 미세먼지와 황사로 먼지가 가득했던 서울이 잘 닦은 거울처럼 깨끗해졌다. 밤하늘에 숨어 있던 무수한 별도 보일 듯하다.

그늘을 찾은 손님들도 오랜만에 보는 맑은 하늘이라 너도나도 창밖을 바라봤다. 비가 내리는 날이면 다른 날보다 케이크나 마카롱이 몇 배로 잘 팔렸다. 도대체 비와 밀가루는 무슨 상관관계일까. 과학적으로 근거가 있다고 했는데 기억이 잘 나지 않는다.

그래서인지 칼국수가 무척 먹고 싶은 밤이다. 바지락 왕창 넣고 호박도 채 썰어서 넣고, 칼칼한 홍고추도 몇 개 넣은 할머니가 끓여준 바지락 칼국수…….

"다녀오셨어요."

상규가 막 올라오는 승도를 보며 인사를 건넸다. 봄이라 승도는 촬영 스케줄이 빡빡했다. 낮에는 얼굴 보기도 힘들었다. 9시가 넘어서야 그는 그늘에 나타났다.

"응. 별일 없었지?"

"네."

무뚝뚝한 남자 둘의 대화는 간결하게 이를 데 없다. 승도는 주위를 한번 쓱 돌아보곤 3층으로 올라갔다. 그러고 보니 오늘 그가 말한 목요일이었다. 저녁이 한참 지난 시간에 왔으니 물 건너간 건가. 3년 넘게 문자를 간직할 정도니 제법 비싼 것을 사달라고 할 것 같았다. 혹시나 몰라서 돈도 넉넉히 찾아놨는데 다음 기회로. 하기야 퇴근이 11시인 평일에 저녁을 먹는 것 자체가 무리였다.

얼마 지나지 않아 승도는 다시 내려왔다. 빨리 씻고 내려온 모양이다. 머리칼이 살짝 젖어 있었다. 하얀 파도가 아담하게 쌓인 듯한 카푸치노 한 잔을 손님에게 건네며 그를 바라봤다. 눈이 마주쳐 어색하게 웃어 보였지만 승도는 막상 어떤 표정도 없다.

"상규야."

"네."

"다진이 조금 일찍 퇴근해도 될까?"

"그럼요."

이유도 묻지 않고 상규는 다진의 등을 떠밀며 어서 퇴근하라고 했다. 어안이 벙벙한 다진은 상규와 승도를 번갈아 봤다. 승도가 카운터 앞에 멀뚱히 서 있는 다진의 앞에 섰다. 살짝 덜 말린 앞머리를 손으로 탈탈 털며 말했다.

"안 가?"

"어디를……."

"밥 먹으러."

"지금요? 너무 늦지 않았어요?"

다진은 놀라며 물었다.

"목요일이 아직 두 시간이나 남았어. 밥 먹기엔 충분해."

승도는 귀에 콕콕 박히게 되짚어주듯이 말했다. 고개를 돌리니 상규는 바람 빠진 풍선처럼 실실 웃고 있었다. 뭐지, 두 남자?

"상규 혼자 힘들어서 안 돼요."

"혼자 할 수 있다잖아."

"공과 사는 지켜야죠."

"사장은 공과 사 안 지켜도 돼."

"말 안 되는 소리인 거 아시죠."

승도는 마땅치 않은지 눈을 가늘게 떴다. 다진은 괜스레 움찔했다. 학교 다닐 때부터 느낀 거지만 이 남자는 그녀를 바라볼 때 한 점 흐트러짐 없었다. 검은 두 눈은 오직 그녀에게만 집중한다. 시선이 버거우면 덩달아 심장도 버거울 만큼 뛴다.
"사장님이면 카페를 지켜야 하잖아요."
"괜찮아. 난 바지사장이거든."
"……."
"몰랐어? 상규가 나보다 더 돈 많이 가져가."
"진짜요?"
"당연한 거 아니야? 내가 그늘에 나오는 시간 한 달 평균 해봤자 보름도 안 돼. 사장이 더 많이 가져가면, 정다진 말대로 악덕 사장이지."
다진은 진짜냐고 상규를 보며 물었다. 상규는 우람한 팔뚝을 올려 주먹을 쥐어 보이며 맞다고 했다.
"그리고 먼저 가는 것에 대해 미안할 거 없어. 어차피 빨리 간 시간만큼 알바비에서 제외할 테니까."
"내 의지가 아닌데요?"
"그런가?"
"그렇죠."
한 푼이 아쉬운 게 알바생이라고 덧붙이자 승도의 얼굴에 웃음이 번졌다.
"알바생, 그 돈은 내가 줄 테니까 나가기나 하지."
"알았어요."
다진은 망설임 없이 호쾌하게 답했다. 더 이상의 실랑이는 시간싸움일 뿐이다. 어차피 결국엔 그를 따라 나갈 것을 알고 있었다.

"상규 씨, 미안. 내일 내가 일찍 나와서 청소 싹 다 할게."

"신경 쓰지 말고, 얼른 가세요."

갈 준비를 하며 1층을 슬쩍 봤는데 그때까지 수인은 창가 자리를 지키고 있었다. 그렇게 진호가 좋은가. 요즘 수인의 페이스북 해시태그는 온통 '내 남자'였다. 내 남자 진호를, 다른 여자가 눈독들일까 걱정인 모양이다. 저렇게 종일 지키고 있는 걸 보면.

밥을 먹자는 남자가 그녀를 데리고 간 곳은 옥상이었다. 뭘 하나 싶었는데 그는 그녀를 두고 카메라를 설치하고 있었다. 말없이 움직이는 그의 모습이 사뭇 진중해 다진은 뒤에서 가만히 지켜봤다. 이 밤에 뭘 찍으려고? 절로 고개가 하늘을 향했다. 밤하늘은 아주 짙은 검푸른 빛을 띠었다. 사진 찍기 딱 좋은 밤인가 보다.

"사진 찍게요?"

"응."

"밥은?"

"밥도 먹고."

삼각대 위에 값비싸 보이는 카메라를 설치한 승도는 다

진을 보며 오라고 손짓했다. 다진은 다소 뻘쭘한 얼굴로 그의 곁으로 다가섰다. 승도는 더 가까이 오라고 말하며 동시에 그녀의 팔을 잡아당겼다. 그리고 손가락으로 저 멀리 허공을 가리켰다.

"어느 쪽이 마음에 들어?"

눈앞에 보이는 풍경은 매일 보는 거라 새삼스럽지 않았다. 환하게 불을 밝힌 고층빌딩. 대단지 아파트. 카페 앞에 편의점도 보였다. 눈을 살짝 치켜뜨자 단독주택 옥상에 설치된 안테나도 보였다.

"별 궤적 찍을 거야."

"와."

"찍어봤어?"

"아뇨."

다진은 고개를 저었다. 그 흔한 셀카도 잘 안 찍는 편이었다. 별 궤적을 찍겠다는 승도의 말은 묘한 흥분을 일으키기에 충분했다.

"사진 찍는 거 좋아해?"

"좋아는 하는데 사진을 잘 못 찍어요. 제가 찍었다 하면 다 심령사진처럼 흔들려서. 그래서 셀카도 잘 안 찍잖아요. 그리고 제가 실물이 더 예쁜 편이라."

어디서 그런 망언을 하느냐고 받아칠 줄 알았다. 승도는 그녀를 빤히 들여다봤다. 이유도 없이 심장이 또 뛰어 다진은 조용히 한숨을 삼켰다.

"어. 실물이 더 예뻐."

"죄송해요. 농담해서."

사람 반성하게 하는 재주도 있네.

"하늘하고 어울리는 사물을 정하면 더 편해."

"일반적으로 어딜 찍어요?"

"전봇대나 안테나. 고층 아파트 정도. 도시라 커다란 나무가 있는 건 아니니까."

"그러면 난 저쪽이 좋은 거 같아요."

다진은 방금 본 옥상을 가리켰다. 낮에 빨래 널기에 좋은 옥상 주변으로 지저분한 것이 없어 사진을 찍으면 괜찮을 것 같았다.

"안테나를 찍으려고?"

"……."

"별 궤적 찍는다니까."

"아, 그렇군요."

"방향을 정해두고 찍으면 편하니까. 두 시간 정도면 별 궤적 담을 수 있을 거야."

"그렇게나 오래요?"

"원래 시간 싸움이거든."

오늘 사진에 대해 많이 배우게 되었다. 승도가 사진 찍는 걸 몇 번 봤지만 어떤 식으로 찍는지는 처음으로 알게 되었다. 승도는 카메라를 만지작거리며 간단하게 별 궤적 사진 찍는 법을 알려주었다.

사진 노출 값과 광각렌즈에 대해서, 셔터 속도와 초점도 설명해주었다. 메뉴얼 모드를 직접 돌려주면서, 조리개는 너무 열면 안 좋다고 했다. 쉽게 말해준다지만 카메라 액정에 뜬 숫자들은 수학공식처럼 어렵기만 했다. 그렇지만 승도의 말을 하나도 놓치지 않으려고 귀를 쫑긋 세우고 경청했다.

"사장님……."

설명이 끝나고 다진이 그를 속삭이듯 불렀다. 카메라 한 대를 사이에 두고 마주 서 있던 승도가 그녀를 향해 고개를 돌렸다. 어두운 밤이지만 서로의 표정을 숨길 수 없는 가까운 거리였다.

"왜?"

다진은 조금 시간을 두어야 했다. 심장이 심하게 두근거려서. 몸이 이성을 눌러버린 결과, 뜻밖의 말이 입에서 나왔다.

"멋져서요."

"뭐?"

"사진 찍는 모습 멋있어요."

일하는 남자는 멋지다, 만고의 진리였다. 한 뼘 거리에서 카메라에 대해 진지하게 말하는 승도를 두고 한 말이었다. 미간에 주름을 잡고 집중하며 설명해주는 그 모습이 굉장히 매력적이라 도저히 그 말을 하지 않고서는 배길 수가 없었다. 아아, 이렇게 해버리다니. 막상 입 밖에 내고 나니 허탈했다.

쓸데없는 농담이라 생각했는지 멋지다는 말에 승도의 얼굴이 딱딱하게 굳었다. 미간에 주름도 같이 심각해졌다. 다만 냉기가 흐르던 눈동자가 거칠게 일렁이며 그녀의 감각을 둔하게 만들었다.

곁에 침묵을 지키는 남자뿐이라 머릿속은 시끄러웠다. 꼴깍, 삼키는 침 소리도 자갈이 굴러가는 것처럼 요란하게 들렸다. 침묵을 견디지 못하고 아무 말이나 했다.

"농담 아닌데, 맹세할 수 있어요. 방금 한 말, 진심이에요."

승도는 눈가를 일그러뜨리며 코앞까지 다가왔다. 숨을 급히 참고 다진은 한 발 뒤로 물러섰다. 위험하다는 신호는 이미 늦은 것 같다.

"다른 말은 또 없어?"

"없는데요."

"애석하네. 내가 원하는 말은 그게 아닌데."

애매하기 그지없는 말을 한 승도가 그녀의 턱을 살짝 끌어당기며 입술을 깊게 겹쳤다. 입속으로 들어온 혀로 그녀의 혀를 굴려 꼼짝 못하게 했다. 다진은 숨을 헐떡이면서 간신히 버텼다. 또 해버렸어. 키스를……. 머리 위에서 밤이 찬란하게 부서지는 것 같다.

긴 키스가 끝나고 다진은 멍하니 서 있었다. 겨우 3층 옥상인데 고도가 높은 것처럼 호흡은 거칠어졌다. 심장이 두 배로 커진 것처럼 가슴을 압박할 정도로.

"왜? 기분 나빴어?"

침묵이 생각보다 길자 승도가 약간 초조한 목소리로 물었다. 다진은 고개를 조금 움직여 그를 올려다봤다.

"제가 밉지 않아요?"

"내가 널?"

승도의 얼굴은 황당한 말을 들은 표정이었다. 다진은 승도의 발끝을 바라보다가 꾹 다물었던 입을 열었다.

"할 거 다 하면서 아직 결정을 못 하고 있잖아요."

"미운 여자랑 이러고 놀 만큼 비위가 좋지 않아."

"안 억울해요? 내가 그거 해봐서 아는데."

혼자 좋아하는 거, 그 말은 생략했다.

"우리 둘, 겨우 키스 몇 번 했을 뿐이야. 그걸로 네가 우리 관계를 정의한다면 너무 쉽지."

"……."

"기다린다고 했어."

"그래도……."

우유부단한 성격이 아니었다. 승도만큼은 아니더라고 맺고 끊는 게 확실한 편이었다. 그런데 그 모든 것이 승도 앞에서는 하나도 통하질 않는다. 특유의 거침없는 성격으로 다가와 정신없이 몰아붙인다지만, 그때마다 두근거리는 심장의 '떨림'의 실체를 파악하려고 애썼다.

"그렇게 나한테 미안한 감정이 있으면, 약간의 책임의식만 가져.”

“어떤 책임의식요?”

“시간이 오래 걸려도 괜찮으니까, 최종적으로 정다진 애인은 나여야 한다는 정도.”

반 협박이나 다름없는 말을 승도가 너무나 당당하게 말해 다진은 어처구니가 없어 웃음을 터트렸다.

“별 궤적 찍을 동안 밥이나 먹을까?”

“비싼 거 먹어요. 내가 살게요.”

“그럴 생각이었어.”

이 남자는 빈말을 할 줄 모른다. 말이 끝나기가 무섭다. 얼마나 비싼 걸 시키려고 마음먹었는지 승도는 배달 앱을 유심히 들여다봤다.

“좀 추우니까 국물 있는 게 좋겠지?”

“그렇긴 하죠.”

다진은 승도의 머리를 맞대다시피 마주 서서 함께 배달 앱을 바라봤다. 그리고도 한참을 보던 승도가 마침내 입을 열었다. 마치 그녀의 체온을 재듯 가까이 서서.

“뭐 먹고 싶은 거 있어?”

“사장님 먹고 싶은 거 시켜요.”

다진은 흐릿해진 정신을 간신히 수습했다. 마주 보면 시야가 몽롱해지고 키스를 하면 정신이 아이스크림처럼 녹게 하는 남자를 어쩌면 좋을까.

“칼국수 어때?”

"어! 나야 좋죠."

그렇잖아도 먹고 싶었다. 승도는 칼국수를 주문하고 잠깐 집에 들어갔다 나왔다. 그에 손에 들린 건 보기만 해도 따뜻한 담요였다. 덮으라는 말도 없이 준 담요를 건네받은 다진은 낡은 나무 의자에 앉았다. 배까지 담요를 덮자 따스한 기운이 몸 구석구석 퍼져나갔다.

"언제부터 사진을 찍었어요?"

"중학교 때부터. 아버지가 생일선물로 카메라를 주셨거든."

승도는 별이 잘 찍히는지 액정을 보며 말했다. 그런 그를 다진은 뒤에서 가만히 보고 있었다. 스산한 달빛 아래 서 있는 승도 주위로 독특한 분위기가 감도는 것 같았다. 그 분위기가 그녀를 살짝살짝 흔들었다.

"지금 찍는 사진이 과거로 남는 게 좋았어. 그렇다 보니 계속 찍게 되었고."

승도는 낮은 목소리로 말해주었다. 가슴속에만 꼭 숨겨 놓은 비밀을 털어놓듯이.

"선배……, 아니 사장님."

카메라와 밤하늘만 보고 있던 승도가 뒤돌아섰다. 잠시 대화가 뚝 끊어졌다. 유독 긴 침묵 같았다. 다진은 담요를 더 끌어당기며 말했다.

"사장님하고 알고 지낸 지가 3년이 넘었는데, 오늘 하루 동안 더 많이 알고 지낸 거 같아요."

"그런가."

승도는 고개를 갸웃하며 입술을 비스듬히 올렸다. 다진은 승도 뒤로 불이 꺼지는 주택을 보며 대답했다.

"이름은 한승도. 포토그래퍼 겸 카페 그늘 사장. 나이는 스물아홉. 성격은 여전히 파악 중. 제가 사장님에 대해서 아는 건 이게 전부입니다."

"그 정도면 다 아는 것 같은데……. 이제라도 나에 대해서 궁금한 게 생겼어?"

"사람을 알아가는 데는 시간이 필요하대요."

"누가 그래?"

"우리 할머니가요."

"옳으신 말씀이야."

다진은 어색하게 웃으며 시선을 떨어뜨렸다. 그리움으로 눈에 스민 물기를 보여주고 싶지 않았다. 고맙게도 승도는 말을 걸지 않았다. 얼마 지나지 않아 철제 계단을 누군가 올라오는 소리가 들렸다.

"칼국수 배달 왔습니다."

승도가 지갑에서 카드를 내밀었다. 다진은 급히 일어나 그의 팔을 저지했다.

"제가 낼게요."

"다음에 비싼 거 사. 고기로."

팽팽한 긴장감을 주다가도 이렇게 한 번씩 승도는 큰 웃음을 주었다. 이럴 때면 그가 달라 보였고 새록새록 많은 걸 알게 되었다. 그토록 불편한 남자였는데……. 그래서 부정할 수 없었다. 한승도에게 흔들리고 있음을.

너 아니면 안 되니까

"이대로 가라고?"

새벽 1시가 넘어서야 집 앞에 도착했다. 늦은 시간이라 택시 타고 간다고 해도 그는 굳이 데려다주었다.

"그러면요?"

승도가 서슴없이 던진 말이 막 내리려던 다진의 발목을 잡았다. 야심한 밤이다. 흐릿한 달빛에도 남자가 늑대가 될 수 있는 밤이랄까. 다진은 미간을 구기면서도 승도에게서 눈을 떼지 못했다. 어딘가 모르게 무심히 묻는 승도의 목소리가 간절하게 들렸다. 어떤 절박함까지 느껴졌다면 착각일까.

"원래 눈치가 없는 거야?"

"그런 말 처음 들어요."

이제라도 알아서 다행이라고 승도는 말하며 더 뻔뻔한 요구를 했다.

"차 한잔 줄 수 있잖아."

"저 혼자 살아요."

까딱하면 승도의 멱살을 잡을 뻔했다. 제발 당치도 않는 말 하지 말라고.

"아니까 달라고 하지."

"이 양반이!"

잠시 마음을 놓으면 그 틈을 타고 승도는 훅 들어왔다. 사각 링 위에서 이리저리 맞은 선수처럼 정신을 차릴 수가 없었다. 승도는 내릴 작정인지 시동을 끄고 안전벨트를 풀고 있었다. 김칫국을 양동이로 마시는 남자일세.

"잘하면 욕도 하겠다."

"지금 하고 싶은 거 꾹 참고 있거든요."

"계속 참아. 너한테 욕은 듣고 싶지 않거든."

"그러니까 내 말이요. 이 야심한 밤에 혼자 사는 여자한테 차 한잔 달라는 거, 그 말. 그거 되게 음흉하게 들려요."

"청력은 좋네. 제대로 들은 거 보면."

다진은 기가 막혀 턱이 빠진 것처럼 입을 힘없이 벌렸다. 그와 별개로 심장은 비정상적으로 뛰고 있었다. 별 궤적 사진을 담을 때까진 분위기는 제법 좋았다. 솔직히 데이트 하는 기분이었다. 승도에게 흔들리는 마음을 이대로 두어도 괜찮겠다 싶었다. 그런데 이 남자가 좋았던 분위기에 찬물을 확 끼얹고 있다.

"언제는 기다린다면서요?"

"내 기준에서는 충분히 기다렸다고 보는데."

"기다린다고 말한 지 하루도 안 지났어요."

강하게 나가자 승도는 탁한 한숨을 쉬었다. 그 한숨 소리가 얼마나 무거운지 울퉁불퉁한 언덕에 세운 지프가 흔들리는 것 같았다. 차 안이 진공상태처럼 느껴지며 갑갑해졌다. 이대로 문을 열고 내려도 되는데 다진은 창문만 살짝 열었다. 남자의 변덕만큼 날씨도 변덕스러워졌다. 그쳤던 비가 다시 내리고 있었다.

조금 내린 차창 틈으로 들어온 새벽의 서늘한 공기가 뺨에 닿았다. 빌라는 언덕 중간쯤에 자리고 잡고 있었다. 주변의 상점과 집들이 거의 불이 꺼져 있어 가로등 불빛만 드문드문 보였다. 비가 오는 새벽 거리를 지나가는 이도 좀처럼 보이지 않았다. 둘을 둘러싼 건 불규칙적으로 터지는 숨소리뿐이었다.

"정말 차 한잔이면 돼요?"

"응."

바로 튀어나온 승도의 대답이 늑대의 울음소리처럼 들렸다. 뒤이어 들린 말은 더 가관이었다.

"다른 의도는 없을 거야. 아마도……. 그러니까 안심해."

"퍽이나, 안심되겠어요."

다진은 어쩔 수 없이 차에서 내렸다. 아슬아슬 지킨 균형의 흔들림을 온몸으로 실감하면서도 때로는 이성보다 마음 내키는 대로 행동할 때가 있었다.

바로 지금처럼.

할머니와 단둘이 살았던 빌라는 좁은 편이었다. 아기자

기하게 꾸며놓는 취향이 아니라 집은 다소 썰렁하기까지 했다. 그러고 보니 할머니 돌아가시고 승도가 집에 처음으로 온 손님이었다. 게다가 새벽 1시가 넘어서 남자를 집에 들이다니. 할머니가 살아 계셨으면 등짝을 세게 맞을 일이었다.

집에 들어서자마자 다진은 출근할 때 소파에 휙 던진 수건을 급히 챙겨 세탁바구니에 넣고 나왔다. 다행히 깔끔한 할머니의 손에 자라서 정리정돈이 잘된 집은 흠잡을 데가 없어 보였다.

“저기 앉아 계세요.”

괜히 가슴이 들뜬다. 다진은 소파를 가리켰다. 승도는 말없이 집 안을 둘러봤다.

“아담하다.”

“그렇죠.”

다진은 대충 재킷만 벗고 주방으로 들어갔다. 손재주가 젬병이라 살림을 잘하는 편이 아니었다. 혼자 살다 보니 제대로 뭔가를 만들어 먹지도 않았다. 다진은 싱크대 밑에 넣어두었던 커피포트를 꺼내 물을 받으며 말했다.

“밤이니까 커피는 그렇고 녹차 있는데…….”

“아무거나 괜찮아.”

승도는 소파에 앉지 않고 계속 서서 집 안을 유심히 살폈다. 대학교 입학 때 할머니와 찍은 사진이며 은행에서 받은 벽걸이 달력에 적힌 메모까지도 눈으로 훑고 있었다.

다진은 승도에게 차를 주고 얼른 보내야겠다는 생각밖에 없었다. 보글보글 물이 끓어올랐다.

"별거 없어요. 그만 구경하고 앉아요."

다진은 물이 끓자마자 컵에 물을 붓고 녹차 티백을 넣었다. 녹차가 우러나기도 전에 유리컵 두 잔을 쟁반에 받쳐 거실로 나왔다.

"어서 마셔요."

"뜨거운 거 잘 못 마셔. 식으면 마실게."

승도는 그녀가 타 온 녹차를 거들떠보지도 않았다. 그럴수록 다진의 초조함은 극에 달하고 있었다. 승도를 집에 들여놓고도 이게 맞는 것인지 아직도 판단 못 내렸다. 하지만 한편으론 다른 감정이 밀려왔다. 그녀만 있던, 쓸쓸하고 텅 빈, 아무도 없었다고 믿어질 만큼 적막했던 집에 승도가 오자, 그의 온기가 천천히 맴돌다가 집 안을 가득 채우는 것 같았다.

"소파가 생각보다 크네."

승도는 집에 비해 큰 파란 소파를 손으로 만졌다. 다진은 고개를 끄덕였다.

"거실에서 TV 보면서 잘 때가 있거든요. 그래서 좀 큰 거로 바꿨어요."

다진은 이제 녹차가 다 식었다며 얼른 마시라고 했다. 승도는 표정을 굳히며 유리잔을 들었다. 녹차 한 잔 마시는 시간이 길어봤자 5분이다. 그 시간만 견디면 될 것 같았다.

달리 할 말도 없어 다진은 승도보다 더 빨리 녹차를 마시고 가만히 앉아 있었다. 아, 어색하다. 어색해.

"아직도 나랑 단둘이 있는 게 불편해?"

녹차를 느릿느릿 한 모금 마신 승도는 유리잔을 일부러 소리 나게 테이블에 내려놓았다.

"그렇다기보다……."

"난 우리가 조금은 가까워졌다고 생각했는데."

"밤도 늦었고 내일 출근도 해야 하니까요."

승도가 조용한 시선으로 응시하자 다진은 어찌할 바를 몰랐다. 마주 보기가 조금 부담스러웠다. 그와는 어울리지 않는 왼쪽에만 있는 쌍꺼풀. 웃음기가 사라지면서 무표정한 눈빛. 그러다가 차가운 얼굴이 순간 부드럽게 미소 지을 땐, 다른 건 아무래도 상관없고 남자의 미소에 풍덩 빠지고 싶었다.

다진은 그런 생각을 하는 자신에게 놀라고 말았다. 심장 박동이 빨라졌다. 감정이 심상치 않게 오르락내리락한다. 그때였다. 녹차는 거의 입을 대지 않고 있던 승도가 갑자기 일어섰다.

"갈게."

"네?"

다진은 놀란 눈으로 승도를 올려다봤다.

"간다고."

승도의 목소리는 딱딱했다. 저도 모르게 다진은 일어나

며 승도의 옷깃을 부여잡았다. 그의 관자놀이에 불뚝 솟은 핏줄이 왠지 화가 난 것처럼 보였다.

"화났어요?"

"아니."

"아닌 게 아닌 것 같은데요."

승도는 대답 대신 그의 옷깃을 잡고 있는 손을 슬그머니 떼어냈다. 별거 아닌 행동이 자신을 밀어내는 것만 같아 다진은 왠지 모르게 서러웠다.

"이렇게 가면 내가 마음이 편치 않죠."

"내가 불편해서. 새파랗게 질린 얼굴로 있는 널 보는 내 마음이 더 곤욕이야."

그렇게 표가 났던가.

"사장님."

"내일 보자."

승도는 쌩하니 찬바람만 남기며 현관으로 걸어갔다. 왠지 이렇게 보내면 안 될 것 같다. 다진은 억울한 목소리로 승도의 등에 대고 외쳤다.

"사람이 왜 이렇게 고약해요!"

"……."

"차갑기가 시베리아 벌판이 따로 없어."

승도는 그녀를 지그시 보며 말이 없었다. 다진은 조금 떨어진 승도의 앞으로 성큼 걸었다. 발끝부터 떨리는 진동을 멈추고 싶어 온몸에 힘이 점점 들어갔다. 그렇지만 할 말은 해야 했다.

"키스……, 했잖아요."

그것도 몇 번이나. 짧은 기간 동안 버라이어티하게 바뀐 감정이 무척 혼란스러웠다. 그렇게 만든 승도한테 원망스러운 마음마저 생겨났다.

"키스한 남자가 눈앞에 있는데, 어떤 여자가 긴장하지 않아요?"

승도의 눈빛은 끝을 모르고 짙어졌다. 그렇지만 여전히 미동조차 없고 말도 하지 않는다. 끝없이 쌓이는 정적 속에서 다진은 긴 한숨을 쏟았다. 속 시원히 말을 끝냈는데 무슨 이유인지 왈칵 눈물이 쏟아지려고 했다.

"안녕히 가세요."

다진은 눈도 마주치지 않고 방으로 들어갔다. 등을 방문에 기대며 털썩 주저앉았다. 손은 힘없이 떨어뜨리며 시선은 벽을 하염없이 바라봤다.

이건 내가 아니야.

이렇게 쉽게 감정이 바뀔 리 없어.

다진은 불도 켜진 않은 어두운 방 안에서 얼핏 미소를 지었다. 무언가 달라졌음을 알았는데, 무엇인지 정확하게 감지할 수는 없었다. 아주 짧은 시간이었으니까. 믿어지지 않는 지금의 감정변화를 받아들이기가 벅차다.

똑. 똑.

노크에 심장이 철렁 내려앉았다. 승도가 간 줄 알았는데 문밖에 계속 서 있었던 모양이다. 다진은 일어났지만 대답하지 않았다. 문을 잠그진 않았다. 손잡이를 쥐어 비틀면 문이 열릴 텐데, 승도는 문을 사이에 두고 계속 서 있었다. 뒤돌아서면 언제나처럼 한두 발짝 떨어진 곳에서 그녀를 지켜보고 있던 과거의 그처럼.

"또 도망치는 거야?"

승도의 묵직한 음성이 심장에 대고 북을 치는 것 같아 말하지 않고는 배기지 못했다.

"도망친 적 없어요."

"그러면 왜 숨는데?"

"자꾸 곤란하게 하니까요."

아무래도 시간이 필요하다. 지금의 위태위태한 감정으론 승도를 마주할 수가 없었다. 언뜻언뜻 승도의 탁한 숨소리가 들리는 듯하다.

"최대한 오래 감추고 싶었어."

무슨 말을 하는 것인지…….

"너 아니면 안 되니까. 다른 여자가 눈에 안 들어와서, 고백한 거야."

승도의 목소리는 깊이 잠겨 있었다. 낮았고 잔뜩 쉬었지만 잘 들렸다.

"첫눈에 반한 여자가 친구 놈을 좋아하다니. 사람 바보 되는 건 한순간이더군."

처음엔 잘못 들은 줄 알았다. 한승도가 자신한테 첫눈에 반했다고? 그럴 리 없다고 확신하며 방문을 열었다. 무척 가까운 거리에서 둘의 시선이 허공에서 얽혔다. 그렇게 한동안, 둘은 움직이지 않았다. 수많은 질문이 뒤엉킨 머릿속이라, 무슨 말을 먼저 꺼내야 할지 알지 못했다.

"네가 끔찍하게 예뻤어. 내가 아닌 친구를 보고 웃어도 좋을 만큼. 보기만 하자고 했는데 욕심은 점점 커졌지. 이렇게 날 바보로 만든 네가 어떤 날은 너무 미워서 망가뜨려 버리고 싶은 적도 있었어."

다진의 얼굴이 발갛게 달아올랐다. 간담이 서늘할 정도로 승도의 목소리는 무거웠다.

"진호에 대한 감정, 아직 정리 안 된 거 잘 알아. 그래서 기다린다고 했어. 그럼 된 거잖아."

그 말을 인정하기가 끔찍한지 승도의 짙은 눈썹이 사납게 꿈틀거렸다.

"날 좋아했다고요?"

"그래."

"3년씩이나?"

승도는 고개를 끄덕였다. 그녀가 진호를 바라본 시간 동안 승도는 그녀를 보고 있었다. 수백 번 들어도 믿을 수 없는 말이라 맥박이 팔딱팔딱 뛰었다. 심장은 더 뛰고 머리는 어지러워 차마 입을 열 수가 없었다.

이제 어떻게 해야 해? 자백처럼 쏟아낸 승도의 말은 어마어마하게 그녀를 뒤흔들었다. 한없이 아득하기만 남자의 눈빛을 마주 볼 용기가 생기지 않았다. 누구의 숨소리 인지 분간이 안 될 만큼 가까운 거리라 더는 가만히 서 있을 수 없었다. 슬쩍 본 승도의 눈동자는 단단한 질감이 느껴질 정도로 까만 나무 같았다.

다진은 다시 한 번 호흡을 가다듬은 뒤 달싹이는 입술을 열었다.

"고백은 이미 했는데, 또 하는 이유가 뭐예요? 할 수만 있다면 평생, 아니, 무덤까지 가지고 갈 것 같은 얼굴로."

초겨울 무채색 같던 남자의 두 눈이 뜨겁게 일렁인다. 두 뺨이 승도의 큰 손에 붙들렸다. 숨이 턱밑까지 부풀어 올랐다.

"정다진과 자고 싶어서."

감동 중이었는데……. 잘 나가다가 진짜, 왜 이러세요!

뭐가 이래.

다짜고짜 다진이 그에게 입을 맞추었다. 우습게도 어린애 같은 어설픈 입맞춤에, 애간장이 다 녹아내렸다. 겨우 입맞춤에 미칠 것 같은 기분이 들다니. 아니 돌 것 같다.

"왜 하필 너야……."

수없이 공허하게 외쳤었다. 가면을 쓴 듯 차가운 얼굴로 뒤에서 널 바라봤던 시간. 왜 하필 첫눈에 반한 여자가 친구를 짝사랑하는 정다진 너인지…….

"이제 아무 데도 못 가."

승도는 방 안으로 성큼 들어갔다. 본능적으로 겁을 먹은 다진의 눈이 커졌다.

"아니, 안 보내."

두려움에 사로잡힌 다진은 자꾸만 뒤로 물러났다. 벌어지는 거리를 승도는 허락지 않았다. 그건 이미 넘치도록 충분히 봐주었다. 뺨을 붙들고 있던 손이 내려와 다진의 허리를 조이다시피 감쌌다. 양발이 들릴 정도로 몸이 들리자 화들짝 놀란 다진은 울상을 지으며 그의 어깨를 밀어냈다.

"잠깐만……, 잠깐만요!"

지금은 아무 말도 듣고 싶지 않았다. 허리를 감싸 안았던 손은 어느새 그녀의 뒤통수를 움켜쥐었다. 그리고 고개를 꺾은 승도가 그녀의 입술을 막았다. 거칠고 일방적인 행동의 밑바닥에 깔린 건, 이젠 자신을 봐달라는 애원이고 구걸이었다.

진호를 여전히 좋아하고 있든 말든 상관없다. 이기적이라 욕해도 상관없다. 지금 이 순간 다진이 제 품에 안겨 있다는 것만으로도 충분했다. 통째로 삼켜버릴 것 같은 격한 키스에 다진은 더 몸부림치며 주먹으로 어깨를 때렸다.

그동안 참았던 욕망을 터트릴 참이다. 저기……, 라고 넌 소리도 내지 못하고 웅얼거린다. 그 도톰한 입술을 혀로 핥았다. 가늘게 눈을 뜨고 부루퉁한 얼굴로 보고 있던 다진은 숨을 헐떡였다. 좋아 미치겠다. 미세하게 떨리는 여자의 진동이 온몸으로 느껴져서.

"가만있어."

"……."

"다진아."

"……."

"응?"

목소리가 절정에서 터진 것처럼 갈라져 나왔다. 조그만 손으로 때려봤자다. 하지만 더는 다진이 자신을 밀어내는 것이 참기 어려웠다. 어깨를 때리던 손길이 멈췄다. 어쩔 수 없는 승낙이라는 걸 알면서도 승도는 멈출 수가 없었다.

승도는 제정신이 아니었다. 더 깊이 파고들었다. 숨을 쉴 수 없을 정도로 작은 입안을 휘저었다. 다진이 고개를 뒤로 젖히면 절로 벌어진 입술 사이로 승도의 뜨거운 입술과 혀가 미친 듯이 넘나들었다. 키스만으론 갈급증이 채워지지 않는다. 얼굴 전체에 퍼붓다시피 키스를 했다. 그가, 그녀를 먹어치우는 느낌마저 들 정도였다.

다진의 입술이 뜯겨 피가 살짝 비쳤지만 그를 멈추게 하진 못했다. 아릿한 맛이 느껴지는 피까지 핥고 빨아 먹었다. 무려 3년을 자신의 앞에서 다른 남자를 보던 여자. 어찌나 제 속을 끊임없이 박박 긁어대는지, 마침내는 고백까지 하게 만들어버렸다.

"하아……."

잠시 승도가 입술을 떼자 다진은 참았던 숨을 터트렸다. 여전히 비가 내리고 있어 바람에 창문을 두드리는 소리가 났다. 한참을 바닥만 보며 숨을 내쉬던 다진은 승도의 가슴을 살짝 밀며 뒤로 물러섰다.

"나 버리고 가면 십 리도 못 가서 발병 난다."

상황에 맞지 않는 승도의 어설픈 농담에 다진은 웃음을 피식 터트렸다. 그러다가 뜯긴 입술이 따가워 다진은 미간을 구겼다.

"다진아."

"네?"

이름만 불러도 다진은 소스라치게 놀랐다. 더 깊어진 승도의 눈동자가 거칠게 일렁였다.

"널 갖고 싶은데 함부로 대하고 싶지는 않아."

"하, 함부로?"

"네가 싫어하는 건 아무것도 하지 않을 거다."

"지금, 그러니까……."

승도가 활짝 웃어 보였다. 그리고 그의 입술이 다진의 볼 위로 가볍게 닿았다가 떨어졌다. 매끄러운 바람처럼 간지러운 느낌까지 들어 다진은 뿌리치듯 단호하게 거절할 수가 없었다.

"진짜, 그걸 할 생각이에요?"

"어."

승도는 망설임 없이 대답했다.

"너무 빠른데. 난 아직……."

"이미 충분히 기다렸다고 생각 안 해?"

승도는 지금 자신이 뭐라 지껄이는지 자각하지 못했다. 뭐라도 좋으니 어떻게든 다진의 마음을 얻고 싶었다. 끝내 다진이 거절한다면 과연 멈출 수 있을까. 장담할 수가 없다.

다진의 입술이 열릴 기미가 보이지 않자 승도는 셔츠 소매를 팔꿈치까지 걷어올렸다. 팔뚝에 드러난 힘줄이 성난 남자의 욕망 같았다.

"무려 3년이야. 널 본 시간."

감히 저항해볼 틈도 없이 다진을 밀어붙였다. 아슬아슬 넘어질 듯 몇 걸음 뒤로 걷던 다진의 몸이 휘청거리며 침대 위로 털썩 쓰러졌다. 승도가 그 틈을 놓칠 리가 없었다. 한 마리 검은 표범처럼 침대로 뛰어들었다. 그리고 두 팔 안에 다진이 옴짝달싹할 수 없게 가두었다. 쉽게 가라앉지 않은 호흡을 몰아쉬었다.

"네가 멈추라면 멈출 수 있어. 하지만 난 네가 그러지 않길 원해."

이젠 참을 수 없으니까.

승도는 잔뜩 억눌린 목소리로 속삭였다. 더는 이를 악물고 버티고 싶지 않았다. 오랜 세월 친구를 좋아하는 여자의 뒷모습을 보며 겹겹이 쌓아올린 욕망은 까마득한 탑처럼 높다. 위태위태하게 버티던 욕구의 탑은 키스 한 번에 손쓸 방도도 없이 무너졌다.

비겁한 수를 썼다. 다진을 창고에 가두고 키스까지 했다. 그때의 떨림이란……. 제 감정을 들키지 않으려고 필사적으로 감췄다. 마치 '무궁화 꽃이 피었습니다' 놀이를 하는 것처럼.

가까이 가고 싶어도 움직임을 들키지 않으려면, 멈춰야 했다. 다진이 뒤돌아보면 모든 움직임을 멈췄다. 그럴수록 멀어지는 거리. 다진을 보면 습관적으로 얼굴을 굳혔다. 그 결과, 불행히도 그녀는 그를 불편하게 생각했다.

그때마다 더 사진에 집착했다. 사진 속 다진은 오로지 제 것이었다. 활짝 웃는 얼굴은 꼭 자신을 향해 웃는 것 같았다.

승도는 다진이 다리를 오므리지도 못하게 했다. 무릎 사이에 그의 다리를 끼웠다. 더럭 겁이 난 다진은 항의하듯 허리를 뒤틀었다.

"널 처음 본 건 나였어."

다진은 어깻숨을 몰아쉬며 그를 올려다봤다. 가느다랗게 떨리는 속눈썹 위로 승도의 거친 숨소리가 뚝뚝 떨어졌다. 공간을 가득 채운 뜨거운 열기에 다진의 얼굴이 화끈거렸다.

"대체 나한테 뭘 더 어떡하라고."

"허락만 하면 돼."

"……."

"다진아."

"……알았어요."

마침내 허락이 떨어졌다.

"알았으니까, 조금만, 천천히 가요."

천천히……. 여기서 얼마나 더?

그건 불가능한 요구였다. 승도는 허겁지겁 바지의 버클을 풀었다. 엄청난 굉음처럼 들린 모양이다. 겁을 먹은 다진의 눈동자가 더할 수 없이 커졌다. 승도는 가는 목에 입을 맞추며 그녀의 머릿결을 가만히 쓰다듬었다. 그것은 마지막 배려였다.

매끄러운 목덜미에 입술을 묻었다. 뭐가 이렇게 부드러워. 한 번으론 부족할 정도로 여자의 살결은 달콤했다. 서너 번 넘게 여린 살을 빨자 다진은 벼락을 맞은 것처럼 경기를 일으켰다.

집에 들어선 순간부터 다진을 만지고 싶었다. 입술뿐만 아니라 얼굴 손가락 머리카락 한 올까지. 머리부터 발끝까지, 모조리 느끼고 싶었다. 다정한 신사처럼 굴 자신은 없다. 여전히 그에게 마음을 열지 못한 여자를 갖고 싶어 안달 난 한심한 놈일 뿐이다.

"여기까지도 나한테는 무척 어려운 일이에요."

다진은 숨도 제대로 못 쉬면서 자신도 모르게 승도의 얼굴을 어루만졌다.

"그러니까 불 좀 끄면 안 될까요?"

"응. 안 돼."

승도는 더는 말할 수 없게 입술을 막았다. 유일한 저항이라면 다진이 그의 팔뚝을 세게 쥐는 것이었다. 환한 곳에서 보고 싶었다. 이 입술……. 이 얼굴……. 마음 놓고. 닳고 닳을 때까지. 그 감각이 그 느낌이 심장 속으로 녹을 듯이.

다진은 주먹을 쥐고 부르르 떨었다. 아무런 머뭇거림도 없이 귓불을 입에 넣고 사탕처럼 빨았다. 혀로 귓불을 굴리며 그녀를 향한 욕망을 거침없이 숨결에 담아 귓가에 쏟았다. 그때마다 다진은 진저리치듯 허리를 젖혔다.

미치도록 흥분이 되었다. 네 속은 얼마나 촉촉하고 부드러울까. 여기만큼? 아직 들어가지 못한 여자의 속을 엿보고 싶었다. 손가락을 다진의 입에 넣었다. 페니스처럼 찌르고 누르고 버거운 숨을 삼키지 못해 다진이 컥컥거려도, 빼지 않았다. 손가락에 묻은 타액이 애액처럼 미끈거린다.

"잠, 잠깐만……."

목덜미를 물었다.

"학. 읏."

옷으로 함부로 들어간 손이 브래지어를 밀어올렸다. 순식간에 드러난 젖가슴을 커다란 손아귀로 움켜쥐었다.

"하. 아아."

먹고 싶어. 핥고 싶어. 빨고 싶어.

"앗……!"

다진에게 대책 없이 빠진 그를 누군가 조롱하는 것 같다. 그래도 좋은 걸 어떡하라고. 도무지 누를 수 없는데. 두 눈 앞에서 다진의 옷을 벗길 거라곤 상상조차 하지 못했다. 그저 뒤에서 보는 걸 당연하게 여겼으니까. 그래서인지 브래지어를 벗기는 데 다소 시간이 걸렸다.

"내가 할게요."

"싫어."

"뭐든 멋대로야."

"이제부터 사정 봐주지 않을 거거든."

마지막 남은 팬티를 벗겼다. 다진은 거의 울 것 같은 얼굴이 되었다.

"겁주지, 마요."

"겁먹을 정다진 아니잖아."

승도의 뜨거운 입술을 버겁게 감당하면서도 다진은 앞으로 무슨 일이 일어날지 어렴풋이 알 수 있었다. 귓가에 속삭이던 승도의 입술이 다시 다진의 입술을 덮었다. 필사적으로 오므리는 다리를 승도의 손이 잡아챘다. 그의 어깨 너비로 다리를 벌리고 한껏 꺾인 목덜미에 뾰족한 송곳처럼 이를 박았다.

남자의 흥분이 그녀의 목덜미를 벌겋게 물들였다. 여린 살이 잘근잘근 씹힌 다진이 아픈 비명을 지를 때, 벌어진 다리 사이를 파고들었다. 메마른 우물에서 물을 구하듯 여자의 몸 저 밑까지 입술이 들어갔다.

멈추기엔 이미 늦었다. 바로 덮쳐도 모자랐다. 버둥거리는 작은 몸에 눈이 멀기 직전이었다. 여자의 의미 없는 숨결도 그를 쥐고 흔들어댔다. 바라보기만 했던 욕망은 순수한 게 아니라 오만불손했다.

그렇기에 한번 만지는 순간 중독될 젖가슴을 밤새 만지고 싶었다. 이미 그의 페니스는 발작적으로 꿈틀거리며 여자 속으로 들어가고 싶어 안달이 났다. 검은 수풀로 뒤덮인 곳을 헤쳐 제 것을 깊숙이 쑤셔넣고 싶었다.

"넌 아무것도 모르고 지금 순간에도 사람 속을 잘도 뒤집지."

헐떡이는 속삭임이 다진의 귓가에 닿았다. 남자의 손길에 몸이 달아오른 줄도 모르고 다진은 복잡한 눈으로 그를 올려다보았다. 이제 자신이 벗을 차례다. 바지를 벗고 셔츠를 벗었다. 엉덩이를 들고 팬티를 벗자 드러난 검붉은 남성에 다진은 눈을 질끈 감았다.

"눈 떠."

"싫어요."

다진은 고개를 세차게 저었다. 승도는 다진의 어깨를 꽉 움켜잡았다.

"어떡하면 날 받아줄 건데? 더 어떻게 애원해야 하는데? 방법을 말해. 그렇게 할 테니까."

"그렇게 말할 정도로 내가 좋은 거죠?"

다진은 눈을 뜨며 떨리는 목소리로 물었다. 그가 아무리

절절한 고백을 해도 마음까지는 전해지지 않은 모양이다. 하기야 습관처럼 절제한 마음이 한꺼번에 터졌다. 느닷없이 창고 안에 가두고 다진이 바라는 다정한 눈이 아닌 무표정한 얼굴로 한 고백, 누구라도 믿기 어려웠겠지. 게다가 울며 겨자 먹기로 허락까지 받아냈다.

"백번 물어도 대답은 같아. 네가, 좋아."

다진은 마치 턱걸이를 하는 사람처럼 온 힘을 다해 버티고 있었다. 오므린 허벅지 사이를 검붉은 페니스가 파고들자 정신을 놓기 일보 직전이었다.

"내가 얼마나 겁나는지, 아마 모를 거예요. 이러는 사장님이 얼마나 무서운지도. 그런데 사장님이 키스하고 만지는 게 싫진 않아요. 그래서…… 이상해요."

다진이 승도의 얼굴을 조심스레 감쌌다.

"나도 한승도 씨랑 자고 싶은가 봐요."

넌 정말…….

작은 여자가 말 한마디로 자신을 들었다 놨다 한다. 널 코앞에 두고 음흉한 상상을 많이 했단 걸 알면 기절하겠지. 쏴아아아, 내리는 희미한 빗소리를 들으며 뜨겁게 긴장한 입술에 입을 맞추었다.

소중하게 다뤄줄게. 넌 연약하고 사랑스러우니까.

"아아. 아……."

성난 야생짐승처럼 달려들었던 아까와는 달리 승도는 차분히 움직였다. 마치 소중한 생명체를 대하듯 다진을 존중하였다. 머리카락 한 올부터 새끼발톱까지.

대화가 사라진 공간은 신음과 열기만 존재했다. 달달 떨고 있는 다진의 다리를 잡아 천천히 비집고 들어갔다. 그렇지만 양분되지 않은 감각이 괴로웠다. 헤아릴 수 없는 전율을 온통 쏟아내고 싶었다.

매끄러운 살결. 말랑말랑하면서 탄력적인 젖가슴. 앙증맞은 배꼽. 눈이 멀 것 같다. 승도는 손가락 사이로 뚫고 나온 유두를 뜨거운 혀로 핥았다. 앞니로 살짝 깨물며 미미한 자극만 주었을 뿐인데, 소름이 끼치는 전율이 척추를 훑고 지나가자 다진의 허리가 크게 들썩거렸다.

"하흑……."

몽실몽실한 가슴을 한가득 잡은 것도 모자로 손가락으로 유두를 잡고 돌려댔다. 다진은 숨이 넘어갈 듯한 신음을 터트렸다. 초록처럼 싱그러운 여자의 몸은 이젠 어디를 맛보아도 달았다.

무릎 사이에 얼굴을 처박은 승도가 불쑥 내민 혓바닥으로 허벅지 안쪽부터 핥으며 올라왔다. 다진은 하마터면 비명을 지를 뻔했다. 짙은 현기증이 관통하는 아득한 감각. 거웃으로 가려져 보일 듯 말 듯한 여자의 속살에 남자의 혀가 먼저 닿았다. 이를 악물어도 소용이 없었다.

속살을 가르고 혀가 들어갔다 나왔다. 그리곤 마구 휘젓고 다녔다. 온몸이 녹아내리는 감각을 참지 못한 다진은 승도의 목을 와락 감싸며 옅은 신음을 내뱉었다. 뱉어내는 신음까지 승도가 받아마셨다.

"아…… 흐흡."

머릿속이 빙글빙글 돌았다. 말도 안 돼. 어떻게 이런 느낌이 있을 수 있지? 어지러운 듯 머리를 흔들자 승도가 그녀의 뺨을 감싸쥐었다. 자신만 바라봐달란 듯이. 힘겹게 눈을 뜨고 마주한 승도의 눈빛은 한층 더 짙어져 있었다.

"생각 같은 건 하지 마."

열 발가락 전부에 힘을 주고 버텼는데……. 오그라드는 다리를 더 활짝 벌린 승도는 아까보다 더 깊이 혀를 밀어넣었다. 다진이 괴로운 표정을 지으며 그에게서 벗어나려고 몸부림쳐도 승도는 야한 행위를 멈추지 않았다. 그만…… 해요, 하지 마요. 그런 말은 하나도 안 들렸다. 무릎을 잡고 있던 손이 이번엔 엉덩이를 꽉 움켜잡았다.

"앗!"

다진은 시트를 쥐어뜯듯 잡으며 눈을 감았다. 목에서는 신음이 새어나왔다.

승도는 까슬까슬한 거웃을 부드럽게 쓸면서 얼굴까지 비벼댔다. 부르튼 입술을 깨문 다진은 승도의 목을 껴안은 채 어깨에 얼굴을 묻었다. 제일 부끄러운 곳을 그가 만졌다는 절망감보다 쾌감이 먼저 찾아왔다. 뜨뜻미지근한 물이 나오는 느낌이 생소했다.

괜찮아. 울어도 상관없어.

승도는 다진의 귀가 아닌 여성에 대고 속삭였다. 한 여자를 완전히 소유하고 싶은 욕망은 생각보다 더 컸고 잔인했다. 서두르지 않으려 애썼지만, 본능이 이겼다. 젖은 속살을 서슴없이 헤치고 들어갔다. 페니스가 된 혀로 은밀한 속살을 가르고 느릿느릿 파고들었다. 흥분으로 새빨개진 얼굴이 된 다진은 그의 어깨를 깨물며 흐느꼈다.

"흐윽……."

승도는 흥분이 머리끝까지 치솟아 금방이라도 폭발할 것만 같다. 뒤에서 봐왔던 3년의 세월을 보상받고 싶었다. 파들파들 떠는 몸을 핥고 또 핥았다. 탱글탱글한 엉덩이를 움켜잡고 얼굴을 아예 그녀 속으로 들어갈 것처럼 박았다. 승도는 속살에 입술을 겹치며 키스했다. 다진의 입술인 듯 깨물고 빨고 잡아당겼다.

"더는 안 될 것 같다."

눈이 마주쳤다. 승도는 힘이 바짝 들어간 다진의 무릎을 잡고 조금 더 벌렸다.

"좀 아플지도 몰라."

너무 거칠게 몰아붙이는 건 아닌가 싶다가도, 허리를 튕기며 작게 터지는 다진의 신음이, 울 것 같은 얼굴이, 미치도록 좋아서 멈추지 못했다. 보드라운 다리를 쓰다듬어주는 척하다가 중지를 깊숙이 밀어넣었다.

곧이어 막힌 숨을 내쉰 다진이 희열에 들뜬 신음을 연거푸 터트렸다. 신음 말고 엉엉 울음을 터트리는 걸 보고 싶었다. 끝내는 자신 안에서 무너질 여자의 얼굴도. 들어간 손가락을 팽이처럼 빙글빙글 돌리자 다진은 기절할 것 같은 표정을 지으며 그의 어깨를 주먹으로 때렸다.

"자꾸 거기다가……."

다진은 말끝을 흐렸다. 가쁜 숨을 내쉬느라 가슴이 터질 듯이 오르락내리락하였다. 손가락뿐만 아니라 팔까지 들어올 것 같단 망측한 생각이 들어 다진은 허벅지를 꽉 조였다. 남자의 손이 여자의 다리 사이에 갇혔다. 나사처럼 조이는 힘에 승도가 낮게 욕설을 뱉으며 미간을 찌푸렸다.

"다리 힘 빼."

"싫어요."

다진의 목소리가 왠지 억울하게 들렸다.

"널 위해서 하는 거야."

"그런데 왜 자꾸 괴롭혀요? 이상하단 말이에요."

승도는 상기된 얼굴로 제 의사를 표현하는 다진을 한입에 삼키고 싶었다.

"괴롭고 이상하기만 해?"

"……."

다진은 가랑이 사이로 내민 승도의 얼굴을 차마 똑바로 볼 수 없었다. 천장을 보며 눈동자를 굴리던 다진은 사정없이 뿜어내는 남자의 열기에 그만 진심이 나왔다.

"조금은, 좋아요."

말해놓고도 '미쳤어, 미쳤어.' 속으로 끊임없이 연발했다. 너무 창피해서 양동이 안에라도 숨고 싶었다. 속수무

책으로 당하고만 있었다. 그런데 온몸을 덮은 남자의 체온이, 열기가, 강한 힘이 싫지만은 않았다.

"넣는다."

"뭘……, 넣어요?"

울음이 섞인 목소리로 알면서 물었다. 조금이라도 더 준비할 시간이 필요해서. 남자의 숨소리가 짐승처럼 사나워졌다. 절로 긴장한 여자의 질이 남자의 손가락을 힘껏 조였다. 어딘가를 톡 건드리자 부들부들 떨던 다리가 힘없이 풀렸다. 애액으로 번들거리는 손가락을 쑥 뺀 승도는 다진이 어디로도 도망가지 못하게 다리를 꽉 붙들었다. 슬쩍 쳐다만 봐도 얼굴이 붉어지는 남성을 아랫도리에 바싹 붙였다. 빳빳하게 선 남성이 돌처럼 딱딱하다는 느낌이 들려는 찰나.

"아악!"

다진은 외마디 비명을 질렀다.

"괜찮아, 괜찮아."

이마에 입을 맞추고 어르고 달래듯 승도가 속삭였다. 다진은 고개를 절레절레 저으며 그의 목을 꽉 끌어안았다. 지금 의지할 사람은 승도밖에 없었다.

"더 들어가야 해."

"더요?"

지금도 죽을 것 같은데.

"참을 수 있지?"

더 넣으면 몸이 잘게 쪼개질 것 같았다. 하지만 남자의 말이 애원처럼 들린 다진은 고개를 끄덕였다.

"흐흑."

준비가 필요하다……, 고 했잖아요.

울음인지 떨림인지 모를 소리가 다진의 입에서 흘러나왔다. 아파……, 아파요. 이건 마치 불에 달군 단단한 쇠가 몸 깊숙이 찌르는 느낌이었다. 아니면 거인이 몸을 잡고 반으로 찢는 고통과 맞먹었다. 어마어마한 쾌감이 갈라놓은 허리는 끊어질 듯 아팠고 아래는 불이라도 난 듯 후끈거렸다. 아무리 입술을 깨물고 승도의 어깨를 잡고 매달려도 통증은 줄어들지 않았다.

"윽!"

남자의 거친 숨소리. 경직된 여자의 내벽이 조이자 순간 움직임을 멈춘 승도는 인상을 팍 쓰며 힘을 주고 버텼다. 이대로 넣었다간 다진이 기절할 것 같았다. 욕망을 잠시 억눌러 핏대가 선 이마에서 땀방울이 흘러내렸다. 입술을 꽉 깨물고 버티는 다진을 내려다보며 이제 정말 한계에 다다랐음을 깨달았다.

이토록 자극적일 수 있을까.

거대한 환희의 파도가 덮쳐도 이보단 덜하리라. 씩씩한 정다진이 아니었다. 흥분에 젖어 흐릿해진 눈빛은 요염했고 야들야들한 살결은 녹아내릴 것처럼 부드러웠다. 승도는 오늘 밤 한 번으로 욕구가 채워질 리 없음을 알았다. 무릎을 꿇고 애원할 만큼 여자의 작은 몸은 아찔한 쾌락을 선사했다. 바늘구멍처럼 좁은 여자의 속을 들어가느라 애쓴 그의 남성엔 검붉은 힘줄이 불뚝 솟았다. 더 넣고 싶다. 더. 더. 허리를 들며 슬쩍 앞으로 밀자 다진이 그의 팔뚝을 꼬집듯 비틀었다.

"아……. 어떡해."

처음일지 모르는 다진을 배려해야 한다는 생각도 잠시, 승도는 남성을 끝까지 밀어넣었다. 허리를 흔들며 참지 못하고 비명을 내지르는 다진의 입술을 빨아 당겼다. 다진의 몸짓에는 차라리 이렇게라도 하지 않으면 지금의 고통을 참지 못하겠다는 갈급함이 담겨 있었다.

그녀가 익숙해지도록 천천히 밀어넣다가 뺐다. 여전히 좁고 아득한 여자의 몸속에 들어왔다 나가기를 반복했다. 일정한 속도로 움직이던 승도는 이를 악물며 시급히 제 분신을 뺐다. 불뚝한 남성의 끄트머리를 탁한 액이 엷게 뒤덮었다.

미치겠네.

승도는 비릿한 미소를 흘렸다. 잠깐의 정적이 어색했던지 다진이 벅찬 숨을 몰아쉬며 힘겹게 물었다.

"다……, 끝났어요?"

"아니. 이제 시작이야."

아무리 도망가봐. 내가 널 놔주나.

내 것만 되어준다면, 모든 것을 너한테 줘도 하나도 아깝지 않아.

자신도 제어하지 못하는 지경에 이르렀다. 허리를 뒤로 빠르게 뺐다가 강하게 밀어넣었다. 엄청난 충격에 빠진 다진은 허리를 비틀었다. 여자의 신음과 살이 맞닿아 질척거리는 소리가 공간 가득 울렸다. 살살 비비다가 여유를 잃어버린 승도가 허리를 틈 하나 없이 겹치며 내리눌렀다.

"하읏! 흑……."

다진은 기어이 울음을 터트렸다. 비정상적인 흥분이 남자를 세게 쳤다. 땀에 젖은 목덜미의 살점을 혀로 핥았다. 더한 자극을 갖고 싶다. 눈앞에서 어지럽게 출렁거리는 젖가슴을 힘껏 빨아 먹었다. 어느새 짜릿한 자극에 항복한 다진은 가쁜 숨만 토해내며 속에 담은 남성을 저도 모르게 잡아당겼다.

"으, 윽."

지금껏 한 번도 겪어본 적 없는 희열이었다. 승도의 목소리는 잔뜩 잠겨 갈라져 있었다. 다진의 허리를 들어올리다시피 껴안았다. 상체가 들린 다진은 아래에서 나왔다 들어가기를 반복하는 그의 것을 보았다. 승도는 일부러 보여줬다. 북슬북슬한 털로 뒤덮인 그것은 붉게 충혈되어 있었다. 모든 핏줄이 징그럽게 곤두서 있었다. 몸으론 받아들였지만, 눈으로 직접 보자 몇 배로 야하게 느껴졌다.

"아……. 제발, 그만!"

순간의 떨어짐도 허락지 않았다. 영원히 머무를 것처럼

깊이 들어왔다. 기도가 턱 막힌 다진은 다리를 벌려 그의 허리를 꽉 감았다. 그리고 승도의 어깨에 얼굴을 반쯤 묻고 흐느꼈다. 정말 이대로라면 머지않아 그에게 무너질 것이다. 그녀의 몸에 닿은 그의 몸이 너무 뜨거웠다. 굵은 땀방울까지도.

몸이 부딪칠 때마다 앙큼한 비명을 질렀다. 승도가 폭발할 듯 덤벼들었고 탐욕스럽게 여자를 갈구했다. 숨을 헐떡이며 다진은 그의 등에 손톱을 박았다. 아래부터 번지는 열기는 불덩이였다. 야릇한 미소를 머금은 입꼬리가 올라가더니 다진의 뺨을 부여잡은 승도가 끊임없이 키스를 퍼부었다.

격렬한 열망을 담은 남자의 속도를 따라가느라 몸이 쉴 새 없이 움직였다. 무언가 펑, 하고 터지는 기분이 들었다. 억눌린 남자의 신음이 목덜미를 적셨고 그녀의 아랫배에서 정액이 흘러내렸다.

"하아……."

둘은 몸을 겹친 채 한동안 신음만 터트렸다. 겨우 제정신이 돌아온 다진은 승도의 어깨를 밀었다.

"이제, 내려와요."

배에 달팽이처럼 끈적끈적한 자국을 남긴 정액의 느낌은 뭐라 표현할 수가 없었다. 어떻게 닦아내야 하나. 갑작스럽게 벌어진 일이었고 콘돔이 집에 있을 리 만무했다. 어쩔 수 없이 배 위에 사정한 건 알겠는데 받아들이긴 버거웠다.

다진이 난감해하며 눈을 찌푸려도 승도는 절정의 여운을 만끽하고 있었다. 점점 부풀어 오르는 남성을 슬그머니 넣자, 다진은 발버둥쳤다. 맞닿은 배에서 기름처럼 미끈거리는 정액의 시큼한 냄새에 정신을 차릴 수가 없었다.

"한승도 씨, 변태죠!"

"그럴걸."

할 말 없게 순순히 인정하다니. 어떻게 지나갔는지도 모르게 끝난 첫 섹스였다. 다진은 축 늘어져 힘없이 누워 있었다.

"어?"

"왜?"

"……또?"

"응."

승도는 사악한 미소를 지으며 허리를 천천히 내렸다. 다시 밀려오는 이물감에 다진은 발버둥을 쳤다. 어깨며 등을 사정없이 주먹으로 때려도 다리는 더 벌어질 뿐이다.

아랫배가 뻐근해진 다진의 호흡이 가빠졌다. 또다시 눈물을 글썽이면서도 다리를 벌리는 자신이 수치스러워 눈을 감아버렸다.

그는 또 그녀를 무아지경에 빠뜨렸다. 죽을힘을 다해 버티던 여자의 입에서 제발, 이라고 애원하는 소리가 나왔다. 남자는 그녀의 눈물을 핥아주며 따뜻이 안아주었다.

상규는 자신보다 일찍 나온 승도를 가만히 바라봤다. 이미 바닥청소까지 끝낸 승도는 여유롭게 커피를 마시고 있었다. 달리 할 게 없었던 상규는 승도의 맞은편에 앉았다. 하룻밤 사이 로또라도 맞았나? 왠지 무척이나 즐거워 보였다.

"다진이 좀 늦을 거다."

"어디 아파요?"

"다른 의미에서 아프다고 할 수 있지."

승도는 다리를 꼬며 무심하게 대꾸했다. 상규는 재빠르게 다시 물었다.

"설마 싸웠어요?"

"아니."

새벽까지 한다, 못 한다로 옥신각신 언쟁을 벌였지만.

"형."

"왜?"

"누나가 그렇게 좋은가 해서요."

"응."

"그렇게 좋아하면서 그동안 어떻게 참았어요?"

"이젠 안 참으려고."

승도는 다 마신 컵을 손에 쥐며 일어섰다. 상규는 그런 승도를 가만히 올려다봤다. 미묘한 심적변화에 둔한 자신이 알아챌 수는 없었다. 다만 몇 달 전만 해도 승도의 마음을 몰라주는 다진에게 서운했었다. 왜 승도를 놔두고 진호를 좋아하나 해서. 그러나 승도가 여행을 다녀온 후 둘의 관계는 변하기 시작했다.

"여행이 좋은 결과로 나와서 다행이에요."

"아무렴, 천만다행이지."

승도는 워낙 속마음을 털어놓지 않는 성격이었다. 승도가 장기간 여행을 떠나는 건 그다지 놀라운 건 아니었다. 하지만 몇 달 전 떠난 여행은 어딘가 달랐다. 짐을 싸는 표정이 무척이나 쓸쓸해 보였다. 그날은 다진이 진호와 함께 유난히 많이 웃던 날이었다.

「설마 형 마음 정리하러 떠나는 거예요?」

한편으론 그러길 바랐다. 뭐가 모자라 친구를 좋아하는 다진을 몰래 좋아하나 싶어서.

「일단 다진에게 마지막 기회를 주려고.」

「무슨 기회요?」

「진호에게 고백할 기회.」

「형! 미쳤어요! 진짜 고백하려면 어쩌려고.」

「평생 후회하겠지.」

도저히 이해할 수가 없었다. 아니 자신이 좋아하는 여자가 딴 남자한테 고백할 기회를 주다니. 성격에 안 맞는 짝사랑을 오래 하다 보니 머리에 부작용이 생긴 게 분명하다. 말이 안 된다고 펄쩍펄쩍 뛰자 승도는 카메라 가방을 챙기며 말했다.

「만약 다진이가 하지 않으면, 나도 더는 보고만 있지 않으려고. 이번에도 하지 않는다는 건 진호에 대한 마음이 식었다는 걸 의미하니까.」

참고 참았던 감정을 쏟아내는 것처럼 승도의 표정은 결연했다. 승도가 여행을 떠나 있는 동안 제발 다진이 진호에게 고백하지 말라고 빌고 싶었다.

"오늘은 촬영 없어요?"

"있어. 아, 내일부턴 당분간 그늘에만 있을 거야."

"누나 옆에 있으려고 그런 거죠?"

승도는 대답하지 않았다. 상규는 히죽 웃었다. 승도는 아직 아무도 오지 않은 1층으로 내려갔다. 사실은 상규에게 말하지 않은 것이 있다. 어쩌면 그는 안심하고 여행을 떠났는지 모른다. 다진이 진호에게 고백하지 않을 확신이 있었기에.

여행에서 돌아와 다진에게 고백을 한다 해도 그녀가 자신을 사랑할지 그건 확신할 수는 없었다. 그는 그녀가 생각하는 이상형의 남자가 아니었다. 하지만 그가, 그녀를 사랑한다. 그녀가 그에게 불편하고 싫다고 할 때면 심장이 조금 아프지만.

선택의 여지가 없었다. 뒤에서 다진을 바라보기로 결심한 순간부터 그가 감당할 몫이었으니까. 그건 지금도 마찬가지이다. 새벽까지 온전히 다진을 차지한 건 그였다. 그러나 여자의 마음은 아직 미지수다. 다만 지금 확신할 수 있는 건, 그녀의 곁에 그가 있는 한 다른 남자는 생각나지 않게 할 자신이 있다는 것이다.

마음 한 자락 얻지 못해도 좋다.

어쩌겠어, 속도 없이 좋은걸.

승도는 피식 웃으며 문고리에 'OPEN' 팻말을 걸었다. 정다진의 마음이 오늘은 더 오픈되길 바라면서.

「날 먼저 봤다고 했죠? 언제였어요? 동아리실 아니었어요?」

「아니었어.」

「그럼 언제지. 난 기억에 없는데.」

언제냐고?

어느 서늘한 봄날이었다.

구내식당에서 간단하게 점심을 먹고 운동장으로 나왔

다. 여느 때처럼 운동장은 생동하는 젊음과 열기로 가득했다. 승도는 계절 중 봄을 그다지 좋아하지 않았다. 미열처럼 미지근한 바람이나 시야를 뿌옇게 하는 황사가 별로였다.

[연습실로 와.]

다음 주가 축제였다. 가수 뺨치게 노래를 잘하는 진호는 축제 때 노래를 부르기로 했다. 그는 기타를 치기로 했고. 마지막 남은 4학년 재미있는 추억 하나 남기자며 진호가 단독으로 저지른 일이었다. 승도는 혼자 할 수 있는 걸 취미로 삼았다. 사진이나 기타.

어쨌든 실수는 없어야 하는 법. 승도는 연습실로 뚜벅뚜벅 걸어갔다. 아! 가방을 놓고 오다니. 승도는 방향을 바꿔 동아리실로 갔다. 깜빡하고 영화 동아리실에 가방을 놓고 왔다.

동아리실에서 가방을 챙겨 나와 건너편 건물로 가려고 지나갈 때였다. 빈 강의실인 줄 알았는데 여자가 창가에 앉아 있었다. 딱히 눈길을 끄는 것도 아닌데 승도는 걷다 말고 멈춰 섰다.

여자가 웃었다.

승도는 가만히 서서 환하게 웃는 그녀의 얼굴을 바라보았다. 그녀가 앉은 창가에는 빛바랜 커튼이 흔들렸다. 불어온 바람에 어깨를 살짝 덮은 여자의 단발머리가 너붓너붓이 날렸다. 사진은 빛을 찍는 것이었다. 승도는 저도 모르게 가방에서 카메라를 꺼내 여자를 찍기 시작했다. 그의 안에서 무언가 빠져나가는 기분이었다. 그걸 붙들려고 더 애쓰듯이 사진을 찍었다.

"어디 갈 건데?"

여자는 창밖을 향해 웃으며 소리쳤다. 운동장에서 친구가 내려오라고 한 모양이다.

"미이이팅! 남자, 남자!"

"오호! 알았어. 금방 내려갈게!"

사진에 담고 싶을 정도로 목소리는 싱그러웠다. 눈을 감아도 그 목소리가 귓속을 파고들 것만 같다. 그녀가 그를 보기 전에 승도는 카메라를 가방에 넣었다. 그녀가 강의실에서 나왔을 때 승도는 이미 저만치 걷고 있었다.

불유쾌한 상태가 며칠이나 계속되었다. 머릿속은 고립된 섬 같았다. 다른 생각을 할 수가 없었다. 사진을 찍는 것도 무리가 되었다. 뭐가 문제지? 눈에 잔상처럼 남은 장면을 자꾸만 떠올렸다. 흔들리는 빛바랜 커튼. 여자의 맑은 웃음소리. 담갈색 눈동자……. 특히 심해진 오늘은 급기야 일을 내고 말았다.

"한승도, 무슨 일 있어?"

진호가 걱정스러운 얼굴로 그를 바라봤다.

"아니."

"아닌데, 왜 이렇게 넋을 놔? 내일 축제야. 마지막 연습인데 집중 좀 하자."

"미안하다."

승도는 심호흡을 크게 하곤 기타 연습에 집중했다. 축제 연습이 끝나고 승도는 여자가 있던 강의실로 뛰어갔다. 문득 여자가 참을 수 없을 만큼 보고 싶었다. 강의실 문을 열었다. 분명 있어야 하는데 여자는 없었다. 그렇다고 찍은 사진을 가져와 사진 속 여자를 아느냐고 물어볼 수는 없었다.

"잠깐 돌았어."

그러다 정신을 차렸다. 내가 아닌 내가 된 기분이었다. 여자를 찾아서 뭘 어찌할 건데? 미친놈.

또 며칠이 흘렀다. 축제도 끝이 났다. 길 잃은 들개처럼 쏘다니다가 오랜만에 동아리실에 들렀다. 문을 열고 들어가던 승도의 걸음이 우뚝, 멈췄다.

"이름이 정다진이라고?"

"네, 선배님. 앞으로 잘 부탁합니다."

사진 속 여자가 진호를 보며 웃고 있었다.

"선배님 노래 부르는 거 봤어요. 정말 노래 잘하시던데요."

"뭘……."

진호는 쑥스럽다는 미소를 지었다. 여자는 진호가 무슨 말만 해도 까르르 웃음을 터트렸다. 조금 지나서 진호가 그를 보며 알은 체를 했다.

"승도야, 여기 늦깎이 신입생. 이름은 정다진."

"안녕하세요. 선배님."

여자는 그를 보며 간단히 인사하곤 다시 진호를 바라봤다. 그리고 영화동아리 소개가 적힌 팸플릿을 주는 진호를 보며 또 웃었다. 그 순간 정다진이라는 이름을 가진 여자가 다른 남자를 보며 웃는 것이 싫었다. 승도는 그걸 깨달은 이 순간이 가장 싫었다. 그 이후로 정다진의 뒷모습만 보게 되는 습관이 생겼다.

다진은 급히 오느라 머리를 말리지 못했다. 하나로 질끈 머리끝이 축축이 젖어 있었다. 서두른다고 서둘렀는데 30분이나 늦어버렸다. 이 남자 어디 갔어! 알람을 맞춰둔 휴대전화를 꺼놓고 가버릴 줄이야.

"누나 왔어요?"

"어……. 늦어서 미안."

다진은 왠지 모르게 상규의 얼굴을 똑바로 볼 수가 없었다. 손님이 생과일주스를 주문했는지 상규는 믹서기로 오렌지를 갈고 있었다. 다진은 서둘러 앞치마를 두르며 카운터 안으로 들어갔다.

"형이 오늘 누나 아프다고 좀 늦는다고 했어요. 몸은 괜찮은 거예요?"

"내가 아프대?"

"네."

다진의 얼굴이 금세 붉어졌다. 이 남자가 진짜! 하지만 몸은 정직했다. 뱀띠가 맞았다. 얼마나 사람을 팔다리로 꽁꽁 묶어놨는지 모른다. 새벽까지 그에게 시달린 몸은 근육통을 된통 앓은 듯 곳곳이 쑤셨다. 더욱이 걸을 때마다 다리 사이가 뻐근하고 약간 쓰라렸다. 그 기분을 한마디로 말하면 여전히 남자의 그것이 몸 안에 있는 야릇한 기분이었다.

"이제 괜찮아졌어."

다진은 상규의 눈을 슬쩍 피하며 대꾸했다. 어떤 낌새도 없는 것 같은데 왠지 저 혼자서 얼굴이 화끈거렸다. 이게 다 한승도 때문이다. 사람이 대충 하는 법이 없다. 끝장을 보는 성격은 잠자리에서도 마찬가지였다. 일관되게 그녀를 탐했다. 평소에는 부르지도 않던 이름까지 다정하게 부르면 그의 부탁을 차마 거절할 수가 없었다. 왜 그 앞에서 나약해지는지…….

한승도와 자다니.

그 기억은 너무나도 생생해서 다진은 순간 눈앞이 핑 돌았다. 생각해보면 어젯밤 일은 모두 모순투성이이었다. 제법 서늘할 줄 알았던 남자의 체온은 몹시 뜨거웠다. 평소 침착한 그와는 거리가 먼 행동만 했다. 눈만 마주쳐도 입을 맞추었다. 가슴을 손에 쥐고 입을 맞출 땐 숨도 내쉬지 못하고 몸을 부르르 떨었다.

남자의 유혹은 치명적이었다. 그야말로 모든 감각을 폭발시켰다. 밤새 그동안 한 번도 내지 못한 앙큼한 비명을 지르다니. 그가 물고 빨아 피부에서 온통 남자의 체취가 진동하는 것 같다. 그의 입술이 닿았던 목과 가슴은 여전히 따끔따끔 아프다.

그만, 생각하자.

다진은 카페 안을 두리번거렸다. 원래부터 카페가 이렇게 컸던가. 어디 간 거지? 또 촬영을 갔나. 머릿속을 뒤숭숭하게 만든 남자가 보이지 않는다. 왠지 모를 서운한 감정이 들었다.

"사장님은 어디 갔어?"

"아침 일찍 나왔다가 촬영 있어 나갔어요. 아마 밤늦게나 올 거예요."

"그렇구나."

"무슨 할 말 있으면 전화 걸어봐요."

"할 말 없어."

다진은 손까지 휘저으며 강하게 부정했다. 왜 이렇게 얼굴이 화끈거리지. 그냥 일이나 열심히 해야겠다. 커피 주문을 받고 이젠 제법 능숙하게 라테아트도 하게 되었다.

자주 오는 연인이 주문한 커피에 하트 모양을 그려주자 여자의 눈에도 하트가 떴다.

"예뻐요."

"맛있게 드세요."

쉴 틈 없이 주문을 받았다. 점심도 다른 때보다 늦게 먹었다. 그나마 다행이다. 딴생각할 틈도 없이 바빠 승도가 흔든 감정에서 자유로워질 수 있었다. 오늘도 상규가 만든 마카롱은 불티나게 팔렸다.

"나 잠깐 화장실 좀."

다진은 상규에게 말하고 자리를 비웠다. 화장실에 들어가 일을 보고 나오는데 앞치마 주머니에서 휴대전화가 조금 신경질적으로 진동했다. 문자를 확인한 다진은 기가 막힌 듯 미간을 설핏 찌푸렸다.

[머리띠 돌려줬으면 좋겠어. 이해하지?]

도대체 뭘 이해하라는 건지. 참으로 이해가 안 되는 수인이었다. 그렇지 않아도 머리띠는 돌려줄 참이었다. 갖고 있어봤자 하지도 않았고 머리띠 때문에 둘이 말다툼하는 것까지 봤다. 그래도 이건 아니다. 이수인, 너도 참 답 안 나온다.

"아프다더니, 힘들어 보여."

카페가 끝날 무렵이었다. 1층에서 올라온 진호가 다진을 걱정스럽게 바라봤다. 진호도 3층 옥상 리모델링 건으로 인테리어 업자를 만나느라 종일 밖에 있다가 방금 막 들어왔다.

"안 아파요."

다진은 멋쩍게 웃어 보였다. 마지막 손님까지 나간 2층은 조용했다. 뒷정리하는 소리만 들렸다. 상규는 케이크와 샌드위치가 모두 팔려 텅 빈 유리 진열장을 마른행주로 닦고 있었다. 다진은 삐뚤빼뚤 흐트러진 의자들을 정리하고 있었다.

"열 있는데, 약은 먹었어?"

언제 뒤에 서 있었지. 의자를 정리하고 굽힌 허리를 펼 때였다. 진호가 팔을 뻗어 그녀의 이마에 손을 얹었다. 저도 모르게 몸이 굳은 다진은 멍하니 있기만 했다.

"괜찮아요."

"비상약 있을 텐데, 갖다줄까?"

"진짜 괜찮아요."

다진은 어깨를 으쓱이며 자연스럽게 뒤로 한 걸음 물러났다. 마치 제 손길을 거부하는 행동처럼 느껴졌는지 진호의 얼굴이 살짝 굳었다. 손만 허공에 붕 떠 있는 상태가 되자 진호는 허탈하다는 듯이 손을 내렸다.

"선배는 퇴근 안 해요?"

"우리 다진이 얼굴 보고 가려고 왔지."

진호는 다시 평상시처럼 부드러운 얼굴로 돌아왔다. 수인의 문자까지 받은 상태였던 다진은 찝찝함이 오후 내내 남아 있었다.

"수인이가 들으면 화낼 말이에요."

"여기서 수인이 이름이 왜 나와?"

진호는 다소 딱딱하게 물었다. 다진은 낮게 한숨을 터트렸다. 잠시 끼어든 침묵은 어색하기만 했다. 솔직함이 다 좋은 건 아니었다. 그렇다고 계속 어정쩡하게 둘러대는 것도 예의가 아닌 것 같았다.

진열장을 닦고 있던 상규가 고개를 돌려 둘을 바라봤다. 상규는 승도만큼 타인에 대해 일절 관심이 없는 성격이었다. 그런데 요즘 부쩍 진호와 단둘이 대화를 나눌 때면 감시하는 것처럼 쳐다보곤 한다. 다진은 눈을 가늘게 뜨며 상규를 살짝 째려봤다. 엿듣지 말라는 신호를 알아들었는지 상규는 다시 진열장을 닦는 데 열중했다.

다진은 한숨을 섞어 말했다.

"선배랑 수인이 사이에서 제가 자꾸 곤란해지니까요."

"네가 곤란할 게 뭐가 있어?"

진호는 도통 이해할 수 없다는 표정이었다.

"나 같아도 내 애인이 딴 여자 걱정해주면 겉으론 쿨한 척 실실 웃어도, 속은 아마 부글부글 끓을 것 같아요. 특히 선배는 여자들한테 모두 친절하잖아요."

"내가 잘못하고 있다는 말로 들리는데."

"그건 아니에요. 선배 지금 수인이랑 사귀고 있잖아요. 수인이한테 더 신경 쓰라는 소리였어요."

"내가 이 정도도 너 신경 쓰면 안 된다고? 아프다는데 어떻게 걱정을 안 해?"

"……."

진호는 다소 굳은 얼굴로 다진을 물끄러미 바라봤다. 오늘따라 다진이 그의 행동을 과민하게 받아들였다. 뭔지 모를 야속함이 명치끝을 아릿하게 건드렸다. 어떤 후배보다 다진이와 마음이 맞았다. 그만큼 편했고 허물없이 지냈었다.

수인이와 다시 만나게 되면서 점점 다진이 달라 보였다. 뭐라고 해야 하나. 수인을 자꾸만 다진이와 비교하고 있었다. 수인이와 한 번 헤어졌던 이유. 예쁘고 귀엽고 사근사근 품에 안길 땐 좋았지만, 고집을 꺾을 줄 모르는 수인의 성격이 새삼 물리며 지쳐가고 있었다.

오늘도 급한 일이라며 그를 불러냈다. 인테리어 업자를 만나고 부랴부랴 수인의 회사 앞으로 갔다. 그를 불러낸 이유가 기가 막혔다. 잡지 기사를 쓰려면 시장조사를 해야 한다며 반나절 동안 그를 기사로 부려먹었다. 일단 운전을 해주었지만, 시장조사를 끝내고 나선 참지 못하고 한마디 했다.

"다진아."

"네."

감정을 최대한 억제한 듯 진호의 표정이 차분해졌다.

"누가 뭐래도 다진이 넌 내가 가장 아끼는 후배야. 그런데 수인이 눈치까지 보면서 널 대하라고?"

다진은 대답할 수가 없었다. 여기서 머리띠까지 돌려주

면 진호는 화를 낼까. 카운터 밑에 넣어두었던 머리띠 상자를 꺼내야 할지 망설였다.

"다진이 너 나한테 자꾸 선 긋는데, 기분 별로다."

진호의 목소리가 뜻밖에도 너무 심각해 다진은 끝내 머리띠 상자를 꺼내지 못했다.

"나도 별로인데. 내 직원하고 노는 거."

승도가 둘을 향해 성큼성큼 다가오고 있었다. 딱히 그가 뭘 한 것도 아닌데 안면근육이 땅기며 허벅지도 뻐근했다. 승도는 한 걸음 더 다가서면서도 여전히 흐트러짐 없이 곧은 자세였다. 시선은 그녀에게 고정되어 있었다.

"왔어?"

승도의 말을 대수롭지 않게 받아들인 진호는 의자에서 일어섰다.

"어떻게 1층보다 2층에 더 오래 있어?"

"다진이가 없으니까 허전해서 그런가."

"허전하면 수인이 보면 되겠네. 애인 놔두고 딴 여자를 찾아?"

"둘이 오늘 짰어? 나만 보면 수인이 얘기뿐이야."

"수인이 1층에 와 있어. 싸웠다면서?"

수인이 왔다는 말에 진호의 얼굴이 순식간에 굳었다. 다시는 개인적인 일로 사람을 불러내지 말라고 한마디 했는데, 자존심이 상한 수인은 기어이 카페까지 찾아온 모양이었다.

"싸우긴……. 의견차이일 뿐이야."

"안 내려가?"

승도는 태연하게 의자까지 빼주었다. 진호는 할 수 없다는 듯이 한숨을 푹 쉬고 나서야 1층으로 내려갔다. 게다가 상규까지 창고로 들어가 2층에는 단둘만 남았다.

승도는 말없이 고개만 비스듬히 꺾어 다진을 응시했다. 너무나 빤히 쳐다봐 심장이 떨린 다진은 콧등을 찡그렸다. 키스뿐만 아니라 섹스를 한 남자다. 예전처럼 승도를 대하기가 쉽지 않았다. 별다를 것 없는 눈빛에도 의미를 부여하게 되었다.

"할 말 없어?"

지나치게 단도직입적인 질문을 파악하긴 어려웠다. 곰곰이 생각해봐도 할 말은 있는데 뭘 말해야 할지 몰랐다. 그렇게 가만히 서 있다가 조금 더 뜸을 들인 다음 입을 열었다.

"이를테면요?"

"내 생각을 했다거나, 보고 싶었다거나, 내가 없어서 허전했다거나, 기타 등등."

"……."

"기타 등등엔 있을 줄 알았는데."

올려다본 승도의 얼굴은 관능적이다. 그 관능적인 얼굴로 유치한 질문을 참으로 무심하게도 묻는 남자다. 다진은 그에게 조금 미안해졌다. 어떤 확신이 서는 말을 그에게 아직까지 해주지 못했다. 키스도 하고 섹스도 했으면서……. 어장 관리하는 못된 여자가 된 기분이다. 그렇지만 언뜻 파악되지 않고 머릿속을 부유하던 말이 뭔지 알게 되었으니, 해줘야겠지.

"기타 등등 빼고, 다 해당돼요."

승도는 도저히 견딜 수가 없다는 듯 다진에게 입을 맞추었다. 한 손으로 턱을 잡고 입술을 덮쳤다. 카페 안에서 입을 맞추다니. 너무나 갑작스러운 일이라 당황한 다진은 눈을 몇 번이나 빠르게 깜빡거렸다.

"사람이 뭐 이렇게 과감해요? 미쳤어, 정말 미쳤어! 누가 보면 어쩌려고 그래요?"

"아무도 없어."

"상규 곧 나올 거예요."

경련을 일으키듯 다진은 멀리 떨어지라고 손을 휘저었다. 그가 살짝 빨며 놓아준 입술은 마치 벌에 쏘인 것처럼 부풀어 올랐다.

"상규도 우리 사귀는 거 알고 있어."

할 말이 없다. 놀라 벌어진 입은 좀처럼 닫히지 않는다. 어쩐지 가자미눈을 뜨고 보는 것이 심상치 않더니만. 산만한 덩치에 안 맞게 눈치가 빠르다.

"어떻게 알았대요?"

"저 녀석이 눈치가 아주 빨라서."

승도는 입매를 휘어 웃어 보였다. 다진은 여전히 살짝 흘러내린 머리칼을 거칠게 쓸어넘겼다. 상규에게 들켰다는 사실이 마음이 편치 않아 한숨을 푹푹 내쉬었다.

"나랑 사귄다고 말하기가 부끄러워?"

"부끄러운 게 아니라 쑥스럽잖아요. 그리고 아직은 몰랐으면 해요."

"왜?"

승도의 눈동자가 차게 가라앉았다. 언뜻 냉기가 서린 듯하다. 몸이 동태처럼 꽝꽝 얼어붙기 직전이지만 그의 눈을 피하지 않았다.

"사장님이 기다려준다는 말, 믿어요. 그리고 또 사장님 눈에 내가 얼마나 우유부단하게 보일지도 알아요. 할 거다 하면서 미적미적. 그런데 키스했다고 하룻밤 잤다고 어쩔 수 없이 타협하는 게 아니라, 정말 내 마음이 한승도 씨한테 완전히 기울어지면 사람들에게 말하고 싶어요."

승도는 미동도 없다. 저럴 땐 정말 심장이 반으로 쪼그라들 것 같다.

"내가 말해놓고도 내가 너무 이기적인 것 같아요."

"어."

심장에 대못이 박혔다. 다진은 얼굴을 푹 숙였다.

"한 가지만 약속해."

다진은 고동색 테이블만 내려다보며 고개를 끄덕였다.

"날 딴 남자랑 저울질 않겠다고."

"날 뭘로 보고!"

"우유부단한 여자?"

승도가 피식 웃으며 말했다. 다진은 억울한 나머지 주먹을 꽉 쥐어 보였다.

"아주 내일이 없는 것처럼 말하네요."

"내일이 없는 것처럼 널 좋아하는 거겠지."

어쩜. 저렇게. 천하태평인 얼굴로 말을 할 수가 있을까. 비논리적인 대꾸는 강력했다. 독특한 한승도와 사귀는 건 생각보다 더 강심장이 필요했다.

"상규 입은 내가 단속할게."

"그렇게 해주면 고맙죠."

키가 한 뼘은 더 큰 승도의 얼굴이 천천히 내려왔다. 숨결이 닿을 정도로 가깝게. 더럭 겁이 나 고개를 떨구려는데 갑자기 승도의 두 손이 얼굴을 감쌌다.

"또 입 맞추면……."

남자의 눈동자에 그녀가 비쳤다. 쪽, 소리가 나고 입술이 떨어졌다.

"했어. 어쩔 건데?"

"부끄러움도 없죠."

"부끄러움이 없는 대신 뻔뻔함이 있지."

"언제부터 말을 잘하게 됐어요? 완전 딴사람 같아."

"사랑의 힘이랄까."

심장이 철렁했다. 액면 그대로 받아들일 수 없는 말이다. 사랑의 힘이라니. 마주 보고 웃어도 심장이 또 떨렸다.

숨을 어떻게 내쉬어야 할지 모를 정도였다.

"이제 얼굴 봐줘요."

남자의 손이 너무 뜨거워 귀에서 열이 나고 두 뺨은 타는 듯이 화끈거렸다.

"하나만 더 약속하면."

"또 뭔데요?"

이러다 입에서 용처럼 불을 뿜을라. 뭐든 들어줄 테니 어서 말하라고 재촉했다.

"다시는, 진호랑 단둘이 있지 마."

무슨 뜻인가 싶어 눈동자만 데구루루 굴렸다. 혹시 이 남자 질투하나? 설마. 에이, 그럴 리가…… 없다고 확신하는데 확인하고 싶은 욕심은 무얼까.

"왜요?"

"이유라면 딱 하나야. 진호는 내가 제일 좋아하는 친구야. 그런데 너랑 단둘이 있으면 세상에서 제일 싫은 놈이 되거든."

"그 정도로 싫다고요?"

"어. 싫어."

딱 잘라 말하는 승도의 단호함에 가슴이 파스를 붙인 양 화끈거려 다진은 깊게 숨을 들이켰다.

"근데 일하다 보면 같이 있을 수 있잖아요."

"그래서 '단둘'이라는 조항을 붙였잖아. 내가 좋아하는 여자가 마음에 담고 있는 남자랑 단둘이 있는 게 싫다고 꼭 집어 말해줘야 알아듣겠어?"

"알았어요. 알아들었어요."

얻고자 함에 있어 승도는 가차가 없다. 딱히 억울한 건 아니지만, 어째서 매번 승도가 원하는 대로 흘러가는 기분이지. 원하는 대답을 얻고 나서야 승도는 뺨을 놔주었다.

나이스 타이밍이다.

진호가 계단을 뛰어 올라오며 승도를 불렀다.

"승도야!"

무르익는 분위기를 깬 진호가 썩 달갑지 않았던 승도의 얼굴이 딱딱하게 굳었다.

"맥주 마시러 가자. 다진이 너도."

"그새 화해했어?"

"그렇지 뭐."

진호는 미간을 살짝 구겼다. 말로는 화해했다는데 단둘이 맥주를 마시고 싶지 않단 표정이었다.

"화해했으면 둘이 마셔. 우린 오늘 안 되겠다."

"같이 가자."

진호는 매달리는 투로 말했다. 승도는 미안한 표정도 없이 거절했다.

"둘이 가라."

"다진이 너라도 갈래?"

미련이 남은 진호가 이번엔 다진을 보며 물었다. 다진의 대답보다 승도가 더 빨랐다.

"다진이는 오늘 할 일이 남았어."

"무슨 일?"

"거기까진 알 거 없고."

승도의 연거푸 거절에 진호는 어깨를 털썩거렸다. 그때 1층에서 수인의 목소리가 들려왔다. 승도에게 언짢은 말을 들은 후 수인은 두 번 다시 2층에 올라오지 않았다.

"진호 오빠! 2층에서 뭐 해? 빨리 가자."

아무래도 맥주를 함께 마시는 건 진호 혼자만의 생각이었던 모양이다. 진호는 무척이나 아쉬운 얼굴로 털레털레 내려갔다. 진호가 내려가고 다진은 승도를 보며 물었다.

"나 뭐 해야 해요?"

"나랑 놀아야지."

승도의 입가에 야릇한 미소만 번져나갔다.

승도는 차의 시동을 끄고 창백한 달빛을 잠시 바라봤다. 조수석에는 다진이 차창에 기대어 꾸벅꾸벅 졸고 있었다. 피곤할 만도 하다. 거의 하루의 반을 그늘에서 일하고 있다. 게다가 오늘은 그에게 붙들려 새벽이 넘어서야 퇴근할 수 있었다.

문득 환한 낮에 손을 잡고 거리를 걷고 싶다는 생각이 들었다. 자신만 봐주면 더는 바랄 것 없을 줄 알았는데 욕심은 끝이 없다. 앞만 물끄러미 보던 승도는 고개를 돌려 다진을 바라봤다.

승도는 눈살을 살짝 찌푸렸다. 그러곤 깊은 한숨을 쉬며 건조한 차 안의 공기 때문에 다진의 뺨에 살짝 붙은 머리카락을 떼어주었다.

「한승도 씨한테 완전히 기울어지면 사람들에게 말하고 싶어요.」

이토록 이기적인 고백이라니.

이 순간 감정은 양극단을 달렸다. 다진의 조금 기울어진 마음에 행복했고, 온통 차지하지 못한 욕심에 슬펐다. 차창에 기댄 목의 각도까지 사랑스럽다. 저 하얀 목덜미에 키스하지 못해서 짜증이 난다. 슬쩍 스친 살갗의 감촉에도 몸이 간질거렸다.

본능만 악착같이 좇는 못된 사냥꾼이 되었다. 지금 키스를 하면 목소리에 울음에 가득해도 놔줄 수가 없다. 그동안 참았던 열망이 한꺼번에 터져버렸다. 그 욕구를 조절할 능숙함이 그에겐 지금 없었다. 세상모르고 자는 여자의 얼굴에도 터질 듯 발기가 된다. 미치기 일보 직전이다.

"어?"

잠에서 깬 다진이 두리번거렸다. 집 앞이라는 걸 확인하곤 눈을 비비며 남은 잠을 털어냈다.

"도착했으면 깨우지 그랬어요?"

"깨웠으면 오늘 너 집에 못 들어가."

다진은 얼굴을 잔뜩 찡그렸다. 승도는 다진이 바로 내리지 못하게 차 문을 잠갔다. 달칵, 하고 잠기는 소리에 다진은 더 얼굴을 구겼다.

"툭하면 사람을 가둬요. 그거 되게 못된 습관이에요."

"가둬야 마음이 편해서."

"독특한 성격이야."

다진은 고개를 절레절레 저었다. 승도는 아무 말 않고 그저 다진을 바라봤다. 순식간에 묘하게 일렁이는 공간의 흐름이 어색한지 다진도 입을 다물었다. 괜히 눈을 굴리고 안전벨트까지 만지작거렸다.

"내릴래요."

"……."

"내리게 해줘요."

"……."

"사장님."

"……."

"한승도 씨."

순간순간 마주친 시선에 승도는 노골적인 신호를 보냈다. 그걸 모를 리 없는 여자는 약간 수줍어하면서도 큰 소리를 냈다.

"키스해주면."

"이 남자가!"

이번엔 주먹까지 쥐어 보인다. 그게 통할 거라고 순진하게 생각하다니.

"뽀뽀라도."

승도의 입가에 전에 없던 장난스러운 미소가 걸렸다. 다진은 어이가 없는지 눈을 내리깔고 그를 바라보지 않는다. 한참을 그렇게 앉아 있던 다진이 이내 고개를 들어 그를 올려다보았다. 난처함이 가득한 눈길에 어쩐지 가슴이 뻐근했다. 서툴기 짝이 없는 태도에 실망이라도 한 건가.

"내가 이러면 무슨 생각이 들어?"

생각지 못한 질문에 다진의 눈이 커졌다. 승도는 말없이 커진 눈을 들여다봤다. 처음 봤을 때처럼 머리를 아득하게 만드는 짙은 담갈색 눈동자. 침묵의 의미를 제대로 해석한 다진은 미간에 주름까지 깊게 만들며 입을 열었다.

"아무 생각을 할 수가 없어요."

어느새 숨이 닿을 만큼 가까워진 거리에 다진의 몸이 뻣뻣하게 굳었다. 널 겁먹게 하긴 싫은데……. 승도는 직접 안전벨트를 풀어주었다.

"내려."

눈 깜빡할 사이에 입을 맞추었다. 참으려 했지만 그건 불가능했으니까. 잠긴 문을 열고 승도가 먼저 내렸다. 얼떨떨한 정신을 차린 다진이 뒤이어 내렸다. 뒤도 안 돌아보고 내빼듯 빌라로 들어갈 줄 알았던 다진이 그를 물끄러미 올려다봤다.

"좀 천천히 가요."

"뭐?"

"내가 생각 좀 하게. 한승도 씨는 지금 너무 빠르게 뛴다고요. 같이 뛰어야 내가 한승도 씨를 잘 보죠. 무슨 생각을 하는지. 뭘 좋아하는지 알 수 있게."

"그런 것들은 몰라도 돼."

승도가 다진의 얼굴 가까이 고개를 내렸다.

"네가 같이 뛰기 힘들면, 내가 너 업고 뛰면 되니까."

다진의 한쪽 눈썹이 들렸다. 본인도 헤아릴 길 없는 그의 마음을 다진이 알 리 만무했다. 진심의 반의반이라도 전해지면 성공이다.

"이거 가져가."

승도는 뒷좌석을 열어 액자 하나를 꺼냈다. 옥상에서 찍은 별 궤적을 인화해 액자에 담았다.

"집 제일 잘 보이는 곳에 걸어둬."

"고마워요."

"어서 올라가. 문단속 잘하고."

액자를 받아든 다진은 뭔가 망설였다. 그가 준 액자가 부담스러운 건가. 다진이 만든 침묵은 그를 불안하게 한다. 전혀 생뚱맞은 상황에서 짓는 침묵이니까. 지금은 액자를 들고 집에 가면 되는데 다진은 액자를 내려다보며 망설이고 있었다. 그에게 한 가지 선택밖에 없다. 다진의 망설임이 뭔지 알아야 했다.

“왜?”

다진이 갑자기 액자를 내려놓았다. 뭘 하나 싶었는데 두 손을 뻗더니 그의 멱살을 잡았다. 까치발까지 들더니 아주 결연한 눈빛이 되었다. 거의 충동적인 행동. 부드러운 입술이 닿았다가 바로 떨어졌다.

“굿나잇.”

“…….”

“잘 가요.”

다진은 다리 사이에 끼워놓은 액자를 들고 이번엔 뒤도 안 돌아보고 빌라 계단을 향해 뛰었다. 혼자 차 앞에 덩그러니 남겨진 승도는 큰 소리로 웃었다. 이유는 하나였다. 멱살 잡힌 여자의 키스가 너무나 황홀했기에.

굿나잇, 잘 가라고? 미치겠다.

오늘 밤 잠은 다 잤다.

“너 다진이 맞지?”

1층 화단에 놓인 화분에 물을 주고 있었다. 누군가 호들갑스럽게 다가와 다진의 팔을 잡고 흔들었다. 서울은 좁고 좁은 동네였다. 다진은 그늘 앞에서 예전 동네에서 알고 지냈던 사람을 만났다. 다섯 살 많았던가.

"오랜만이에요."

"어머, 반가워. 잘 지냈지?"

"네."

다진은 불현듯 떠오른 기억에 반가운 웃음을 지을 수가 없었다. 그녀의 어머니는 동네에서 알아주는 수다쟁이였다. 무슨 일이 생기면 골목골목 다니면서 '발 없는 말이 천 리를 간다'는 것을 몸소 시범으로 보여줬다. 엄마에 대해서 처음으로 말해준 이도 그녀의 어머니였다.

"여긴 어쩐 일이에요?"

"친구랑 여기서 약속이 있거든. 넌?"

그녀는 카페 간판을 가리켰다. 다진은 어쩐지 기분이 좋지 않았다. 환한 햇살 아래 무방비로 약점이 온통 드러나는 처참한 기분이랄까.

"저 여기서 일해요."

"진짜? 이사 가서 소식 뚝 끊겨서 궁금했는데……. 여기서 일하고 있었구나. 아르바이트생?"

"네."

그 대답에 그녀는 다진을 매우 안타깝게 바라봤다. 왜 그렇게 볼까. 이해할 수 없는 눈빛이었다.

"대학에 못 들어갔어? 너희 할머니 너 위해서 밤낮없이 일하셨잖아."

"대학 들어갔어요."

"그런데? 왜 여기서?"

다진은 별로 친하지도 않은 그녀에게 사생활을 시시콜콜 털어놓고 싶지 않았다. 그녀가 계속 측은한 얼굴로 바라봤지만 입을 열지 않았다.

"어쨌든 반갑다."

"저도요."

마음에도 없는 소리를 했다. 이름도 잘 생각나지 않는 그녀는 막 도착한 친구와 함께 '그늘'로 들어갔다. 화분에 물을 다 주고 나서야 다진도 물이 빈 분무기를 들고 2층으로 향했다. 그녀는 친구와 함께 케이크 하나를 시켜 커피를 마시며 수다를 떨고 있었다. 눈이 마주쳐 고개만 까닥해 보였다.

"누구?"

그녀의 친구가 작게 말해도 다 들렸다.

"어. 옛날 한동네에서 알고 지내던 동생."

"친하면 서비스로 뭐라도 달라고 해봐."

"됐어. 아르바이트생이 무슨 힘이 있다고."

그녀는 친구가 묻지도 않았는데 다진의 출생에 대해서 말해주었다. 친구도 그녀처럼 다진을 측은하게 바라봤다. 다진은 실소를 금치 못했다. 태어나자마자 부모님이 버린 아이. 남들과 다른 삶을 살았다고 딱히 불행하다고 생각한 적은 없었다. 그만큼 할머니의 사랑을 듬뿍 받고 자랐다.

그녀의 시선에선 자신이 참으로 안타깝고 안된 사람처럼 보이나 보다. 둘은 대화 중간중간 다진을 흘끔거렸다.

본인 인생이나 잘 살라고 한마디 해주고 싶다. 참자, 참아. 그들이 뭐라고 떠들든 상관하지 말자. 남의 불행을 빗대어 지금 자신이 얼마나 행복한지 깨닫는 그들의 모습이 더 안쓰럽게 보였기 때문이다.

"정다진……."

"네?"

승도의 부름에 다진은 정신을 차렸다. 저도 모르게 가만히 서서, 아무것도 하지 않고, 그녀가 무슨 얘기를 하는지 보고 있었던 모양이다.

"아침부터 멍을 때려?"

"그러게요."

아무 일 아닌 척 다진은 얼굴이 땅기게 웃었다. 승도는 눈을 맞추며 낮게 속삭였다.

"집중."

"네."

어느 날부터인가 승도는 종일 카운터 앞을 지켰다. 손가락 까딱하지 않겠다던 사장님의 지난 행보와는 다르게 아주 열심히 일한다. 그러고 보니 승도가 일한 다음부터 2층에 여자손님이 부쩍 늘었다. 그를 바라보는 여자들의 시선이 생각보다 묘하게 거슬렸다.

저 여자, 또 왔다.

건너편 치과의사라는 여자. 늘씬한 몸매에 긴 생머리. 적당히 뽀얀 피부. 목에 두른 스카프는 몹시 비싸 보였다.

여자는 거의 매일 똑같은 시간에 출근하듯 2층에 올라왔다. 쿠폰에 도장 채워가는 속도가 빠르다. 내일이면 무료 쿠폰을 줘야 할 듯하다.

그녀는 커피를 주문하고 카운터가 잘 보이는 맨 앞에 자리를 잡았다. 간혹 승도를 보며 짓는 여자의 미소에 불쾌함이 머릿속을 파고들었다.

"또 왔네."

저도 모르게 중얼거렸다. 상규가 들었는지 지나가는 말처럼 툭 던졌다.

"단골이잖아요. 누나 일하기 전부터 자주 왔어요."

"치과가 한가한가 봐."

"형한테 마음 있는 것 같은데."

상규는 묘하게 말끝을 흐렸다. 다진은 불현듯 마음 끝부터 솟아오르는 감정이 뜨거워 숨이 턱 막혔다. 이제까지 그녀에게 한승도는 미미한 존재였다. 그가 어떤 남자인지 알고 싶지도 않았으니까.

멀리 있어야 편했던 남자는 이제 옆에 종일 딱 붙어 지낸다. 불편한 게 아니라 긴장되는 떨림만 있었다.

"사장님."

"응?"

평소라면 상상도 할 수 없게 그를 똑바로 올려다봤다. 늘 무표정이던 승도의 얼굴이 무방비하게 풀어지는 것만 같다. 온순한 동물 같은 표정이라 심장이 말랑거린다.

"집중해요."

"뭐?"

"맨날 나한테만 집중하라고 해서 나도 따라 해봤어요."

"더 집중하면 너 피곤할 텐데."

승도가 손을 들어 손끝으로 다진의 볼을 툭 건드렸다. 힘이 들어간 그의 입가엔 흐린 미소가 걸려 있었다. 주문하려고 카운터 앞에 서 있던 여자의 눈이 커졌다.

"음, 그런가."

다진은 왠지 얼굴이 화끈거려 커피를 내리려고 얼른 뒤돌아섰다. 승도는 피식 웃더니 이내 주문을 받기 시작했다. 오늘은 여자손님만 득실득실하다. 다소 음침한 분위기라 남자손님이 많던 2층엔 향수와 화장품 냄새가 흐릿하게 맡아졌다.

"형 때문에 여자손님이 부쩍 늘었어요."

"그러네."

인정하긴 싫지만 사실이었다. 상규는 매상이 두 배로 늘어났다며 싱글벙글한다. 저렇게 인기가 많으면서 왜 그동안 연애를 안 했을까. 아! 날 3년씩이나 좋아했다고 했지. 새삼 깨달은 승도의 감정이 거대한 불길이 돼 마음을 태웠다.

어쩌자고 자신을 좋아했을까. 싹싹하기를 하나. 얼굴만 마주치면 불편한 기색을 드러냈다. 지난날을 가만히 돌이켜 보니 승도에게 못할 짓을 많이 했다. 오랜 시간 그녀를 보아온 남자의 감정은 무수한 층을 이룬 화석 같다. 얼마나 단단한지 알 길이 없을 정도다.

"다진아."

치과 여자도 가고 한동네 살던 그녀도 갈 모양이었다. 두 시간 정도 수다를 떨던 그녀는 카운터 앞까지 와서 손을 흔들어 아는 척했다. 반사적으로 표정에 힘이 들어갔다.

"가려고요?"

"응. 이제 자주 보겠다. 종종 놀러 올게."

"네."

"아까는 반가워서 깜빡했어."

그녀는 물어볼 틈도 없이 빠르게 말을 이었다.

"너 할머니랑 이사 가고 얼마 지나지 않아서 어떤 여자가 찾아왔어."

"누가요?"

"너희 엄마 같더라."

다진은 어떤 표정을 지어야 할지 몰랐다. 그저 애써 태연하게 평정심을 유지할 뿐이었다.

"엄마 소식 몰라?"

그녀의 물음에도 혀가 닻처럼 무거워 침묵만 지켰다. 악착같이 지킨 평정심은 헛된 노력이 되었다. 플라스틱 쟁반을 든 손이 미세하게 떨렸다. 아무도 모르게 답답한 숨을 삼키는데 승도의 목소리가 들렸다.

"손님, 다음 분 계산하셔야 해서요."

승도는 정중히 비켜달라는 말을 건넸다. 살짝 당황한 그녀는 얼른 뒤로 물러났다.

"아, 네. 다진아, 갈게. 다음에 또 보자."

심란한 말을 아무렇지 않게 던져놓고 그녀는 한결 가뿐해진 얼굴로 사라졌다. 다진은 어지러워지려는 감정이 탐탁지 않았다. 그녀의 인생에 단 한 번도 존재하지 않았던 엄마다. 엄마 없어도 그럭저럭 잘 지냈다. 성인이 되었고 엄마도 필요가 없는 나이다. 그런데도 엄마라는 단어가 나올 때면 명치끝이 쓰라리게 아팠다.

그런 그녀를 승도가 가만히 보고 있었다.

어디 갈 곳이 있다며 승도가 데려간 곳은 그의 작업실이었다. 푸른빛이 감도는 공간은 적당히 넓었다. 인화할 때 사용되는 이름 모를 장비들. 벽 한 면은 온통 흑백사진이 걸려 있었다. 구석에는 미니 냉장고와 전자레인지도 보였다.

"제일 좋아하는 공간이야."

다진은 오랜만에 보는 필름을 신기하게 바라봤다.

"직접 현상까지 할 줄은 몰랐어요."

"개인적인 사진만 간단하게 하는 정도."

다진은 벽에 세워진 접이식 침대를 가리켰다.

"여기서 잠도 자요?"

"바쁠 땐 가끔."

그렇구나, 하면서 다진은 사진을 구경하기 바빴다. 사진 하나는 기가 막히게 잘 찍는단 말이야. 속으로 감탄하고 있는데 공기가 미묘하게 더워지며 목덜미에 닿는 남자의 손길이 뜨거웠다. 이제 단둘이 있는 상황도 그가 일단 그녀를 어디에 가둬놓는 것도 익숙해졌지만, 남자의 손길은 매번 새로웠다. 다진은 마른침을 삼키며 최대한 천천히 뒤돌아섰다. 그러나 문득 떨리는 숨소리는 감추어지지 않는다.

승도의 입술 끝이 부드럽게 구부러지며 미소가 눈까지 번졌다. 3년 동안 그가 웃는 건 손에 꼽았는데 요샌 하루 사이에 열 번도 넘게 본다. 뭐가 그렇게 좋아서 웃나요? 혹시 나 때문에? 착각도 그 정도면 입원 수준이라고 놀릴까 봐 차마 묻지 못했다.

"사진 더 구경할래요."

"나 먼저 구경할 생각은 없어?"

"사장님 재미없게 생겨서 별론데."

"엉덩이로 이름이라도 쓰면 재미있으려나."

승도는 정말 엉덩이를 두어 번 흔들었다. 생각지 못한 남자의 엉뚱한 재롱에 다진은 눈썹을 살짝 구겼다. 한동네 살던 여자가 한 말 때문에 종일 심란했다. 그 모든 걸 승도가 날려주었다. 만약 지금 옆에 승도가 없었다면 집에 돌아가서 할머니 사진을 보며 청승을 떨었을 것이 뻔했다.

무엇보다 아무것도 묻지 않는 승도가 고마웠다. 옆에서 다 들었음에도 승도는 일절 뭔가를 알려고도 하지 않았다. 차갑기 이를 데 없는 남자는 그녀에게만 무한한 애정을 표현했다. 뭐든 다 들어줄 것처럼, 전화 한 통에 지구 반대편에 있어도 와줄 것 같았다.

"미안해요."

다진은 승도의 손을 잡으면서 갑작스럽게 사과했다.

"헤어지자는 소리야?"

승도는 꽉 막힌 목소리로 물었다. 왜 그쪽으로 얘기가 튀는지. 눈이 휘둥그레진 다진은 황급히 승도의 손을 잡고 흔들었다.

"아니에요, 그런 거……."

"그럼 뭐가 미안하다는 거지?"

진짜로 헤어지자고 말하면 승도는 그대로 무너져 내릴 것 같은 참담한 표정을 하고 있었다.

"헤어지자는 말이 아니라……."

저도 모르게 불쑥 내뱉은 말이라 다진은 말끝을 흐렸다. 내가 무슨 말을 하고 싶었던 걸까? 정수리로 승도의 숨소리가 무겁게 떨어져 쉽사리 얼굴도 볼 수가 없었다.

"더 말하기 곤란하면 하지 않아도 돼. 헤어지자는 말만 아니면 되니까."

그 말만 아니면 된다는 승도의 목소리가 살짝 떨리고 있었다. 순간적으로 움찔한 다진은 고개를 들어 승도를 마주했다. 3년을 몰래 짝사랑했다는 고백만으로도 벅찬데, 정신을 차릴 새도 없이 그와 키스하고 섹스를 했다. 천천히 가자고 해도 업고 가면 된다던 남자는 지나가는 말 한마디에도 그녀가 헤어지자고 할까 봐 전전긍긍하고 있다.

"좋아지고 있어요."

뒤늦은 자각이 마음을 흔든다. 승도에게 정신없이 끌려가는 것만 아니었다. 이미 마음은 동요하고 있음을 알아버렸다. 잊고 있었다. 조그만 어항 같은 머릿속을 꽉 차지한 거대한 고래 같은 남자였음을. 한승도는 감정이 잔잔히 퍼지게 작은 돌멩이를 던질 남자가 아니었다. 아주 큰 바위를 던져 마음의 동요가 범람하게 했다. 물 한 방울 안 남기고 흘러넘친 감정을 추스를 시간이 필요했다.

"재미없는 한승도 씨가……, 좋아지고 있어요."

다진은 들릴 듯 말 듯 낮게 속삭였다. 귓불까지 빨개졌다. 세상에 태어나 할머니 빼고 누군가에게 좋아한다는 말은 처음이었다. 불편했던 사람이 좋아질 수도 있다니. 굉장한 마법에 걸렸다.

표현할 수 있는 허용범위 내에서 최대한 마음을 솔직히 내보였다. 그에겐 무성의했을까. 승도는 얼핏 날이 선 눈매로 그녀를 보고 있었다. 간담이 서늘하여 덩달아 그녀의 얼굴도 팽팽하게 굳었다. 괜스레 분위기가 서먹서먹해지려는 찰나, 그의 얼굴에 금세 미소가 피어났다.

"사람 수명 줄어들게 하는 방법도 여러 가지다."

승도가 순식간에 머리끈을 확 잡아당겼다. 하나로 묶였던 머리칼이 풀어지며 어깨를 덮었다. 다진은 그가 무얼 할지 알기에 어깨를 얕게 떨었다. 머리카락을 넘겨주며 승도가 그녀의 입술을 깊게 머금었다.

"저기…… 이 민망한 상황은 뭘까요?"

얼굴이 벌겋다 못해 터질 것 같이 달아올랐다. 승도는 엄지손가락으로 유두 끝을 살살 건들고 있었다. 그때마다 전류에 감전된 물고기처럼 다진은 어깨를 들썩였다.

"뭐긴. 섹스하기 전 상황이지."

승도는 얄밉도록 즐거운 얼굴이다. 키스로 정신을 놓게 하더니 빠른 속도로 옷을 벗겼다. 연습이라도 했나? 재빨리 옷을 홀딱 벗기곤 알몸이 된 그녀를 철판으로 만든 탁자에 앉혔다. 뒤엔 필름들이 치렁치렁 길게 늘어져 있어 조금만 움직여도 등을 살짝살짝 스쳤다.

"아직 거기 아픈데……."

다진은 필사적으로 다리를 모았다. 첫술에 배불러야겠다는 못된 심보를 가진 남자라 첫날에도 새벽까지 그녀를 탐했다.

"그래서 기다려줬잖아. 보름이나 넘게."

"음……."

"고맙지?"

"고양이 쥐 생각하네요."

다진은 끙, 하고 짧게 앓는 소리를 냈다. 승도가 오므리지 못하게 다리를 어깨에 걸쳤다. 더군다나 그는 바닥에 무릎을 꿇고 있었다. 남자의 욕망 어린 시선이 닿지 않는 곳이 없다. 다리를 걸치고 있는 어깨를 살짝 내리면 그의 입술이 배꼽에 닿았다. 섣불리 움직일 수도 없을 만큼 온몸이 다 떨렸다.

"내일 하면 안 될까요?"

"말이 되는 소리를 해."

승도는 씹어뱉듯 말했다. 그러면서 야릇해진 그의 얼굴은 더 아래로 내려갔다. 배꼽을 지나 남자의 입술이 습지처럼 젖어드는 속살에 머물렀다. 숨을 쉬면 더운 숨결이 몸 안으로 들어오는 기묘한 감각이 괴로워 다진은 얼굴을 찡그렸다.

"거절할 거면 옷 다 벗기 전에 했어야지."

"그러게요."

"내숭을 떨 거면 확실하게 떨든가."

"제가 이런 건 처음이라."

다 발가벗은 상태. 게다가 남자가 아래에서 그녀를 보고 있다. 은밀해진 시선에 제 몸이 아닌 것처럼 뜨거워져 갈증이 일어나 목이 말랐다.

"미치겠다. 그런 말이 더 도발적인 거 몰라?"

숨을 쉴 수가 없어…….

야하게 눈웃음을 친 승도는 허벅지 사이로 손을 아주 천천히 밀어넣었다. 곧 큼직한 손바닥이 여자의 입구 전체를 감쌌다. 불같은 뜨거움에, 음미하듯 손바닥으로 눌렀다가 떼는 은밀한 느낌에, 다진은 가슴을 들썩거렸다.

아직 젖지 않은 내부를 손가락이 불쑥 가르자 야릇한 통증이 퍼졌다. 지나치게 감각적인 행위를 감당하려고 다진은 철판 탁자를 잡고 버텼다. 예뻐, 승도는 그녀가 아닌 여성에 대고 속삭였다. 감당이 안 되는 희열에 다진은 뜨거운 숨결을 삼켰다.

"거기다가 왜 바람을……."

혼이 나갈 것 같다. 그는 변태가 맞다. 아니면 여성이 풍선이라고 착각이라도 하는 걸까. 자꾸 입을 맞추며 입술로 빨면서 바람을 넣는다. 남자의 더운 입김이 들어온 아랫배가 긴장감으로 단단히 뭉쳤다.

조금도 수그러들지 않는 희열. 터질 듯 달아오른 얼굴. 끊길 듯 끊어질 듯 나오는 신음. 뭔가에 쫓기는 듯 마음이 급한 그녀와 달리 그는 지나치게 침착하다. 왠지 억울해. 신음으로 막힌 입을 간신히 열었다.

"그만,"

애원했는데 승도는 더 짓궂게 물고 빨았다. 아 어쩌라는 건지. 자꾸만 부풀어 오르는 감각이 어찌할 바를 몰라 낭패감에 빠졌지만, 승도를 밀어낼 수는 없었다. 따끔따끔. 쓰라리고 아리고 별별 감각이 다 몰려왔다. 놀랄 만큼 집요하게 그녀를 원하고 있음을 느꼈기 때문이다.

"사장님……."

"이름 불러."

허벅지가 더 벌어졌다. 다리 사이로 승도의 얼굴이 더 들어왔다. 참지 못한 신음이 결국 터졌다.

"아읏……."

탁자를 잡은 손이 덜덜 떨렸다. 몸부림치느라 엉덩이가 들썩거리며 탁자가 삐거덕거렸다. 열기로 흐려진 두 눈에 물기가 차올랐다. 좁디좁은 속살을 손가락과 입술이 번갈아 드나들었다. 속살은 이로 깨물고 혀를 사탕처럼 굴린다. 머리가 헝클어지고 얼굴은 벌겋게 달아올랐다.

"나만 벗었어."

승도는 단추 하나 풀지 않은 상태였다. 그가 벗긴 연보라색 팬티는 저만치 바닥에 떨어져 있었다.

"벗겨줄래?"

길고 집요하던 애무가 일순 멈췄다. 그게 더 무섭지?

"내가요?"

"응."

그녀 다리 사이에 무릎을 꿇고 머물고 있던 승도가 일어섰다. 탁자를 부여잡고 있던 다진의 손을 떼어 그의 버클에 올렸다.

"할 줄 알지?"

"……."

딸각, 하고 누르면 되는 단순한 버클 장치가 일류 도둑이 와도 못 푸는 잠금장치처럼 보였다.

"어렵지 않아."

다진이 망설이자 승도는 특유의 서늘한 미소를 지었다.

"그, 그럼요. ……어렵지 않아요."

대담하게 손을 뻗었지만 금속 버클이 불보다 더 뜨거웠다. 떨리는 손으로 버클을 풀고 지퍼를 내렸다. 잔뜩 성이 난 것 같은 남성 팬티 속에서 꿈틀거렸다. 가까스로 차분해졌던 숨소리가 도로 흐트러졌다.

저래서 고래를 잡는다고 하는구나.

시답지 않은 생각을 하며 어영부영 바지를 벗겼지만, 도저히 팬티는 내릴 수가 없었다. 승도는 벗겨줄 때까지 밤새 서 있을 것처럼 보였다. 숨막히는 긴장감이 둘 사이에 흘렀다. 첫 섹스는 그에게 통째로 먹히는 기분이라 남자의 몸을 볼 여유가 없었다.

"팬티만 입은 남자가 취향이야?"

"아니거든요."

다진은 눈을 질끈 감고 팬티를 확 내렸다. 뒤이어 승도가 티셔츠 벗는 소리가 들렸다. 눈을 가늘게 뜨는데 손에 뭔가 만져졌다. 승도는 그녀의 손을 잡아 그의 몸을 만지게 했다. 단단하게 느껴지는 갈비뼈, 힘이 불끈 들어간 근육들이 손바닥에 모조리 느껴졌다.

"어?"

점점 아래로 내려간 손은 무성한 수풀에 닿았다. 이미 커질 대로 커진 뭉뚝한 그것. 거기까지 만지게 할 줄 몰랐던 터라 다진의 호흡이 가파르게 뛰었다. 게다가 뭔가 미끈거리는 감촉이 이상야릇했다.

"다진아."

왜 승도가 이름을 부르면 마음이 약해질까.

수없이 불린 이름인데 승도가 부르면 그녀의 이름이 특별해진다. 애틋하고 다정함이 깔린 듯한 목소리는 머릿속을 아득하게 한다. 미끈거리는 액이 살짝 묻은 남성을 서툰 손짓으로 잡자 승도는 참을 수 없다는 듯이 탁한 신음을 흘렸다.

검은 고래는 상냥하지 않다. 뭉툭한 끄트머리를 살짝 잡았을 뿐인데, 거대한 꼬리를 세차게 흔들었다. 아아……. 당황한 얼굴로 승도를 올려다봤다. 장난기가 쏙 빠진 남자의 얼굴은 이제껏 보지 못한 표정을 띠고 있었다. 미간을 잔뜩 구겼고 얼굴은 검붉을 정도로 달아올라 있었다.

"아파요?"

굳은 얼굴은 말이 없다. 왜 그러냐고 묻지 못했다. 몸이 공중으로 붕 떴다. 승도가 그녀를 안고 접이식 침대가 있는 곳으로 성큼 걸어갔다.

"나 어디가 좋았어요?"

"첫눈에 반했다니까."

장난 같은 진심. 거칠 것 없는 행동은 수많은 떨림을 감추고 있었다. 엉덩이를 들고 끝까지 파고들었다. 다진의 얼굴이 곧 질식할 것처럼 새파랗게 질렸다. 꼴깍꼴깍 간신히 수면 밖으로 나온 사람처럼 다진이 괴로움에 숨을 쉬어도 승도는 멈출 수가 없었다.

허리를 강하게 누르면 다진은 그의 등을 할퀴었다. 접이식 침대는 둘이 엉키어 흔드는 움직임을 감당하지 못하고 삐걱거렸다. 쾌락에 잠식당한 그의 움직임은 무자비했다. 젖가슴을 허겁지겁 빨며 허리를 쉴 새 없이 놀렸다.

"흐, 흑."

울어도 상관없어.

만지고 싶어서 얼마나 참았는데, 내가. 네가 옆에만 있어도 발기되는 팬티 속 물건을 욕하며 애국가도 불렀다고. 그는 성에 처음으로 들뜬 사춘기 소년처럼 굴었다. 다진이 숨만 쉬어도 흥분이 되었다.

"너무, 깊어요."

뒤로 젖혀지는 다진의 목을 깊게 빨았다. 숨을 삼키지 못한 맥박이 팔딱 뛰었다. 틈을 주지 않고 밀어붙였다. 거대하게 팽창한 페니스를 있는 힘껏 넣었다. 다진은 죽을 것처럼 아파하며 그를 끌어안았다.

"좋아."

"……."

"좋아서 미치겠어."

어디 하나 달콤하지 않은 곳이 없다. 모든 부위를 입속에 넣고 빨고 싶다. 열 손가락을 차례대로 빨아주었다. 눈물이 살짝 맺힌 눈가를 혀로 닦아주었다. 귓불을 잘근잘근 씹었다. 더 깊이 파고들지 못해서 환장할 것 같다. 주체할 수 없이 터져버린 욕망은 더는 제어가 되지 않았다.

여자의 속은 더할 수 없이 뜨겁고 미끈거렸다. 마치 먼 길을 돌고 돌아 찾은 안식처럼 따뜻해 나오고 싶지 않았다. 사정하기 직전에 애액으로 번들거리는 페니스를 뺐다. 할 수만 있다면 밤새 할 작정이다. 입술로 우거진 숲을 열

듯 속살을 탐했다.

"승도 씨……."

다진이 그를 다급하게 불렀다. 울기 직전의 얼굴이라 승도는 잠깐 멈추었다. 그대로 움직이지 않고 신경질적으로 뛰는 떨림이 가라앉길 기다렸다. 다진은 가슴이 들썩이도록 겨우 숨만 내쉬고 있었다. 축 늘어진 손을 움직여 몸 밑에 깔린 담요 자락을 필사적으로 움켜쥐었다.

둘이 내쉰 숨결로 공기는 축축해졌다. 승도는 귓불을 깨물며 속삭였다.

"끝난 거 아니야."

"알아요."

다진은 힘겹게 미소를 지었다. 그리고 떨리는 손으로 그의 목을 끌어안았다. 승도의 검은 눈이 위험할 정도로 일렁였다. 깊게 숨을 고르고 허리를 누르자 부끄러움으로 얼굴이 빨개진 다진은 그의 가슴에 얼굴을 가렸다.

넌 이런 표정을 짓는구나.

여태껏 본 적 없는 야한 얼굴이다. 격정으로 물들어가는, 점차 숨소리가 높아지며 떨리는 속눈썹, 헤어나려고 몸부림치며 허리를 비트는 것까지 모두 요염했다. 끝없이 아래로 제 몸을 꾹꾹 밀어넣었다. 귀를 어지럽히는 여자의 신음이 생각을 멈춰버리게 했다.

예민한 한곳만 집요하게 건드리자 다진은 자지러지듯 교성을 질렀다. 몇 배는 더 빠르게 허리를 앞뒤로 움직였다. 절규와도 같은 비명이 그의 어깨에 떨어졌다. 할딱이는 다진을 내려다봤다. 그를 뜨겁게 바라보는 시선에 전율이 일었다.

입을 막고 있던 손이 힘없이 아래로 떨어졌다.

어디가 좋았냐고 넌 물었지.

순해 보이면서도 고집스러운 담갈색 눈동자. 나와 눈만 마주쳐도 깊은 주름을 새겼던 미간일지도. 진호와는 헤벌쭉 웃다가도 내가 나타나면 순식간에 부루퉁하게 내밀었던 입술이었던가. 그것도 아니면 물을 만질까 말까, 앞발을 수없이 내밀었다 말았다 하는 고양이의 조심성을 닮은 성격?

그 모든 것이 아니었다. 빌어먹게도 첫눈에 반했다. 첫눈에 반하면 어떤 이유도 없이 상대방이 좋아진다. 감정은 무모해지고 생각은 멍청해지며 자존심은 구질구질해진다.

이 불안의 실체를 넌 모르겠지.

아무리 만지고 만져도 너를 완전히 가지지 못했다는 불안감. 언제쯤 뒤돌아볼까, 무기력하게 3년을 기다렸던 시간이 만든 불행한 감정. 그러니 내 품에 안겨 비명을 지르고 나에게 입을 맞추는 너의 얼굴이 이토록 낯설 리가 없겠지.

「……좋아지고 있어요.」

서툰 그 고백에 세상을 다 얻은 기분이다. 이제 겨우 '좋다'가 아닌 '좋아지고 있다'는 여자를 손에서 한시도 놓고 싶지가 않다. 널 묶어둘 방법이 없을까. 정다진을 갖고 싶다는 필사적인 욕구는 점점 유치해진다. 딴 놈이 쳐다보는 것도 싫었다.

"다진아."

승도는 다진의 다리를 어깨에 걸쳤다.

"네?"

열기를 머금은 다진의 몸은 땀으로 흠뻑 젖었다.

"정다진……."

승도는 그녀가 버틸 수 없을 정도로 깊게 밀어넣으며 이름을 다시 불렀다. 서로의 음모가 엉킬 정도로 맞닿은 아래에서 반복되는 움직임은 도무지 익숙해지지 않는지 다진은 그의 품에 속절없이 무너졌다. 살과 살이 부딪히는 소리가 질척거렸다. 오르가슴에 도달했을 땐 손톱으로 등을 파내듯 긁었다.

"오늘부터, 나랑 살자."

숨이 할딱할딱 넘어가 다진은 대답하지 못했다. 아니 대답이 뭔지 알기에 승도는 다진의 입을 막았다. 남자의 거친 속도를 따라갈 수 없었던 다진은 겨우 신음만 흘렸다. 젖가슴을 손에 쥐고 다시 퍽, 퍽. 공간에는 열락의 공기만 맴돌았다.

다진은 끝내 그의 품에서 울음을 터트렸다. 뒤가 아닌 눈앞에서 그녀를 보니 더 갖고 싶어서 안달이 났다. 왜 하필 친구를 좋아하는 여자를 좋아하게 됐느냐는 이젠 중요치 않았다. 지금 이 순간, 바라만 보던 여자 속에 제 것을 넣고 동시에 걷잡을 수 없는 쾌락에 빠지고 있는 건, 한승도 자신이니까.

몇 번의 밤낮이 바뀌었다. 시간이 흘러가는 동안 다진은 종종 멍을 때리는 횟수가 잦아졌다. 자꾸만 그 밤의 일이 순서 없이 뒤섞이며 머릿속을 어지럽혔다. 생각의 시작은 언제나 그랬듯 승도로 시작해서 승도로 끝이 났다.

'나랑 같이 살자', 그 의미가 당최 손에 잡히지 않았다. 에이, 말이 안 돼. 설마하니 결혼하자는 말이겠어. 그때 한승도는 몹시 흥분한 상태였다. 시작은 한승도로 시작되어 한승도로 끝났다. 그녀도 얼굴이 빨갛게 달아올라 제대로 들은 건가 확실치도 않았다.

헛소리를 들은 거라고 믿고 싶은 간절함을 승도가 단박에 깨뜨렸다. 비밀연애는 아슬아슬 두 달째 진행 중. 낮엔 열심히 일하는 알바생으로, 밤엔 승도와 새벽까지 뜨거운 시간을 보내고 집에 들어갔다. 그는 집에 데려다주곤 투덜거렸다. 꼭 이렇게 꼬박꼬박 집에 가야만 하느냐고. 그리고 매번 똑같은 질문으로 그녀를 곤란에 빠뜨렸다. 같이 살자는 말은 동거가 아니라 '결혼'이었다.

결혼이라니. 진짜 진심이냐고 물어보고 싶은 마음을 간신히 억눌렀다. 물어보는 순간, 무언가 돌이킬 수 없는 길로 들어서며 그 말이 실현될 것만 같았다.

"사장님 어디 갔어?"

"저한테도 말 안 했어요."

"땡땡이구나."

요 며칠 열심히 일한다 했다. 사진촬영이 있는 것도 아닌데 승도는 오전 내내 보이지 않았다. 도대체 어딜 가는 것일까.

"치과 갔나?"

상규가 무심코 던진 말에 다진의 눈이 커졌다. 어떤 감정보다 먼저 찾아온 것은 초조함이었다.

"치과를 왜?"

"어젠가 사랑니가 아프다고 했거든요."

"음, 어느 치과를 갔는데?"

"아마도 저기."

상규는 팔을 뻗어 창 너머를 가리켰다. 거기에 따라 다진의 고개도 향했다. 멀거니 바라보던 눈동자가 잘게 떨린다.

"싱싱치과?"

"네, 매일 오다시피 하는 그 여자분이 하는 병원이에요."

상규의 담담한 대꾸에 다진의 눈매가 가늘어졌다. 어쩐

지 그 여자가 안 보인다 했더니만, 한승도가 저 치과로 출근도장을 찍고 있었구나.

"누나."

"어?"

"승도 형이 말하면 죽인다고 했는데, 저 죽을 각오로 말하는 거예요."

비장하기까지 한 상규의 목소리에 저절로 몸에 힘이 들어갔다.

"뭔데?"

"두 분 사귀는 거 제가 알고 있는 거 아시죠?"

"……그렇지."

다진은 쑥스러워하며 고개를 끄덕였다. 상규는 한껏 얼굴에 힘을 주었다.

"누나는 다른 생각 말고, 형이나 잘 지켜요."

"잘 지키라니?"

"형한테 정식으로 교제하자면서 휴대전화 번호 줬어요, 치과의사분이."

잠시 침묵이 흘렀다. 상규를 빤히 올려다보며 되묻는 다진의 미간 주름이 조금 더 깊어졌다.

"진짜?"

"네."

"언제?"

"어제요."

"난 몰랐는데, 사장님은 뭐라고 했어?"

다진은 숨도 쉬지 않고 꼬치꼬치 캐물었다. 상규가 얼핏 웃는 것 같았다.

"그건 저도 못 들었어요."

"뭐야. 제일 중요한 걸 들었어야지."

"지금이라도 전화 걸어서 물어볼까요?"

"됐어."

휴대전화를 꺼내는 상규의 손을 황급히 막았다. 상규는 몹시 당황한 다진을 보며 의미심장한 미소를 지었다. 한눈에 봐도 질투하는 여자의 얼굴이다.

다행이다. 일방적으로 승도 혼자만 열렬히 좋아하는 것이 아니라서. 전적으로 승도의 편이기에 다진이 애타는 모습이 더 보고 싶었다. 조금 놀려볼까. 형이 알면 가만 놔두지 않겠지만.

"그런데 형이 그 의사분 휴대전화 번호는 저장하는 것 같던데. 누나가 몰라서 그렇지 형 인기 많아요. 사진 촬영하면서 쭉쭉빵빵 모델들이 막 들이대고 그럴걸요. 아마도……."

"그랬단 말이지."

다진의 목소리는 시무룩했다. 상규는 농담이 심했나 싶다가도 다진의 감정변화가 고스란히 드러나는 얼굴을 보자 웃음을 참을 수가 없었다.

"이 남자가 정말."

다진은 급기야 주먹을 쥐며 후, 하고 앞머리를 날렸다. 뜬금없이 상규가 피식피식 웃기 시작했다. 왠지 무안해진 다진이 발끈해서 외쳤다.

"왜 웃어!"

"그냥요."

상규는 재빨리 자리를 피했다. 다진은 손님이 주문한 커피를 물끄러미 바라봤다. 시커먼 커피색이 제 마음과 똑같았다. 전화번호를 저장했단 말이지. 어장관리는 모르는 남자인 줄 알았는데, 아니었다. 옛말 틀린 거 하나도 없다. 남자는 열 여자 마다치 않는다더니. 결혼하자는 말이나 하지 말든가.

"주문하신 커피 나왔습니다."

턱수염이 난 남자가 커피를 가지고 자리에 앉았다. 다진은 문득 승도가 언제 오나 싶어 2층 올라오는 계단을 바라봤다. 누군가를 기다려보는 기분이 오랜만이다. 뭔가 울컥거리다.

그것 때문일까. 섹스가 끝나면 꼭 안아주면서 승도가 했던 말이 지금도 귓가에서 조용히 소용돌이친다.

「넌 나한테 소중한 사람이야.」

그럴 때면 마치 아득한 밤 비행을 마친 기분이 들었다.

달무리가 2층 창가로 환하게 쏟아졌다.

공간을 맴돌던 음악도 뚝 그쳤다. 조금은 일찍 마무리된 날이다. 상규는 뒷정리 중이었고 카운터 정리를 끝낸 다진은 오늘도 커피 공부 중이었다. 숙성기간마다 향이 다른 커피들을 코 가까이 대고 감각에 새겨넣는 중이다.

"저기압 같은데?"

그 모습을 흡족하게 바라보며 승도가 물었다. 오전에 일을 보고 돌아왔을 때 다진의 낯빛이 심상치 않았다. 혼자 먹구름을 몰고 다니고 있었다. 괜스레 양심이 찔린 상규는 모르쇠로 일관했다.

"오전에 무슨 일 있었어?"

"아뇨."

"손님이 뭐라고 했어?"

"아니요."

상규는 고개만 세차게 저었다. 목소리 톤이 다르다는 걸 승도가 모를 리 없다. 승도가 팔짱을 끼고 무표정하게 보자 상규는 어깨를 움츠러뜨리며 헛기침을 했다.

"머리 그만 돌리고, 털어놔."

"별말 안 했어요."

상규가 말을 어물어물 돌렸다. 승도가 느긋느긋 걸어와 테이블에 등을 기댔을 뿐인데 오싹, 팔에 소름이 돋았다.

더 늑장 부려봤자 신상에 좋지 않음을 잘 안다. 이럴 땐 이 실직고가 최고의 방법이다.

"어제 형이 치과의사한테 휴대전화 번호 받았다는 정도."

"그거랑 정다진 얼굴이 뚱한 거랑 뭔 상관이야?"

"질투하는 거죠."

"질투라……."

승도의 입꼬리가 기분 좋게 올라갔다. 어둑어둑한 바깥 풍경이 무색하게 다진이 있는 곳만 환하게 보였다. 그가 빤히 보는 것도 모르고 커피 향을 맡는 일에 집중했다.

방관자처럼 가만히 서서 보는 것을 그만두고 다진에게 가려 했다. 점점 가까워진 거리에 다른 이가 끼어들었다. 언제 올라왔는지 진호가 카운터 앞에 서서 다진을 보며 말했다.

"우리 다진이가 타주는 커피 마실 수 있을까."

"그럼요. 뭘로 드려요?"

"부드러운 카푸치노."

진호는 테이블에 팔을 걸쳐 턱을 괴었다. 그리곤 다진이 카푸치노 만드는 모습을 물끄러미 바라봤다. 그 뒤에 승도가 서서 둘을 바라봤다. 묘한 기시감에 시달린 승도는 쓴웃음을 삼켰다.

지금 뭐 하는 거지, 박진호.

한 발짝 다가가는 것이 무척이나 신중한 그와 달리 진호는 다진의 곁에 불쑥불쑥 잘도 다가왔다. 승도의 눈빛이 순간 번뜩였다. 목 언저리까지 치솟은 건 뜨거운 분노였다. 이렇게 또 뒤에서 둘을 볼 아량은 이젠 없다. 그 시간은 3년이면 넘치도록 충분했다.

“오늘은 수인이 안 만나요?”

다진은 방금 만든 카푸치노를 진호 앞에 놓아주었다. 진호는 찻잔의 손잡이를 잡고 말했다.

“요즘 맨날 싸워.”

“왜요?”

“나도 모르겠다.”

진호는 허망한 투로 말했다. 다진은 더 말을 하기가 무안한지 어깨를 으쓱였다.

“너만큼 속이 깊으면 좋겠어.”

“저 얼마나 속이 좁은데요.”

다진은 멋쩍어하며 웃었다. 승도는 눈살을 와락 찌푸렸다. 이대로 더는 들어줄 수가 없다. 둘의 대화가 그의 귀에는 속삭임처럼 들렸으니까.

정다진, 저울은 언제쯤 완전히 기울 생각이지?

시간을 말해.

그동안은 어떻게든 끈적끈적 달라붙는 불안을 견뎌볼 테니까.

질투하는 좀스러운 놈이 되었다. 모든 세포가 난폭하게 깨어났다. 다른 소리는 사라지고 다진의 웃음소리만 들린

다. 더군다나 진호를 보며 웃는 건 그에게 치명적인 상처가 된다. 질투는 자신이 하고 있다. 좀 떨어질 수 없을까? 세상의 모든 중력을 모두 모아 다진을 제게로 끌어당기고 싶었다.

"쓸데없이 웃지 마."

승도는 진호가 막 마시려는 커피를 낚아채듯 빼앗았다. 풍성한 거품을 산산이 조각내듯 카푸치노를 단숨에 마셨다. 둘이 승도를 어리둥절하게 바라봤다.

"실력 늘었네."

"진짜요?"

"응, 먹을 만해."

승도의 말에 다진은 환하게 웃었다. 승도는 그제야 마음이 편했다. 찰나같이 짧았던 시간에 분노한 질투가 몸을 다 태우고도 남았다. 정다진 웃음 한 방이 강력한 소화기가 되어 타들어가는 마음을 시원하게 말려주었다.

"퇴근 안 해?"

승도는 이번엔 진호를 보며 물었다. 묘하게 떠미는 듯한 음성으로 들린 진호가 미간을 살짝 찌푸렸다.

"인마, 넌 내가 2층만 오면 못 쫓아내서 안달이야."

"그랬나?"

"그랬어."

진호는 깊은 한숨을 쉬며 승도가 다 마셔 텅 빈 찻잔을 바라봤다.

"됐고, 이번 달 마지막 주 시간 비워놔."
"왜요?"
다진이 대신 물었다. 진호는 약간 굳어진 표정을 털어내며 말했다.
"여행 가자."
"여행요? 어디로요?"
"동해. 삼촌이 거기에 펜션을 오픈하셨거든. 승도 너 괜찮지?"
진호의 질문에 대답은 않고 승도는 다진을 보며 물었다.
"가고 싶어?"
"바다야 보고 싶죠."
다진은 두 손을 모으며 꼭 가고 싶다는 열망을 드러냈다.
"그럼, 가자."
진호의 눈이 휘둥그레졌다. 뭔가 풀리지 않는 장면을 본 것만 같아 허탈한 웃음을 흘렸다. 승도가 아무렇지 않게 손을 뻗어 다진의 머리칼을 살짝 흩트렸다. 예전에 그랬다면 기겁하고 불쾌함을 드러냈을 다진은 쑥스러운 미소를 머금었다. 자신도 당황할 정도로 기분이 나빠진 진호는 더 앉아 있지 못하고 1층으로 내려갔다.
"나한테도 관심 좀 가져봐."
"좀 뜬금없다는 생각 안 해요?"
다진은 다소 퉁명스럽게 대꾸했다. 아까부터 승도가 그녀를 바라보는 단 몇 분이 아주 길게 느껴졌다. 마치 모든 감각을 통째로 빼앗긴 느낌이랄까.

"나 한승도 씨한테 관심 많아요."

그러니 종일 당신 생각을 하겠죠. 이 남자 사랑니의 생사까지.

"정말?"

"네."

다진은 조금 무안해져 변명처럼 대꾸했다.

"아아……, 난 또 없는 줄 알았지."

정작 용기를 냈건만 승도의 반응은 심드렁했다. 그럴 거면 묻지를 말든가. 다진은 기각 막힌 듯 승도를 보며 고개를 절레절레 저었다.

"있다니 왠지 엄청 기쁘네."

"전혀 기쁜 얼굴이 아니거든요."

"그런 의미에서 어떤 것에 관심이 있는지 들어볼까."

승도는 다진을 가만히 보며 그녀의 머리를 가볍게 쓰다듬었다. 무표정한 얼굴인데 손길은 무척이나 다정하게 느껴진 다진은 의외의 한마디를 던졌다.

"팬티 색깔?"

"뭐?"

"농담, 농담이에요. 내가 잠깐 미쳤나 봐요. 그러니까 헛소리……. 안 들은 거로 해요."

순간 자신이 머리가 어떻게 됐다고 여긴 다진은 시뻘게진 얼굴로 손을 허공에 대고 마구마구 저었다. 승도도 조금 놀랐는지 멍하니 서 있었다. 한동안 그가 가만히 서서 지그시 보기만 하자 부끄러움이 두 배로 몰려왔다.

"이따가 보여줄게."

"농담이라니까!"

다진이 소리지르거나 말거나 승도는 어이없다는 얼굴로 웃기 바빴다. 이내 승도는 고개를 약간 숙이며 눈높이를 맞췄다. 장난기가 쏙 빠진 남자의 검은 눈 속에서 수많은 감정이 고요히 소용돌이친다. 마주한 그의 시선이 버거워진 다진의 입술에서 옅은 한숨이 흘러나왔다. 왜냐면 진실을 실토하게 되었으니까.

"오전에 어디 갔다 왔어요?"

"일이 있어서 인천에."

"치과 간 거 아니었어요?"

"갈 생각이야. 요즘 사랑니가 아프거든."

"설마 건너편 싱싱치과로?"

"어떻게 알았어?"

방심하면 기다렸다는 듯 다가온다. 승도가 더 얼굴을 가까이 들이밀었다. 진심인지 농담인지 구분할 수 없는 까만 눈동자를 마주하면 표정을 감추기가 불가능해진다. 내가 모르던 날 알게 되는 기분은 뭐랄까, 몸이 끝없이 팽창하는 것만 같다.

"진짜 갈 거예요?"

"치료를 잘한다네."

"거기 선생님이 전화번호 줬다면서요."

"그랬지."

심장이 덜컥 내려앉았다. 뒤통수를 한 대 맞은 것처럼 승도를 멍하니 바라봤다. 어쩜 저렇게 담담히 대답할 수가 있을까 싶어서.

"무슨 대답이 그래요? 여자친구가 있는데 어떻게 딴 여자 번호를 받아요?"

"난 받았다고 말한 적 없는데."

승도는 나른하게 웃으며 다진의 미간을 엄지로 문지르며 펴주었다.

"상규가 분명히 받았다고 했어요."

"나보다 그 녀석 말을 더 믿는 건 아니지? 사랑은 무엇보다 신뢰가 우선이야."

다진의 얼굴이 토마토처럼 빨개졌다. 조금만 더 과장하면 곧 펑, 하고 터지기 직전이었다. 얼마나 화끈거리는지 승도가 빤히 바라보고 있는데도 얼굴의 열을 식히려고 손부채를 쉼 없이 했다. 그리고 마음속에 있던 경계가 하나씩 무너지고 있음을 느꼈다. 이 모든 시작은, 눈앞에 서 있는 남자로부터 시작된 것이겠지.

"신뢰가 우선이라는 사람이, 마음을 표시한 여자한테 치료를 받으러 가는 경우는 무슨 경우래?"

"가지 말라고 한마디면 돼."

그 한마디가 왜 이렇게 어려울까. 승도는 너무 빨랐고 그녀는 느렸다. 마치 토끼와 거북이가 연애하는 것처럼. 저 남자는 중간에 낮잠도 안 잔다. 그렇기에 발바닥에 땀이 나도록 엉금엉금 기어가야만 했다. 저울이 얼마큼 내려갔다 생각할 틈도 없었다. 이렇게 느린데 승도와는 어떻게 섹스를 빨리 했을까. 몸부터 끌린 건가, 자괴감이 들다가도 그에게 마음이 없었다면 절대 하지 않았으리라는 걸 안다.

"결혼해준다고 하면 이가 썩어 틀니를 할지언정, 세상에 치과가 거기 하나라도 안 갈게."

"사람 할 말 없게, 여기서 결혼이 왜 나와요?"

"허를 찌르는 공격이랄까."

승도는 코 밑의 솜털이 다 보이도록 거리를 좁혔다. 뺨이 또다시 화끈거린 다진은 그의 이마를 손바닥으로 멀찌감치 밀었다.

"숨은 쉬게, 적당히 찔러요."

무엇인가를 말해야만 했다. 숨도 못 쉬게 찔러대는 남자에게. 애매하게 아니라 그녀의 진심을 정확히 온 힘을 다해 외쳤다.

"그 치과는 가지 마요. 절대."

승도는 승리자의 미소를 지었다. 아주 입꼬리가 귓불에 걸릴 듯 올라갔다. 질투의 힘은 무섭다. 이게 맞나 하고 판단을 할 수 없었고, 생전 하지 않던 행동까지 하게 된다.

그런데 한승도 씨, 그만 좀 웃죠.

엉망진창 여행

여행을 떠나기 딱 좋은 날씨였다.

춥지도 덥지도 않은 포근한 날씨. 뺨을 살랑거리는 바람. 오랜만에 보는 바다라 다진은 며칠 전부터 마음이 들떠 있었다. 1박 2일 일정인데 촌스럽게 여행가방을 몇 번이나 싸고 풀기를 했다.

금요일 밤, 일을 끝내고 새벽에 출발했다. 고속도로가 막히지 않아 세 시간 만에 도착. 펜션에 간단히 짐을 풀고 네 사람은 밤바다를 구경하러 나왔다. 바다며 하늘이며 온통 검은색이다. 풍경이 어떤지 파도가 얼마나 파란지 구분할 수는 없었다.

다진은 그 모든 것이 좋았다. 달빛을 받아 투명하게 출렁이는 파도. 서걱서걱 밟히는 넓은 모래사장. 귓가에 철썩이는 파도 소리만으로도 여행은 즐거웠다. 숨통이 확 트이는 기분은 시원했다.

"그렇게 좋아?"

"네."

진호와 수인은 저만치 앞서 걷고 있었다. 다진과 승도는 조금 떨어져서 걸었다.

"사장님도 좋죠?"

"네가 좋다면 좋아."

다진은 걷다 말고 승도를 빤히 올려다봤다. 두어 걸음 앞서 걷던 승도도 걸음을 멈추었다. 그녀가 말없이 서서 놀랄 만큼 그를 진지하게 쳐다보자 승도는 의아한 표정을 지었다.

"왜?"

"배알도 없는 남자 같아서요."

"드디어 욕을 하는군."

승도는 피식 웃었다. 다진은 아무 말 없이 성큼성큼 걸어 승도 앞에 마주 섰다. 어두운 밤이지만 그를 바라보는 시선은 투명했다. 마치 남자의 속을 들여다보는 듯한 눈동자는 거울처럼 깨끗했다. 시간이 멈춘 듯 둘 사이에 고요가 머물렀다.

유난히 긴 침묵이라 여길 즈음, 다진이 어깨를 으쓱이며 입을 먼저 열었다.

"나한테 너무 잘해주는 거 아니에요?"

"이 정도로?"

"모든 나한테 다 맞춰주잖아요."

"당연한 거 아닌가……."

심장이 쿵 내려앉았다. 세상사 당연한 건 없다. 상대를 더 많이 존중하고 배려하는 마음뿐. 다진은 미동도 없이 저만 보고 있는 승도의 손을 살짝 잡았다.

"한승도 씨랑 오니까 더 좋아요."

냉랭한 검은 눈빛이 무언지 몰라 불편하기만 했던 과거가 아득히 멀어져간다. 이제야 승도가 무얼 생각하는지 조금씩 알 것 같다. 그림자처럼 뒤에서 지켜만 봐야 했던 시간. 그것이 얼마나 사람 속을 뒤집고 표정을 철저히 감춰야 하는지 자신도 해봤기에 더더욱 알게 되었다.

진호를 혼자서 좋아했던 시간을 후회하진 않는다. 그렇지만 겉으론 차갑고 무뚝뚝한 한승도가 주는 애정을 받을수록 미안한 마음이 커진다. 이 남자를 좀 더 일찍 볼걸, 뒤늦은 후회도 들었다.

마음은 독불장군처럼 '저 사람을 좋아할 거야.'라고 일방적인 통보를 해버린다. 선택의 여지가 없었다는 승도의 말도 이제야 이해가 되었다.

"그거면 됐어."

밤이 주는 신비롭고 낭만적인 분위기 때문이다. 다진은 승도의 손을 먼저 잡았다.

"스릴 넘치죠?"

아주 작게 속삭이듯 말했다. 겨우 손을 먼저 잡는 것인데도 소심한 심장이 몹시 두근거렸다. 다정하게 팔짱을 끼고 가는 진호와 수인이 혹시나 돌아볼까 노심초사했다.

"이 정도는 해야 스릴 넘치지."

승도는 두 팔로 그녀를 끌어안았다. 가볍게 스치듯 입술을 깨물며 떨어진 입술은 다시 붙었다. 그의 가슴에 그녀를 더 밀착시키며 아예 모래사장에서 뒹굴 것처럼 혀를 휘감았다. 이 남자 간이 배 밖으로 나왔다. 얼굴을 움직일 수 도 없게 승도의 손이 뒷목을 감싸고 있었다. 차마 눈도 감지 못한 다진은 승도를 끈질기게 바라봤다. 남자의 혀가 깊숙이 들어와 있어 그만하라는 말은 입안에서 맴돌았다.

"보면 어쩌려고……."

드디어 입술이 떨어졌다. 곤란한 얼굴이 된 다진은 땅굴로 들어갈 듯 작은 목소리로 말했다. 짧은 키스였지만 숨은 몹시 헐떡거렸다.

"스릴은 오금이 저릴 만큼 짜릿해야 하는 거야."

"너무 짜릿해서 타 죽을 뻔했다고요."

순간 모래사장이 허물어지는 느낌이 들었으니까.

"그 정도로 좋았어?"

"어휴, 뻔뻔해."

승도의 입에서 기분 좋은 웃음이 흘러나왔다.

"더 뻔뻔해져볼까."

넓디넓은 바닷가인데 왜 갇힌 기분이 들까. 승도의 목소리 끝이 살짝 올라가자 다진은 절로 몸이 굳었다. 검은 눈동자를 드리우는 열망을 보았다. 그녀가 눈을 내리깔느라 서로의 시선이 어긋나는 것도 잠깐.

승도는 또다시 엄청난 행동을 했다. 그것도 아주 침착하고 여유롭게 그녀의 두 뺨을 감쌌다. 긴장으로 물든 다진의 얼굴이 열기로 달아올랐다. 그가 부드럽게 매만지자 차가웠던 뺨에 그의 온기가 전해졌다.

"할 거면 빨리 해요."

떨리는 목소리로 말했다. 나 타락했나 봐……. 그가 지금 바닷가에서 옷을 벗겨도 거부할 수 없을 것만 같았다. 모든 세상이 까매졌으면. 아무도 둘을 보지 않았으면. 한승도와 마음껏 입을 맞추고 싶다는 열망을 따라 심장의 박동이 거세졌다. 애써 미소를 짓던 입가가 딱딱하게 굳었다.

승도가 고개를 숙여 그녀의 입술을 가져갔다. 거칠 거라 예상했던 키스는 겨드랑이까지 간질거리도록 부드러웠다. 입안을 느릿느릿 휘젓는 혀의 농밀한 움직임은 마치 온몸 구석구석을 애무하는 듯 농밀하다.

당신의 키스는 어쩌자고 이렇게 황홀할까요.

완벽한 기술로 그녀의 입술을 제압했다. 입천장을 뜨겁게 눌렀다가 부드럽게 혀를 휘감았다. 입술로 전해진 맥박이 목을 타고 심장까지 전해졌다. 파도 소리에 귀가 닫히고 그의 얼굴에 눈이 멀었다. 달큼한 숨결이 가득 들어차는 감각이 아찔했다.

"가슴도 만지고 싶은데."

언제 입술이 떨어졌는지도 몰랐다. 그는 엄청난 짓을 해놓고 당당하게도 말했다. 벌렁거리는 숨구멍을 다스릴 여유도 주지 않는다.

"이 양반이 진짜!"

"만지고 싶은 거 죽도록 참고 있는 줄이나 알아."

"으으으윽, 사장님!"

불규칙한 신음이 잇새로 빠져나갔다. 입술에 뭉친 열기가 빠져나가기도 전에 승도는 엄청난 폭탄을 투여했다. 러시아 룰렛처럼 승도의 입에서 어떤 말이 나올지 짐작하기란 불가능했다. 다진은 진호와 수인이 있다는 사실도 까맣게 잊고 버럭 소리쳤다. 바닷가에서 울린 다진의 괴성이 저 멀리 앞서 걷던 수인과 진호에게도 들렸다.

"다진아, 왜 그래? 승도가 때려?"

진호가 뒤돌아보며 깜깜한 허공에 손을 휘저었다.

"네. 저 때려요."

입술로요.

"뭐야, 둘. 뒤에서."

수인과 진호는 둘을 향해 성큼성큼 걸어왔다. 수인은 진호의 어깨에 얼굴을 기대며 묘한 미소를 지었다.

"혹시 둘 사귀는 거 아니야? 분위기가 이상한데……."

"눈치챘어? 맞아. 우리 사귀어."

승도는 잠깐의 주저함도 없이 말했다. 드디어 터트렸어? 어쩌지, 뭐라고 하지? 이 상황을 어떻게 정리해야 하나 머리통을 굴리는데 수인이 한마디 했다.

"선배, 농담하지 마요. 둘 별로 안 어울려요."

수인은 얼굴을 굳히며 정색까지 했다. 당장 동조하라며 진호의 손까지 잡고 흔들어댔다.

"한승도랑 정다진이 사귄다면 누가 믿겠어요? 안 그래,

오빠?"

"그렇긴 해."

진호는 끄덕이며 맞장구쳤다. 승도는 별다른 반응 없이 묵묵히 입을 다물고 있었다. 혼자만 불쾌한 감정이 든 다진은 태연을 가장하며 물었다.

"우리가 그렇게 안 어울려?"

"어. 너무 안 어울려."

두 번의 생각도 시간낭비라는 듯 수인은 확고하게 말했다. 제 말만 쏙 끝낸 수인은 혼자서는 못 걷는 중병환자처럼 거의 몸을 진호한테 기대어 걸었다.

어둠만이 남은 밤하늘 아래 다진은 우두커니 섰다. 얄미워 죽겠어, 하고 혼잣말을 쓰게 내뱉으며 얼굴을 잔뜩 찡그렸다. 슬그머니 부아가 치밀어 올랐다. 복잡미묘해지는 감정을 다스릴 길이 없다. 숨이 가빠지면서 비참한 기분까지 들었다.

나쁜 계집애. 가다가 확 넘어져라!

우리가 어때서, 어디가 안 어울리는데? 말해봐. 말해보라고……. 우리 제법 잘 어울리거든!

처참한 기분이 사그라지길 기다렸으나 더 치솟을 뿐이다. 수인의 안 어울린다는 말이 상당히 거슬렸다. 당장 쫓아가 수인의 멱살을 잡고 크게 소리치고 싶었다.

이 남자와 밤마다 어떤 시간을 보내는지. 자신과 자고 싶어서 얼마나 안달하는지. 무표정한 한승도가 섹스할 때 어떤 표정을 짓는지 알면, 넌 기절할 거라고 으스대고 싶었다.

"그렇게 인상 쓰면 더 못생겨져."

"……."

"뭐가 마음에 들지 않아서 심통 난 얼굴이 됐을까."

승도의 따가운 시선이 느껴져도 다진은 침묵했다. 깜깜한 바닷가라 계속 걷는 수인과 진호의 모습이 어둠에 묻혔다. 둘의 발소리는 더는 들리지 않았다. 찰싹찰싹, 부딪히는 파도 소리와 곁에 서 있는 승도의 숨소리만 조용히 들렸다.

"뭔데?"

"……."

"정다진."

승도가 다소 무거운 목소리로 그녀를 불렀다.

"뭐가 고민인데?"

"내가 고민하는지 어떻게 알았어요?"

"고민은 한숨부터 시작되거든. 지금 몇 번이나 깊게 한숨을 쉬었는지 알아?"

"그랬어요?"

저도 모르게 한숨을 여러 번 쉬었던 모양이다. 승도를 조금 멍하니 바라보던 다진은 기어들어가는 목소리로 속내를 털어놨다.

"내가 바보 같아서요."

"어떨 때 보면 바보 같긴 하지."

"이중성도 쩔고."

"그 말도 맞고."

한승도는 지나치게 솔직해서 문제였다. 하늘에서 별을 따다 준다는 허황한 거짓말은 아니더라도 '넌 뭐든지 예뻐.'라고 해줄 수 있지 않은가.

"갑자기 이 새벽에 자아 반성을 한 이유가 뭐야?"

"그게……."

다진은 조금 더 차가워진 밤공기를 마시며 말끝을 흐렸다. 승도는 고요한 바다처럼 말없이 그녀를 응시했다. 그 시선에는 끝까지 이유를 듣고 말겠다는 일념이 고스란히 담겼다. 뭘 망설이지는 건지 모르겠다. 속마음 털어놓는 것이 뭐 어렵다고 몸을 사리는 걸까. 이런 건 사소한 고민에 불과할 수도 있는데…….

"수인이가 우리 둘 안 어울린다고 하니까."

"그래서?"

솔직해지자, 한승도한테.

"기분이 나빴어요. 그리고 내가 한심했고."

다진은 또다시 한숨을 깊이 내쉬었다. 어느 때보다 명료해진 감정은 지나치게 아팠다. 수인의 말이 기분 나쁘면서도 당당히 털어놓지 못한 건 그녀가 처한 환경 때문이었다.

살아오면서 요즘처럼 감정선이 다양하게 뛴 적이 없다.

강약도 없다. 오로지 강, 강, 강! 달걀이 부화과정도 없이 닭이 된 기분이랄까. 거기다가 비밀로 하는 연애에 승도가 결혼을 불쑥 끼워 넣었다.

길고 단단한 손가락으로 그녀의 몸을 만지며 승도는 결혼하자는 말을 아무렇지 않게 했다. 너무 쉽게 그 말을 하는 건 아닐까 생각할 정도였다. 단단한 근육으로 이루어진 허벅지가 몸을 감싸면 흥분하면서도 기분은 이상할 만큼 공허했다.

결혼이라.

그녀에게 결혼은 남의 일처럼 멀게 느껴졌다. 평범한 가족의 테두리 안에서 부모님의 사랑을 받고 자랐다면, 어땠을까. 누구보다 떳떳하고 씩씩하게 자랐어도 부모에게 버림받았다는 상실감을 완전히 떨쳐낼 수는 없었다.

무엇보다 승도에게 자신의 전부를 밝히기가 두려웠다. 얼굴도 모르는 부모가 어딘가에는 살고 있다고. 혼자 살고 싶어서 혼자 사는 것이 아니라고. 시간이 좀 더 흐르면 언젠가는 말할 수 있겠지.

"솔직히 말도 못 하면서 뒤에서 이러쿵저러쿵. 좀 비겁하죠?"

"어."

그럴 줄 알았다. 어찌나 빠르게 인정해주시는지.

"더는 없어?"

"뭐가요?"

"단점."

"음……."

"많을 텐데."

다진은 미간을 찡그리며 그를 올려다봤다. 승도가 고개를 약간 숙이며 얕게 웃자 숨결이 입술에 고스란히 닿았다.

"이럴 때 보면 매정하다니까, 뭐 좋은 거라고 단점을 들으려고 해요?"

"단점 더 생각 안 나면, 내가 말해주고."

"됐습니다. 주제 파악 하나는 잘해서요. 제 단점 뭔지 잘 알지만, 고쳐지지 않아서 그래요."

사람을 놀려놓고 승도는 그녀의 손을 잡았다. 둘은 말없이 손을 꼭 잡고 모래사장을 뚜벅뚜벅 걸었다. 흘끔 올려다본 승도의 얼굴은 늘 그렇듯 무표정했다. 그렇지만 마주 잡은 손은 특별했다.

튼튼한 손가락이 그녀의 손을 더 세게 그러쥔다. 보호막처럼 그녀를 완전히 감싸주는 묘한 느낌. 선명하게 느껴지는 온기에 새벽바람이 추운 줄도 몰랐다. 계속 걷다 보니 진호와 수인이 보이기 시작했다.

틈만 나면 싸운다던 둘은 통속영화를 찐하게 찍고 있었다. 아주 신이 나셨다. 캄캄한 바닷가를 뛰어다니며 수인은 까르르 웃었다. 진호는 그런 수인을 휴대전화로 열심히 찍었다. 쳇, 부럽네.

사진을 찍는 둘을 가만히 바라보던 승도는 고개를 돌렸다. 사진작가여서일까. 자신이 피사체가 된 것 같았다. 승도의 느린 깜빡임은 마치 셔터를 누르는 순간 같다. 한적한 바닷가에 살아 있는 생물체는 자신만 존재하는 것처럼 바라보는 승도의 짙은 시선은 깊고 아득했다.

"그 단점까지 다 좋아하니까, 고칠 필요 없어."

놀렸다가 감동 주니까, 확 뽀뽀하고 싶잖아요.

밤바다를 구경하고 펜션에 왔을 땐 새벽 4시가 넘어가고 있었다. 저 인간들은 잠도 없다. 수인은 술을 마시자며 식탁 위에 맥주와 안주를 꺼내놨다. 진호와 승도도 마실 작정인지 의자에 자리를 잡고 앉았다.

"다진아, 나 좀 잠깐만."

"왜?"

수인은 빨리 방으로 들어오라고 손짓했다. 욕실로 들어가 씻을 참이던 다진은 수건을 들고 그대로 방에 들어갔다. 성격 한번 급하다. 방문을 닫기도 전에 수인은 손을 불쑥 내밀었다.

"줘."

"뭘?"

"머리띠."

수인의 얼굴은 새초롬했다. 이 새벽에 대뜸 머리띠를 달라는 수인의 말이 어이가 없어 다진은 수인을 물끄러미 바라봤다.

"안 갖고 왔어."

"다진이 너 너무한다."

그건 자신이 하고 싶은 말이었다.

"내가 부탁했으면 바로 갖다줘야 하는 거 아니야?"

"그게 부탁이었니?"

받아치는 목소리가 어쩔 수 없이 쌀쌀맞았다. 밤바다를 보고 돌아와 좋아진 기분을 수인이 잡쳐놓았다.

"너도 돌려준다고 했잖아."

"이수인, 말 똑바로 해. 내가 네 머리띠 훔쳐간 것도 아니잖아. 머리띠 진호 오빠가 나한테 준 선물이야."

"솔직히 진호 오빠가 너한테 선물 준 거 기분 나빠."

"대체 나한테 왜 이래?"

감정이 격해졌다.

"네가 진호 오빠 좋……."

수인은 거칠게 숨을 쉬며 말을 가까스로 멈췄다. 충혈된 눈으로 흘겨보기까지 한다. 다진은 도저히 화가 멈추지 않아 입술을 잘근 씹었다. 뜨겁게 달궈진 욕지거리가 금방이라도 튀어나올 것만 같았다.

"어디 끝까지 말해봐. 내가 진호 선배를 어떻게 했는데?"

"됐어. 머리띠나 돌려줘."

수인은 시선을 마주치지 않았다. 그녀 나름대로 참는 것이 보였다. 이대로면 진짜로 큰 싸움이 날 것 같다. 하고 싶은 말을 억누르자니 맥박이 세차게 뛰었다. 이젠 진호를 좋아하지 않는다고, 한승도를 좋아하게 되었다고 말하면 자신에게 향한 질투의 화살이 없어지려나.

"가지라고 해도 안 가지니까, 걱정하지 마."

"됐네, 그럼."

"이수인……."

"서울 가면 바로 줘."

기가 차서 허무한 웃음만 나왔다.

"꼭 줘."

저게 끝까지.

수인은 신신당부까지 하고 나서야 방을 나갔다. 울화통이 터진 다진은 수건을 벽에 던졌다.

"참자, 참는 자에게 복이 있나니."

열기가 뻗친 화를 누르느라 잠시 침대에 앉아 있다가 나왔다. 진호와 승도는 이미 맥주를 마시고 있었다. 수인은 진호의 옆에 딱 달라붙어 앉아 있었다. 방에서 나온 그녀에게 눈길 한번 주지 않았다.

"다진아, 너도 이리 와."

진호가 먼저 그녀를 불렀다. 진호가 그녀를 챙기는 것이 불만인 수인은 작고 뾰족한 턱에 힘을 주었다. 어차피 맥주 생각은 없었다. 새벽 4시가 넘어 졸렸고 수인이 때문에 기가 온통 빨린 기분이라 피곤했다.

"전 먼저 잘게요."

"왜, 같이 마시지?"

진호는 아쉬운 표정을 진하게 드러냈다. 승도는 아무 말도 하지 않고 맥주만 마셨다.

"좀 피곤해서."

진호가 더 권하려는 기색이자 수인이 득달같이 팔을 잡고 저지했다.

"오빠, 내버려둬. 피곤하다는 사람 뭘 잡아?"

그래, 간다. 가! 똥이 더러워서 피하냐.

"먼저 잘게요."

"그래, 그럼. 잘 자라."

"네."

수인이 과도하게 세운 질투의 날에 베이고 싶지 않다. 그저 이 여행이 아무 탈 없이 끝났으면 싶었다. 다진은 대충 빨리 씻고 방으로 들어갔다.

달빛을 받은 커튼만 열면 바로 바다가 보이는 방이었다. 이대로 자기엔 아까운 밤이지만 다진은 침대로 바로 들어가 이불을 푹 뒤집어쓰고 눈을 감았다.

자자, 아무 생각도 하지 말고.

수인이 때문에 즐거운 여행을 망치고 싶지 않았다. 다른 생각을 하자. 그러자 기다렸다는 듯이 고래가 머릿속에 들어왔다. 나를 향해 웃던 남자의 얼굴. 따뜻하게 잡아주던 손. 그리고 진한 키스. 한승도를 생각했더니 냉기가 고인 듯한 마음이 조금씩 녹아내린다.

방문 밖은 시끄럽다. 술자리가 즐거운 모양이다. 수인의 웃음소리가 끊이지 않고 들렸다. 진호는 기분이 좋은지 노래도 불렀다. 신이 나셨네. 승도는 그녀가 없어도 하나도 아쉽지 않은 걸까. 어떻게 한 번을 안 잡아. 좀 서운하네.

다진은 이불 속에서 피식 웃었다. 승도 혼자서라도 즐겁다니 다행 아닌가. 연애하면 별것이 다 서운해진다더니, 그 말이 딱 맞다. 점점 속이 콩알만 해진다. 어디 얼마나 즐겁게 노나 귀를 기울여볼까, 그러나 눈꺼풀에 매달린 졸음은 몹시나 무거웠다. 다진은 눈을 감은 채 하품을 길게 했다.

이상한데…….

몸을 안는 손길이 자연스럽다. 가슴을 끌어안은 두 팔. 그녀를 어디로도 가지 못하게 휘감은 긴 다리. 심지어 엉덩이를 찌르는 딱딱한 형체에 머리를 딱딱한 책상의 모서리에 찧은 것처럼 띵했다. 저기 바다부터 번져오는 빛은 아침이 밝아오고 있다는 것을 뜻했다. 눈을 가늘게 뜬 다진은 숨을 급하게 삼켰다.

누구? 설마?

잠이 홀랑 깬 다진은 등을 천천히 돌렸다. 이불 속에서 마주한 남자의 얼굴. 기가 막혀서…….

"미쳤!"

"쉿."

승도가 다진의 입을 손바닥으로 지그시 눌렀다. 눈이 마주치자 생긋 웃기까지 하는 그가 진심으로 미쳐 보였다.

"안녕."

이 와중에 인사를? 난 안녕하지 못하다고요. 지금 뭐 하는 거예요! 수인이, 수인이 깨면 어쩌려고!

"수인이는 없어."

승도는 그녀의 불안한 눈빛을 읽었다. 다진은 입에서 그의 손을 떼어내려고 안간힘을 썼다. 빨리, 최대한 빨리, 이 사태를 수습하자. 여긴 수인과 함께 자기로 한 방이다. 언제 들어올지 모른다.

"진정해."

간이 배 밖으로 나온 남자의 행동 때문에 다진은 호흡곤란이 올 지경이다. 입을 손으로 막고 있어 더더욱 숨소리가 가빠졌다.

"속으로 열만 세."

"……."

"소리 안 지른다면 손 뗄게."

다진이 힘겹게 고개를 끄덕였다. 승도가 천천히 손을 떼자 다진은 오래도록 억눌렀던 숨을 짤막짤막 내쉬었다. 심하게 놀란 심장은 여전히 가슴이 아프도록 뛰었다.

"미쳤어요? 이게 무슨 짓이에요? 아니면 술 취했어요? 설마 지금 주사 부리는 건 아니죠?"

혹시나 밖에 들릴까 싶어 다진은 개미 목소리를 냈다.

"맥주 두 잔 마셨어."

"그런데 왜 이런 미친 짓을 해요?"

"너랑 자고 싶어서."

아니, 그렇게 말하면 할 말이……. 생각이 안 나는데…….

"뭘 걱정하는지 알아. 수인이하고 진호 지금 술이 떡이 되어서 자니까 걱정하지 마."

"그래도 이건 좀 아닌 것 같아요."

다진은 한층 더 심각한 얼굴로 말했다. 욕망에 사로잡힌 그는 그녀의 얘기가 귀에 들어올 리 없었다. 아예 그녀의 두 뺨을 감쌌다.

"둘 보내려고 수인이 재미없는 농담까지 들어줬다니까."

뜨거운 호흡이 입술에 닿아 다진은 마른침을 삼켰다. 다진은 어떻게 해야 할지를 몰라 당황스러웠다. 항상 무슨 생각을 하는지 알 수 없었던 남자의 눈빛이 지금 그가 뭘 원하는지 적나라하게 드러내고 있었다.

"안 돼요."

"그 말 나한테 안 통할 거라는 거 잘 알잖아."

"들키기라도 하면 어떡하려고."

"그러면 더 좋고."

"한승도 씨!"

생각만 해도 아찔한 상황을 승도는 즐기고 있다. 온 힘을 쥐어짜 그를 밀었지만 어림도 없었다. 이 남자, 진짜 그녀와 잘 생각이다.

"이럴 시간에 키스하는 게 더 낫지 않을까."

"한승도 씨, 그거 너무 밝히는 거 알아요?"

"널 밝히는 거겠지."

승도의 목울대가 거칠게 꿀렁거렸다. 손은 그녀의 허벅지를 쓰다듬고 있었다. 잘 때는 가볍게 잔다. 반팔에 반바지 차림. 거의 벗은 거나 다름없다. 허벅지를 쓰다듬던 승도의 손이 팬티 근처까지 올라왔다. 그와 많은 밤을 보냈지만, 여전히 그의 손길은 익숙해지지 않는다.

"문 잠갔어. 여기 아무도 못 들어와."

승도의 손이 반바지와 팬티를 동시에 끌어내리고 있었다. 심장이 곧 멈출 것처럼 아슬아슬 뛰었다. 얼마나 떨리는지 머릿속이 텅 비었다.

"왜 이렇게 떨어?"

승도는 호흡이 흐트러지며 떨고 있는 다진의 입술을 깊게 맞추었다. 그럴수록 더 떨릴 뿐이었다. 남자가 뿜어내는 뜨거운 열기에 머리가 어지러웠다.

"이 상황에서 나 섹스할 만큼 강심장이 되지 못해요."

"청심환 줄까?"
"농담이 나와요?"
"어차피 할 거잖아. 넌 나 못 이겨."
정신을 차릴 여유도 없이 허벅지를 가르고 손이 들어왔다. 굵은 마디가 느껴지는 손가락이 속살을 찔렀다. 그나마 남았던 이성이 날아간 다진은 숨을 쉬는 것도 잊었다.
"정다진."
"왜, 왜요?"
"진짜 하기 싫어?"
승도가 입술을 약간 비틀며 속삭이듯 물었다. 끝을 모르고 깊어진 눈빛은 더 위험해 보였다. 다진은 대답하지 않았다. 굵고 긴 손가락이 안에서 빙글빙글 돌고 있어, 대답할 수가 없었다.
"기분 좋게 해줄게."
"……기가 막혀."
승도의 입에서 나오는 말마다 까무러칠 것 같았다. 어떻게든 그를 밀어내어내기 위해 안간힘을 쓰던 다진은 손에서 힘을 뺐다. 쓸데없는 반항이라는 걸 그녀도 잘 알고 있었으니까.
"얼마나 기분 좋게 해줄 건데요?"
에라, 모르겠다.
"무엇을 상상하든, 그 이상은 되겠지."
"대답이 너무 진부해서 믿음이 안 가네요."

침착하게 말하는 다진의 얼굴이 점차 일그러졌다. 그만, 손가락 돌려요. 기어이 신음과 함께 허리가 들렸다.

"미리 말해두겠는데, 좀 멋대로 할 거야."

"……."

"다 감당해."

다진은 이대로 정신을 놓을 것 같았다. 승도는 욕망을 숨기지 않고 드러냈다. 침대 위에서 승도는 그녀를 완벽히 통제했다. 머리끝부터 발끝까지, 눈빛으로 쓱 훑어도 오금이 저렸다.

몸이 순식간에 뒤집혔다. 그동안은 감당할 수 있는 범위 내에서 섹스했다. 도대체 무얼 하려고, 사람을 호떡처럼 뒤집는지. 아……. 평생 경험할 리 없다고 여긴 행위를 승도가 지금 하고 있었다. 그녀의 위에 올라탄 남자의 무게를 느낄 새도 없이 엉덩이에 혀가 닿았다. 아무리 그래도 이건!

"……하읏."

다진은 눈을 질끈 감고 시트를 움켜쥐었다. 유두를 손끝으로만 잡고 돌리는 것도 미칠 것 같은데 혀가 엉덩이 사이로 들어오는 자극에 눈앞이 흐려졌다. 교성과 같은 신음이 터져 나오기 직전에 다진은 다급히 베개로 입을 막았다. 밖에서 들으면 안 돼.

야하고 음탕하고 또 뭐가 있더라. 뭐라고 해야 하지, 지금의 기분을? 지독해. 이 남자의 몸이 엉망진창이 된 것 같다. 승도가 함부로 대해도 기분이 전혀 나쁘지 않았다. 더한 자극을 받고 싶은 몸은 계속 달아올랐다.

남자의 진한 손길에 속수무책으로 무너져갔다. 엉덩이를 잡고 벌린 채 혀를 깊숙이 넣고 있던 승도의 얼굴이 밑으로 내려가는 게 느껴졌다. 베개 속에서 숨을 헐떡거리느라 다진의 얼굴은 온통 시뻘겠다.

승도는 그녀를 모두 불태울 작정인 모양이다. 정신은 아득히 멀어졌다. 심장은 고장난 북처럼 둥둥 울렸다. 흥분에 휩싸인 몸은 이리저리 비틀기 바빴다. 승도가 속살을 힘껏 빨았을 땐 머릿속에 현기증이 길게 일어났다.

"엉덩이 들어봐."

"응?"

동요하는 다진의 눈동자 초점을 잃고 흔들렸다. 뭘 하려고, 묻는 건 욕심이었나 보다. 거친 숨을 몰아쉬며 망설이는 다진의 허리를 승도가 양손으로 잡고 들어올렸다. 그리고 승도의 얼굴이 가랑이 사이로 들어왔다.

심하게 놀란 다진은 잔기침까지 나왔다. 다리 사이에서 그녀를 올려다보는 승도에게서 거칠고 탐욕적인 짐승의 냄새가 싸하게 묻어났다.

"앉아."

다진은 경악했다. 저번처럼 뒤에서 하는 것도 감당이 안 될 지경인데, 앉으라니. 그의 입술은 눅눅한 열기를 은근히 뿜어내는 둔덕의 앞이었다. 세상에 할 수 없는 일은 없나 보다. 잠시 얼어붙은 듯 경직된 채 있던 다진은 눈을 감고 앉았다.

더운 숨결이 곧바로 터졌다. 어떻게 해야 할까. 어떻게 해야만 견딜 수 있을까. 남자의 얼굴 앞에 앉다니. 그리고 허리를 비틀고 있다. 그때마다 입술이 닿고 속살이 빨렸다. 조금만 망설이면 승도가 허리를 양손으로 잡고 앞으로 확 당겼다.

공간은 말도 안 되게 고요해졌다. 들리는 건 그녀의 헐떡임과 살이 빨리는 소리였다. 남자의 욕망 한가운데 몸을 던진 값은 너무나 컸다. 이를 악물고 버티어도 피가 빨리도는 것만 같아 어지러웠다. 수치심 따위, 그런 건 이미 날아가버린 지 오래다. 지금으로써는, 정신을 놓지 않게 죽을힘을 다해 버티는 것밖에 할 게 없다.

"하아, 하아……."

신음을 막는 것도 잊었다. 숨이 막히게 더워졌다.

"결혼하자."

다진은 숨을 크게 몰아쉬며 제 다리 사이에 있는 승도의 얼굴을 내려다봤다. 욕망에 취한 남자가 보였다. 어쩌면 그녀보다 더 흥분한 것처럼 보였다. 흔들림 하나 없던 눈빛은 거칠게 일렁거렸고 이마에 굵은 핏줄이 모조리 곤두선 상태였다.

"하자, 결혼."

"이런 상황에서 그런 말이 나와요?"

"제일 솔직해지는 상황이지."

탁한 음성이 마음을 툭 건드렸다. 무심하기 이를 데 없는 목소리가 이젠 그녀를 잡고 뒤흔든다. 뜨겁게 쌓이는 희열을 어찌할 수 없었다. 눈물이 찔끔 난 다진은 흐느끼듯 몸부림쳤다. 문득 승도의 얼굴이 보고 싶어 눈을 내리까는데 또다시 몸이 꺾이듯 뒤집혔다.

"흐읏……!"

승도가 단숨에 그녀의 안으로 들이쳤다. 몸을 꽉 채우며 들어오는 쾌락이 두려울 정도였다. 허리가 뒤틀리고 얼굴에 핏기가 가셨다. 무릎을 잡고 다리를 벌리며 더 깊숙이 파고들었다. 머리를 흔들며 그의 목을 안고 매달린 다진은 신음을 막으려고 그의 어깨를 꽉 물었다.

"뭐가, 이렇게, 급해요?"

무섭잖아.

승도는 마치 오늘이 마지막인 것처럼 달려들었다. 절정을 자극하는 거친 움직임. 몸짓이 점차 빨라졌다. 승도는 마침내 짐승처럼 으르렁거리며, 허리를 앞뒤로 쉼 없이 움직였다.

"더는……."

어떻게 할 수 없이 달아오른 몸은 자신이 아니었다. 출렁거리는 젖가슴을 승도가 빨았다. 그에게 필사적으로 매달려도 눈물이 나올 것 같았다. 이러다 뼈까지 녹아버릴 거야.

"하흑……. 흑흑."

다진이 흐느껴도 승도는 인정사정 봐주지 않았다. 여자의 허리가 사정없이 휘었다.

"다진아, 더 버텨봐."

"더는……, 안 되겠어요……. 소리지를 것 같아요."

그렇다고 봐줄 한승도가 아니다. 힘을 조금만 더 주면 꺾어질 목덜미를 누르며 단숨에 다진의 속살을 갈랐다. 돌처럼 딱딱해진 페니스는 마치 그녀 속으로 빨려 들어가듯 파고들었다. 푹푹, 소리가 나도록 깊이 들어온 페니스의 길이에 다진은 질펀한 신음을 내질렀다.

아무리 탐해도 여자의 몸은 안으면 안을수록 그를 갈증나게 하였다. 완벽히 제 것이 되지 않으면 페니스가 끊어지고 피가 터져도 여자의 몸에서 나오기 싫다. 수사마귀의 운명처럼 그녀의 등에 붙어 죽기 직전까지 섹스하고 싶었다. 이 두렵기까지 한, 마음을 넌 알까?

정다진에게 유일무이한 남자이고 싶었다. 문을 잠갔지만, 진호와 수인이 밖에 있다는 사실이 묘하게 자극적이었다. 마음 같아선 자신의 밑에 깔려 알몸으로 신음을 터트리는 다진을 둘에게 보이고 싶었다.

"미치게 좋아서 돌 것 같아. 다진아, 너도 좋지?"

정욕 짙은 남자의 숨결이 귓가에 흐트러졌다. 답이 늦자 책망하듯 승도가 엉덩이를 두 손으로 붙들고 허리를 퍽 눌렀다. 아찔한 통증에 다진은 괴롭게 숨을 내쉬었다. 야만

적인 본능에 충실한 승도는 넣고 빼는 느낌이 생생하게 전달되도록 아주 천천히 움직였다. 주체하지 못한 그의 흥분이 그녀를 열병 속으로 몰아넣었다.

"좋아요. 그러니까……."

나 좀 살려줘요. 정말 죽을 것 같단 말이야.

숫제 애원에 가까운 흐느낌에도 승도는 멈추지 않았다. 아릿한 통증에 허덕인 다진은 베개가 흠뻑 젖도록 눈물을 흘렸다. 승도가 침대 아래로 내려갔다. 그리고는 부르르 떨고 있는 다진의 발목을 잡아 끌어당겼다.

핏줄이 툭툭 불거진 남성이 벌떡거렸다. 성난 고래처럼 힘차게 위아래로 흔들거리는 모습에 다진은 고개를 돌렸다. 승도는 선 채로 다진의 다리를 들고 안으로 들어갔다. 지나치게 뜨거워진 방 안의 온도. 더욱더 팽창하는 그것이 몸속을 가득 채우는 느낌은 당해낼 수가 없었다. 다진은 승도의 안에서 완전히 무너져 내렸다.

눈을 떴을 땐 환한 대낮이었다. 다진은 서둘러 일어나며 방을 둘러보았다. 침대에는 그녀 혼자만 덩그러니 있었다. 언제 나간 것일까. 아침 해가 수평선 위로 뜰 때까지 둘은 함께였다. 게다가 승도는 그녀의 옷까지 손수 입혀놓고 나갔다. 이거 고마워해야 하나?

"그래도 다행이다. 안 들켜서."

다진은 피식 웃음을 짓다가 인상을 찡그렸다. 신음을 참으려고 얼마나 물었던지 조금만 입술을 움직여도 따가웠다. 일단 세수를 하자. 그리고 방금 내린 뜨거운 커피를 마시고 동해를 접수하러 나가볼까. 맛집으로 소문난 물회도 먹고, 또 뭘 하면서 보내지.

"아이고 삭신이야."

다진은 양치질하면서도 끙끙, 앓는 소리를 냈다. 아주 온몸의 근육들이 아프다고 비명을 지르고 있었다. 욱신거리지 않는 곳을 찾는 게 더 쉬웠다.

"도대체 무슨 심보야."

다진은 목을 이리저리 비틀어보았다. 날도 따뜻해져서 목티 입는 것도 더워지는데 이렇게 난감할 데가. 거울에 비친 목이 살짝 울긋불긋했다. 아주 다른 사람이 보라고 일부러 깨문 것 같단 말이지. 주먹으로 뻐근한 허리를 두드리는데 문밖이 시끄러웠다.

"뭐지?"

다진은 서둘러 양치를 끝내고 거실로 나갔다. 지겹지도 않나. 진호와 수인은 또 싸우고 있었다. 저럴 거면 왜 다시 만났는지 모르겠다. 그러고 보니 짧긴 하지만 지난 몇 달간 승도와 이렇다 할 말다툼도 없었다. 승도의 일방적인 배려가 있어서 가능하다는 것도 잘 안다.

제일 궁금한 사람은 주방 식탁에 앉아 둘을 구경하며 커피를 마시고 있었다. 승도와 눈을 부딪치자 얼굴에 열기가 슬며시 번졌다. 처음 섹스했을 때보다 더 심하게 부끄러워졌다. 울었다는 것도. 신음을 터트린 것도. 모든 것이 부끄러웠다.

그는 이리 오라며 태평하게 손까지 흔들어댄다. 타인에 대해 무관심한 게 아니라 낙천적인 성격 아니야?

"커피?"

"좋죠."

다진은 어색하게 웃었다. 승도는 그녀에게 커피를 타주려고 커피믹스 봉지를 뜯고 있었다. "둘 왜 싸워요?"라고 다진은 조그맣게 물어봤다. 승도는 모른다며 고개를 저었다. 아예 싸우든 말든 관심이 없는 얼굴이었다.

"이수인."

"오빠……."

진호의 격해진 음성에 수인만 놀란 건 아니었다. 그사이 승도가 타준 커피를 다진은 들고 멍하니 서 있었다. 단순한 말다툼 정도가 아닌 것 같았다.

"도대체 언제까지 내가 네 성격 받아줘야 해?"

"내가 뭘 어쨌다고 이래?"

"지금 몰라서 물어?"

진호는 머리를 거칠게 넘겼다. 다진은 조금 놀란 얼굴로 둘을 번갈아 바라봤다. 진호는 남 앞에서 여간해선 화를 내지 않았다. 이렇게까지 화를 내는 건 정말로 화가 단단히 났음을 의미했다. 완벽하게 화장까지 끝낸 수인은 몹시 서운한지 얼굴이 상기되어 있었다. 심각한 상황이 얼떨떨한 다진은 승도의 귓가에 대고 속삭였다.

"말려야 하는 거 아니에요?"

"알아서들 하겠지."

"그래도……."

"신경 쓰지 마. 둘 놔두고, 우린 나가자."

싸우는 진호와 수인을 남겨두고 떠나기가 찝찝했다. 그렇다고 계속 서서 싸움 구경하는 것도 예의가 아니었다. 얼른 커피를 마시고 나가려는데 수인의 앙칼진 외침이 등을 후려쳤다.

"왜, 내가 다진이처럼 못해서 이래?"

동네 개인가. 수인은 또다시 그녀의 이름을 걸고 넘어갔다.

"뭐?"

"오빠 툭하면 나하고 다진이 비교했잖아."

"이수인!"

"내가 뭐 어려운 부탁이라도 했어? 오빠가 이렇게까지 화를 내는지 모르겠어. 동해 온 김에 친구 만나자는 게 그렇게 잘못이야?"

수인은 한마디도 지지 않고 맞섰다. 얼굴을 잔뜩 구긴 진호는 깊은 한숨만 몰아쉬었다. 난데없이 자신의 이름이 등장한 다진도 씁쓸함에 말을 잇지 못했다.

"꼭 아침부터 화를 내야겠어? 기분 좋은 여행 오빠가 다 망쳤어."

"또 남 탓. 그거 고치라고 했지?"

진호도 물러설 기미가 없었다. 둘의 눈에 그녀와 승도는 보이지 않는 모양이었다. 모처럼 온 여행인데, 자리를 피할 타이밍을 놓친 다진은 피 튀기게 싸우는 둘을 보느라 정작 승도를 챙기지 못했다.

수인과 진호가 싸우기 시작한 이유는 간단했다. 하기야 사소한 말싸움이 큰 싸움 되는 거니까. 사건의 자초지종은 이랬다. 수인이 동해에 사는 친구를 보러 다 함께 가자는 걸 진호가 거부한 모양이었다.

"우리만 여행 온 게 아니잖아. 그리고 한마디 상의는 했어야지."

"이게 뭐 상의할 거라도 돼? 잠깐 갔다 오는 건데?"

"네 기준으로 생각하지 마."

"진짜……."

수인은 금방이라도 울 것처럼 눈물을 글썽거렸다.

"넷이 가는 게 뭐 어렵다고……."

"그래, 어려운 거 아니야. 하지만 왜 너 때문에 우리 세 명이 희생해야 하는데?"

"오빠 말 너무 심하잖아. 희생이라니. 너무 억지야. 잠깐 두 시간 정도 시간 빼는 것뿐인데……."

수인은 순식간에 눈물을 뚝 흘렸다. 갑자기 터진 수인의 눈물에 놀란 건 다진 혼자였다. 처음 보는 진호의 모습이 무척 낯설었다. 남자는 여자의 눈물에 약한 거 아닌가? 수없이 본 것처럼 진호는 눈썹 하나 까딱하지 않고 수인을 노려봤다. 눈물이 통하지 않자 수인은 입술을 잘근 씹었다.

"이번만이 아니야. 우리 이것 때문에 한 번 헤어졌었어. 너도 노력한다고 했고. 조금만 다른 사람 배려하라고 했잖아."

"내가 안 한 건 또 뭐가 있는데?"

"질린다, 정말……."

진호의 입에서 험악한 말이 쏟아졌다. 비수가 꽂힌 수인은 참을 수가 없는지 온몸을 다 떨었다.

"나한테……, 어떻게 이래?"

"너한테 뭐? 여기서 내가 더 너한테 어떻게 해야 하는데?"

"오빠……."

수인은 눈물을 뚝뚝 흘렸다. 진호는 눈빛 하나도 동요하지 않았다.

"대체 나보고 어떡하라는 거야!"

수인은 급기야 이를 악물며 소리쳤다.

"다진이 봐. 사람 잘 배려하잖아."

이번엔 진호가 그녀를 끌어들였다. 딱히 사람을 잘 배려하는 성격도 아니라 다진은 어리둥절할 뿐이었다.

"그렇게 다진이 성격이 마음에 들면, 다진이랑 사귀지

그랬어!"

수인은 차갑게 또박또박 내뱉으며 다진을 째려봤다. 둘의 싸움에 이미 다진은 너덜너덜해진 상태였다. 승도는 딱딱하게 굳은 얼굴로 둘을 지그시 바라보고 있었다. 이루 말할 수 없는 무거운 기운이 공간을 지배했다. 누군가 뜨거운 말을 던지면 불이 화르르 번질 것만 같았다.

"나도 그게 제일 후회스럽다."

진호가 내뱉은 말이 불씨가 되었다.

"지금이라도 늦지 않았어. 나랑 헤어지고 사귀면 되겠네."

수인은 앙칼지게 쏘아붙였다. 양볼에는 눈물이 흐르고 있었다. 진호는 울고 있는 수인을 보며 서늘한 미소를 지었다. 그러더니 멍하니 서 있는 다진을 향해 성큼성큼 걸어갔다.

"그러려고……."

뭐라는 거야?

"다진아, 나랑 사귀자."

진호가 다진의 손목을 확 낚아챘다. 너무 놀라 숨 쉬는 것도 잊은 다진은 눈동자만 불안하게 굴렸다. 쾅, 하는 소리가 들렸다. 얼마나 세게 일어났는지 승도의 발밑에 의자가 내동댕이쳐져 있었다. 둘을 바라보는 승도의 눈빛은 무섭도록 섬뜩했다.

"다진아, 가자."

"선배!"

다진은 그녀를 끌고 나가는 진호의 등에 대고 다급히 외쳤다. 아무리 화가 나도 이건 아니었다. 수인은 이게 뭐 하는 것이냐고 울며 소리쳤다. 진호는 귀를 닫아버렸다.

"선배, 이러지 마요."

어떻게 막을 도리가 없었다. 저를 잡아끄는 힘이 너무 강해 다진은 진호의 손에 질질 끌려가고 있었다.

"박진호!"

엄청나게 묵직한 목소리가 공간을 찢었다. 운동화를 구겨 신다시피 하던 진호가 그제야 뒤돌아봤다. 다진도 승도를 바라봤다. 험악하게 구겨진 얼굴. 분노가 가득 들어찬 눈은 무섭도록 차가웠다. 심상치 않은 승도의 표정에 그녀의 손을 꽉 잡고 있던 진호의 손아귀 힘이 서서히 풀렸다.

"손 떼."

승도가 둘을 향해 걸어오는 짧은 시간. 두 다리를 지탱한 바닥이 마치 폭풍이 몰아치기 전의 바다처럼 흔들흔들 불길하게 요동쳤다.

"……뭐?"

"손 떼라고!"

승도의 주먹이 진호의 얼굴을 향했다. 퍽, 하는 굉음이 들리고 진호가 바닥에 쓰러졌다. 수인은 입을 막고 주저앉았다. 비명을 지를 수조차 없었던 다진은 그대로 꼼짝 않고 서 있었다.

여행은 엉망진창이 되었다.

"들어가."

빌라 앞에 자동차가 도착했다. 다진은 내리지 못하고 머뭇거렸다. 무표정한 승도의 긴 침묵이 당혹스럽고 서글펐다. 깊어서 끝을 알 수 없는 우물처럼, 남자의 검은 눈동자엔 어떤 감정이 들어 있는지 짐작도 하기 어려웠다.

엉망이 된 여행의 끝은 비참했다. 수인은 펑펑 울더니 콜택시를 불러 먼저 떠났다. 승도한테 맞아 입가가 터진 진호는 담배만 피워댔다. 승도는 그녀를 데리고 펜션을 떠났다. 서울로 올라오는 내내 둘은 아무 말도 나누지 않았다.

뒷좌석에는 오늘 쓰려 했던 카메라 가방이 그대로 놓여 있었다. 정말 즐겁게 여행을 즐기려 했다. 어딜 찍어도 엽서 같은 배경이 되는 동해까지 왔는데, 까만 바다만 보고 왔다. 눈이 시릴 정도로 푸른 바다는 제대로 보지도 못했다. 침묵이 그녀의 두려움을 잡아먹는 존재 같아서 다진은 꽉 다물고 있던 입술을 뗐다.

"사장님."

불러도 그는 꼼짝도 하지 않는다.

"한승도 씨."

승도가 자아낸 침묵이 두렵다고 느꼈다. 그는 핸들에 손을 얹고 자세도 바꾸지 않은 채 바깥 풍경을 보고 있었다. 정말로 아무 말을 하고 싶지 않은 얼굴이었다. 새가슴은 계속 종종거리며 얼른 아무 말이라도 하라고 재촉했다. 커다란 폭탄이 터진 상황을 어떤 말로 해결해야 하는데? 무심코 내뱉은 말이 둘 사이를 더 어색하게 만들었다.

"사람을 그렇게 때리면 어떻게 해요?"

승도가 정면만 응시하던 고개를 돌려 그녀를 빤히 쳐다봤다. 그의 눈에서 흘러내린 냉기가 목덜미를 휘감는 기분이었다.

"진호가 나한테 맞은 게 그렇게 가슴 아파?"

"무슨 말을……."

"내려."

승도는 또다시 그녀를 보지 않고 차갑게 내뱉었다. 다진은 깊은 한숨을 몰아쉬었다. 마음 같아선 차에서 내리고 싶지만 그래서는 안 된다는 것을 알고 있었다.

"이봐요, 한승도 씨."

"……."

"나 정말 내려요?"

왜 화가 났는지 어렴풋이 알 것 같은데, 확인할 길이 없었다. 승도의 입으로 직접 듣고 싶었다.

"흔들렸잖아."

뭐가 흔들렸다는 거지?

"진호가 사귀자는 말에."

생각지도 못한 말이 승도의 입에서 나왔다. 숨소리를 죽인 다진은 승도를 가만히 응시했다.

“누가요? 내가, 내가 흔들렸다는 소리예요?”

“아니야?”

승도의 말에 다진은 괴롭고 답답했다. 어떻게 생각의 방향이 그쪽으로 갔을까. 아직도 진호를 좋아한다고 생각하고 있었다니. 도대체가 날 어떻게 보고.

“내가 흔들린 것처럼 보였다는 거죠? 진호 선배 말에.”

다진의 목소리에 절망이 가득했다.

“말해봐요. 한승도 씨 생각 듣고 싶어요.”

다진은 최대한 감정을 억제했다. 그녀가 진호를 좋아했던 걸 승도도 알고 있었다. 그렇다고 이런 오해를 할 줄은 몰랐다. 이제까지 연애 경험은 좁았다. 고등학교 때 미팅서 만난 남자를 한 달 정도 만난 것이 전부였다.

진짜 연애는 승도가 처음. 오늘처럼 남자와 실랑이 아닌 실랑이도 처음. 한정된 연애 경험이라지만 무엇이 중요한지 정도는 판단은 할 수 있었다.

“내 생각이 듣고 싶다?”

다진은 고개를 끄덕였다. 승도는 싸한 눈빛을 거두지 않은 채 입을 천천히 열었다.

“네가 진호를 좋아한다는 거 알고 시작했어. 그래서 기다린다고도 했고. 내가 강하게 밀어붙였다는 것도 알아. 그래도 네가 날 어느 정도는 좋아한다고 생각했어. 그런데 착각이었나? 진호의 말에 한마디 못 하고 따라가는 널 눈앞에서 보는 거, 꽤 아프더라."

순전히 오해라고 말하고 싶었다. 따라간 것이 아니라 끌려갔다고, 당신이 생각하는 그런 생각 한 번도 한 적 없다고 말해야 하는데, 승도의 말이 너무나 가슴이 아파 입이 쉽사리 떨어지지 않았다.

"이제라도 진호한테 가고 싶어?"

다진은 파르르 떨리는 입술을 짓깨물었다. 승도가 자신을 못 믿어서가 아니었다. 그의 눈에 자신이 아직도 진호에게 흔들리는 것처럼 보이게 했다는 자괴감이 가슴을 뻐근하게 했다.

할머니가 뭐든지 '때'가 있다고 말씀하셨다. 그러면서 때를 놓치면 인생이 두 배로 힘들다고 하셨다. 지금이 그 '때'라는 걸 잘 알면서도 오기가 생겼다. 한승도는 자신에 대해서 아직은 다 모르는 모양이었다. 다른 남자를 마음에 품고 밤마다 당신의 품에서 뜨겁게 보낼 수 없다는 여자라는 것을.

다진은 떨리는 손으로 다급하게 안전벨트를 풀었다. 더는 이 분위기를 견딜 수가 없을 것 같았다.

"이대로 가면 어떡해?"

승도가 차 문을 열고 나가려는 다진의 어깨를 잡아 돌렸다.

"가라면서요?"

"정다진!"

"정작 소리치고 싶은 사람은 나라고요. 긴 머리칼 예쁘다고 자르지 마. 눈을 감아도 네 눈은 반짝거려. 똥배가 귀여운 여자는 세상에서 너뿐일걸. 그런 사람 현혹하는 말 같은 건 왜 했어요?"

"다진아."

"내가 속았어."

다진의 눈이 붉어졌다. 처음으로 기대고 싶어진 사람한테 쏟아지는 건 원망이었다.

"이렇게 마음이 얄팍한 남자인 줄 미처 몰랐어요."

"……."

"어떻게 가라는 말이 그렇게 쉽게 나올 수가 있어요?"

승도는 차에서 내리지 못하게 다진의 손을 악착같이 붙잡았다. 그녀를 바라보는 눈길에는 참담함이 깊게 깔렸다.

"어딜 갈까요? 내가 진호 선배한테 가면 보내줄 건가요?"

"정다진!"

"그렇구나. 한승도 씨는 내가 진호 선배한테 간다고 하면 언제든 보내줄 생각이었구나."

"내가 돌았어. 널 어떻게 진호한테 보내! 꿈도 꾸지 마!"

승도의 말에 왜 안심이 되는지 모르겠다. 순간 울컥해놓고도 다진은 이미 부풀어 오른 말을 삼킬 수가 없었다.

"사장님하고 자고 그러니까, 마음도 쉬운 여자로 보였어요?"

"불안해서 그랬어, 불안해서!"

승도는 눈물이 글썽거리는 다진의 눈을 아프게 바라봤다. 그의 목소리도 심하게 떨고 있었다.

"네가 날 보기만 해도 좋았어. 네가 내 옆에 있는 것만으로도 환장하게 좋았다고. 완전히 기울어진다는 저울. 얼마큼 기울어졌을까, 오늘은 조금 더 기울어졌겠지, 그 생각만 해도 좋았으니까. 그렇지만 한편으로 불안해서 돌겠더라. 어쩌다 네가 진호와 말만 해도 겁났어. 언제 나한테서 돌아설까 전전긍긍이었으니까."

"……."

"무슨 수를 써서라도 널 붙잡고 싶었어. 그래서 결혼하자고 밀어붙인 거야. 그래야 그나마 덜 불안할 것 같아서."

승도가 그녀를 끌어안았다. 숨이 막히도록 품에 안고 그녀를 놔주지 않았다. 아득한 숨소리가 귓가에 떨어졌다. 다진은 그의 품에 얼굴을 파묻고 가만히 있었다. 폭발할 듯 뛰는 남자의 심장 소리가 너무나 크게 들려서 귀가 먹먹했다.

이 바보 같은 남자를 어쩌면 좋지. 자신 때문에 그는 감정의 균형을 잃었다. 막다른 한계점밖에 없는 사람처럼 굴었다. 그와 함께하는 시간 나름대로 진심을 보였다고 생각했다. 그 진심이 하나도 닿지 않았나 보다. 그는 정말로 불안해하고 있었다. 어느 순간 그녀가 진호한테 뒤돌아설지 모른다는 불안을 느끼고 있었다.

내 나침판은 당신을 향했다고. 저울은 이미 오래전 기울어버렸다고. 그러니 더는 두려워하지 말라고 말해주고 싶었다.

"이런 나와 달리 넌 아직도, 우리 둘 사이 비밀로 하고 싶잖아?"

다진은 숙였던 고개를 천천히 들었다. 얼굴 전체에 더 짙게 깔리는 그늘. 승도의 눈빛이 돌연 쓸쓸함으로 가득 찼다. 모는 것이 텅 비어버린 공허한 남자처럼 보였다.

"왜 자꾸 마음에도 없는 소리를 해요? 그렇게 말하면 마음이 편해요? 아니잖아요. 아파 죽을 것 같은 얼굴로 말을 하면서……."

승도가 그녀를 빨아들일 것처럼 바라봤다. 가슴이 계속 뭉클거려 다진은 말을 하기도 버거웠다. 크게 숨을 들이쉬고 나서야 다음 말을 할 수 있었다.

"갈래요."

다진은 그를 밀치며 차에서 내렸다. 승도는 아무것도 할 수 없는 사람처럼 가만히 앉아 있었다. 일부러 빌라 계단을 천천히 올라가는데도 승도는 뒤따라오지 않았다.

천하에 둘도 없는 바보. 이럴 땐 따라 나와야지.

「이 신발들은 뭐예요?」

「널 지켜줄 수호신.」

「남자 구두와 운동화가요?」

승도와 비밀연애를 시작한 지 보름이 지나서였다. 차 한 잔만 마시고 가겠다면서 그는 그녀를 안고 침대로 향했다. 엉큼한 남자라고 놀려도 밤이 되면 감미롭고 따뜻해지는 남자의 목소리가 깊은 내면으로 들어와 차마 거부할 수가 없었다.

허기진 짐승처럼 그는 그녀를 남김없이 먹어치웠다. 천 길 낭떠러지로 떨어지는 기분을 밤새 시달렸다. 손가락 하나 까딱할 힘이 없이 침대에 엎드려 있을 때, 승도는 불현듯 뭐가 생각이 났는지 허둥지둥 옷을 입고 밖으로 나갔다.

「어디 가요?」

「잠깐이면 돼.」

얼마 후 그가 들어왔다. 야식이라도 사오려나 했는데 그의 손에 들린 것은 그가 신던 구두와 운동화였다.

「야식도 잘 시켜 먹으면서, 무슨 배짱이 이렇게나 클까 몰라.」

좁은 현관 바닥에 승도는 신발 두 켤레를 제일 잘 보이는 곳에 놓았다.

「세상 험해. 여자 혼자 사는 거 티 내지 마. 문 열어줄 때 꼭 여보 치킨 왔어요, 하고 문 열어줘. 알았어?」

「그게 뭐예요.」

수줍어 발개진 얼굴로 까르르 웃었다. 승도는 또다시 옷을 재빨리 벗으며 이불 속으로 파고들었다.

"수호신이 뭐 이래."

다진은 현관에 쪼그리고 앉았다. 흑백의 바둑 문양 타일이 깔린 현관 바닥에 조금 삐뚤어진 승도의 신발을 가지런히 놓았다. 그는 무슨 마음으로 신발을 갖다 놓은 것일까. 한없이 오래 구두와 운동화를 내려다보던 다진의 눈가가 촉촉이 젖어들었다. 뒤늦게 남자의 마음이 온전히 느껴졌다.

남자의 우스갯소리가 진심이었음을, 이제야 알다니.

한승도는 이것저것 재는 것이 없는 남자였다. 보이는 것이 전부였던 남자. 그걸 제대로 보지 못한 건 승도의 마음이 어제와 다른 무게로 가슴에 들어찼다. 다진은 휑한 집을 돌아보았다. 신발로도 모자라서 베란다에 방범창을 설치했다. 현관문에는 자물쇠를 두 개나 더 달아놓았다. 아무리 첫눈에 반했다지만, 이렇게 좋아하고 있었던 거예요?

승도와 밤을 보낸 침대는 온통 그의 체취로 흘러넘친다. 침대가 한승도 같다. 침대에 누우면 그에게 뜨겁게 안기는 착각이 들었다. 주방을 보면 그가 물 마시는 모습이, 욕실을 보면 그가 샤워하고 나온다. 그와 함께한 시간이, 과도

하게 선명한 기억들이 파편처럼 박혔다.

눈물 한 방울이 위태롭게 흔들리다가 운동화 위로 툭 떨어졌다. 가슴이, 아프다.

“내가 잘못했어요.”

창문을 열고 밖을 내려다봤다. 빌라 앞을 지키고 있던 승도의 차는 보이지 않았다.

번개가 번쩍이고 멀리서 천둥소리가 들렸다. 무슨 일이 한바탕 터질 것처럼 종일 음산한 분위기가 서울 하늘을 잠식했다. 진호는 우산도 쓰지 않은 채 3층 철제 계단을 뚜벅뚜벅 걸어 올라갔다.

“나다.”

문을 두드리며 외쳤다. 집 안에 아무도 없는지 인기척이 들리지 않았다. 진호는 빗물에 젖은 머리를 거칠게 헝클어뜨리며 손잡이를 돌렸다. 다행히 문이 열렸다.

집에 들어선 진호는 헛웃음을 절로 삼켰다. 불도 켜지 않은 채 승도는 거실 소파에 앉아 맥주를 마시고 있었다.

“혼자 술 마실 줄 알았다.”

“꺼져.”

승도의 낮은 음성이 예리한 칼처럼 박혔다. 절로 몸이 흠칫할 정도였다. 반나절이 지났어도 승도한테 맞은 입가의 상처는 쓰라렸다.

"치료비는 받고 꺼지려고."

진호는 사온 맥주를 테이블에 더 꺼내며 맞은편에 앉았다. 승도는 진호에게 눈길 한번 주지 않았다.

"승도야."

천둥이 또 울렸다. 세상을 두 쪽으로 갈라낼 것처럼 어마어마한 소리였다.

"한승도."

"가라."

진호는 허리를 약간 굽히며 맥주 뚜껑을 땄다. 치익, 하고 뚜껑이 열리며 거품이 조금 흘러넘쳤다. 시원하게 맥주를 한 모금 마신 진호는 편의점에서 대충 집어온 땅콩과 오징어도 꺼냈다.

"속 버려. 안주도 먹으면서 마셔."

"하아."

승도는 숨을 깊게 몰아쉬었다. 몹시 지친 듯한 숨소리였다.

"미안하다."

진호는 승도를 물끄러미 보며 말했다. 갑작스러운 사과에 승도의 무감하던 눈빛이 흔들렸다.

"네가 왜? 때린 놈은 난데."

승도는 씁쓸하게 웃었다. 진호도 바람이 빠지는 소릴 내며 웃었다. 급격히 어색해진 분위기를 없앨 적당한 말을 찾느라 잠시 침묵을 지켰다. 진호는 맥주를 두 캔이나 비우고 나서야 입을 뗐다.

"너도 참. 한승도 아니랄까 봐. 진작 말했어야지, 다진이 좋아한다고."

"난 네가 알고 있는 줄 알았는데."

승도의 일침에 진호는 뜨끔했다. 승도의 말은 사실 틀리지 않았다. 솔직히 그동안 설마설마했다. 다진을 바라보는 승도의 눈빛이 심상치 않음을 느꼈으면서도 인정하고 싶지 않았다.

수인을 다시 만났지만 계속 삐거덕거렸다. 그러는 사이 다진이 눈에 들어왔다. 여동생처럼 여겨졌던 다진이 어느 날부터인가 여자로 보였다. 왜 이제야 다진이 눈에 들어왔을까, 후회되었다.

다진을 신경 쓰다 보니 수인과 자꾸만 비교하게 되었다. 예전에도 지금도 수인은 전혀 바뀌지 않았다. 다소 이기적인 수인의 행동이 그를 몹시 지치게 했다. 그렇지만 바로 수인과 헤어질 수는 없었다. 애증의 관계처럼 싫다가 좋다가를 반복하고 있었다.

"그래, 알고 있었어."

진호는 순순히 인정했다. 승도한테 한 대 맞고 정신이 번쩍 났다. 지금 그가 하는 행동이 얼마나 유치하고 한심하기 짝이 없는지를.

"다진이가 널 좋아하고 있었던 것도."

"……."

진호는 놀란 눈으로 승도를 바라봤다. 승도는 맥주를 천천히 마시며 진호를 물끄러미 응시했다.

"그건……."

"몰랐어도 상관없어."

"나는, 승도야."

"변명은 됐다."

승도는 얼굴을 찡그리며 손에 든 맥주 캔을 처참하게 찌그러뜨렸다.

"더럽게 꼬였네."

진호는 허탈한 듯 웃으며 등을 뒤로 젖혔다. 승도는 그런 진호를 흔들림 없이 바라봤다. 보이지 않던 적의가 드러나기 시작했다. 진호는 무의식적으로 마른침을 삼켰다. 이제껏 본 적 없는 분노라 여차하면 승도가 자신을 땅바닥에 메다꽂을 것 같았다.

마치 비구름이 세상을 통째로 삼켜버린 것처럼 어두워졌다. 바람 소리가 거세졌다. 거기에 따라 나무도 심하게 흔들렸다. 짙은 먹구름이 하늘에 더 깔리며 이동하는 속도가 빨라졌다. 굵은 빗줄기가 창문을 타고 후두두 떨어졌다. 잠시 침묵한 두 남자 주위를 무거운 공기가 꽁꽁 묶어버렸다.

"아무것도 안 하면 돼."

승도가 먼저 입을 열었다. 심오한 그 뜻이 뭔지 몰라 진호는 눈썹을 찌푸렸다.

"뭐?"

"아무것도 하지 말라고."

"무슨 말인지 알아듣게 해. 그래야 하든지 말든지 하지."

진호는 침착하게 대응했다. 자칫 여기서 감정이 격해지면 친구 관계도 끝날 것을 잘 알고 있었다.

"네가 가볍게 생각하는 정다진이 나한테는 누구보다 무거워. 네가 다진이한테 아무렇지 않게 다가가는 그 거리, 나한테는 한 걸음보다 더 멀었어."

믿기 어려운 말이 승도의 입에서 쏟아졌다. 지금은 그 어느 때보다 침묵해야 할 때임을 알았다. 진호는 잠자코 승도의 말을 듣고 있었다.

"네가 막 잡아버린 정다진 손, 잡기까지 걸린 시간만 3년이야."

승도의 짙은 눈썹 아래 눈동자가 위험하게 일렁였다. 그를 압박하는 힘이 뭐라 말할 수 없이 컸다. 진호는 당황과 혼란이 뒤섞인 얼굴로 멍하니 앉아 있어야만 했다.

"진호야."

"어."

"더는 우리 둘 사이에 개입하지 마라."

"알았어."

진호는 고개까지 끄덕이며 대답했다. 승도는 차갑게 한마디 더 덧붙였다.

"당부가 아니야."

"알아. 협박이라는 거."

피부로 느껴지는 경고가 섬뜩할 정도였다. 눈에 어린 광기를 보고 있노라면 절로 주눅이 들었다. 진호는 그사이 입이 바짝 말라 맥주를 하나 더 따서 급히 마셨다. 승도는 그제야 잔뜩 굳은 표정을 조금씩 풀었다. 아까까지 승도의 주위를 금방이라도 터질 듯이 위험하게 떠돌던 빛도 사라지는 듯했다.

"다진이 많이 놀라지 않았어?"

"아무것도 하지 말라니까."

"알았다. 알았어. 걱정도 안 할게."

하나에 꽂히면 옆도 돌아보지 않는 녀석이었다. 사물이 아닌 여자한테 꽂혔으니 오죽할까. 지금 승도는 눈에 뵈는 게 없었다. 그나마 껄끄러웠던 감정을 털어낸 진호는 마음의 짐이 한결 가벼워졌다.

"잘해봐."

"응원도 하지 마."

"나쁜 자식. 술이나 마셔."

두 남자는 무심한 표정으로 남은 맥주를 나눠 마셨다.

밤새 내린 비 때문인지 날씨는 유난히 화창했다. 평상시

와 다름없이 그늘은 활기차게 문을 열었다. 단골손님들이 들어와 일찌감치 좋은 자리를 맡으며 앉았다.

"커피 나왔습니다."

주문을 받고 계산을 하고 커피를 만들었다. 몇 달을 반복적으로 했던 일이라 몸이 기억한 탓에 딴생각을 하면서도 기계처럼 움직일 수 있었다. 남자손님이 계산을 끝내자 스카프로 얼굴을 반이나 가린 여자가 카운터 앞으로 다가왔다. 그녀는 선글라스까지 쓰고 있어 목소리만 들을 수 있었다.

"손님 뭘 주문하시겠어요?"

"여기서 제일 맛있는 거 줘요."

여자의 억양이 다소 특이했다. 처음엔 중국이나 일본인인 줄 알았는데 아니었다. 여자는 오랜 외국생활을 한 듯하다. 영어 발음도 아닌데 어느 나라지?

"저흰 다 맛있어요."

"음……."

여자는 선글라스를 벗지도 않고 유리 진열장을 들여다봤다. 온몸이 명품으로 휘감은 여자는 사모님 포스가 팍팍 풍겼다.

"브런치 세트메뉴 줘요."

"알겠습니다."

계산을 끝냈는데도 여자는 가지 않고 다진을 물끄러미 바라봤다. 짙은 선글라스에 눈이 가려 있어 어떤 눈빛으로 바라보는지는 알 수 없다. 다만 뭔가 할 말이 있는 것으로 보였다.

"손님, 더 필요한 거 있으세요?"

"이름이, 이름이 뭐예요?"

잠시 말이 없던 여자가 조심스러운 목소리로 물었다. 너무나 뜬금없는 질문이라 다진은 이상하다는 생각도 하지 못하고 바로 대답했다.

"정다진입니다."

"예쁘네요."

"고맙습니다."

얼떨결에 이름을 밝힌 다진은 어색하게 웃었다. 푸른색의 얇은 블라우스까지 부티가 흐르는 여자는 창가로 가서 앉았다. 실내에서도 그녀는 선글라스를 벗지 않았다. 이젠 대놓고 자신을 보는 눈길이 느껴졌다. 애써 무시하면서도 왜 자신을 보나 싶어서 의아했다. 하지만 그 의아함은 오래가지 못했다.

두둥, 한승도 등장.

어제 그녀를 불면으로 지새우게 만든 장본인은 평상시처럼 무표정했다. 보름 정도 매일같이 오전은 자리를 비우더니 오늘도 마찬가지였다. 출근하자마자 외출하고 발음이 특이한 여자와 함께 등장했다.

"별일 없지?"

"네."

상규의 대답을 듣고 승도는 곧장 카운터 안으로 들어왔다. 다진은 옆으로 살짝 비켜섰다. 그리고 눈을 부릅뜨고 그를 올려다봤다. 그녀가 빤히 쳐다보는 걸 알면서도 승도는 앞만 응시할 뿐이다.

"얼굴 뚫어지겠다."

"나한테 할 말 없어요?"

"여긴 직장이야. 우리 둘 문제는 나중에 얘기해."

어제 그 일이, 문제라는 단어를 써야 하는구나.

다진은 가슴이 뻐근해졌다. 둘 사이에 평소와 다른 무언가가 포함된 걸 느꼈다. 원래 다정한 남자가 아니었다. 무표정이 더 친근한 남자였지만 오늘 승도가 짓는 무표정이 마음을 욱신욱신 쑤셨다.

밤잠을 설친 탓이겠지. 한순간 어찌할 바를 몰라 가벼운 현기증에 시달렸다. 또렷이 보이던 승도가 초점이 흐려진 것처럼 보였다. 승도를 그렇게 보내고 연락을 하려고 휴대전화를 들었다 놓기를 수없이 반복했다. 정작 문자를 입력하고도 보내지 못했다.

어떤 말부터 보낼지 몰랐기 때문이다. '우리'라고 적는 것도 맞는지 헷갈렸다. 무엇보다 승도가 원하는 대답을 해줄 수가 없었다. 승도가 그녀에게 원하는 건 두 가지뿐이다. 그렇지만 그녀에겐 가장 고민을 많이 해야 하는 문제였다.

비밀연애는 밝힌다지만, 결혼은 아직도 판단이 서지 않

았다. 승도가 싫어서가 아니었다. 그를 좋아하고 확신하면서도 결혼이 앞으로 나아가지 못하게 발목을 잡았다. 뭔지 모르게 두려웠다. 결혼은 그녀에겐 드라마나 영화처럼 아주 멀게 느껴졌다. 마치 타인의 삶처럼 낯설고 터무니없을 정도였다. 아마도 버림받았다는 트라우마가 강하게 자리 잡은 탓이겠지.

한 사람을 신경 쓰는 일이 이토록 사람을 끝으로 몰고 가는지 예전엔 미처 몰랐다. 밤새 별의별 생각을 하며 땅굴을 파고 들어갔다. 화가 많이 났나? 이대로 헤어지면 어쩌지? 그와 헤어지면 감당할 수 있을까. 꼬리에 꼬리를 무는 생각으로 밤을 꼴딱 지새웠다.

다진은 헝클어진 정신을 가다듬고 심호흡을 했다. 진호가 잠깐 올라왔다가 내려갔다. 승도에게 얼마나 세게 맞았는지 입가에 멍이 시퍼렇게 들었다. 음, 꼬인 실타래는 저기서부터 시작되었다.

둘의 말싸움이 흙탕물이 되어 그녀와 승도에게도 튀었다. 저 둘만 싸우지 않았다면 승도와 삐걱거리며 어색한 사이가 되지 않았을 텐데. 원망의 화살을 진호와 수인에게 돌리던 다진은 눈을 크게 떴다.

언젠가 터질 일이었어.

누구 탓도 아닌, 우리 둘만의 문제. 그래, 문제…….

[머리띠 줄게. 찾으러 와.]

수인에게 문자를 보낸 다진은 문득 뺨에 닿는 차가운 감각에 눈꺼풀을 들어올렸다. 승도가 손마디로 그녀의 뺨을 살짝 만지고 있었다.

"네?"

"왜 이렇게 안색이 안 좋아? 무슨 고민 있어?"

이 남자가 지금 진짜로 몰라서 묻는 건가.

"일하자면서요. 우리 문제는 나중에 해결해요."

다진은 감정을 힘겹게 누르며 대답했다. 지금은 승도에게 어떤 말도 해줄 수가 없었다. 미안하다, 잘못했다로 끝날 일이 아니라는 것도 잘 안다. 승도와 한 걸음 앞으로 더 나아가려면, 그녀도 뭔가 변화가 필요했다. 이젠 제 감정의 무게를 저울에 달아볼 차례였다.

"저분한테 갖다 드려."

승도가 창가에 앉은 선글라스 여자를 보며 말했다. 손님이 주문한 것을 자리까지 갖다주는 일은 드물다. 아는 사람인가? 다진은 여자가 주문한 브런치 세트를 들고 창가로 걸어갔다. 그녀는 그림처럼 우아하게 앉아 있었다.

"주문한 음식 나왔습니다."

"같이 먹어요."

"네?"

"거기 앉아요."

악센트가 강한 발음이 귀에 콕콕 박혔다.

"고맙지만 지금 근무 중이라서요."

"그렇군요."

"맛있게 드세요."

이상한 분이다. 그녀가 더 말을 시킬까 봐 다진은 자리를 서둘러 떠났다. 승도가 이번에는 갓 구운 마카롱을 갖다주라고 했다. 어정쩡한 얼굴로 다진은 선글라스 여자에게 놓아주곤 물었다.

"저희 사장님하고 아시는 사이세요?"

"조금."

여자는 모호하게 대답했다. 그렇게 몇 번을 승도는 그녀에게 뭔가를 갖다주라고 했다. 그러나 그녀는 커피만 마실 뿐 다른 건 손도 대지 않았다. 한창 손님이 몰리는 때라 계속 여자를 신경 쓸 여유는 없었다. 문득 창가 자리를 보니 여자는 가고 없었다.

퇴근시간에 맞춰 수인이 그늘로 찾아왔다. 언뜻 비장해 보이는 표정은 뭔가 단단히 벼른 것 같았다. 승도는 어디 갔는지 보이지 않았다. 다진은 수인이 자리에 앉는 걸 보며 상규에게 물었다.

"사장님 어디 갔어?"

"어? 그러게요."

뒷정리까지 끝낸 상규는 퇴근 준비를 하고 있었다.

"요샌 틈만 나면 없어지네. 누나도 몰라요?"

"응."

"오겠죠."

어차피 수인과 얘기를 나누려면 아무도 없는 편이 나았다. 마지막으로 상규가 가고 나서야 다진은 수인과 마주 앉았다.

"네가 그토록 달라던 거. 여기."

테이블에 놓인 상자를 보며 수인은 비릿한 웃음을 머금었다.

"진작 줬으면 좋았잖아."

"사람 참 안 변해."

순간 기분 나쁘게 굳는 수인의 표정에 짜증이 역력했다. 진호와 크게 싸우고 수인이 조금은 달라질 줄 알았다. 수인을 보고 있으면 태어날 때부터 탯줄에 이기심을 달고 나온 것 같았다.

"머리띠 받아서 이젠 마음이 편해?"

"그래."

"이젠 진호 선배랑 헤어졌는데 필요 없잖아."

"뭐?"

"둘 헤어졌잖아."

다진은 과거형으로 말했다. 수인과 좋게 끝낼 생각이 없었다. 좋은 게 좋은 거라고, 그동안 참았는데 참는 사람만 바보가 되었다. 다시 수인을 보지 않더라도 오늘은 할 말을 해야겠다.

"너 설마 진호 오빠랑 사귈 생각은 아니지?"

수인은 전혀 표정관리가 되지 않는 얼굴이었다. 다진을 보며 묻는 얼굴은 새파랗게 질려 목소리까지 파르르 떨고 있었다.

"네가 상관할 거 없잖아. 헤어졌으면 진호 선배에 관해서 관심 꺼."

"다진이 너 대단하다. 어떻게 친구랑 사귀었던 남자랑 사귈 수가 있어?"

"못할 것도 없어."

다진은 세게 나갔다. 오늘 제대로 끝내지 않으면 수인은 계속 그녀를 물고 늘어질 게 뻔했다. 더는 동네북이 될 생각은 없다.

"야!"

"뭐!"

"기가 막혀서."

"기가 막힌 건 나야."

다진은 무감각한 눈으로 수인을 지그시 바라봤다. 온종일 자괴감에 빠져 있었다. 제일 좋아하는 사람에게 상처를 주면서 이게 뭐하는 짓인가 싶었다. 그녀를 보는 시선에도 마음의 무게가 느껴지는 남자가 한승도였다.

그와의 연애는 짧았다. 그렇다고 감정의 깊이까지 짧은 건 결코 아니었다. 그녀를 향한 승도의 감정이 얼마나 깊은지 새삼 알게 되는 시간이었다. 그럴수록 자꾸 그에게 미안한 마음이 커졌다.

다진은 울컥 눈물이 솟았지만 애써 내리누르며 떨리는 감정을 다스렸다.

“나한테 사과부터 해.”

“내가 왜?”

수인은 눈을 흘기며 쏘아붙였다. 다진은 다시 침착한 어조로 말을 이었다.

“네가 나한테 왜 그랬는지 알아. 그렇다고 해서 진호 선배랑 싸울 때마다 그렇게 구질구질하게 굴어야 했어?”

“정다진, 말이 심하잖아.”

“심한 건 너야. 네가 그동안 나한테 했던 거 생각해봐. 내가 너한테 뭘 어떻게 했어?”

“그래, 말이 나왔으니까 하는 말인데, 너 진호 오빠 좋아하잖아. 그런데 여기 그늘에서 일까지 하는데, 내가 마음이 편하겠어? 너랑 진호 오빠랑 종일 붙어 지내는 거 생각만 해도 기분이 찜찜했다고. 내가 그거 얼마나 참고 있는 줄 알기나 해!”

수인은 격해진 감정을 마구 쏟아냈다. 그럴수록 다진의 눈빛은 싸늘히 식어갔다.

“너 진심으로 진호 선배 좋아하기는 한 거야?”

“뭐?”

“그런 얄팍한 믿음으로 어떻게 지금까지 만났는지 모르겠다. 내가 진호 선배한테 뭔 짓이라도 할까 봐?”

"그래!"

수인은 목에 핏대까지 세우며 외쳤다. 이미 고름은 터졌다. 어차피 수인이 이렇게 나올 거라고 짐작했다. 오늘 이후로 수인과 친구라는 가면을 쓰고 가식적으로 대할 필요가 없다는 것도. 오히려 마음이 홀가분해졌다.

"뭔 짓은 한승도 씨한테 했는데."

무슨 말인지 몰라 수인은 충혈된 눈동자를 굴렸다.

"나 한승도 씨랑 사귀거든."

수인은 놀라 벌어진 입을 다물지 못했다. 손을 잡고 바닷가에서 나란히 걸어도 수인의 눈에 두 사람은 절대 안 어울리는 남녀였으니까. 그렇다고 그렇게까지 놀라나. 수인의 반응이 조금은 우스웠다. 우리가 불륜도 아닌데, 뭘 그렇게 놀라?

"내가 좋아하는 남자는 진호 선배가 아니라 한승도야."

"……."

"그러니까 다음부터 네 널뛰는 감정에 날 끌어들이지 마. 그땐 정말로 안 참을 거니까. 아? 어차피 진호 선배랑 헤어져서 그럴 일도 없으려나."

수인은 아무 말도 하지 못하고 숨만 거칠게 씩씩거렸다. 뭐랄까. 닭털이 죄 뽑힌 닭처럼 푸덕거리는 것처럼 보였다.

"더 할 말 없지?"

"나쁜 년."

막 일어서는데 수인이 독한 말을 퍼부었다. 하다 하다 이젠 욕까지 하네. 결국, 바닥까지 드러내는구나. 똑같이 되돌려주려다가 한심한 인간이 되고 싶지 않아서 입술을 깨물며 간신히 참았다.

"이수인!"

언제부터인지 모르겠다. 진호가 둘의 얘기를 모두 듣고 있었다. 수인과 다진을 번갈아 바라보며 걸어오는 진호의 얼굴은 참혹하게 굳어 있었다.

"오빠……."

수인은 눈물을 글썽이며 진호를 올려다봤다.

"다진이가 나한테 글쎄……."

"너 정말 얼마나 더 실망하게 할래?"

"왜 다들 나한테만 뭐라고 하는데! 내가 뭘 그렇게 잘못했다고."

수인은 억울한 표정을 풀지 않았다. 진호는 깊은 한숨을 몰아쉬었다.

"다진아, 미안하다."

"저 한승도 사장님이랑 사귀어요."

다진은 진호에게도 말했다. 진호는 팽팽한 입가를 잠시 누그러뜨리며 입을 열었다.

"알아."

"알아요?"

"어. 승도한테 들었어."

진호는 씁쓸한 미소를 머금었다. 한발 늦었다. 먼저 말하려고 했는데 이미 승도가 진호에게 털어놓은 모양이었다.

"진호 선배, 더는 실망하는 일 없게 해줘요. 두 사람 또 다시 만나서 싸우더라도 날 희생양으로 삼진 말아요. 나도 나지만, 한승도 씨가 무척 화를 내서요."

다진은 가슴 한쪽이 욱신거리며 쑤셨다. 승도가 없는 데서 하는 말이 무슨 소용이 있는가 싶어서. 한편으론 커피처럼 쓰면 쓰고, 달면 달다고 확실하게 마음을 표현했더니 후련했다.

"먼저 갈게요."

"정다진, 그렇게 가면 어떻게 해!"

뒤에서 수인이 울음 섞인 목소리로 외쳤다. 다진은 걸음을 멈추지 않았다. 진호의 성난 목소리도 들렸다. 싸우면서 크는 애들도 아니고, 둘은 오늘도 싸우려나 보다. 이젠 둘이 치고받고 해도 전혀 관심이 없었다.

그녀의 관심은 온통 한승도한테 향했으니까.

그건 그렇고, 이 남자 어딜 간 거지? 3층은 불이 꺼져 있었다. 가방을 챙겨 그늘을 나왔는데 어두운 밖에서 다진을 기다리는 사람은 승도가 아니었다. 낮에 본 선글라스 여자가 다진을 향해 걸어오고 있었다. 왠지 뭉클한 기분이 온몸에 퍼졌다.

여자가 선글라스를 천천히 벗었다. 미래의 자신을 마주한 기분이었다. 할머니의 젊었을 적 모습과 똑 닮은, 그리고 그녀와도 닮은 여자가 눈앞에 서 있었다. 말하지 않아도 온몸으로 그녀가 누군지 단번에 알아버렸다.

"왜 왔어요?"

엄마에게 건넨 첫마디는 차가웠다.

"미안……."

여자는 눈물을 글썽이며 웃었다. 다진은 약간 떨리기 시작한 주먹을 움켜쥐었다.

"그 말 하려고 온 거면 알았어요. 사과 받을게요. 됐죠?"

다진은 눈을 마주치지 않고 여자의 곁을 지나쳤다. 그녀가 황급히 다진의 팔을 붙잡았다.

"다진아."

"놔요."

"널 찾았어. 그런데 이사 갔대. 아무도 모른다고 했어."

스무 살 때 독일로 떠났다는 여자는 그사이 모국어를 많이 잊은 듯했다. 그렇게 잊고 살지 왜 온 것일까. 왜! 왜 와서 잘 사는 사람을 흔드는지 모르겠다. 그때도 와서 사람 힘들게 하더니.

"찾기에 너무 늦었다고 생각 안 해요?"

"네가 보고 싶었어. 엄마가 네 사진 보내줬어."

심장이 쿵, 내려앉았다. 할머니는 엄마 얘기를 꺼낸 적이 한 번도 없었다. 아예 없는 사람 취급하다시피 했다. 그런데 그녀 모르게 엄마와 연락을 하고 지냈다는 사실이 무척 충격이었다.

"거짓말!"

"거짓말 아니야. 사진 여기 다 있어."

여자는 떨리는 손으로 핸드백에서 사진들이 든 봉투를 꺼냈다. 사진을 꺼내는 손길이 불안하기 짝이 없다. 아니나 다를까. 서두르느라 사진들은 어두운 땅바닥에 우수수 쏟아졌다. 다진은 바닥에 떨어져 흩어진 사진들을 망연히 내려다봤다.

백일사진. 돌사진. 유치원에 들어간 사진. 학교 입학식. 그녀의 성장 과정이 담긴 사진들이었다. 몸이 뻣뻣이 굳어지고 주체할 수 없이 감정이 흔들렸다.

"많이 보고 싶었어."

"할머니 돌아가신 건 알아요? 당신 연락처가 없어서 연락도 하지 못했다고요!"

"……."

"당신은 너무 나쁜 사람이야!"

"알아."

여자는 소리 없이 눈물을 뚝뚝 흘렸다. 화장이 번지고 마스카라도 번져 얼굴은 엉망이 되었다. 여자의 이름은 김소영이다. 소영은 다진을 보며 계속 울기만 했다. 왜 세상에서 제일 미운 여자의 눈물에 마음이 아픈지, 정말 싫다.

잠시 긴 침묵이 흘렀다. 도로를 쌩쌩 달리는 자동차 소리만 들렸다. 다진은 소영을 싹 무시하고 갈 수가 없었다. 자신을 버렸다지만 우는 엄마를 두고 갈 만큼 독하지 못했다.

"저쪽으로 가요."

진호와 수인이 나오다가 볼 수도 있었다. 다진은 소영을 이끌고 골목을 돌아 걸었다. 자정이 넘은 시각이라 갈 만한 곳이 별로 없었다. 다진은 어쩔 수 없이 소영과 함께 늦게까지 불이 켜진 기사식당 안으로 들어갔다.

"우동 주세요."

주문도 하지 않고 앉아 있을 수 없어 우동을 시켰다. 소영은 주위를 두리번거렸다. 다소 지저분한 플라스틱 의자를 휴지로 닦고 나서야 앉았다.

다진은 마주 앉은 소영을 물끄러미 바라봤다. 딸도 어머니도 버린 떠난 여자라 피조차 흐르지 않는 냉혈인 줄 알았다. 자신과 참으로 많은 닮은 여자. 그렇지만 성격은 정반대 같다. 사십이 넘었다고 믿을 수 없을 만큼 소영은 여려 보였다.

열아홉 살에 낳은 딸을 비정하게 버린 여자처럼 보이지 않았다. 할머니와 그녀는 많은 고생을 했는데 독일로 떠난 소영은 부족한 것 하나 없이 살아온 듯하다. 엄마도 자식도 버리고 떠났으니 오죽 잘 살았을까.

"너희 아빤 죽었어."

소영은 차가운 물을 한 컵 마시더니 또다시 충격적인 말을 내뱉었다. 식당 안의 소음을 모두 태워버릴 만큼 소영의 목소리만 또렷하게 들렸다.

"우린 사랑했어. 그래서 널 낳기로 했어. 그런데 그 사람이 교통사고로 죽었어. 너무 무서워서 난 어떻게 해야 할지 몰랐어."

누구나 파란만장한 사연 하나쯤 있다지만 소영의 삶은 순탄치 않았다. 열아홉 살. 아이도 어른도 아닌 애매한 나이. 둘은 같은 학교에 다니는 친구였단다. 둘밖에 보이지 않을 정도로 사랑했고, 하룻밤 불장난이 아닌 진심으로 서로를 원해 밤을 보냈다. 그리고 그녀가 생겼다.

졸업도 하기 전에 미성년자가 아기를 가졌다는 건 그 시절엔 있을 수도 없는 일이었다. 그렇지만 둘은 세상의 무서운 눈을 이겨내기로 했다. 압박붕대로 필사적으로 점점 부풀어 오르는 배를 가리며 학교에 다녔다.

졸업을 얼마 남겨두지 않고 남자는 사고를 당했다. 남자는 가난했단다. 아버지를 일찍 여읜 남자는 그나마 동네의 작은 세탁소를 하는 어머니 밑에서 겨우겨우 살아가고 있었다. 그 힘겨운 삶 속에 스무 살도 안 된 남자는 아이의 아빠가 되어야 했고, 한 여자를 책임져야 하는 가장이 되어야 했다.

그는 대학도 포기하고 생활전선에 뛰어들었다. 수업이

끝나면 닥치는 대로 아르바이트를 뛰었다. 그날도 음식배달을 하던 날이었다. 한 번이라도 더 하면 그만큼 돈을 더 벌 수 있다는 욕심에 끔찍한 사고가 기다리는 것도 모르고 남자는 헬멧도 쓰지 않고 오토바이를 탔다.

다음 달이면 아이가 세상으로 나오는데 소영은 하루아침에 떠난 남자를 두고 슬퍼할 겨를도 없었다. 만삭이라 이미 지울 수도 없었다. 할머니한테 솔직하게 털어놓지도 못했다고 한다. 도망치듯 집을 떠난 소영은 시골의 어느 산부인과에서 혼자 그녀를 낳았다.

보육원에 보낼까, 아니면 입양을 보낼까. 아픈 몸을 추스를 정신도 없이 고민 끝에 소영은 할머니에게 핏덩이인 딸을 보냈다. 앞날이 깜깜해진 소영은 혼자서 아무것도 할 수가 없었다. 누군가의 보호를 받고 싶었다. 엄마가 있는 고향으로 돌아갈 처지도 아니었다. 문득 떠오른 한 사람. 예전부터 그녀를 후원하겠다고 호감을 보인 나이 많은 독일 남자와 한국을 떠나버렸다.

"지금 그런 얘기들이 무슨 소용이에요? 할머니 돌아가시기 전에 왔어야죠."

한 번도 본 적 없는 아빠는 이미 이 세상 사람이 아니라니. 그녀가 태어나는 것도 보지 못하고 떠난 아빠. 태어날 아기를 위해 학생이면서도 열심히 일했다는 소영의 말에 가슴에서 뜨거운 무언가가 울컥 치솟았다.

"미안해."

소영은 선생님께 꾸중을 듣는 아이처럼 고개를 숙였다. 이건 뭐가 바뀌어도 많이 바뀌었다. 엄마가 아닌 딸이 엄마를 혼내는 모습이었다. 주인아주머니가 우동 두 그릇을 놓으며 무슨 일인가 싶은지 바라보았다. 다진은 우동 그릇 옆에 수저를 놓으며 얼른 가라는 눈빛을 주었다. 지금 둘 사이로 흐르는 맥을 끊는 것은 모두 싫었다.

"미안하다고 하면 끝인가요? 그게 다예요?"

"나는……."

소영은 손수건으로 눈물을 훔치며 힘겹게 말을 이었다.

"아마도 믿지 못하겠지만, 오고 싶었어. 그런데……."

"그런데 뭐요?"

다진은 참지 못하고 물었다. 거의 처음이다시피 엄마를 만나는 날이지만 감격의 물결이 그녀에겐 없었다. 왜 자신을 버렸느냐고 얼마나 보고 싶었는지 아느냐며, 소영을 얼싸안고 품에 안겨서 투정이나 그동안의 원망을 쏟아내지도 않았다.

다진에게 소영은 거의 타인이나 다름없는 존재였다. 동네 아주머니보다 더 정이 없었으니까. 정작 엄마가 필요한 나이에는 소영은 없었다. 이젠 제 밥벌이도 할 수 있고 엄마는 필요 없는 나이인데 소영이 나타났다.

"내가 많이 아팠어."

"네?"

"그래서 한국에 올 수가 없었어."

다진은 잠시 할 말을 잃고 소영을 멍하니 바라봤다. 아팠다니, 어디가?

"유방암."

소영은 쓴웃음을 지으며 손바닥으로 왼쪽 가슴을 쓸어내렸다. 굴곡 없이 쓱 내려가는 동작에서 가슴이 없다는 걸 알 수 있었다.

"항암치료 받고 가려고 했는데, 또 재발해서……."

소영은 끝내 말을 잇지 못하고 흐느꼈다. 힘겹게 힘겹게 울음을 참아보지만 소영의 입술 사이로 흐느낌이 새어나왔다. 오랜 세월 참다 터진 울음처럼 처연했다.

다진도 한동안 아무 말 못 하고 우두커니 앉아 있었다. 마음이 온통 물컹해지고 머릿속은 뒤죽박죽. 슬픔과 분노가 구별되지 않는다.

"벌 받은 거예요."

다진은 모진 말을 내뱉었다. 소영은 눈물을 흘리며 희미하게 웃었다. 마치 그런 말을 들어도 된다는 표정에 자신이 더 가슴이 아파 견딜 수가 없었다.

"할머니하고 나 버리고 도망간 벌."

"응……. 벌 받고 있어."

할머니도 엄마였다. 입에 담을 수 없이 소영이 엄청난 짓을 하고 한국을 떠났어도 할머니는 그 세월을 혼자서 묵묵히 견디신 것이다. 다 버리고 떠났으니 그래도 잘 살길 속으로 빌었을 할머니를 생각하자 눈물이 참지 못하고 흘렀다.

"죽는 한이 있더라도 왔어야죠. 할머니 임종은 지켰어야죠."

"미안해."

"아팠다고 하면 다 용서가 될 줄 알았어요?"

"아니야. 너한테 용서받을 생각 없어."

"왜 왔어요? 왜 와서 사람을 흔들어요?"

"다진아."

"내 이름 부르지 마요. 당신 부를 자격 없어."

"그 이름 너희 아빠랑 내가 지었어."

소영의 말에 다진은 더는 외치지 못했다. 이게 아닌데. 그럴 일은 없겠지만, 언젠가 소영을 만나더라도 눈물 한 방울 보이지 않을 거라고 단단히 다짐했었다. 자신한테 엄마는 없다고 생각하며 살아왔는데 아팠다는 말에 걱정부터 앞섰다.

다 나은 것이 아닌지 물어보고 싶었다. 모자 밑으로 삐죽 나온 머리칼이 왠지 가발처럼 보였다. 아직도 항암치료를 받는 것이냐고 묻고 싶은 말을 간신히 참았다.

"내가 여기 있는 건 어떻게 알고 왔어요?"

"승도."

"우리 사장님요?"

그러고 보니 오전에 승도가 소영에게 이것저것 갖다주라고 했던 것이 문득 생각났다.

"응. 한승도 씨가 날 찾았어."

소영은 여전히 훌쩍거리며 말했다. 다진은 승도가 소영을 찾았다는 말에 반쯤 넋이 나갔다. 이제껏 그녀의 집안 사정에 대해서 한마디도 한 적이 없다. 그렇데 어떻게 알고?

"다진아. 나하고 독일 가자."

소영이 혼란스러워 멍하니 눈만 굴리는 다진의 손을 덥석 잡았다. 얼마나 힘껏 잡았는지 평생 놓아주지 않을 것처럼 절박함이 가득했다.

"내가 가진 것, 너한테 전부 줄게. 이제라도 잘할게. 이제까지 못한 거 몇 배로……."

"……."

"다진아. 응? 엄마한테 다시 한 번 기회를 줘."

소영은 굵은 눈물을 뚝뚝 흘리며 간절히 말했다. 그사이 우동 면발은 퉁퉁 불었다. 마치 그녀의 물컹거린 마음처럼.

그 남자의 비하인드 컷

집에 가지 않았다. 아니 갈 수가 없었다. 소영의 손을 차갑게 뿌리치고 식당을 나와 다진이 향한 곳은 승도의 집이었다. 문이 잠겨 들어갈 수 없어 계단에 쪼그리고 앉았다.

오늘 밤이 너무 길었다. 오늘 하루 동안 평생 있을 일이 모두 생긴 기분이었다. 그래서 더더욱 승도가 보고 싶었다. 이 남자 대체 어디를 간 거야? 엄청난 짓을 벌여놓고 무서워서 숨은 건가. 손은 이미 통화 버튼을 누르고 있었다.

– 여보세요.

전화를 기다렸다는 듯이 승도의 목소리가 들렸다. 괜히 마음이 울컥해진 다진은 콧잔등을 찡그렸다.

– 다진아…….

아무 말이 없자 승도가 그녀를 나직하게 불렀다. 문득 그 찰나의 시간에 다진은 승도가 평생 지금처럼 그녀의 이름을 불러줬으면 좋겠다는 생각을 했다.

"어디예요?"

– 저번에 왔었던 작업실.

"일하는 중이에요?"

– 일은 아니야.

"그럼 왜 갔어요? 설마 나 보기 싫어서?"

승도가 부정하지 않자 다진은 코끝이 시큰했다.

"정말 나 보기 싫어서 간 거예요?"

이 남자가 진짜.

괜한 투정을 부려봤다. 사실대로 말했다간 눈물을 콸콸 쏟을 것만 같았다.

– 어머니는 만났어?

"네."

다진은 깊은 한숨과 동시에 대답했다. 승도가 몇 초간 침묵하더니 입을 천천히 열었다.

– 감동의 재회는 아니었구나.

"네."

– 많이 아프셨대.

"들었어요."

왼쪽 가슴을 잃어버린 소영의 얼굴이 계속 눈앞에 어른거렸다.

"어떻게 알고 엄마를 찾았어요?"

– 은정이랑 합동작전.

다진은 그제야 조각난 퍼즐이 맞춰지기 시작했다. 은정은 그녀가 회사를 그만두고 얼마 후 독일지사로 떠났다.

"은정이가 엄마를 찾은 거군요."

– 그렇지.

"사장님하고 은정이하고 계속 연락했어요?"

– 은정이 학교 다닐 때부터 유일하게 내 편이었어.

"네?"

– 은정이는 다 알고 있었어. 내가 너 좋아하는 거.

그래서 그렇게 승도 선배가 진호보다 더 좋은 남자라고 침을 튀기며 열변을 토했구나. 세상에 기가 막혀서. 어쩜 그동안 감쪽같이 속였을까?

– 어머니가 뭐라셔?

"독일 같이 가자고 했어요."

다진은 중간중간 숨을 쉬며 느릿느릿 말했다. 은정과 승도가 짜고 소영을 찾은 것도 충격인데 승도는 더 심한 말을 했다.

– 갔다 와.

달빛이 제 마음처럼 잘게 찢기듯 쏟아져 내렸다. 방금 들은 말이 진짜인지 제 귀를 의심했다.

"진심이에요?"

– 응.

"정말 나 엄마랑 떠나요?"

– 누가 떠나라고 했어? 갔다 오라고 했지.

"그게 그거죠."

다진은 마음의 격정이 조절되지 않았다. 멍청하게 눈을 깜빡이는 것도 버거울 정도였다. 그녀를 버린 엄마를 만난 것도 아직 수습되지 않았다. 지금의 기분을 어떻게 표현하면 좋을까. 봄날의 꽃가루가 온몸에 묻은 것 같았다. 난감했고 몸이 가렵고 눈은 따가웠다.

"그녀가 그러더군요. 날 버린 죗값 갚겠대요. 앞으로 잘 하겠다면서 나한테 다 주겠대요. 딱 봐도 부자처럼 보였어요. 들고 있는 핸드백이 족히 천만 원은 넘을걸요. 나 완전 로또 맞았잖아요. 부자 엄마가 생겼어요."

– 마음에도 없는 소리 하지 마.

"그러니까 왜 그 사람을 찾았어요? 내 허락도 없이. 누가 보고 싶다고……."

격해진 감정은 기어이 흘러넘쳤다. 온몸 구석구석 피가 뜨겁게 흘렀다. 가만히 앉아 있어도 급체를 한 것처럼 열이 올랐다. 숨만 쉬어도 입에서 더운 연기가 나올 것 같았다. 그러나 마음은 오히려 더 텅 비어갔다.

아무리 앞일은 장담하는 것이 아니라지만, 자신을 버린 소영을 만나서 이 정도로 흔들릴 줄 몰랐다. 자장가를 불러주지도, 잘했다고 머리를 쓰다듬어주지도 않은 비정한 엄마였으니까. 정말이지 왜 피는 물보다 진해서 이런 감정에 휘둘리는지. 정말 싫다.

– 다진아, 나는 네가 세상 그 누구보다 행복했으면 좋겠어.

결국, 눈물이 흘렀다. 이 험한 세상 단 한 사람이라도 그녀의 행복을 걱정해주는 사람이 있어서.

"지금도 충분히 행복해요. 한승도 씨 얼굴 보고 얘기하면 더 행복하겠지만."

– 정다진 솔직해졌는데?

그녀가 마음을 표현한 것이 승도는 즐거운 모양이었다. 이렇게 좋아할 줄 알았으면 좀 더 일찍 해줄걸.

"한승도란 남자의 애정을 벌컥벌컥 마셨더니 그런가 보죠."

– 너무 쑥쑥 자란 거 아니야? 겁나게.

"나 오늘 다 밝혔어요. 한승도 씨랑 사귄다고 다 말했는데, 잘했다고 기특하다고 칭찬 듣고 싶었는데, 필요할 땐 없고. 애인이 뭐 이래요."

– 애인?

되묻는 승도의 목소리가 묘하게 들떴다. 다진은 울다가 웃었다. 그 순간 시멘트처럼 딱딱하게 굳었던 감정의 빗장이 팍, 하고 풀려버렸다. 당장 해결할 수 없는 일로 고민할 필요는 없었다. 소영을 향한 냉가슴은 빙하처럼 단단했다. 아무리 따뜻한 바람이 불어온다 해도 쉽사리 녹지 않을 것이다. 시간을 두고 천천히 해결하면 된다.

지금은 한승도한테 집중할 때였다.

"애인, 얼굴 좀 봅시다."

정말로, 너무너무 보고 싶어서, 미칠 것 같단 말이에요.

"엄청 보고 싶은데……, 지금 와줘요."

– 곤란한데.

승도는 당황스러울 정도로 단박에 거절했다. 마음이 여러 갈래로 갈라지는 것처럼 아팠다.

"왜요?"

– 좀 중요한 일을 하는 중이라 오늘은 못 들어가.

"그러면 내일은 와요?"

– 이거 기분 좋다. 정다진이 나한테 매달리는 거.

"팔다리 잡고도 매달려줄게요."

다진은 밤하늘을 아득히 올려다봤다. 어둠이 뭉치고 뭉친 것처럼 하늘은 온통 까맸다. 그가 온다면 다음 날에도 그 다음 날에도 같은 자리에서 기다릴 수 있었다.

– 늦었다. 어서 들어가.

"싫어요."

– 뭐?

"오늘은 여기서 잘래요. 승도 씨 침대 위에서. 발가벗고 자야지."

승도는 없지만, 그의 집에서 자고 싶었다. 그의 체취라도 느끼며 잠들고 싶었다. 그녀의 말이 어이가 없는지 승도는 크게 웃었다. 다진은 계단에서 일어나 닫혀 있는 현관문 앞에 섰다.

"현관 비밀번호나 말해줘요."

– 뭘까 알아맞혀봐.

"설마 내 생일?"

– 나 그렇게 유치한 남자 아니야.

"그럼요?"

– 5678.

"쉬운 남자였군요."

다진은 피식 웃으며 현관문을 열고 승도의 집으로 들어갔다. 그가 없어도 그의 공간에 있다는 사실에 왠지 모르게 안도가 되었다. 불을 켜고 가방을 소파에 내려놓은 다진은 승도의 방으로 들어갔다.

"열아홉 살 때부터 혼자 살았어요."

승도의 침대에 걸터앉은 다진은 문득 자신의 이야기를 시작했다. 오늘이 아니면 털어놓지 못할 것 같았다. 밤이 주는 묘한 힘 때문인지, 아니면 승도의 얼굴을 보지 않아서인지 더 편하게 얘기할 수 있었다.

"엄마는 열아홉에 날 낳았어요. 그리고 나이가 두 배나 많은 남자랑 독일로 갔죠. 아빠는 돌아가셨대요. 오늘 알았어요. 엄마를 처음 본 건 고등학교 졸업식 때였어요. 어떤 여자가 나를 보는 느낌이 들어서 돌아봤는데, 한눈에 딱 알아봤어요. 20년 후의 내가 운동장에 서 있으니까. 하지만 나도 엄마도 서로 볼 뿐 알은척을 하지 않았어요."

승도는 고맙게도 묵묵히 들어주었다. 누구한테도 털어놓지 못했던, 오히려 더 숨기려 했던 얘기를, 신기할 정도로 승도에게는 아무렇지 않게 털어놓았다.

"할머니랑 살면서 계속 속으로 연습했어요. 엄마를 보더라도 울지 말자. 따지지도 말자. 엄마는 엄마대로 이유가 있다고 이해하자. 그래도 버리지 않고 할머니한테 맡긴 게 얼마나 천만다행이야 하면서. 연습은 효과가 있었어요. 엄마를 봤는데도 눈물 한 방울 안 흘렸어요. 그런데 두 번째는 그게 안 되네요. 엄마는 나한테 결코 아물 수 없는 상처인데, 왜 이렇게 마음이 아픈지 모르겠어요."

다진의 목소리가 한층 낮아졌다. 힘겨운 하루. 다진은 씻지도 않고 승도의 침대에 누웠다. 큰 베개를 승도처럼 끌어안았다. 베개가 위로가 되다니. 참으로 가장 쉬운 방법이 아닐까.

"그래서 지금 내 곁에 당신이 있어서 행복해요."

불편함. 느닷없고 치명적인 고백. 끝은 시작이라 했던 남자의 말. 경계가 무너졌다. 풀쩍 떠오른 어지러운 감정. 비로소 깨달은 남자의 깊은 진심.

"한승도란 남자가 너무 커서 그동안 제대로 보지 못했던 건가 봐요. 알고 보니 이 남자 완전 내 취향 저격이었네. 머리부터 발끝까지 모두. 그래서 그렇게 빨리 당신하고 잤는지도 모르겠어요. 나 당신하고 섹스하는 거 좋았어요. 더없이 따뜻하게 꽉 껴안아주면 모든 근심이 사라졌어요. 눈물이 핑 돌 정도로 행복한 기분이 들었고."

– 참 달다.

"……."

– 네 목소리.

그러니까 나한테 빨리 와요. 왼쪽만 쌍꺼풀이 있는 당신 얼굴을 보고 싶어요. 다진은 잘 자라는 승도의 목소리를 듣고 나서야 눈을 감았다.

눈을 떠보니 아침이었다. 얼마나 푹 잤는지 피로가 싹 가시고 몸이 가벼워졌다. 다만 씻지도 않고 잠들어버려 이마에 뾰루지 두 개를 얻었다.

오늘도 승도는 그늘에 없었다. 대신 소영이 그 빈자리를 채웠다. 어제처럼 창가에 앉았다. 바뀐 게 있다면 선글라스를 끼지 않고 그녀를 바라봤다. 언젠가 할머니가 했던 말이 문득 떠올랐다. 피는 못 속인다고. 네 고집 네 엄마를 닮았다는 말.

"유기농 녹차예요."

다진은 따뜻하게 우려낸 녹차를 직접 갖다주었다. 커피보다는 낫겠지 싶어서.

"고마워."

"언제 독일로 가요?"

"너랑 갈 거야."

"난 안 가요."

"기다릴게."

소영의 고집도 만만치 않았다. 다진은 미간을 살짝 찌푸렸다.

"독일서 가족들이 기다리고 있을 거 아니에요?"

"없어. 아무도."

소영은 힘없이 웃으며 녹차를 한 모금 음미했다.

"그 사람 작년에 떠났어. 나한테는 많이 넘치는 남자였지."

"다른 가족들은요?"

"아이는 낳지 않았어."

소영은 너무 많은 것들을 고백했다. 다진은 그대로 뒤를 돌아 카운터로 돌아갔다. 하는 말마다 사람 돌게 한다. 남편도 떠나고 아이도 낳지 않고 게다가 아프다니. 있는 건 돈과 가슴 한쪽뿐인 여자는 무척이나 쓸쓸해 보였다.

"누구예요?"

상규가 슬쩍 다가와 물었다. 다진은 잠시 소영을 물끄러미 바라봤다. 눈이 마주치자 소영은 소녀처럼 얼굴을 붉히며 손까지 흔들었다. 저렇게 여린 성격으로 어떻게 고등학생 때 아이를 가졌나 모르겠다. 사랑에 눈이 멀어서?

"엄마."

"네에?"

"우리 엄마."

소영을 달리 소개할 수가 없었다. 엄마라는 말밖에 떠오르지 않았다. 상규는 왜 진작 말하지 않았느냐며 호들갑을 떨었다. 그러더니 커다란 그릇에 케이크며 색색의 마카롱을 가득 담았다.

"안녕하세요. 어머니. 저 다진이 누나랑 일하고 있는 박상규입니다."

덩치는 곰만 해서 어찌나 살갑게 대하는지. 조금 딱딱하게 굳었던 소영이 눈가에 주름을 만들며 미소를 지었다.

"반가워요."

"이거 제가 직접 만든 겁니다. 많이 드세요."

"잘 먹을게요. 고마워요."

소영은 보라색 마카롱을 하나 집어 먹었다. 입에 맞는지 상규를 보며 맛있다고 말했다.

"필요한 거 있으시면 뭐든지 말씀하세요."

"우리 다진이 잘 부탁해요."

"그건 걱정 안 하셔도 됩니다. 제가 충성하고 있거든요."

상규는 씩 웃어 보였다. 따라서 웃는 소영은 왠지 피곤해 보였다. 장거리 비행에 제대로 쉬지도 못한 듯하다. 그사이 손님들이 우르르 올라왔다.

평상시처럼 바쁜 하루가 시작되었다. 날씨가 좋아져서 더 손님들이 늘었다. 승도까지 자리를 비워 상규와 함께 두 배로 발바닥에 땀이 나도록 일했다. 소영은 계속 창가에 앉아서 일하는 그녀를 지켜봤다.

점심도 거르고 커피를 만들고 주문을 받았다. 상규가 소영을 가리키며 식사라도 챙겨드려야 하는 거 아니냐고 물었다. 다진은 더는 안 되겠다 싶었다.

"이젠 가요."

"귀찮게 안 할게."

소영은 아이처럼 떼를 썼다. 딸은 나이보다 일찍 철이 들었고 그녀의 엄마는 나이보다 철이 없었다.

"일하는 사람 그만 방해하고 돌아가요."

소영은 꿈쩍도 하지 않았다. 다진은 참지 못하고 소리쳤다.

"아픈 사람이 이렇게 앉아 있으면 안 되잖아요."

"내 걱정 해줘서 고마워."

소영은 또 눈물을 보였다. 미운 사람이 미운 행동만 한다. 다진은 고개를 저으며 다시 자리로 돌아갔다. 저녁때까지 소영은 창가 자리를 지켰다. 6시가 넘어서야 조금씩 힘이 드는지 천천히 자리에서 일어섰다. 일어서는 소영의 어깨 너머로 도시는 석양빛으로 물들고 있었다.

"내일 올게."

"오지 마요."

잠시 머뭇거린 소영은 쓸쓸한 미소를 지었다. 둘 사이에 침묵이 감돌았다. 다진은 다소 차갑게 굳은 얼굴로 소영을 1층까지 배웅해주었다. 진호는 어제 일 이후로 2층엔 머리카락 한 올도 보여주지 않았다. 그녀를 후배가 아닌 한승도의 여자로 대하고 있음을 행동으로 보여주고 있었다.

다진은 소영과 함께 그늘 밖으로 나왔다. 그녀를 기다리는 건 고급 승용차였다. 소영은 기사가 열어준 뒷좌석 손잡이를 살짝 잡으며 다진을 향해 조용히 말했다.

"내일 봐."

"사람이 왜 이렇게 멋대로예요?"

다진의 날카로운 외침에 소영의 얼굴이 비참하게 일그

러졌다.

"버릴 때도 맘대로, 지금도 똑같아. 어쩜 하나도 변하지 않았어요? 자기 기분만 중요하죠? 내가 싫다는데 왜 당신 감정만 앞세워요. 나도, 나도…… 감정을 정리할 시간이 필요하잖아요."

다진의 소리는 가늘게 떨렸다. 소영도 마찬가지였다. 당황한 표정을 숨기지 못하여 그녀의 턱이 단단히 굳어갔다. 길고 숱 많은 속눈썹이 아래 담갈색 눈동자에도 슬픔이 깃들었다.

"알았어. 안 올게."

소영은 한참 후에야 입을 열었다. 그리고는 성큼 다가와 미처 어찌할 틈도 없이 다진을 폭 껴안았다. 다진이 미간을 찡그리며 몸을 빼려 하자 소영은 더 힘껏 안았다.

"내가 성급했어. 너하고 하루라도 더 오래 있고 싶은 욕심에."

이렇게나 따뜻한 품을 가진 엄마였으면서, 왜 버렸어요?

"이렇게 화라도 내줘서 고마워. 한국에 오는 비행기에서도 내내 무서웠어. 네가 날 쳐다보지도 않으면 어떡하나, 많이 두려웠어."

"……."

"엄마 자격 없는 거 알아."

소영은 다진을 품에서 조심스럽게 놔주었다. 다진이 말

없이 바라보자 소영은 손을 뻗어 그녀의 뺨을 부드럽게 감쌌다.

"신라호텔에 묵고 있어. 마음 정리되면 언제든 찾아와."

다진은 그저 미간을 찌푸린 채 소영을 바라보기만 했다. 소영은 이번엔 다진의 손목을 꼭 잡으며 말했다.

"한승도 씨, 좋은 남자더라. 꼭 잡아."

소영은 그 말을 끝으로 승용차에 올라타곤 그늘을 떠났다. 저 여자와 자신에게 필요한 건 과연 무엇일까. 화해? 할머니도 그걸 바라실까. 그렇지만 잔설처럼 남은 앙금은 미안하다, 잘할게, 그 한마디로 해결되는 간단한 문제가 아니었다. 다진은 소영이 탄 자동차가 보이지 않아도 못박힌 듯 그 자리에 한참을 서 있었다.

"누나, 승도 형이 여기로 오래요. 가능한 한 빨리."

소영을 보내고 올라갔는데 상규가 그녀의 옷과 가방을 손에 들고 있었다. 무슨 일인지 물어볼 틈도 없었다. 상규는 마치 꿀단지를 보고 흥분한 곰처럼 몹시 서둘렀다. 승도가 전해주라고 했다며 주소가 적힌 메모지를 건넸다.

"이게 뭔데?"

"저도 모르죠. 형한테 가서 물어보세요."

"뭐야?"

"얼른 가기나 해요."

상규는 다진의 등을 떠밀었다. 얼마나 서두르는지 앞치마도 계단을 내려가면서 벗었다. 진호가 무슨 일인가 싶어 바라보고 있었다. 그러나 예전처럼 일일이 묻지는 않았다. 다진은 왼손에 쥐여진 메모지를 든 채 상규가 불러놓은 콜택시에 올라탔다.

"누나, 축하해요."

"뭐가?"

"그런 게 있습니다. 여자들은 모르는 남자들의 심오한 세계."

"상규, 너 뭐 알고 있지? 빨리 말해줘."

"기사님, 목적지까지 잘 부탁합니다."

차창을 열고 물어도 상규는 끝까지 입을 열지 않았다. 택시기사에게 얼른 가라고 손짓만 할 뿐이었다. 택시는 주소를 내비게이션에 찍고 도로를 달렸다. 도대체 어딜 가는 거지? 주소가 적힌 메모지를 봐도 전혀 감이 잡히지 않았다.

30분 가까이 달린 택시가 도착한 것은 작은 갤러리 앞이었다. 붉은 덩굴장미가 흐드러지게 핀 담장이 제일 먼저 보였다. 매혹적인 장미꽃을 감상할 새도 없이 다진은 여기가 어딘가 주위를 둘러보았다.

그 남자의 비하인드 컷

갤러리 앞에 기다란 배너가 세워져 있다. 캘리그래피로 제목만 적혀 있었다. 배너를 유심히 보면 커다란 제목 밑엔 한 사람만을 위한 초대라는 부제도 달려 있었다. 전시회를 보자는 걸까. 그러기엔 관람객이 한 명도 보이지 않았다. 어찌 된 영문인지 몰라 팸플릿을 사려 했지만, 매표소는 텅 비어 있다.

핸드백을 손에 들고 갤러리 문을 천천히 열었다.

"아무도 안 계세요?"

…….

"한승도 씨, 나 왔어요."

갤러리 안에 그녀의 목소리만 메아리가 되어 울렸다. 잘못 찾아왔나? 고개를 들어 주위를 둘러보았다. 저만치 화살표 방향이 있어 그걸 따라 걸었다. 왠지 기분이 묘하다.

좁은 복도를 지나 갤러리로 들어갔다. 향긋한 향기가 맡아졌다. 몇 걸음 더. 벽 모서리를 돌던 다진은 걸음을 우뚝 멈췄다. 하얀 벽으로 된 갤러리 안에는 온통 사진이 걸려 있었다. 사진을 본 다진의 입이 하마처럼 벌어졌다.

가슴이 한껏 부풀어 오르고 심장이 팔딱팔딱 뛰었다. 눈가가 뜨거워진 다진은 벌겋게 달아오르는 뺨을 손을 감쌌다. 한 걸음 더. 사진을 자세히 보려고 후들거리는 다리로 힘겹게 걸었다.

“어떻게…….”

거대한 파도처럼 들이치는 감정의 소용돌이에 갇혔다. 사진을 바라보는 다진의 눈동자에는 온갖 감정이 서렸다. 왼쪽, 오른쪽, 정면 할 거 없이 갤러리에 전시된 사진 속 주인공은 모두 그녀였다.

그녀가 모르는 그녀의 얼굴들. 강의실 창가 난간에 앉아 환하게 웃는 얼굴. 잔디밭에 앉아 은정과 낄낄대며 손뼉을 치는 모습. 언제 찍은 걸까. 호프집에서 꾸벅꾸벅 졸고 있는 사진도 걸려 있었다. 창고에 갇혔을 때 그의 무릎을 베고 잠든 사진에선 기가 막혀 웃음을 터트렸다.

“아…….”

천천히 사진을 하나씩 보던 다진의 얼굴이 새빨개졌다. 갤러리 정중앙 벽을 차지한 사진은 야했다. 미쳤어! 승도와 첫날밤을 보낸 아침의 그녀가 보였다. 하얀 시트 밖으로 나온 발바닥. 아기처럼 주먹 쥔 손. 밤새 그에게 시달린 흔적이 엿보이는 목덜미까지.

“사진 마음에 들어?”

언제 왔는지 승도가 다진의 어깨를 부드럽게 감쌌다. 다진은 벌린 입을 다물지 못하고 승도를 하염없이 바라봤다.

“암만 봐도 못생겼어.”

“어디 가요? 보고 또 봐도 예쁘기만 하네.”

“자신을 과대평가하는 못된 버릇이 있었군.”

승도는 삐죽 내민 다진의 입술에 가볍게 입을 맞추었다.

다진은 살짝 미간을 찡그리며 웃었다. 둘은 손을 잡고 다음 사진으로 이동했다.

"언제 이렇게 다 찍었어요?"

"틈틈이."

카페 그늘에서 커피를 만들고 있는 사진들이었다. 라테 아트가 잘되지 않아 실망한 제 얼굴이 찍힌 사진을 보며 다진은 조용히 한숨을 삼켰다. 사진들은 모두 보면 정면이 아니라 유난히 옆모습이나 뒷모습이 많았다. 그건 승도가 그녀 뒤에서 지켜본 시간을 의미했다. 마음이 찡해진 다진은 아득해지는 심정을 담아 물었다.

"무슨 생각을 하며 찍은 거예요?"

목 뒤로 그의 손길이 와 닿자 다진은 저절로 움츠러들었다.

"나만 아는 너를 찍고 싶었거든."

승도는 연약한 살결을 부드럽게 만지며 속삭이듯 말했다. 아마도 그때의 심정을 너한테 다 말을 할 수는 없을 테지. 정다진이 그의 모든 낮과 밤을 흔들던 시간. 시도 때도 없이 맹렬히 망치질하는 혼돈. 어떨 땐 다진을 데리고 어디론가 떠나고 싶은 충동을 가까스로 막았으니까.

전시를 목적으로 다진의 사진을 찍은 건 아니었다. 오래된 습관을 반복하듯 매일 다진을 응시했다. 그저 신경이 쓰이는 여자인 줄 알았는데, 계속 바라보다 보니 사랑인 줄 알게 되었다.

뒤에서 지켜보는 눈에서 번쩍, 플래시가 터진다. 한 여자만 담는 눈은 멀 지경이었다. 언제부터 좋아하게 되었을까, 불분명해졌다. 오로지 뒤에서 보는 기쁨을 누릴 뿐이다. 어느덧 다진을 찍는 습관은 일상 중 가장 큰 기쁨이 되었다.

소영을 찾은 이유는 딱 하나였다. 아주 가끔 다진의 눈에서 보이는 쓸쓸한 빛. 그게 뭘까? 그가 아무리 다진을 사랑한다 해도 다 채워줄 수 없는 쓸쓸함이었다.

뒤에서 보다 보니 다진의 비밀을 누구보다 먼저 알았다. 은정에게 연락하고 한국에서도 독일로 사람을 보냈다. 소영은 생각보다 쉽게 찾을 수 있었다. 당신의 딸을 사랑한다고 메일을 보냈다. 그날 밤 소영은 밤 비행기에 몸을 실었다.

소영을 찾은 일이 옳다고는 할 수는 없었다. 그렇지만 다진이 평생 가슴 한구석 휑한 바람이 들게 하고 싶지는 않았다. 소영은 마지막 항암치료를 받고 있었다. 아픈 몸을 이끌고 한국에 올 정도로 다진에 대한 그리움은 사무쳤다.

오전 시간을 빼서 소영과 함께 병원에 함께 다녔다. 소영은 용기가 없다며 바로 다진을 보러 오지 못했다. 한국에 온 지 사흘이 지나서야 가게로 찾아 왔다.

"이거 하느라 어제 못 온 거였어요?"

"원래는 주말에 할 생각이었는데……."

"그랬는데요?"

"어떤 여자가 날 미치게 좋아해서, 밤새 했지."

어젯밤 부끄러운 고백이 떠오른 다진은 수줍게 볼을 붉혔다. 승도는 다른 사진들을 천천히 보여주었다. 사진을 보는 다진의 눈은 경악으로 물들었다.

"저런 사진은 언제 찍었대. 정말로 취향 이상한 거 아니에요?"

다진은 사진을 보며 고개를 절레절레 저었다. 침대에 엎드려 자는 그녀의 등을 찍은 사진이었다. 훤히 드러난 매끈한 등. 적당히 포동포동한 엉덩이를 아슬아슬 가린 푸른 시트는 흘러내리기 직전이었다.

"뭐 어때서."

"야하잖아요."

"다 벗기고 찍으려다가 참았어."

다진은 제 사진을 보기가 민망한지 고개를 내리며 구시렁거렸다. 승도는 한쪽 팔로 다진의 허리를 슬쩍 휘감았다. 단번에 그의 품에 안기다시피 한 다진은 눈을 깜빡거렸다. 그 모습조차 사랑스럽다.

"저 사진이 더 야한데."

"못 살아 정말. 이건……."

다진은 손까지 부르르 떨었다.

"제일 잘 나온 사진이야."

"어디가요?"

"가슴?"

승도가 손을 뻗어 사진처럼 사진 속 다진의 가슴을 만졌다.

"변태!"

다진은 어이가 없는지 한숨을 푹푹 내쉬었다. 사진 속 다진은 발가벗고 있었다. 막 2차 성장을 끝낸 것처럼 연한 분홍빛을 띠는 젖꼭지. 그리고 남자의 큰 손이 젖가슴을 부드럽게 움켜쥐고 있었다.

"작품으로 봐."

"누가 볼까 겁나요."

"그래서 한 사람을 위한 초대잖아."

"아하!"

이해하고 고개를 끄덕인다.

"결혼하자."

승도는 청혼했다.

"매일 누드 찍어줄게."

다진은 순간 정신이 나간 사람처럼 멍하니 서 있었다. 이젠 잠깐의 망설임 같은 것 없다. 지금부터 어떤 날에도 그와 한 침대를 쓸 여자는 정다진 하나였다. 승도는 다진을 품에 와락 안았다.

"집중."

정다진, 나만 본다.

"거절은 사절이야."

다진은 그의 품에 얼굴을 가만히 기대고만 있었다. 감싸

안은 등이 떨고 있음을 조용히 말해준다.

"몇 번이나 결혼하자는 말 들었으면서, 뭘 그렇게 놀래?"

"프러포즈가 겁나 야해서요."

다진은 들숨과 날숨 중 어떤 것도 제대로 쉬지 못하고 승도를 올려다봤다.

"둘 중 하나만 골라."

승도는 마친 과거의 오랜 습관처럼 다진을 한층 깊어진 눈으로 내려다봤다.

"결혼할 건지, 같이 살 건지."

"뭐예요?"

"너한테 선택의 여지는 없다는 말이겠지."

"한승도 씨, 갈수록 뻔뻔해지는 거 알아요?"

다진의 목소리 끝이 살짝 떨고 있었다. 사랑스럽게. 뭘 또 그렇게 긴장을 할까.

"대답해줄 때까지, 여기서 못 나가."

"맨날 협박만 일삼아요."

"말했잖아. 내 고백을 받는 순간 피곤할 거라고."

승도의 목소리는 단호했다. 언제 대답해줄 건데, 라고 생각하는 순간 다진이 그날 그때처럼 발꿈치를 들고 애간장을 다 녹일 키스를 했다.

"나 음식 못해요."

"내가 잘해."

"진짜요?"

"뭐든 먹고 싶은 거 있으면 말해. 다 만들어줄 테니까."

"먹을 거에 넘어가면 안 되는데……."

승도는 말을 빙빙 돌리는 다진을 불쑥 껴안았다. 몸이 오징어처럼 납작하게 눌릴 정도라, 바동거릴 수조차 없다.

"예스야, 노야?"

하루라도 빨리 너랑 살고 싶다고.

"뭐든 함께하는 사이, 우리 그거 해요. 나한테 과분한 남자를 내가 놓칠 것 같아요? 한승도만큼 날 좋아하는 남자, 이 세상에 없어요. 거기다 취향 저격."

다진은 생각나는 대로 진심을 그에게 전하고 있었다. 승도의 심장이 최고치 기록을 넘나들며 뛰었다. 다진을 더 꼭 껴안았다.

"확실하게 말해. 예스?"

공격수의 상대는 숨 쉴 틈도 주지 않는 법이다.

"예스, 예스!"

남들은 무슨 결혼이냐고 빠르다고 말하겠지만, 그에게는 너무나 느리게 흘러간 시간이었다.

"당신은 날 너무나 예뻐해서 문제예요."

"그러는 넌?"

물릴 정도로 정다진, 그녀의 마음을 확인받고 싶었다.

"사랑해요."

승도의 손이 다진의 카디건 단추를 하나씩 풀고 있었다. 조금씩 물러선 다진의 등이 사진에 닿았다. 아이러니하게도 그와 처음으로 밤을 보낸 후 아침 사진이었다.

"그러면 이제 본론으로 들어가볼까?"

"설마 여기서?"

"어."

승도는 다소 딱딱하게 대답했다. 말을 하면서 옷을 벗기려니 손이 더뎠다.

"진심 아니죠?"

다진은 옷을 벗기는 승도의 손을 다급히 잡았다. 그 저지가 못마땅한 승도는 미간을 찌푸렸다.

"아무도 없어. 우리 둘뿐이야."

가뜩이나 어젯밤 다진의 고백을 듣고 욕망이 걷잡을 수 없이 달아올랐다. 그대로 다진이 있는 그의 집으로 달려갈 뻔했다.

"그러면 집에 가서 해요."

다진은 울상을 지었다. 그녀의 말이 승도에게 들어올 리 만무했다. 그의 손이 어제부터 만지고 싶었던 말캉한 가슴으로 향했다.

"키스만, 해요."

승도는 말없이 다진의 목덜미에 입술을 내리눌렀다.

"인심 썼다. 가슴까지!"

말도 안 되는 소리를 계속하게 둘 수는 없었다. 여린 살결을 입술로 지그시 물며 다진의 손을 아래로 내렸다.

"여기가 끊어지기 직전이라서. 이거 끊어지면 다시 너랑 못 자는데 그래도 상관없다면 멈추고."

"또 협박!"

"나랑 섹스하는 거 좋다며. 그 좋은 거 하자니까."

다진이 당황하는 사이 브래지어까지 벗겼다. 차가운 공기가 닿자 팔뚝에 솜털이 일제히 곤두섰다. 허벅지를 가르고 그녀의 하체를 압박하는 남자의 단단한 신체에 다진은 순한 양이 되었다.

"알았어, 할게요. 항복!"

"진작 그렇게 나왔어야지."

"진짜 궁금해서 묻는데요. 왜 틈만 나면 날 가둬요?"

"틈만 나면 도망갈 생각 하니까."

"이제 안 그래요."

"알아."

승도는 고개를 비틀었다. 그의 손이 그녀의 턱을 잡고 살짝 올려 입이 더 벌어지게 했다. 더운 숨결과 함께 입술이 겹쳐졌다. 입안에 웅크린 혀를 단숨에 빨아당겼다. 신음이 다진의 입술을 뚫고 흘렀다.

왜 이렇게 부드러워. 돌아버리게.

다진의 살결이 그의 뜨거운 손에 모두 녹아내릴 것 같았다. 이제 막 키스했을 뿐인데 성기는 단단히 곤두섰다. 이대로 들어가고 싶다는 욕망은 무서울 정도였다. 승도는 다진의 허리를 안아 쑥 들어올렸다.

"다진아."

입술에 대고 그녀를 불렀다. 등은 벽에 닿았고 떨어질까 두려운 다진은 승도의 어깨를 악착같이 잡으며 매달렸다.

"줘."

"응?"

"가슴."

적나라한 말이 나오자 숨이 턱에 닿은 것처럼 다진의 얼굴이 벌게졌다. 그것마저 흥분을 자극한다. 승도는 일말의 자비심 없이 청바지 속으로 손을 불쑥 넣었다. 엉덩이를 손에 가득 잡자 다진은 그에게 엉겨붙듯 안겼다.

"가슴 안 주면 더 넣는다."

여기까지 참는 것도 한계다. 마른침을 삼키는 입에서 쇠맛이 났다. 엉덩이 밑으로 손을 더 깊이 밀어넣었다. 입을 꾹 다물며 참던 다진은 남자의 손가락이 음부를 콕, 찌르는 순간 고개를 세차게 저었다.

"얼른."

다진은 두 눈을 질끈 감고 제 가슴을 승도의 입에 넣어주었다. 연분홍빛 유두를 앞니로 잘근 씹었다. 다진의 몸이 힘없이 튕겨 나가듯 출렁거렸다. 그의 어깨로 신음이 쏟아졌다.

젖가슴을 흠뻑 빨며 청바지를 벗겼다. 아슬아슬 걸친 팬티는 쑥 내렸다. 생경한 감각에 몸부림치느라 다진의 머리칼이 어지러이 흩어졌다.

"하흑."

달콤한 신음을 들으며 버클을 풀었다. 아직 더 젖어야 하는데, 그걸 잘 알면서도 승도는 귓가에 대고 끝없이 속삭였다.

"참아, 참아줘."

이미 끊어질 것처럼 빠근해진 페니스를 손에 쥐었다. 그리고 가늘게 떨리는 다진의 다리 사이에 넣었다. 엉덩이를 양손으로 잡고 벌리며 단숨에 속살을 갈랐다. 숨이 턱 막힌 다진은 고개를 흔들며 몸부림쳤다.

"으흥……"

다진은 고양이처럼 손톱을 세우며 그의 어깨를 힘껏 잡는다. 붉게 상기된 얼굴. 초점이 흐려진 눈빛. 그에게 지금 느낀 흥분을 솔직하게 내보이는 다진의 얼굴에 미치도록 흥분이 되었다.

승도는 유두를 허겁지겁 빨며 다진의 속으로 들어갔다. 아직 젖지 않은 내부가 빽빽해 그의 페니스를 아프도록 조였다. 찰나의 쾌감. 심장을 타게 하는 흥분. 더는 바랄 게 없을 정도로 좋다.

다진의 좁은 속을 완벽히 채웠다. 속살을 들락거리는 속도는 점점 빨라졌다. 눈앞에서 하얀 젖가슴이 흔들거린다. 혀로 날름날름 핥아 먹었다. 공중에 뜬 채 그를 받아들이느라 힘겨운 다진은 달뜬 신음만 터트렸다. 어딘가 몸을 지탱하지 않으면 쓰러질 것만 같자, 그의 목을 끌어안으며 간신히 버텼다.

엉덩이를 쳐올렸다. 찍듯이 깊이 넣었다. 단단하고 뜨거운 페니스가 안에서 거대하게 꿈틀거렸다. 질척거리는 소리는 더 농밀해졌다. 감당할 수 없는 희열에 다진은 흐느끼며 교성을 질렀다.

"미, 미칠 것 같아요."

승도는 보고 싶었다. 눈앞에서 절정으로 가는 다진의 얼굴을.

"하아……. 흐읏!"

다진은 눈물까지 찔끔 흘렸다. 울릴 만큼 정다진을 엉망으로 만들고 싶었다. 뭔가 더 말하려는 다진의 입술을 집어삼켰다. 맞닿은 두 입술 사이로 엉킨 신음이 쏟아졌다. 갤러리 공간을 살이 야하게 맞부딪히는 소리로 가득 채웠다.

"우리, 잘 살겠죠?"

승도의 눈이 가늘어졌다. 온몸이 땀에 젖도록 다진을 가졌다. 손 하나 까딱일 힘도 없이 가만히 있던 다진은 그의 헝클어진 머리를 넘겨주며 물었다.

"매일매일 오늘보다 더 사랑해줄게."

승도는 젖가슴에 대고 맹세했다. 야한 음성으로 속삭인

남자의 진심에 다진은 눈물을 글썽거렸다.

"내가 남자 복은 있나 봐요."

"남편 복이겠지."

승도는 절정을 맛보고도 다진의 몸에서 페니스를 빼지 않았다. 한 번으로 끝낼 생각이 없었으니까. 제 몸에서 뭔가 꿈틀거리며 뻐근해지자 다진은 화들짝 놀랐다. 그러거나 말거나. 승도는 살이 엉키고 타액이 섞여 끈적한 다진의 살결을 손바닥으로 느릿하게 쓸어내렸다.

"난 딸 둘에 아들 하나."

"그렇게나 많이요?"

그가 허리를 살짝 움직였다.

"흣……."

"그것도 봐준 거야. 고맙게 생각해."

"야한 거 하면서 인생계획 짜는 사람은 우리 둘뿐일 거예요."

다진은 외설스런 신음을 힘겹게 삼키며 말했다. 그가 일부러 허리를 느릿느릿 움직이면 뜨거운 물이 온몸에 고이는 착각이 일었다.

"고양이도 키워야지."

"그건 안 되겠다. 내가 고양이를 별로 안 좋아해."

"물고기는 괜찮죠?"

"그것도 별로인데."

승도는 젖가슴에 얼굴을 묻으며 코를 비볐다. 가슴골을

혀로 핥자 다진은 후들거리는 다리로 그의 허리를 감쌌다. 엉큼하게도 황홀한 절정을 맛보고 싶은 건 승도뿐만 아니었다.

"하늘의 별도 달도 따다 줄 것처럼 해놓고, 다 안 된다고 해요?"

"정다진 하나 키우기도 벅차."

"제가 아긴가요? 키우게."

"아기만큼 손이 많이 가거든."

툭, 엉덩이를 치는 힘이 컸다. 쑥 들어오는 힘은 더 강했다. 속살을 가득 채우는 이물감이 휘젓기 시작한다. 얼마나 깊게 들어오려고! 다진의 생각은 거기서 멈췄다.

"신혼여행은 독일 어때?"

거칠고 강한 남자를 받아들이느라 다진은 말을 잇지 못했다.

"별로면 다른 나라로 가도 돼."

"그러면 거절할 수 없잖아요."

"그럴 줄 알고 말한 거니까."

"못됐어. 나 갖고 놀면 재밌어요?"

남자의 눈은 여자를 원하는 갈망으로 깊어졌다.

"응. 세상에서 제일 재미있어."

승도는 입술로 유두를 비틀었다. 갑작스러운 아픔에 놀란 다진은 숨을 헉, 삼켰다. 입술을 깨물고 통증을 참아도 남자의 농밀한 애무는 그녀를 연신 무너뜨렸다. 고통은 쾌락으로 변했다. 유두가 빨리고 젖가슴이 삼켜지면, 다진은 발끝에 온 힘을 주며 승도의 어깨를 깨물었다.

"나도 매일매일 사랑해줄게요. 누구보다 더 사랑합니다, 한승도 씨!"

다진의 눈이 커졌다. 승도가 벗겨진 옷들이 쌓인 바닥에 다진을 눕혔다. 그 위로 승도의 단단한 몸이 겹쳐졌다. 남자의 무게를 느낀 다진은 숨을 들썩이며 두 눈을 감았다. 손목이 잡히고 혀와 입술이 엉켰다.

먼저랄 것도 없이 둘은 동시에 신음을 흘렸다. 부푼 가슴을 움켜쥔 승도는 점점 더 사나워진 욕망을 풀어놓았다. 다진을 산산이 부수어놓을 것처럼 밀어붙였다. 절정의 순간에서 여자가 흘리는 눈물을 보고 싶었다.

남자의 동공이 쾌락으로 젖어드는 여자의 모든 순간을, 사진처럼 찍어 기억에 담았다.

이 여자와 사랑하고 섹스하고, 결혼한다. 무수히 많은 날 중 싸우기도 하겠지만, 행복하리라.

에필로그

어둑어둑 땅거미가 졌다. 초여름 밤이라 그늘을 찾는 밤 손님도 부쩍 많아졌다. 반갑지 않은 손님 딱 한 명 빼곤.

"왔니?"

"어."

"놀다 가라."

"그럴 거야."

새침하게 대답하곤 수인은 진호가 잘 보이는 자리를 찾아 앉았다. 그날 수인과 그렇게 말다툼을 벌인 후 원수가 되었다. 뭐라고 해야 하나, 개와 고양이처럼 눈만 마주치면 으르렁거렸다. 먼저 머리를 숙이고 사과할 수인도 아니다. 애초에 사과는 기대도 하지 않았다.

다진도 어차피 수인이 오면 오나 보다, 가면 가나 보다 할 뿐이다. 다만 바라는 것이 있다면 가만히 있는 사람, 건들지만 않았으면 했다. 어차피 그녀를 친구로 생각하지 않는 수인과 애써 잘 지내고 싶지 않았다.

"저 둘을 보면 그런 말이 생각나요."

굳이 2층까지 와서 얼굴도장을 찍고 내려가는 수인을 보며 상규가 불쑥 말을 꺼냈다. 다진은 무슨 말이냐고 물었다.

"끝날 때까지 끝난 게 아니다."

"뭐?"

"진호 형도 대단해. 나 같으면 확 정리할 텐데."

"사람이 착해서 그래."

"저게 뭐가 착한 거예요? 물러터진 거지."

상규는 옆에서 보고만 있어도 복장 터진다는 표정을 지었다. 다신 만나지 않을 것처럼 싸워놓고 둘은 다시 만났다. 만난다고 해야 하나? 요즘은 수인이 일방적으로 진호를 쫓아다녔다. 처음에 완강히 거부하던 진호도 수인의 끈질긴 구애에 조금씩 마음이 풀어졌는지 오지 말라는 소리를 하지 않았다.

다진은 피식 웃음이 터졌다. 짚신도 제짝이 있다는 말이 저 둘을 두고 하는 것 같아서. 한때 오랜 시간 마음에 두었던 진호를 봐도 더는 아무런 감흥이 일지 않는다. 그녀의 마음을 모두 훔쳐간 남자가 자신만 빤히 보고 있었기에.

"언제 말할 거야?"

"뭘요?"

일이 끝나고 뒷정리할 때였다. 머리를 짧게 잘라 더 이목구비가 뚜렷해진 승도가 그녀의 곁으로 다가왔다.

"결혼발표."

"뭐가 그렇게 급해요?"

"뭐가 이렇게 느긋해?"

숨만 쉬어도 존재가치를 발휘하는 남자다. 멀리서 보면 승도가 그녀에게 매달리는 것처럼 보이지만 실상은 달랐다. 모든 주도권이 그에게 넘어갔다. 밤이나 낮이나 그녀를 능란하게 다루는 남자에게 다진은 완전하게 굴복하고 말았다.

어느새 남자의 손이 가느다란 곡선을 그리듯 그녀의 목덜미를 어루만지고 있었다.

"느긋한 게 아니라, 아직 부모님도 찾아뵙지 않았고."

"이번 주에 제주도에 내려갈 거야."

프러포즈를 한 게 불과 보름 전. 승도는 내일이라도 당장 결혼할 태세로 덤벼들었다. 승도는 혼자서 버린 시간이 아깝다며 하루라도 빨리 결혼하길 원했다. 그 마음을 잘 알기에 되도록 승도의 뜻을 따라주려 노력했다.

"또 다른 문제 남았어?"

"아, 아뇨."

다진은 불가항력을 느끼며 고개를 저었다. 승도는 상규를 보며 외쳤다.

"상규야, 진호 좀 올라오라고 해. 아니다. 내가 내려갈게."

어찌할 틈도 없었다. 승도의 손에 이끌린 다진은 어느새 1층에 내려왔다. 상규도 무슨 일인가 싶어 컵들을 정리하다 말고 따라 내려왔다.

"우리, 한 달 뒤에 결혼한다. 정확한 날짜와 장소는 미정."

모두가 놀란 눈으로 승도를 바라봤다. 수인은 인상을 팍 찡그렸다. 정작 당사자면서 결혼식 날짜도 몰랐던 다진은 승도를 멍한 얼굴로 바라봤다.

"진짜예요, 누나?"

상규가 물었다.

"응."

번갯불에 콩 볶아 먹을 남자였다. 일방적으로 밀어붙이는데도 전혀 밉지 않은 걸 보면, 이 남자를 내가 너무나도 사랑하는 거겠지.

"무슨 결혼을 이렇게 빨리 해?"

수인은 입술을 비죽 내밀었다. 그때야 다진은 정신이 확 들었다. 보란 듯이 승도의 팔짱을 끼곤 수인을 똑바로 보며 말했다.

"내가 매달렸어. 빨리 결혼하자고. 딴 여자가 눈독들일까 봐 겁나서."

그 말에 승도만 혼자 웃었다. 진호는 아무런 말 없이 물만 마셨다. 수인의 얼굴은 불타는 고구마가 되었다.

"축하한다."

진호가 둘을 보며 말했다. 수인은 도끼눈으로 노려볼 뿐 입도 벙긋하지 않았다. 진심이 느껴지지 않는 축하는 자신이 사절이었다. 훈훈해지는 분위기를 틈타 승도는 진호를 보며 입을 열었다.

"이제부터 형님이라고 불러."

"뭐?"

"내가 더 빨리 결혼하면 형님으로 모신다며?"
"설마 농담이지?"
절대 아니라는 듯 승도는 무표정하게 서 있었다. 기가 막힌 진호는 고개를 저으며 화제를 재빨리 돌렸다.
"신혼집은?"
그러고 보니 어디서 살지? 승도는 다진을 보며 물었다.
"3층. 괜찮지?"
"그럼요."
다진은 웃으며 고개를 끄덕였다. 맑은 날도 흐린 날도 이젠 서로의 얼굴만 보면 살겠구나. 왠지 모를 뭉클함에 다진은 눈가를 붉히며 승도의 손을 잡았다.
"부럽습니다!"
어떤 날보다 행복해 보이는 승도를 보며 상규는 부러움을 금치 못했다. 다진과 승도를 보면 연애를 하고 싶었다. 그러나 진호와 수인을 보면 고개가 절레절레 저어졌다. 그날 밤, 수인과 진호가 또 싸우고 헤어진 건 더는 새롭지 않았다.

결혼식은 제주도에서 하기로 했다. 한 달 만에 마음에 드는 예식장을 잡는 건 무리였다. 오히려 잘되었다. 준비만 길고 예식은 빨리 끝나는 결혼식보다 바다가 보이는 수국

꽃밭에서 결혼식이라, 상상만 해도 황홀했다.

다만 한 가지 문제가 생겼다. 승도와 사소하게 의견차이가 생겼다. 결혼은 현실이라는 말을 실감하는 요즘이었다. 모든 걸 그녀 위주로 생각해주는 건 잘 알겠는데, 아무리 그래도 그렇지, 이건 아니지.

"아무것도 필요 없다니까."

결혼에 필요한 물건을 적어 보여주면 승도는 매번 거절했다.

"어떻게 그래요?"

"집에 다 있잖아."

"그렇다고 달랑 맨몸으로 시집가요?"

"네가 오잖아."

어휴, 말이나 못하면.

"아직 다 쓸 만해. 헌 거라 별로야?"

"그 말이 아니잖아요. 직장 다니면서도 적금 부은 거 있어요. 식구분들 옷이라도 해야죠."

"다 허례허식이야."

삼형제 중 승도는 막내였다. 두 분의 형님은 아직 결혼 전. 막내가 제일 먼저 결혼을 하게 되었다. 큰형은 여의도에 있는 증권회사에 다녔고, 작은형은 제주도에서 부모님의 농장을 돕고 있었다.

"우리가 제일 먼저 결혼하는 것도 그런데, 아무것도 안 하면 그렇잖아요."

"뭘 그렇게 눈치를 봐? 우리 형들 그럴 사람들 아니야."

"내가 마음이 편치가 않아서 그래요."

"다진아."

승도가 갑작스럽게 목소리를 낮추었다. 왜 이렇게 부르지? 다진은 옴짝달싹할 수 없었다.

"각자 인생이야. 이 결혼은 너와 내가 하는 거라고. 우리 가족 생각해주는 건 고마운데, 마음만 받을게."

"흠……."

다진은 한숨을 깊게 내쉬었다. 세상천지에 이렇게 간단한 결혼이 다 있나 싶어서. 한승도는 말 그대로 맨몸으로 오란다.

"고마운 건 나죠."

"뭐가?"

"매번 나만 받잖아요. 나도 뭔가 해주고 싶어요."

다진의 말에 승도는 눈썹을 살짝 찌푸렸다. 스물여섯, 다진에게 결혼은 조금 빠를지 모른다. 형들한테 순서도 모르는 놈이라고 배부르게 욕을 먹었지만, 그럼에도 좋았다.

한시도 빨리 다진을 곁에 두고 싶었다. 밤낮을 함께하고 싶었다. 손길만 살짝 스쳐도 찌릿하게 달아오르는데, 어떻게 밤마다 헤어질 수 있는지. 이건 고문이었다.

정말 아무것도 필요 없는데, 너만 있으면 되는데.

아침마다 그의 품에 안겨 있는 여자의 알몸을 만지는 것만으로도 행복했다. 그렇기에 마음이라도 편하라고 한 배려가 오히려 불편하게 한 모양이었다. 그가 주고 싶은 만큼 다진도 마찬가지였다.

"침대 바꿔. 아주 튼튼한 거로."

"돌침대로 사야 하나."

다진은 굳었던 표정을 풀며 웃었다. 승도는 품에 안으며 입술을 쪽 맞추었다.

"예뻐 죽겠다."

아직 부부도 아닌데, 말싸움은 칼로 물 베기가 되었다.

아, 떨려.

다소 긴장한 다진은 숨만 쉬어도 눈꺼풀이 파르르 떨렸다. 저번 달에 승도는 그녀를 데리고 제주도에 내려갔다. 귤 농사로 한창 바쁜 승도의 부모님은 너무나 좋으신 분들이었다. 그가 미리 말을 했던 걸까. 제일 먼저 물어야 할 부모님에 대해서 질문을 하지 않으셨다. 둘만 잘 살면 됐다고 하셨다.

그럼에도 떨렸다. 처음 하는 결혼. 거창한 결혼식을 하는 것도 아닌데 뭐든 다 처음이라 혼자서 하려니 막막했다. 승도의 부모님을 처음 뵈러 가는 날을 앞두고, 선물은 뭐가 좋을까로 한 달 전부터 고민했다.

이게 맞는 것인지 물어볼 사람도 없다. 이런 때 할머니라도 계셨으면 이런저런 고민을 한 방에 해결해줬을 텐데. 그때 소영이 혼자서 전전긍긍하는 그녀를 찾아왔다.

「아마 좋아하실 거야. 승도한테 물어봤어.」

부모님이 뭘 좋아하시느냐고 물어봤는데 승도는 대답을 소영에게 했다. 직접 샀다며 소영은 스카프와 시집 몇 권을 사왔다.

할머니가 돌아가시고 결혼을 한다 해도 그녀의 옆자리엔 아무도 없을 줄 알았다. 그런데 그 옆자리를 지금 소영이 지키고 있었다. 소영은 결혼식까지 보고 간다며 독일로 돌아가지 않았다. 그리고 오늘 상견례까지 참석하게 되었다.

"거의 다 왔대요."

30분이나 일찍 도착한 다진은 승도를 기다렸다. 그는 어제 비행기로 제주도에서 올라오신 부모님을 모시고 오는 길이었다. 소영과 단둘이 있는 건 여전히 어색했고 달리 할 말도 없어 물을 마셨다. 그런데 뭔가 이상했다. 다른 날보다 유난히 아름답게 차려입은 소영의 낯빛이 거의 사색이 다 되어 있었다.

"어디 아파요?"

"아니."

"손은 왜 이렇게 떨어요?"

소영은 손까지 떨고 있었다. 어딘가 많이 아픈 것 같아 소영을 보는 다진의 눈이 걱정으로 흔들렸다.

"그게 아니라……."

급기야 소영은 울먹이기까지 했다. 떨리는 두 손을 꽉 쥐더니, 힘겹게 입을 열었다.

"여기 나올 자격 없는데. 내가 어떤 사람인지 승도 부모님이 알면 어떡하지?"

"……."

"난, 너무 나쁜 엄마인데, 여기 나오면 안 되는데……. 그런데 승도 부모님이 보고 싶었어. 미안해."

서툰 한국말을 더듬더듬 이어가던 소영은 끝내 눈물을 뚝뚝 흘렸다. 그사이 미안하다는 말은 열 번을 넘겼다. 얼음처럼 차가운 인상의 소영이 울 때면 어떻게 해야 할지 몰랐다.

"그만, 울어요."

"……응."

"화장 다 지워지잖아요."

"미안해."

도대체 뭐가 미안하다는 것인지. 소영은 울먹거리며 핸드백에서 손수건을 꺼내 얼굴을 닦았다. 그렇지만 울음이 쉽사리 그치지 않는지 숨을 꺼이꺼이 내쉬었다. 저러다 대성통곡하면 어쩌나 겁이 날 정도였다.

"……엄마."

세상에 태어나 처음 불러본다. 엄마를…….

"어?"

몹시 놀란 소영은 울음을 뚝 그쳤다. 다진은 심호흡하듯 크게 숨을 쉬며 여전히 떨고 있는 소영의 손을 지그시 잡았다. 두 사람은 서로를 흔들리는 눈으로 바라봤다. 울컥, 가슴 밑에서부터 뜨거운 것이 올라온 다진은 입술을 깨물었다.

조금은 이해하려 노력했다. 열아홉. 어린 나이에 아기를 가졌는데 사랑하는 남자가 세상을 떠났으니, 얼마나 무서웠을까. 어떻게 해야 할지 몰랐을 거야. 어린 딸을 버리고 싶어서 버린 것이 아니라고 애써 이해하려 했다.

할머니에게도 소영은 하나밖에 없는 귀한 딸이었다. 그 시대에 미혼모, 게다가 학생 때 임신이라니. 기르는 강아지도 알까 싶어 쉬쉬거렸겠지. 독일로 도망치듯 떠난 소영이 거기서라도 잘 살길 바라는 마음으로 할머니는 독하게 연락을 끊었는지 모른다.

"우리 이제라도 잘해봐요."

무슨 뜻인지 모르는 소영은 그저 다진을 촉촉이 젖은 눈으로 물끄러미 바라봤다.

"내가 속이 좀 좁아서, 시간은 많이 걸릴 거예요. 그래도 노력할게요."

"고, 고마워. 나도, 평생 노력할게."

이상한 모녀관계가 되어버렸다. 엄마가 딸을 위로하는

게 아니라 딸이 엄마를 위로하게 되었다. 또 울음이 왈칵 쏟아진 소영은 손수건으로 눈물을 닦으며 계속 훌쩍거렸다.

"어머니."

언제 도착했는지 승도는 울고 있는 소영을 보며 당혹스러워했다. 무뚝뚝한 승도는 소영에게는 살갑게 대했다. 어머니라는 말도 처음부터 넙죽넙죽 했단다. 무슨 일이냐고 다진을 보며 물으려는데 그녀의 눈가도 붉어진 것을 발견한 승도는 미간을 잔뜩 찌푸렸다.

"무슨, 일이야?"

"별일 아니에요."

아, 창피해.

"오셨어요."

벌떡 일어난 다진은 이게 무슨 일인가 싶어 어안이 벙벙한 채 서 있는 승도의 부모님을 보며 인사를 했다. 덩달아 재빨리 일어난 소영도 두 분에게 인사를 건넸다. 그렇지만 딱딱하게 굳은 두 분의 얼굴은 좀처럼 펴질 줄 몰랐다. 아버님은 앉지도 못하고 계속 헛기침만 하며 눈가가 촉촉한 두 사람의 얼굴을 살폈다. 상견례 자리에서 왜 모녀가 울고 있나 싶은 눈빛으로.

"다진이 잘 부탁합니다. 많이 예뻐해주세요."

언제 울었느냐는 듯 소영은 두 분을 보며 활짝 웃었다. 다행이다. 어머니도 얼굴을 활짝 폈다.

"그럼요."

아버님과 승도가 앉을 때까지 다진은 반쯤 나간 얼굴로 서 있었다. 승도가 앉으라는 말을 했을 때 비로소 정신을 차릴 수 있었다. 두 분은 너무나 좋으셨지만 이제 겨우 두 번째 만남. 실수하지 않으려고 하다 보니, 절로 긴장이 되었다.

"어머니 컨디션은 어떠세요?"

승도는 제일 먼저 소영의 건강을 살폈다. 소영은 아주 좋다며 미소를 지었다.

"어디 불편한 곳 있으면 말씀하세요."

"괜찮아. 신경 쓸 필요 없어."

소영도 마찬가지였다. 혹시나 자신의 병을 알고 두 분이 마땅치 않게 생각하면 어쩌나 노심초사했다. 건강한 엄마라는 것이 아니라는 미안함. 핏덩이인 딸을 버렸다는 죄책감과 죄의식에서 평생 벗어날 수 없다고, 할머니 사진 앞에서 울먹이는 소영을 뒷모습에 마음이 짠했다.

"승도가 참 예뻐요."

소영은 승도를 보며 말했다.

"얘가요?"

어머니는 믿을 수 없다는 표정을 지으며 승도를 바라봤다. 그는 못 들은 척 딴청을 피웠다.

"착하고 따뜻하고 배려심도 많고……."

소영은 그동안 승도가 보여준 모습을 입에 침이 마르게

칭찬했다. 아들의 칭찬이 듣기 싫은 엄마는 없었다. 입꼬리가 살짝 올라간 어머니는 상에 한가득 차려지는 음식들을 보며 입을 열었다.

"승도 얘가 막내인데도 워낙 말수가 적어요. 제 아들이지만 여간 답답한 게 아니랍니다."

"다진이한테는 아주 잘해요."

"그래야죠. 요즘 어떤 세상인데요. 만약에라도 승도가 다진이 속 썩이면 이 양반이 제일 먼저 가만 안 놔둘 거예요. 아시죠? 이 사람, 왕년에 유도선수였어요."

어머니는 은근슬쩍 남편 자랑으로 넘어갔다. 두 분은 사이좋게 덕담을 주거니 받거니 했다. 소영은 TV에서 봤다며 갈 때 사인 한 장만 부탁한다고 했다. 아버님은 소년처럼 쑥스러워하며 어깨를 으쓱였다.

어른들이 말씀을 나누는데도 승도는 다진만 보고 있었다. 소리 없이 입 모양만으로 '예뻐.'라고 했다. 그 말을 찰떡같이 알아들은 다진의 귀밑이 금세 붉어졌다. 이제 진짜로 저 남자가 아내가 되는구나, 실감하면서.

"다진이가 누굴 닮았나 했더니 엄마를 닮았네요."

별말 아니었다. 딸이 엄마를 닮았다는 말이 뭐 그리 특별하다고. 소영은 또다시 눈물을 보였다.

"감사해요. 다진이가 절 닮았군요."

안사돈의 눈물에 아버님은 어쩔 줄 몰라 했고, 감성이 풍부한 승도의 어머니는 이유도 모른 채 따라 우셨다. 우여

곡절 많은 상견례는 눈물바다로 끝이 났다. 나중에 다진은 직접 두 분을 찾아뵙고 소영과 자신의 얘기를 말씀드렸다. 어머니는 아무런 말씀 없이 그녀의 등을 쓰다듬어주시며 꼭 안아주셨다.

야옹.

방문을 열고 나오자 고양이 한 마리가 승도의 다리에 몸을 비비며 꼬리를 흔들었다. 그가 작년 다진의 생일 때 선물로 데려온 고양이었다. 이름은 따로. 고양이를 썩 좋아하지 않던 승도도 따로의 애교에 넘어가고 말았다. 그렇지만 종자가 남달리 큰 따로가 노려볼 때면 어깨를 흠칫하곤 했다.

"기다려."

승도는 졸린 눈을 비비며 캣타워가 있는 곳으로 걸어갔다. 아침 햇살이 잘 들어오게 블라인드를 끝까지 올렸다. 그리고 캣타워 뒤에 있는 플라스틱 통에서 사료를 꺼내 따로의 밥그릇을 채워주었다.

아침에 눈을 떠 제일 먼저 하는 건 고양이 화장실을 치우는 것과 사료를 채워주는 일이다. 그리고 금붕어들이 헤엄치는 수족관 청소도 잊지 않았다. 대충 끝냈다. 주방으로 들어간 승도는 커피를 내렸다. 은은한 커피 향이 집 안을 가득 떠다녀도 다진은 일어날 줄은 몰랐다.

「그만, 좀 물어요.」
「……졸려요. 인간적으로 잠은 좀 재웁시다.」
「내가 짐승이랑 결혼했어.」

투정을 부리면서도 다진은 못내 못 이기는 척 새벽까지 그를 받아줬다. 어차피 그를 이기지 못한다. 끝내는 울렸다. 그의 목에 매달리며 흐느끼다시피 교성을 내지르는 아내의 귓불을 깨물고 나서야 놔줄 수 있었다.

둘의 신혼집은 그가 혼자 살던 때 그대로였다. 오늘 아침 식사 당번은 자신이었다. 뭘 준비해야 하나. 대학 때부터 혼자서 자취를 했기에 웬만한 건 만들 수 있었다.

간단하게 단호박 죽이나 만들까. 쌀쌀한 가을 날씨라 따끈한 냉장고 구석 저만치에서 늙어가는 단호박을 꺼내 깨끗하게 씻던 승도는 피식 웃음이 났다.

「형, 다진 누나한테 심한 약점 있는 거 알아요?」
「뭔데?」
「뭘 만드는 게 너무 느려요. 쿠키 만드는 거 가르쳐달래서 알려줬는데……. 아무래도 누난 이쪽엔 소질이 없는 것 같아요. 느린 정도가 아니에요. 병인 것 같아.」
「죽고 싶지?」

농담하는 상규의 이마에 꿀밤을 날렸다. 감히 내 아내를 욕해? 그런데 요즘 들어 상규의 말을 실감했다. 머리도 행동도 습득 능력도 빠른 다진은 단 한 가지, 손으로 만드는 덴 정말이지 느렸다.

결혼하고 신혼 첫날인 일요일 아침이었다. 간단하게 먹자는데 다진은 그럴 수 없다며 아침부터 부지런히 움직였다. 옆에 있으면 더 긴장된다며 그를 방에 가두기까지 했다.

잔칫상이라도 차리려나. 한 시간이 넘어도 다진은 방에서 나오라는 소리를 하지 않았다. 이러면 부담스러운데. 장가를 잘 갔군, 혼자 김칫국을 열심히 마시고 있을 때였다.

「열심히 만들었어요.」

열심히만 만들었다. 장장 두 시간 넘게 다진이 만든 음식은 된장찌개와 감자볶음이 전부였다. 어떻게 하면 이걸 만드는 데, 두 시간이 걸릴 수 있지? 먹다 보니 의문이 풀렸다. 자로 잰 듯 썰어져 있는 호박과 두부. 감자채는 어느 것 하나 삐뚤어지지 않게 잘도 썰었다. 기계도 울고 갈 정확한 길이와 두께였다.

「혼자 살 땐 밥 어떻게 했어?」

「대충 먹었어요.」

이제부터 제대로 먹자, 그 말을 하고 그날 아침 다진이 만들어준 음식을 맛있게 먹었다. 손은 느려도 맛은 꽤 괜찮았다.

"깨우지 그랬어요?"

뒤늦게 일어난 다진은 주방으로 들어와 승도의 허리를 껴안으며 등에 얼굴을 기댔다. 나른하게 감기는 아내의 체온에 승도의 입가가 저절로 올라갔다.

"왜 더 안 자고?"

"남편이 없어서."

"더 재워줘?"

아뇨, 하고 대꾸하며 다진은 그의 단단한 등에 뺨을 비볐다. 덩달아 다가온 따로는 두 사람의 다리를 번갈아 다니며 꼬리를 흔들었다. 어젯밤에 한창 뜨거울 때 따로는 문을 열어달라고 발톱으로 방문을 박박 긁어댔다. 문이 뜯기는 소리가 신경 쓰였는지 다진은 달뜬 신음을 삼키며 시선을 방문에 두었다. 나만 보라고? 그때마다 딴생각 따윈 할 수 없게 깊게 파고들었다.

"뭐 만들어요?"

"단호박 죽."

다진은 하품이 나오는 입을 가리며 승도의 옆에 나란히 섰다. 찜기에서 푹 익은 단호박이 노란 속살을 뽐냈다.

"맛있겠다. 내가 뭐 도와줄 거 없어요?"

"끓이기만 하면 돼. 따로랑 놀고 있어."

"일단 세수부터 하고 나올게요."

다진은 따로를 번쩍 안아 들어 어깨에 태우더니 욕실로 들어갔다. 자신도 씻고 고양이도 세수를 씻기겠지.

"오늘은 뭐 할 거야?"

"열심히 돈 벌어야죠."

식탁에 마주 앉은 둘은 노란 호박죽을 먹으며 얘기를 나누었다. 식탁 위엔 제주도에서 보내온 성게 알 젓갈과 소영이 만들어준 사우어크라우트가 그릇에 담겨 있었다. 독일로 돌아간 소영은 아예 한국으로 돌아오려 준비 중이었다. 살 곳은 서울이 아닌 제주도였다. 좋은 공기와 바람을 쐬며 커피와 맥주를 팔고 싶다고 했다.

다진은 아삭한 양배추 절임을 곁들어 호박죽을 맛있게 먹었다. 따로는 수족관에 붙어 오늘은 기필코 금붕어를 잡아먹겠다는 투지를 불태우고 있었다. 거실 베란다 햇빛이 가장 잘 드는 곳에 빨래건조대가 있다. 그 위에 초록 집게로 나란히 고정된 승도의 팬티와 다진의 브래지어가 햇빛에 잘 말려지고 있었다.

"오늘 인천 간다고 했죠?"

"응."

"언제 와요?"

"밤에나 끝날 것 같아. 더 늦어지면 새벽에 올 수도 있고."

"힘들겠다. 밥은 꼭 챙겨 먹고 일해요."

다진은 미간을 살짝 구기며 손을 뻗었다. 그리곤 아주 자연스럽게 승도의 얼굴을 쓰다듬었다. 결혼하고 승도는 그늘은 상규에게 전적으로 맡기고 아예 사진작업에만 몰두했다. 그가 직접 찍은 그들의 웨딩사진은 거실 벽에 그림처럼 걸려 있었다.

웨딩사진을 볼 때마다 다진은 사람을 어쩜 백배나 예쁘게 찍었느냐며 놀라움을 금치 못했다. 제가 봐도 제가 예뻐서 눈이 튀어나올 정도였다.

"밥 먹을 땐 개도 안 건드린다는데."

다진은 호박죽을 먹다 말고 눈을 가늘게 떴다. 식탁 밑에서 승도가 발장난을 치고 있었다. 완벽히 무표정한 얼굴로 그는 맨발로 다진의 발등과 발목을 야릇한 열기를 담아 건드렸다.

"개니까 건드리는 거지."

"말을 해도."

"좀 늦게 나가."

"왜요?"

뭔가를 예감한 다진의 동공이 불안하게 흔들렸다. 승도가 달리 아무런 말도 하지 않는데 위험한 열기로 일렁이는 검은 눈이 무슨 뜻인지 단박에 알았다.

"새벽에도 했잖아요. 난 못 해. 죽어도 못 해!"

"할 수 있어. 그걸 내가 증명할게."

"그런 건 증명 안 해도 돼요."

다진은 눈을 크게 뜨며 손사래를 쳤다. 이미 호박죽을 깨끗이 비운 승도는 말없이 다진의 얼굴을 바라만 보았다. 사람 마음 약해지게. 저렇게 보면 거절하지 못한다는 걸 뻔히 알고 저런다.

"나 안 보여요? 잠 못 자서 눈도 퀭하고. 살도 빠졌어요."

"그래도 예뻐."

사람 할 말 없게.

"뭐 이렇게 틈만 나면……."

"신혼이잖아. 평생 한 번뿐인."

승도의 손가락이 다진의 아랫입술을 지분거렸다. 입술이 살짝 벌어지면 그 틈으로 손가락이 음란한 행위를 하듯 들어갔다 나왔다. 말을 할 수도, 안 할 수도 없었던 다진은 난처한 표정을 지었다. 밤새 시달려놓고 주책맞게 아래는 습한 열기로 젖어 들어간다.

"우리 평생 같이 살 거잖아요. 그거 많이 하면 늙어 고생한다는데."

"어디서 쓸데없는 말만 듣고 다녀."

"은정이가 그랬어요."

"같이 놀지 마."

승도의 얼굴이 가까이에 다가왔다. 상대의 숨결을 고스란히 느낄 수 있는 거리였다. 서로를 막고 있는 식탁은 허접한 장애물에 불과했다. 노골적인 시선에서 확연히 읽히는 남자의 짙은 갈망이 불처럼 뜨거워 입술만 달싹거렸다.

"나 혼자만 좋은 거야?"

"그건 아니지만……. 호박죽 더 먹고 싶은데."

"남편부터 먹을 생각은 없어?"

"음……."

표정 하나 변하지 않고 야릇한 말을 아무렇지 않게 내뱉은 승도의 뻔뻔함에 다진은 어쩔 수 없이 웃음이 나왔다. 이미 승도의 품에 안긴 다진은 앙큼하게도 남자의 옷을 먼저 벗겼다. 그의 눈빛이 날카로워지며 동시에 뜨거워졌다.

"대신 살살 해요. 그리고 천천히."

"분부대로 하죠."

"매번 알았다고 하지만 말고, 실천을……."

더는 말을 할 수가 없었다. 입술을 파고드는 물컹한 혀. 곧바로 입술이 삼켜지고 방문이 쿵, 닫혔다. 남자는 짐승 같은 신음을 터트리며 여자의 온몸을 깨물었다. 귓불이 깨물렸을 때 다진은 허리를 비틀었다.

서로가 내뱉는 뜨거운 숨결에 공간은 순식간에 후끈해졌다. 욕구를 참지 못한 남자는 여린 살결을 물고 빨았다. 천천히 한다면서요! 문밖으로 들리는 여자의 비명을 듣고 따로가 방문을 막 긁기 시작했다.

야옹, 야옹, 시끄러운 아침이다.

— fin.

작가의 말

문득 무뚝뚝한 남자의 짝사랑 얘기를 써보고 싶었어요. 그리고 불현듯 떠오른 제목이 '비하인드'였습니다. 게다가 둘 다 짝사랑하는 주인공들.

다른 남자를 먼저 짝사랑했던 정다진. 그녀를 짝사랑한 남자 한승도.

운명의 장난처럼 사랑의 작대기는 엇갈리고……. 그런 얘기면 재미있게 쓸 수 있겠다 싶었습니다.

3년 전 이북으로 먼저 나온 '비하인드'가 이번에 이렇게 책으로 다시 찾아뵙게 되었습니다.

벌써 다섯 번째 책을 세상에 내놓게 되었는데도, 늘 그렇듯 떨립니다. 그저 바라는 것이 있다면 책을 읽는 동안이나마 즐거웠으면 좋겠습니다.

책이 나올 수 있게 도와주신 도서출판 가하의 이승진 차장님과 가하 식구분들께도 감사의 인사를 전합니다.

작가 후기를 쓰는데 제가 키우는 고양이가 모니터 뒤에서 꼼짝도 않고 절 노려봅니다. 아무래도 간식을 달라는 눈빛 같아요.

입춘이 지났건만 아직은 쌀쌀하고 춥습니다. 그렇지만 푸른 새순이 곧 파릇파릇 돋겠죠.

항상 행복한 날들이 되길 바라며, 감사합니다.

2017년 초봄

송민선